Hiroko Cockerill
コックリル浩子

二葉亭四迷のロシア語翻訳

逐語訳の内実と文末詞の創出

法政大学出版局

まえがき

二葉亭四迷（本名、長谷川辰之助）は、明治維新に先立つこと三年前の一八六四（元治元）年に生まれ、朝日新聞の特派員としてモスクワ滞在中に病を得、一九〇九（明治四十二）年、大正改元の三年前にロシアから日本への帰国途上、インドのベンガル湾上で死去した。文学者二葉亭四迷の名前は、その作品を読んだことのない人にも日本近代文学の創始者として、あるいはまた、近代日本文学作品第一作である『浮雲』の作者として記憶されていることと思う。だが、二葉亭四迷が小説家としてより、翻訳者として多作であったこと、しかも、日本でロシア文学作品をロシア語原文から逐語訳した初めての作家だったということを知っている人は、さほど多くはないのではないか。ただ、日本文学史を知る人は、「二葉亭の『あひゞき』という翻訳作品が、後世の文学者たちに大きな影響を与えた」という文学史上の事実は記憶されていることだろう。

私がいま本書に記そうと思うのは、二葉亭四迷の忘れ去られた「ゴーゴリもの」、つまり、ロシア人作家ゴーゴリの作品の翻訳についてである。なぜ忘れ去られた作物をわざわざ掘り起こそうとするのかというと、なによりも読んで面白いということが一つ。もう一つは、二葉亭のゴーゴリものの文体が『浮雲』をはじめ『其面影』『平凡』と続く二葉亭の三つの創作作品の文体を思い起こさせるからである。ちなみに、二葉亭の翻訳出版したゴーゴリものの数も三作。

ところで、先に触れた『あひゞき』の原作者はツルゲーネフで、二葉亭のツルゲーネフものの数は九編と、二葉亭の翻訳作品総数二十八編のうちで多数を占め、作家別の翻訳作品数では断然一位となっている。特にツルゲーネフものの第一作と第二作、『あひゞき』と『めぐりあひ』については、それらが二葉亭の処女出版翻訳作品であったため、二葉亭のこれら二つの翻訳作品に注いだ情熱は並々ならぬものであった、という話はすでに神話化されているくらいである。ただ、二葉亭が初訳『あひゞき』『めぐりあひ』の文体に満足できず、初訳が出版されてから八年後にそれらの改訳を『あひゞき』と『奇遇』として出版した事実はあまり知られていない。それは、二葉亭四迷の評伝を残した中村光夫によって、改訳の『あひゞき』と『奇遇』を出すことで二葉亭は自分の青春を葬ってしまったと、初訳『あひゞき』『めぐりあひ』の新鮮な文体を変えてしまったことが否定的に語られたせいでもある[1]。本書ではまた、否定的に語られることで忘れ去られようとしている二葉亭の改訳『あひゞき』と『奇遇』出版の意味を問い直したい。そうすることによって二葉亭の翻訳方法が明らかにできると思うからであり、二葉亭が日本文学の文体史上、後世に残した遺産も明瞭になると考えるからである。つまり、世に言う二葉亭の「言文一致体」が何であったかを明らかにする試みである。

本書を書くにあたって、二〇〇六年に英文で出版した *Style and Narrative in Translations: The Contribution of Futabatei Shimei* (Manchester, UK, St. Jerome Publishing) を参考にした。が、本書はその日本語訳ではないことを断っておく。

二〇一一年八月記　シドニーにて

コックリル浩子

注

（1）中村光夫は『二葉亭四迷傳』（大日本雄辯會講談社、昭和三十三年、二一四頁）の中で、「明治二十九年の改譯はこの飜譯で彼が達成しようとしたところから意識して後退してゐる點で、彼の青春をみづから否認したものと云へます」と述べている。

目次

二葉亭四迷のロシア語翻訳——逐語訳の内実と文末詞の創出

はじめに　二葉亭のツルゲーネフものとゴーゴリものについて

二葉亭は生涯に三つのゴーゴリ作品を訳している。それら三つの作品を発表順に挙げると、明治三十年一月から三月にかけて雑誌『太陽』に発表された『肖像畫』（原題も同じく Портрет〔肖像画〕）、明治三十九年五月『早稲田文學』に載った『むかしの人』（原題は Старосветские помещики〔昔気質の地主たち〕）、そして、明治四十年三月から五月にかけて雑誌『趣味』に掲載された『狂人日記』（原題は Записки сумасшедшего〔狂人の手記〕）となる。ここで注目されるのは、『むかしの人』と『狂人日記』が、二葉亭の第二、第三の創作作品『其面影』（明治三十九年十月から十二月）と『平凡』（明治四十年十月から十二月）それぞれに先立つ数ヶ月前に訳されていることである。二葉亭はまた、これら三つの翻訳作品の他に「三十ページばかりの」「ゴーゴリの或作の一断片」の「口語訳」を試して、生涯己れの師と仰いだ坪内逍遥に見せている。それは、二葉亭の処女創作作品『浮雲』（第一篇は明治二十年六月、第二篇は翌二十一年二月に、第三篇は明治二十二年七月から八月にそれぞれ発表）の執筆の前年のことと推定されている。つまり、二葉亭は、作品を創作する前に、常にゴーゴリの作品を翻訳していることになる。

ロシア文学作品の名翻訳者として知られる神西清は、「二葉亭の飜譯態度——特にツルゲーネフの場合について」と題する小論の中で、二葉亭のロシア文学移植の仕事を概観し、作品数ではツルゲーネフが九編と断然多いこと、また、ツルゲーネフの訳述が、一期（明治十九年から同二十二年に至る時期――『浮雲』執筆前後）と、二期（明治二十九年から同三十二年――翻訳集『片戀』で文壇に返り咲いた後、東京外国語学校の教授となるまでの時期）に集中してなされているという二つの事実を挙げている。神西は、次いで、二葉亭のツルゲーネフ作品の日本への移植にかける情熱に最大限の賛辞を贈り、その「文体」について次のように述べる。

事實ツルゲーネフは、二葉亭には最も親しみ深いロシヤ作家であつた。文體の上からも、少なくも初期・中期の彼にはぴつたり肌の合つた作家で、その飜譯はおそらく二葉亭として得意中の得意の壇上だつたに相違ない。(1)

神西によれば、いかにも二葉亭の本来持っていた文体とツルゲーネフの文体が「ぴったりと」合っていたかのようであるが、実際に両者の文体はそれほど近いものだったのだろうか。われわれは、二葉亭が残した数々の談話の中から「得意中の得意の壇上」であったはずのツルゲーネフものの翻訳についての二葉亭自身の評価がきわめて低いことに気づく。次に引くのは、明治三十九年『成功』に載った二葉亭の著名な談話筆記『余が飜譯の標準』からの一節。

併し乍ら、元來文章の形は自ら其の人の詩想に依つて異なるので、ツルゲーネフにはツルゲーネフの文體があり、トルストイにはトルストイの文體がある。（中略）ツルゲーネフはツルゲーネフ、ゴルキーはゴルキーと、各別にその詩想を會得して、嚴しく云へば、行住座臥、心身を原作者の儘にして、忠實に其の詩想を移す位でなければならぬ。是れ實に飜譯における根本的必要條件である。(2)

つまり、作家の「文体」を移すためには、その作家の「詩想」をまず移さなくてはならないというのだが、「艶麗の中《うち》にどつか寂しい所のある」ツルゲーネフの詩想を移すことは、「どうも旨く成功しなかつた」と、二葉亭は回想

する。その不成功の理由は、

何故といふに、第一自分には日本の文章がよく書けない、日本の文章よりはロシアの文章の方がよく分るやうな氣がする位で、即ち原文を味ひ得る力はあるが、これをリプロヂユースする力が伴うてをらないのだ。(3)

この「日本の文章がよく書けない」という二葉亭の言葉には注意が必要で、もちろん二葉亭は日本の文章がまったく書けなかったというわけではなく、「ツルゲーネフの詩想を移すことのできる日本の文章」が書けなかったと言っているのである。つまり、ツルゲーネフの文体と二葉亭の本来持っていた文体とがまったく別ものだったのであり、二葉亭はツルゲーネフの原文の文体を「リプロヂユースする」ために、新しい文体で新しい日本文を創り出さなくてはならなかったのだ。そのために二葉亭が仕方なく取った翻訳方法が、徹底した原文至上主義の訳出法であり、「コンマ、ピリオドの一つをも濫りに棄てず、原文にコンマが三つ、ピリオドが一つあれば、譯文にも亦ピリオドが一つ、コンマが三つといふ風にして、原文の調子を移さうとした」というあの有名な回想にわれわれは出会うのである。このあと二葉亭は、おそらく脂汗を流しながらであろう、次のように回顧する。「處で、出來上つた結果はどうか、自分の譯文を取つて見ると、いや實に讀みづらい、佶倔聱牙《きつくつがうが》だ、ぎくしやくして如何にとも出來栄えが悪い。從つて世間の評判も悪い」と。ここで二葉亭が語っている訳文こそが、ツルゲーネフものの処女翻訳作品『あひゞき』と『めぐりあひ』であったのだ。

ここであらためて、筑摩版二葉亭四迷全集「談話」に収められた二葉亭の諸々の談話を読み直してみると、数あるロシア人作家のなかでツルゲーネフに関する言及が圧倒的に多いことに気づく。二葉亭はロシアの作家のなかでは、ドストエフスキーの作品が最も気に入っていたようだが、文章の巧みさという点ではツルゲーネフを筆頭に置いている。ただ、ツルゲーネフの作品に関しては「作中の人物《キャラクター》以外に作者が確に出てゐる」「個々の人物《キャラクター》の上にのみ或アイデヤがみらる丶」（『作家苦心談』）とか、ツルゲーネフによる登場人物の性格描写は、あくまで「具躰的で不明な處はない」（『露西亞文學談』）が、その代わり、平板で面白みがないと、そっけないほどに低い評価を下す。逆に、「作者と作中の主なる人物とは、殆ど同化してしまツて人物《キャラクター》以外に作者」を出さず、「人物《キャラクター》と人物《キャラクター》との關係の上に或アイデヤが著く出てゐる」（『作家苦心談』）ドストエフスキーの作品や「かういふ境遇に育つたから、かういふ經過を經て、かういふ性質に成つて了つた。かういふ性質に成つて了つてゐるから、かういふ場合に臨んで、どうしてもかうより外にすることは出來なかつた」（『露西亞文學談』）という、複雑で曖昧ではあるけれども生き生きとした性格描写をしたゴンチャロフの作品を手放しで誉めるのである。

だが、二葉亭という人は不思議な人で、こうして手放しで誉めたドストエフスキーやゴンチャロフの作品の翻訳にはほとんど手を染めず、作中人物の性格描写も作中人物の関係も平板で面白みのないツルゲーネフの作品をひたすら訳し続けた。その数は、未完に終わったもの、刊行にいたらなかったものも含めて十編(4)。その中でも特に処女出版翻訳作品『あひゞき』と『めぐりあひ』（明治二十一年）は、出版当時はさして評判にならなかったものの、田山花袋や島崎藤村、そして蒲原有明といった青年作家たちに「新しい文章による新鮮な描写」として、出版後実に二十年あまりも経ってから再発見され、彼らの文体に大きな影響を与えたのである。

二葉亭は、明治四十一年六月、朝日新聞ロシア特派員としてペテルブルクに向けて出発する直前に発表した『予が半生の懺悔』のなかで、『あひゞき』や『めぐりあひ』を訳した当時のことを次のように回想している。

――その時はツルゲーネフに非常な尊敬をもつてた時だから、あゝいふ大家の苦心の作を、私共の手にかけて滅茶々々にして了ふのは相濟まん譯だ、だから、とても精神は傳へる事が出來んとしても、せめて形なと、原形のまゝ日本へ移したら、露語を讀めぬ人も幾分は原文の妙を想像することが出來やせんか、と斯う思つて、コンマも、ピリオドも、果ては字數までも原文の通りにしようといふ苦心までした。今考へると隨分馬鹿げた話さ。

併し斯う云つて來ると、一圖に「正直《しやうぢき》」に忠實だつたやうだが、一方には實は大矛盾があつたんだ。即ち大名譽心さ。……文壇の覇權手に唾して取るべしなぞと意氣込んでね……いやはや、陋態《ろうたい》を極めて居たんだ。(5)

つまり、『浮雲』といい、『あひゞき』『めぐりあひ』といい、名誉と金儲けに駆られてしてしまった仕事だと、二葉亭は懺悔するのである。とりわけ小説『浮雲』を書くことは、自分の「正直」という理念を崩していくことになるという理由で、『浮雲』のあと、二葉亭は十七年間小説を書かなかった。だが、ロシア語の翻訳はした。特に力をいれたのが、ツルゲーネフの作品の翻訳だったのである。

ツルゲーネフの名前はこうして、二葉亭の談話のなかにしばしば登場するのだが、ゴーゴリの名前は二、三度挙がるのみで、その作品の翻訳方法に至っては、明治四十年八月、『文章世界』に発表された「法帖を習ひ連句を讀む」という談話の中に、一度登場するばかりである。

飜譯は何時《いつ》でも必要に迫られてする。原文は自分に新しいものは最初一度讀む。そして大體の調子……悲しければ悲しく、樂しければ樂しい……調子をとつて譯に掛る。飜譯上の私の野心は、ツルゲネーフにせよゴーゴリにせよ、其文章を各自《めいく》書分けやうと思ふ事である。此時は中途でよく本を讀む。百姓言葉が出た時なぞは特に三馬を讀んでみる。(6)

繰り返しになるが、二葉亭はゴーゴリの作品を三編、未発表に終わったものも含めれば四編を訳している。これは二葉亭の翻訳作品の中では、数の上からすれば、ツルゲーネフの十編とゴーリキーの五編に次いで、三番目に多い。また、その執筆期間も青年期から壮年期にわたっており、ツルゲーネフの翻訳が主に二十代から三十代にかけてなされたことや、ゴーリキーの翻訳が四十代に集中してなされているのと好対照をなしている。それはまた、二葉亭のゴーゴリへの関心が生涯変らないものであったことを示してもいる。そうしたゴーゴリの翻訳について、二葉亭が「(ツルゲーネフとゴーゴリの)文章を書き分けやう」としたという以外、何も述べなかったのは一体何を意味するのだろうか。しかも、二葉亭は創作作品を書く前に必ずゴーゴリの作品を訳しているのである。

私には、神西の先の言葉を借りるなら「ゴーゴリこそが、二葉亭には最も親しみ深い作家であった」と思われてならない。ツルゲーネフの作品に今まで日本になかった「新しい文体」を用意しなくてはならなかった二葉亭は、ゴーゴリの翻訳に際しては「生来持っていた文体」に近い文体で臨めばよかったのではないか。あるいはゴーゴリ作品の翻訳の過程で「生来自分が持っていた文体」を再発見することで、己れの創作の準備をしていたのではないかと、思えるのである。

注

(1) 神西清「二葉亭の飜譯態度」、一九四九年稿、一九五四年補筆。『二葉亭四迷全集　第九巻』岩波書店、一九六五年、一七六頁。

(2) 二葉亭四迷「余が飜譯の標準」『二葉亭四迷全集　第四巻』筑摩書房、一九八五年、一六八頁。

(3) 二葉亭四迷「余が飜譯の標準」同前、一六九頁。

(4) 『虚無黨形氣』(未発表)、『あひゞき』、『めぐりあひ』(『奇遇』はその改訳)、『片戀』、『夢かたり』、『うき草』、『猶太人』、『くされ縁』、『けふり』(未完)、そして『わからずや』(翻案)の十編である。

(5) 二葉亭四迷「予が半生の懺悔」『二葉亭四迷全集　第四巻』同前、二九二―二九三頁。

(6) 二葉亭四迷「法帖を習ひ連句を讀む」『二葉亭四迷全集　第四巻』同前、二一六頁。

第一章　『あひゞき』初訳と改訳

『あひゞき』初訳と改訳の冒頭文

二葉亭は、一八八八（明治二十一）年の七月から八月にかけて、ツルゲーネフものの処女出版作品『あひゞき』を『國民の友』に訳載した。同じツルゲーネフ作品の『めぐりあひ』は、同年十月から翌年一月にかけて、『都の花』に連載されている。一方、ゴーゴリものについてはその処女出版作品『肖像畫』が、一八九七（明治三十）年の一月から三月にかけて、雑誌『太陽』に連載された。ツルゲーネフとゴーゴリの最初の翻訳作品はしたがって、九年という間を置いて書かれている。「はじめに」でも触れたが、二葉亭には、ゴーゴリの『肖像畫』を訳載する前年の一八九六（明治二十九）年に『あひゞき』と『めぐりあひ』を改訳し、新しく訳しおろしたツルゲーネフの中編『片戀』とともに出版して文壇復帰を果たしたという興味深い経緯がある。二葉亭はなぜ『あひゞき』と『めぐりあひ』を改訳したのだろうか。初訳と改訳との文体的相違は何か。ここでは、二葉亭によるツルゲーネフの処女翻訳『あひゞき』と『めぐりあひ』の二つの作品のうち、日本文学史にその名を留める『あひゞき』をとりあげ、その改訳の意味を探り、さらに『肖像畫』と改訳『あひゞき』との文体上の類似点へと論を進めたい。

それではまず、『あひゞき』の冒頭部分について、ロシア語の原文と、一八九五年に刊行されたコンスタンス・ガーネット女史の英訳、筆者による英語逐語訳を掲げ、その後、日本語の訳文を、初訳、改訳、筆者による訳の順で挙げることにする。ロシア語原文は、木村崇によって二葉亭が使ったことが確かめられたサラーエフ兄弟版ツルゲーネフ作品集第一巻一八六五年版に拠った。

なお『あひゞき』は原題をСвидание〔密会〕といい、ツルゲーネフが散文作家としての名声を確立したとされる『猟人日記』（一八四七―五六年に二十二篇、七四年までに三篇を加える）の中の一篇。『猟人日記』については「一猟人という正確な観察者の視点から、農奴や地主たちの会話、生活、その個性や世界観が描写され」、「作者の感慨や批判の念は声高には述べられないが、農民たちの豊かで詩的な内面生活の描写が、それ自体彼らを枠づけている社会制度の矛盾を雄弁に語っている」[1]と、川端香男里編『ロシア文学史』には記されている。『あひゞき』では、白樺林で猟人がたまたま目撃することになった可憐な農民の娘と傲慢な召使い（初訳では「あまやかされすぎた、給事らしい男」、改訳では「生意氣な室僕《へやをとこ》」とある）の「あいびき」が、秋の白樺林の細密な描写とともに語られる。その自然描写とそれを描き出す文体は、田山花袋、島崎藤村、蒲原有明といった青年作家たちに大きな影響を与えた。

Свидание

Я сидел в березовой роще осенью, около половины сентября. С самого утра перепадал мелкий дождик, сменяемый по временам теплым солнечным сиянием; была непостоянная погода. Небо то все заволакивалось рыхлыми белыми облаками, то вдруг местами расчищалось на мгновенье, и тогда из-за раздвинутых туч показывалась лазурь, ясная и ласковая, как прекрасный, умный глаз. Я сидел и глядел кругом и слушал. Листья чуть шумели над моей головой; по одному их шуму можно было узнать, какое тогда стояло время года. То был не веселый, смеющийся трепет весны, не мягкое шушуканье, не долгий говор лета, не робкое и холодное лепетанье поздней осени, а едва слышная, дремотная болтовня. Слабый ветер чуть-чуть тянул по верхушкам. Внутренность рощи, влажной от дождя, беспрестанно изменялась, смотря по тому, светило ли солнце или закрывалось облаком; она то озарялась вся, словно вдруг в ней все улыбнулось: тонкие стволы не слишком частных берез внезапно принимали нежный отблеск белого шелка, лежавшие на земле мелкие листья вдруг пестрели и загорались червонным золотом, а красивые стебли высоких, кудрявых папоротников, уже окрашенных в свой осенний цвет, подобный цвету переспелого винограда, так и сквозили, бесконечно путаясь и пересекаясь перед глазами;…[(2)]

［*The Tryst* (translated by Constance Garnett)

I was sitting in a birchwood in autumn, about the middle of September. From early morning a fine rain had been falling, with intervals from time to time of warm sunshine; the weather was unsettled. The sky was at one time overcast with soft white clouds, at another it suddenly cleared in parts for an instant, and then behind the parting clouds could be seen a blue, bright and tender as a beautiful eye. I sat looking about and listening. The leaves faintly rustled over my head; from the sound of them alone one could tell what time of year it was. It was not the gay laughing tremor of the spring, nor the subdued whispering, the prolonged gossip of the summer, nor the chill and timid faltering of late autumn, but a scarcely audible, drowsy chatter. A slight breeze was faintly humming in the tree-tops. Wet with the rain, the copse in its inmost recesses was for ever changing as the sun shone or hid behind a cloud; at one moment it was all a radiance, as though suddenly everything were smiling in it; the slender stems of the thinly-growing birch-trees took all at once the soft lustre of white silk, the tiny leaves lying on the earth were on a sudden flecked and flaring with purplish gold, and the graceful stalks of the high, curly bracken, decked already in their autumn colour, the hue of an over-ripe grape, seemed interlacing in endless tangling criss-cross before one's eyes;…[(3)]

The Tryst (my translation)

I was sitting in a birch grove in autumn, around the middle of September. From early morning a fine rain had been falling, alternating from time to time with warm sunshine. The weather was unsettled. One moment the sky was covered over with fluffy white clouds, the next it suddenly cleared in patches, and from behind the parting clouds a patch of azure sky showed, clear and tender, like a beautiful, intelligent eye. I sat and looked around and listened. The leaves were rustling softly above my head; from that rustling alone one could tell the season of the year. It was not the cheerful, laughing trembling of the spring, not the soft whispering, or the long murmur of the summer, not the timid, cold babbling of late autumn, but a scarcely audible, sleepy rambling. A slight breeze was lightly tugging at the tree-tops. The interior of the grove, moist from the rain, was incessantly changing, depending upon whether the sun was shining, or covered by cloud; one moment it was all lit up, as if suddenly everything in it smiled: the slender trunks of the sparse birch-trees suddenly took on the delicate lustre of white silk, small leaves lying on the earth suddenly showed their many colours, and blazed with pure gold, and the beautiful stems of tall, curly bracken, already decked in their autumn colour, the hue of overripe grapes, kept showing through, endlessly tangling and intersecting before one's eyes;...]

初訳『あひゞき』

秋九月中旬といふころ、一日自分がさる樺の林の中に座してゐたことが有ツた。今朝から小雨が降りそゝぎ、その晴れ間にはおり〳〵生ま煖かな日かげも射して、まことに氣まぐれな空ら合ひ。あわ〳〵しい白ら雲が空ら一面に棚引くかと思ふと、フトまたあちこち瞬く間雲切れがして、無理に押し分けたやうな雲間から澄みて怜悧《さか》し氣に見える人の眼の如くに朗らかに晴れた蒼空《あをぞら》がのぞかれた。自分は座して、四顧して、そして耳を傾けてゐた。木の葉が頭上《づじやう》で幽かに戦いだが、その音を聞たばかりでも季節は知られた。それは春先する、面白さうな、笑ふやうなさゞめきでもなく、夏のゆるやかなそよぎでもなく、永たらしい話し聲でもなく、また末の秋のおど〳〵した、うそさぶさうなお饒舌《しやべ》りでもなかツたが、只漸く聞取れるか聞取れぬ程のしめやかな私語の聲で有つた。そよ吹く風は忍ぶやうに木末を傳ツた。照ると曇るとで、雨にじめつく林の中のやうすが間斷なく移り變ツた。或はそこに在りとある物總て一時に微笑したやうに、隈なくあかみわたツて、さのみ繁くもない樺のほそぼそとした幹は思ひがけずも白絹めく、やさしい光澤《つや》を帶び、地上に散り布いた、細かな、落ち葉は俄かに日に映じてまばゆきまでに金色《こんじき》を放ち、頭《かしら》をかきむしツたやうな「パアポロトニク」（蕨の類ゐ）のみごとな茎、加之《しか》も熟《つ》え過ぎた葡萄めく色を帶びたのが、際限もなくもつれつからみつして、目前に透かして見られた。(4)

改訳『あひゞき』

秋は九月中旬《なかば》の事で、一日《あるひ》自分がさる樺林《かばやし》の中《うち》に坐つてゐたことが有つた。朝から小雨が降つて、その霽間《はれま》にはをり〳〵生暖《なまあたゝか》な日景《ひかげ》も射《さ》すといふ氣紛《きまぐ》れな空合《そらあひ》である。耐力《たわい》の無い白雲《しらくも》が一面に空を蔽《おほ》ふかとすれば、ふとまた彼處此處《あちこち》一寸雲切《ちよいとくもぎれ》がして、その間から朗《ほがらか》に晴れた蒼空が美しい利口さうな眼のやうに見える。自分は坐つて、四方《あたり》を顧眄《みまは》して、耳を傾けてゐると、つい頭の上で木の葉《このは》が微《かすか》に戰《そよ》いでゐたが、それを聞いたばかりでも時節は知れた。春のは面白さうに笑ひさゞめくやうで、夏のは柔《やさ》しくそよ〳〵として、生温《なまぬる》い話聲のやうで、秋の末となると、おど〳〵した薄寒《うそさむ》さうな音であるが、今はそれとは違つて、漸く聞取れるか聞取れぬ程の、睡むさうな、私語《さゝや》ぐやうな音である。力の無い風がそよ〳〵と木末《こずゑ》を吹いて通る。雨に濡れた林の中の光景《やうす》が照ると曇るとで間斷なく變つてゐたが、或時は其處に在るほどの物が一時《じ》に微笑でもしたやうに燦爛《きら〳〵》となると、むらむらと立た樺の細い幹がふと白絹《しらぎぬ》のやうな柔《やさ》しい光澤《つや》を帶びて、其處らに落散つた葉が急に斑《まだら》に金色《きんいろ》に光る。そこで頭の茸々《もじや〳〵》したパアポロトニク蕨の類の美しい長い莖《ぢく》までが最《も》う秋だけに熟《つ》え過ぎた葡萄《ぶだう》のやうに色づいて、際限《はてし》もなく縺《もつ》れつ絡《から》みつして目前に透《す》いて見える。〜(5)

拙訳『あひゞき』

秋、九月中旬のころ、私はある白樺林の中に坐っていたことがあった。朝から小雨がふりそそぐなか、時々暖かい日も射すという変りやすい天気だった。空全体が柔らかい白雲にさっと覆われるかと思うと、所々に雲間が現れ、その雲間から澄んだ利口そうな眼のような穏やかに晴れた青空がのぞいたりした。私は坐って、あたりを見回したり、聞き耳をたてたりしていた。木の葉が私の頭上でかさかさと音を立てていたが、この音を聞いただけで季節が知られた。それは春の明るい笑うようなさざめきでも、柔らかいひそひそ声でもなく、夏の長々と続く話し声でもなく、晩秋のおどおどとした冷たいそよめきでもなく、わずかに聞き取れるか聞き取れないほどの眠そうなつぶやきだった。そよ風がかすかに梢をなでた。雨に濡れた林の中は、日が射すか、雲に隠れるかで、様子がめまぐるしく変った。あるときは林中が一時に微笑したかのように明るく照らし出され、まばらに生えた白樺の細い幹は白い薄絹のような照り返しをまとい、地上に散り敷いた細かな木の葉は、突然、赤みを帯びた黄金色に点々と輝き始め、背の高い曲がりくねったしだの美しい茎は、もうすでに熟し過ぎたぶどうのような色にそまって、際限なくもつれあいからみあいながら、目の前に透けて見えた。

『あひゞき』改訳の冒頭文で改められたこと

まず、二葉亭が「コンマも、ピリオドも、果ては字數までも原文の通りにしようといふ苦心までした」(『予が半生の懺悔』)と語った、句読点について調べてみよう。『あひゞき』発表当時は、そもそも散文作品の中で句読点を使うこと自体が多くの読者にとって大変な驚きであった。それは田山花袋による次の回想がよく語るところである。

その翻訳が、その翻訳の言文一致が、いかに不思議な感じを当時の文学青年に与へたか？　いかに珍奇と驚異との感じをその当時の知識階級に与へたか。現に、私などもそれを見て驚愕の眼を睜つたものの一人であつた。『ふむ……かういふ文章も書けば書けるんだ。かういふ風に細かに、綿密に！　正確に！』かう私は思はずにはゐられなかつた。想像してもわかることである。あの当時の漢文崩しの文章の中に、または近松張、篁村張と言つた、句読も何もないやうな、べらべらとのつぺらぼうに長く長くばかりつゞいてゐるやうな文章の中に、あの?や！や、——の多い文章が出たのであるから。また句読の短い、曲折の多い、天然を描いた文章が出たのであるから。(6)

（田山花袋『近代の小説』近代文明社、大正十二、二）

さて、こうして「珍奇」とも「驚異」とも称賛された新鮮な「あひゞき」の文体だが、引用部分の原文においては、コロン一つとセミコロン四つを含めてコンマは全部で三十一、ピリオドは七つ使われている。それに対して、『あひゞき』初訳では読点が二十六と原文より五つだけ数が少なくなっており、逆に句点は九つと、二つ増えている。改訳では読点の数は初訳よりさらに五つ減って二十一になり、句点は六つと原文より一つ少なくなっている。つまり、初訳では、使用箇所と種類こそ多少異なるが、句読点の総数は原文より三つ減っているだけで、二葉亭の「公約」はほぼ果たされていると言えよう。それに対して改訳では、句読点の使用総数は二十七と原文より十一も減っており、数の上で、改訳は「改悪」であり、中村光夫の言うように文体的に「後退」しているかのように見える。が、句読点の種類と使用箇所からすると、二葉亭は大きな「改良」もしているのだ。

まず、改訳における「改良」点について述べよう。これはロシア文学研究者の柳富子が『二葉亭の初期の訳業——翻訳散文論』の中で指摘していることだが、ツルゲーネフは単文を平明に重ねていくために好んでセミコロン（「；」）を使ったと言われている。確かに引用したツルゲーネフの原文にも四つ使われている。改訳で二葉亭は、この四つのセミコロンのうち、最後の二つに白ゴマと呼ばれる記号（「﹅」）を当てている。この記号は、当時山田美妙や嵯峨の屋おむろといった二葉亭の同時代人にも広く使われていた。特に最後の四つめのセミコロンに白ゴマを当てたのは、原文の句読点の種類の忠実な再現という点で改訳『あひゞき』の方が優れていることを示すものである。初訳では、この最後のセミコロンには句点が当ててあり、しかも原文にない改行までがなされている。この点については、テンス（時制）の問題と絡めて、さらに考えてみたい。

次に「改悪」点について述べると、改訳のなかで、句点が読点に変えられて、文章がつながってしまった箇所が一つある。それは、國木田独歩が『武蔵野』の中に二葉亭の訳文を模して「午後林を訪ふ。林の奥に座して、四顧し、傾聴し、睇視し、黙想す。」と書いたという、その訳文に相当する箇所である。まず、二葉亭の訳の該当箇所をみると、初訳では、「自分は座して、四顧して、そして耳を傾けてゐた。木の葉が頭上《づじやう》で幽かに戦いだが、その音を聞たばかりでも季節は知られた。」とある。が、改訳では、「自分は坐つて、四方《あたり》を顧眄《みまは》して、耳を傾けてゐると、つい頭の上で木の葉《こは》が微《かすか》に戦《そよ》いでゐたが、それを聞いたばかりでも時節は知れた。」と、二つの文がつながっている。ここで、ツルゲーネフの原文とガーネット女史の英訳の該当箇所を次に示してみよう。また、逐語訳の英訳（拙訳）を最後に記しておく。

Я сидел и глядел кругом и слушал. Листья чуть шумели над моей головой; по одному их шуму можно было узнать, какое тогда стояло время года.

（ツルゲーネフのロシア語原文）

I sat looking about and listening. The leaves faintly rustled over my head; from the sound of them alone one could tell what time of year it was.

（ガーネット女史の英訳）

I sat and looked around, and listened. The leaves were rustling softly above my head; from that rustling alone one could tell the season of the year.

（拙訳）

こうしてツルゲーネフの原文と比べてみると、初訳が句点に忠実であること、さらに、その句点に忠実な初訳が独歩に影響を与えたことがわかる。もちろん、語彙面からしても、初訳のほうが独歩の『武蔵野』の一文に近いことは一目瞭然ではあるのだが。

実は、この改訳箇所についてはたいへん興味深い逸話が残されている。日本近代文学に、また、比較文学に多くの著作を残した木村毅は文学的に早熟で、少年時代にすでに独歩の『武蔵野』が二葉亭の『あひゞき』の影響を受けて書かれたものであることを知った。そして、東京に出て後年ロシア文学翻訳者として立った友人の中村白葉から『あひゞき』の収録された翻訳集を借りる。すると、木村少年が読んだ独歩が模倣したとされる二葉亭の訳文と、白葉から借りた『あひゞき』の該当箇所の訳文が随分違っている。数年後、この謎は『あひゞき』に新旧の両編があることが分かってようやく晴れたが、どうしてもロシア語原文にあたってみなくてはと、病後の無聊をつぶすべくラジオのロシア語講座で独習し、ついに《Я сидел и глядел кругом и слушал.》というロシア語原文の理解ができるようになる。そして《I sat and looked around and listened.》という英訳に相当するこの箇所が、二葉亭の初訳の中で「自分は座して、四顧して、そして耳を傾けていた。」となっていることに納得できたというのだ。私が興味深いと思うのは謎解きを終えた木村毅による次の感想である。

「自分は、坐して、四顧して、そして耳を傾けていた」は、修辞的にいうと、いささか、いかがわしい点のある文章である。「坐して、四顧して」は、日常会話にはもちいぬ文章語で、そして「耳を傾けていた」は急に調子のかわつた口語で、だから木に竹をついだ観がある。この点からは

「自分はすわつて、あたりを見まわして、耳を傾けていると……」

とある改訳の方が、はるかに熟した文章であること言うまでもない。しかしその修辞的に欠陥のある初訳の方が、

ピチピチといきて踊る生命にみちている気がするのは、どういう事であろう。

（「明治大正翻訳夜話　二葉亭四迷──「あひびき」の翻訳について」）(7)

木村毅がこの文章を書いたのは昭和四十年で今から五十年も前のことであり、二葉亭が『あひゞき』の初訳を出したのは明治二十一年で、今から実に百二十七年も前のことである。その『あひゞき』初訳の中に、木村が「木で竹をついだ」ようだと評した「坐して、四顧して」という文章語に続いて「耳を傾けていた」という口語が出現したという事実に私は注目したい。

『あひゞき』冒頭文中の文末語「た」形（初訳）と「る」形（改訳）

ここで、もう一度冒頭に引用した『あひゞき』の初訳と改訳、さらに拙訳を読んでいただきたい。思わず句読点の数を数えた方もおられるかもしれないが、読後の印象として拙訳と『あひゞき』の初訳が似ていると感じられた方はおられないだろうか。実は『あひゞき』初訳と私の訳は、文末がほとんど「た」で終わっているという共通点を持っている。ためしに、初訳の中の文末詞を拾ってみると、「座してゐたことが有ツた」「空ら合ひ」「蒼空《あをぞら》がのぞかれた」「耳を傾けてゐた」「季節は知られた」「私語の聲で有つた」「木末を傳ツた」「間斷なく移り變ツた」「目前に透かして見られた」となり、九つの文末詞のうち「空ら合ひ」が名詞止めであるほかは全部「た」で終わっている。私の訳では文末詞はすべて「た」で統一してある。なぜならツルゲーネフの原文で使われている動詞がすべて過去形になっているからだ。次に、ロシア語原文の動詞形とそれらの訳語を逐語訳の英訳と二葉亭訳の順で示してみよう。さらに、最も興味深いと思われる初訳から改訳への文末詞の書換えを示して、一覧とした。

① сидел　［was sitting］　「座してゐたことが有ツた。」↓「坐つてゐたことが有つた。」

② была（непостоянная погода）［(the weather) was (unsettled)］「（氣まぐれな空ら合ひ）。」→「（氣粉《きまぐ》れな空合《そらあひ》）である。」

③ показывалась（лазурь）［(a patch of azure sky) showed］「（蒼空《あをぞら》が）のぞかれた。」→「（蒼空が）見える。」

④ слушал ［listened］「耳を傾けてゐた。」→「耳を傾けてゐると、～」

⑤ можно было узнать,（какое тогда стояло время года）［one could tell (the season of the year)］「（季節は）知られた。」→「（時節は）知れた。」

⑥ То был（не трепет..., а дремотная болтовня）［it was (not the trembling..., but a sleepy rumbling)］「（それはさゞめきでもなく、しめやかな私語の聲）で有つた。」→「（春のは笑ひさゞめくやうで、今はそれとは違つて、睡むさうな、私語《さゝや》ぐやうな音）である。」

⑦ тянул（по верхушкам）［was lightly tugging (at the tree-tops)］「忍ぶやうに（木末を）傳ツた。」→「そよ〳〵と（木末《こずゑ》を）吹いて通る。」

⑧（беспрестанно）изменялась...; ［was (incessantly) changing...;］「（間斷なく）移り變ツた。」→「（間斷なく）變つてゐたが、～」

⑨ так и сквозили,（...перед глазами;）［kept showing through, (...before one's eyes;)］「（目前に）透かして見られた。」→「（目前に）透《す》いて見える。～」

最後の二つの動詞はセミコロンで続く長い文の中で使われているのだが、ツルゲーネフはそれら二つの動詞も含めてすべての動詞を過去形で使っている。二葉亭は初訳の中で、これらの過去形の動詞を訳す際、体言止めにした二番目の動詞以外には、すべての文末語に「た」を当てた。それに対して、改訳では「た」形が三つと「る」形が六つというふうに文末語が大きく変えられている。改訳の中で「た」形が残された三つの例を見てみると、三つのうち二つまでが「自分」という主語を持った文であることが分かる。（①と⑤、この点についてはこの章のまとめでふれる。）あとの一つは接続詞「が」で次の文につながっているが（⑧）、白ゴマまで使ったその長い文は、最終的に「る」形で終わっている。

二葉亭の『あひゞき』の初訳には「た」形が、改訳には「る」形が多いことに早くから気づいて、それを表にしたのが水野清である。次に挙げるのは、昭和三十三年に『言語生活』に載った『「浮雲」「あひびき」「めぐりあひ」——地の文における文末語について』という小論に発表された『あひゞき』の初訳と改訳、そして昭和十四年刊行の中山省三郎訳『あひびき』の中で使われた文末語の一覧表である。[8]

	初訳	改訳	猟＊
◇用言の過去形	94	30	70
テイタ（テ居ッタ）	14	0	23
デアッタ	6	0	0
	114	**30**	**93**
◇用言の現在形	6	54	54
テイル	0	11	9
デアル	0	7	2
ダ	1	0	1
	7	**72**	**66**
（参考）			
◇デどめ	5	4	0
ノデどめ	1	1	0
◇反転法（〜して〜ながら）	5	1	0
◇体言どめ	5	0	0
◇デアロウ	0	0	1

＊中山省三郎訳『猟人日記』中の『あひびき』

水野が作った表の中で「用言の過去形」とあるのが「た」形で、「用言の現在形」とあるのが「る」形のことである。この表を読むと初訳では圧倒的に「た」形が多いことが分かり、改訳の中では「る」形が優位を占め、「る」形と「た」形が二対一ぐらいの割合で使われていることがわかる。水野はまた「てゐた」形と「てゐる」形、「であつた」形と「である」形の数も挙げている。なぜそうしたのかについては何も述べていないが、この表から、どうやら二葉亭は、初訳の「てゐた」形を改訳では「てゐる」形に、「であつた」形を「である」形に直したらしいという予想が立てられる。初訳には「てゐる」「である」形がまったくないし、改訳には「てゐた」と「であつた」形がまったくないからである。「てゐた」形から「てゐる」形への書換えについては後で詳述することにするが、水野の表は実に多くのことを語っている。この他にも昭和十四年に出版された中山省三郎の訳では「る」形と「た」形の使用率が約二対三と二葉亭の改訳のそれと逆転して「た」形が多くなっていることが分かる。また、中山訳では「ていた」形と「ている」形がどちらも使われていて、その割合が約五対二であるというのも興味深い数字である。

こうした優れた点をたくさん持っている水野論文だが、難点が一つある。それは文法概念の問題である。水野は二葉亭の使った「た」形を「過去形」、「る」形を「現在形」、あるいは「歴史的現在形」と書いているのだが、これは正しいのだろうか。二葉亭が『あひゞき』を書いたとき、文末語「た」はすでに過去形、つまり、過去を表す時制詞として使われていたのだろうか。「る」形もまた、現在形、つまり現在を表す時制詞として使われていたのだろうか。さらに、歴史的現在形などという用法はあったのだろうか。歴史的現在形とは、そもそも、英文法やロシア語文法などで使われる文法用語である。それは「過去の意味を持った現在形の使用〔によって作者または語り手〕は、読者または聞き手の心の中に一連の動作をより生き生きと描き出す〔ことができる〕。これは、文学作品に広く用いられる用法で、英語で書かれた作品よりロシア語で書かれた作品の中により多くの用例が見られる」[9]とテレンス・ウェイドもその著書『ロシア語総合文法』の中で規定している通り、文芸作品の中に見られる技法である。そして、過去形が圧倒的優位を占める中で現在形が連続していくつか使われるというのが一般的な歴史的現在形の用法である。仮に「る」形が現在形であったとしても、文学作品の中の「る」形をすべて「歴史的現在形」ととらえるのはおかしい。そもそも、二葉亭が『あひゞき』という翻訳作品を書いた時点で、日本語に「過去形」「現在形」という文法概念とその概念を表す用語があったという点からまず疑ってかからなくてはならないのだ。

「てゐた」形（初訳）から「てゐる」形（改訳）へ

木村が「木に竹をついだようだ」と評した二葉亭の初訳『あひゞき』の中の一文「自分は坐して、四顧して、そして耳を傾けてゐた。」をもう一度読み直してみると、ツルゲーネフの原文の音調の再現に極端に神経質であった二葉亭が、Я《ヤー》 сидел《シジェル》 и《イ》 глядел《グリャジェル》 кругом《クルウゴム》 и《イ》 слушал.《スルーシャル》 [I sat and looked around and listened.] の一文における同音の繰り返しを何とか日本語に置き換えようとしているのがよくわかる。つまり、ツルゲーネフの原文には動詞の過去形を示す男性形活用語尾《л》《ル》と接続詞《и》《イ》が交互に現れて「音調」を作っているが、二葉亭はそれを「座して、四顧して、そして耳を傾けてゐた。」と、文語的な語彙「座す」「四顧す」に口語的要素を持つ「て」形を与え、意味上不必要と思われる接続詞「そして」を音調を整えるために書き加え、最後に「耳を傾けてゐた」という特別な形の「た」形を使って一文を締めくくっている。ちなみに独歩が初訳のこの一文を模して『武蔵野』の中に書き記した日記文は「午後林を訪ふ。林の奥に座して、四顧し、傾聴し、睇視し、黙想す」と完全な文語文であり、文語文としてのリズムの感じられる文ではあるが、新しさはない。文末ももちろん「た」形で終わったりはしていない。一方、改訳はというと、「自分は坐つて、四方《あたり》を顧眄《みまは》して、耳を傾けてゐると、〜」と一つ難解な熟語が使われているが、ルビをたよりに読めば、たいへんにこなれた口語文となっている。が、初訳の生硬だが豊かだった音調はすべて失われていて、木村が初訳にある生命感を感じなかったというのもうなずける。

「初訳にある生命感」についてさらに述べる。ロシア文学研究者の籾内裕子は、「二葉亭四迷訳「あひゞき」における「音調」と「文調」について」と題する論考のなかで、「音調」を「音読した場合の調子」、「文調」を「音読の巧拙に関わらずある程度伝わる調子」と二葉亭は理解していたとして、「音調」が訳文に表現された例として、初訳『あひゞき』の中からいくつかの文をあげている。

① 自分は座して、四顧して、そして耳を傾けていた。
② もつれつからみつして、〜
③ 欠伸をしながら、足を揺かしながら〜
④ フトまた萎れて、蒼ざめて、どぎまぎして、〜

⑤「アクーリナ」ハ漸く涙をとゞめて、頭を擡げて、跳り上ツて、四邉《あたり》を視まはして、手を拍た、(10)

籾内は、以上の例文にみられる同音の重なりを、二葉亭が「隠れた韻」として移殖可能な音調であるとみとめて、訳文の中に再現したのだと述べている。これらの例文を見て興味深いと思われるのは、例文①と④と⑤に見られる、「て」と「た」の音の繰り返しである。二葉亭がこれらの音の繰り返しで再現しようとしたツルゲーネフの原文は次のようになっている。

① Я сидел и глядел кругом и слушал. [I sat and looked around, and listened.]

④ и тотчас опять поникла вся, побледнела, смутилась, — [and sank back again at once, turned pale and became confused, —]

⑤ Она притихла, подняла голову, вскочила, оглянулась и всплеснула руками; [She grew quiet, raised her head, jumped up, looked around and clasped her hands;]

ツルゲーネフの原文をあたってみると、例文①の中では動詞の過去形を示す男性形活用語尾《л》《ル》の音が再現されていたが、例文④と⑤の中では、同じく動詞の過去形を表す女性形活用語尾《ла》《ラ》の音を再現しようとして「て」と「た」、殊に「て」の音が繰り返されているらしいことがわかる。ここで、さらに興味を惹かれるのは、例文①の原文中のロシア語動詞三つがみな不完了体過去形であるのに対して、例文④と⑤の中では、ロシア語の動詞形がすべて完了体過去形になっていることである。ここで、ロシア語動詞について簡単な説明をしておこう。

ロシア語動詞には、一つの動作を意味する動詞に対して、普通、その動作の行なわれ方を示す不完了体と完了体という二つの形が対応して存在している。たとえば、「読む」という意味の動詞には、читать（不完了体）と

прочитать（完了体）という二つの形がある。一般に、不完了体は、動作そのもの、進行中の動作、繰りかえされる動作あるいは習慣的動作を示し、完了体は具体的なひとつづきの動作の完了（場合によっては始発）および完了の結果を示す。(11)

と、私の学んだ日ソ学院（現在は東京ロシア語学院と改称）のロシア語の文法書にはある。①の場合、二葉亭は文中の三つの不完了体動詞によって表された動作がある一定時間続いていたことを示すため三つ目の動詞《слушал》を「耳を傾けてゐた」と、「てゐた」形で訳している。この「ていた」形は、金田一春彦によって昭和二十二年に初めて現代日本語のアスペクト（不完了相）として認められたものである。一方、④と⑤に見られる八つの完了体動詞には、完了相を表すとされる「た」形と、その連用形である「て」形が当てられている。この完了相を表す「た」形にいたっては寺村秀夫によってその著書『日本語のシンタクスと意味』（第二巻、昭和五十九年初版発行）の中で、ようやくアスペクト（完了相）として認められたにすぎない。二葉亭がロシア語の動詞の不完了体と完了体の訳し分けにいかに意識的であったかは、前掲の水野の作った『あひゞき』の初訳と改訳にみられる文末語の表にはっきりと示されている。つまり初訳の中で「てゐた」形、改訳の中で「てゐる」形として訳されている動詞が、ツルゲーネフの原作における不完了体過去形の動詞にほぼ相当するのである。初訳の句点で終わる文の中で「てゐた」形が使われるのは、実際には十三例で、その全部がロシア語原文の不完了体過去形動詞の訳語である。改訳では、十一例ある「てゐる」形のうち八つまでが、不完了体過去形の動詞の訳語として使われている。あとの三つは完了体過去形の訳語である。以下、初訳の「てゐた」形が改訳でどのように「改められたか」を示す。原文、その英訳、初訳、改訳の順で記載することにする。

① слушал　[listened]　耳を傾けてゐた。→　耳を傾けてゐると、〜

② вспыхивала［flared up］きらめいてゐた。↓ 光り出す。

③ сидела［was sitting］（端然と）坐してゐた。↓（悄然《しよんぼり》と）坐つてゐる者がある。

④ скользил［slid］ころがツてゐた。↓ 落ちか〻つてゐる。

⑤ спускались［descended］垂らしてゐた。↓ 垂らしてゐたが、～

⑥ расходились［were parted］左右に別れてゐた。↓ 左右に分けてゐる。～

⑦ слушала, все слушала…［listened, only listened］聞き澄ましてのみいた、只管聞き澄ましてのみいた……
↓ 聞耳《きゝみゝ》を立て〻ゐる、唯聞耳《きゝみゝ》ばかり立て〻ゐる……

⑧ на нем было … (бархатный, черный картуз)［He wore … (a black velvet cap)］（黒帽を）かぶツてゐた。↓
（黒天鵞絨の帽子を）戴《かぶ》ツてゐる。

⑨ В ее грустном взоре было［in her mournful eyes there was］その愁然とした眼付きのうちに（なさけを含め）～現はしてゐた。↓ その眼付を視れば、～趣が溢れるばかりである。

⑩ любовалась им［admired him］只管その顔をのみ眺めてゐた。↓ 面《かほ》ばかり見てゐる。～

⑪ сносил ее обожанье［put up with her adoration］その禮拜祈念を受けつかはしてをつた。↓ 本尊となつて拜まれてゐる。

⑫ слушала［listened］聞き惚れてゐた。↓ 聽いてゐる。

⑬ волновались［were stirring］波たツてゐた。↓ 浪を打つ。

こうして列挙してみると、二葉亭が初訳に見られる十三の「てゐた」形をじつにさまざまの形で書換えていることがわかる。「てゐた」形を「てゐる」形にそのまま書換えている例は五つのみで、「てゐる」形にしてはいるものの、白ゴマ（゜）を付して、後の文に続けているのが二例、「る」（終止）形や、「（で）ある」形に変えているのが四例、

「てゐる」に接続詞「と」を加えて後続の文につなげているのが一つ。残りの一つは、「てゐた」形をそのまま残して、その後に接続詞「が」をつけて、次の文につないでいる。二葉亭はこうしたやり方で、初稿にあった「てゐた」で終わる文をすべて消去している。こうした書換えでできた「てゐる」形五つを含めて、改訳の中には原文の不完了体過去形の動詞の訳語として使われた「てゐる」形が八例、そして、完了体過去形の動詞の訳語としての「てゐる」形が三つ誕生した。

二葉亭が『あひゞき』を改訳した理由《わけ》

それでは、二葉亭はなぜ、このような訳し換えをしたのだろうか。『あひゞき』を初めて訳したとき、二葉亭がロシア語動詞の時制を忠実に訳し出そうとして、「た」形を過去の時制詞として用いたことは、すでに触れた。文末に動詞がくる日本文の特徴として、文末のほとんどが「た」で終わることは、リズムも生み出すが、単調さも生み出してしまうことになる。このことに気がついたのは、二葉亭だけではない。二葉亭の同時代人で、鋭い筆鋒で知られた斎藤緑雨が、二葉亭の文を模して次のように書いたのは「あひゞき」の出た翌年、明治二十二年のことである。

〜、臺《だい》がオロシヤゆゑ緻密《ちみつ》〳〵と滅法緻密《めつぱふちみつ》がるをよしとす「煙管《きせる》を持《もつ》た煙草《たばこ》を丸《まる》めた雁首《がんくび》へ入《い》れた火《ひ》をつけた吸《す》つた煙《けぶり》を吹《ふ》いた」と斯《か》く言《い》ふべし吸付煙草《すひつけたばこ》の形容《けいよう》に五六分位《ぶんぐらゐ》費《つひへ》ること雑作《ざうさ》もなし其間《そのま》に煙草《たばこ》は大概《たいがい》燃切《もえき》る者《もの》なり（中略）折々《をり〳〵》飜譯《ほんやく》するもよし但《たゞ》し緻密《ちみつ》を忘《わす》れさへせねば成《な》るべく首《あたま》も尾《しり》もないものを擇《えら》ぶべし(12)

（傍点引用者）

緑雨がその諷刺の奇才を認められて、文壇の表舞台に立つことになったといわれる右の文で、二葉亭の文章はその緻密さが諷刺の対象になっており、ことさら文末語が笑われているわけではない。が、文末の「た」の繰り返しが二葉亭の翻訳文の最大の特徴であることを、「文壇の奇才」緑雨は見抜いていた。

二葉亭の『あひゞき』は、明治の若い作家、殊に田山花袋や島崎藤村といった自然主義の作家たちに大きな影響を与えたと、先に私は書いた。その影響は主に清新な文体によるものであったことは後述することにして、ここで最も重要なのは、新進作家たちに影響を与えた『あひゞき』というのは、実は文末詞「た」の多用される初訳であったという事実だ。さらに注目すべきは、これらの若い作家たちが口々に『あひゞき』の影響を語り始めたのは明治四十年代初頭のことで、初訳が出版されてから二十年あまりも経ってからだったという事実である。二葉亭の初訳『あひゞき』は、出版当初は不評であった。二葉亭が初訳の『あひゞき』を出版から八年後に改訳しなければならなかったのは、出版当初の評判の悪さを気に病んでのことだったのである。

前掲の緑雨の諷刺文以外にも、『あひゞき』の掲載された『国民之友』には、出版の翌月、間髪をいれず、石橋思案によって書かれた次のような辛辣な評が載った。

〜、先生も此「あひゞき」の原文が頗る、甚だ、余程淡白なのをご承知と見えて勗めて形容沢山で持切ツて原文の面白くない事も面白い様に、可笑しくない事も可笑しい様に健筆を揮ハれたお骨折は慥に見受けました、充分承知致しました……が……あんまり衣を掛け過ぎて肝腎の種の味を損ねはしませんか、形容が却ツて毒になツて紙上に無理と云ふ腫物が吹き出はしませんか、脚色が非常にアッサリな代りに形容が非常にコッテリして居ます、（中略）

国民の友廿五号附録十五頁の上段に小雨が忍びやかに怪し気に私語する様に降ツて通ツたト書いてあります、成程意味を強める為めかは知りませんが小雨の降り様にはチト大業ではありませんか、同頁の下段に全体虫が好かぬどうも虫が好かぬも一ツオマケニどうも虫が好かぬ杯と幾つも重ねて白楊のイヤラシイ事が書いてありますが成程原文の通りかも知れませんが夫れ程何にも白楊を悪るくいやがるにも及びますまい、私はか様な文章の方が余程虫が好かぬ！……

（明治二十一年九月『国民の友』三十号）[13]

「原文（の内容）があっさりしている割に、（翻訳に表れた）文章がしつこい」という思案の評は、ツルゲーネフの原作を読んでいない者のする、的の外れた評であった。が、原作の文章を、非常な努力を払ってその「文調」まで再現しようとした二葉亭にとって、文章が評価されなかったということ自体が、大きな打撃であった。思案の挙げた例文は二箇所とも、原文を「緻密に」再現した結果、つまり、厳密な逐語訳をした結果生まれたものである。二葉亭が「健筆を揮って」原文にない言葉を書き加えたり、原文にある以上の表現を使おうとしたりした結果生まれた文章ではないのだ。ちなみに、八年後の改訳では、前者は、「小雨が音のせぬように、忍んで、ぱらぱらと降出す」、後者も、「好かぬ」という簡単な表現に改められている。しかも、この「好かぬ」が、初訳のように「虫が好かぬ。」と文末詞として使われるのは、一度きりである。この書換えを見ただけでも、二葉亭が批評家たちの言葉にいかに敏感に反応したかがわかる。つまり、初訳から数えて八年後の改訳は、初訳に現れた繰り返される音や言葉によって作り出される「文調」を、意識的に解体することを目的としたと、言える。

不完了体動詞の訳し換えの用例

最前の「てゐた」から「てゐる」への書換えに話を戻そう。この書換えは、正確に言えば、初訳に現れた文末の「た」の音の繰り返しを徹底的に消去するために行われた。初訳で生み出された数々の文調のうち、文末語「た」の繰り返しが、明瞭な「文調」ではあったが単調でもあったがために、批判の的になったからである。二葉亭が取った「た」の消去法には、二つある。そのひとつがロシア語動詞の過去形のうち、不完了体動詞を「てゐた」ではなく「てゐる」形で訳していくという方法であった。もう一つは、ロシア語の完了体過去形が多用される箇所で、句点を読点に換えて文章をつなぐことで「た」形を消していくというやり方である。次の二つの引用文をみていただきたい。最初に引くのは、可憐な農民の娘アクリーナと傲慢な召使いヴィクトルの逢引の様子を叙したところである。ロシア語原文ではおもに不完了体過去形の動詞が使われている。引用はロシア語原文、筆者によるその英語逐語訳、初訳、改訳の順である。ロシア語原文中の不完了体過去形は太字で示した。英訳でも同じく太字で該当する動詞の訳語を示し、初訳の中の当該動詞には傍線を、改訳の中の当該動詞には点線を付した。

Свидание

Виктор лениво протянул руку, взял, небрежно понюхал цветы и начал вертеть их в пальцах, с задумчивой важностью посматривая вверх. Акулина **глядела** на него… В ее грустном взоре **было** столько нежной преданности, благоговейной покорности и любви. Она и **боялась-то** его, и **не смела** плакать, и **прощалась** с ним, и **любовалась** им в последний раз; а он **лежал**, развалясь, как султан, и с великодушным терпением и снисходительностью **сносил** ее обожанье.[14]

[Viktor languidly held out his hand, took the flowers, carelessly sniffed at them and began twirling them around in his fingers, looking upwards with thoughtful pomposity. Akulina **watched** him… In her mournful eyes there **was** such tender devotion, reverential submissiveness and love. She **was afraid of** him, and **did not dare** to cry, and **was saying** farewell to him and **admiring** him for the last time; while he **lay**, sprawling like a sultan, and with magnanimous patience and condescension **put up with** her adoration.]

初訳『あひゞき』

「ヴヰクトル」ハしぶ〲手を出して、花束を取ツて、氣の無さゝうに匂ひを嗅いで、そして勿體を付けて物思はしさうに空を視あげながら、その花束を指頭でまわしはじめた。「アクーリナ」ハ「ヴヰクトル」の顔をジツと視詰めた……その愁然とした眼付きのうちになさけを含め、やさしい誠心《まごゝろ》を込め、吾佛とあふぎ敬ふ氣ざしを現はしてゐた。男の氣をかねてゐれば、敢て泣顔は見せなかつたが、その代り名殘惜しさうに只管その顔をのみ眺めてゐた。それに「ヴヰクトル」といへば史丹の如くに臥そべツて、グツと大負けに負けて、人柄を崩して、いやながら暫く「アクーリナ」の本尊になつて、その禮拜祈念を受けつかはしてをつた。(15)

改訳『あひゞき』

男はしぶ〲手を出して、花束を取つて、氣の無さゝうに香《にほひ》を嗅《か》いで、それを指頭《ゆびさき》で回轉《まは》しながら、空を視上げて、物思はし氣な勿體ぶつた面《かほ》をしてゐる。少女《むすめ》は熟《じつ》と其面《そのかほ》を視てゐたが、その眼付を視れば、愁《うれひ》を持つてゐながら、惚々《ほれぼれ》として、身をも心をも打任《うちまか》せて、男を吾佛《あがほとけ》と崇《あが》めて、言ふなりに爲つてゐる趣が溢れるばかりである。男に氣を兼ねてゐるから、泣きたいのを耐《こら》へて、名殘惜しさうに面《かほ》ばかり見てゐる、それに男は大王《スルタン》か何《なに》ぞのやうに偃臥《ねそべつ》て、格別の慈悲を以て、厭な所を我慢して、本尊となつて拜まれてゐる。(16)

少女の摘んできた花束を指先でもてあそぶヴィクトルの傲慢で尊大な様子と、泣くこともせずひたすら恋人の顔をうちながめるアクリーナの純情な様子が、初訳では、主に「てゐた」形の動詞で、改訳では「てゐる」形でそれぞれ訳し出されている。特に最後の二つの動詞は「てゐた」（または、「てをつた」）が「てゐる」にそのまま改められている。具体的には、原文の四つの不完了体過去形の動詞“глядела [watched]”, “было [was]”, “любовалась [was admiring]”, “сносил [put up with]”は、アクリーナまたはヴィクトルの行為が過去のある一定期間継続したことを表し、初訳では「ジツと視詰めた……」「現はしてゐた。」「眺めてゐた。」「受けつかはしてをつた。」と過去時制と不完了相に忠実に訳し出されている。一方、改訳では、「其面《そのかほ》を視てゐたが〜」、「言ふなりに爲つてゐる趣が溢れるばかりである。」「面《かほ》ばかり見てゐる、」「拜まれてゐる。」のように不完了相にだけ忠実に訳しだされることで、二人の逢引の場面があたかも、いま現在進行中であるという錯覚に読者を誘い込むようである。では、こうした動詞の訳語の変化は、『あひゞき』という作品のなかで、どのような表現効果を生んでいるだろうか。この二人を眺めて、観察しているのは、言うまでもなく「猟人」、つまり、狩人である。初訳では、「てゐた」の多用が、これは過去の回想である、ということを読者に念を押すことになり、狩人の「現在」とこの場面を目撃した「過去」とははっきりと区別され、過去の回想であることが明確に示される。一方、「てゐる」形を多用した改訳では狩人が白樺林の陰に潜んで、二人の逢引をうち眺めている、という臨場感が強く感じられ、狩人の「現在」と逢引を目撃した「過去」の境界は曖昧になる。このように場面を活写する「てゐる」形は、改訳の中でこの他に狩人によるアクリーナとヴィクトルの容姿の描写や、白樺林の描写にも使われている。

こうして、二葉亭は「た」を消去する過程で、図らずも、不完了相を表す「てゐる」形を発見することになり、場面を生き生きと描き出すための方法と、語り手の作品内での位置に気づきはじめていた。そして、改訳『あひゞき』に続く翻訳作品ゴーゴリの『肖像畫』において、作品の中にいる語り手に「る」形や「てゐる」形を駆使させて、臨場感のある描写をしていくことになる。

完了体動詞の訳し換えの用例

次に完了体過去形で登場人物たちの引き続いて起こる行動が描写される場面を取り上げてみよう。原文の完了体動詞と英訳の当該動詞は太字で示し、初訳の中でその訳語に相当する箇所には二重線を付した。改訳では「る」形等に改められた動詞形に点線を付した。

Снова что-то **зашумело** по лесу, — она **встрепенулась**. Шум не переставал, становился явственней, приближался, **послышались** наконец решительные, проворные шаги. Она **выпрямилась** и как будто **оробела**; ее внимательный взор **задрожал**, **зажегся** ожиданьем. Сквозь чащу быстро **замелькала** фигура мужчины. Она **вгляделась**, **вспыхнула** вдруг, радостно и счастливо **улыбнулась**, хотела было встать и тотчас опять **поникла** вся, **побледнела**, **смутилась**, — и только тогда **подняла** трепещущий, почти молящий взгляд на пришедшего человека, когда тот **остановился** рядом с ней.[17]

［Again something **resounded** through the forest. — she **trembled**. The sound did not cease, it became clearer, came closer, until at last one **could hear** quick resolute footsteps. She **drew herself up** and **seemed frightened**; her intent gaze **began to tremble**, **lit up with** expectation. Through the thicket quickly **flashed** the figure of a man. She **gazed at** it, suddenly **flushed**, **smiled** joyfully and happily, at first she wanted to stand up, but then at once **sank back** again, **became** pale and **confused** — and only **raised** her quivering, almost entreating eyes to the approaching man when he **stopped** beside her.］

初訳『あひゞき』

フとまたガサ〱と物音がした、――少女はブル〱と震えた。物音は罷まぬのみか、次第に高まツて、近づいて、遂に思ひ切ツた濶歩の音になると――少女は起き直ツた。何となく心おくれのした氣色。ヒタと視詰めた眼ざしにをど〱した所も有ツた、心の焦られて堪へかねた氣味も見えた。しげみを漏れて男の姿がチラリ。少女はそなたを注視して、俄にハツと顔を赧らめて、我も仕合とおもひ顔にニツコリ笑ツて、起ち上らうとして、フトまた萎れて、蒼ざめて、どきまぎして、――先の男が傍に來て立ち留つてから、漸くおづ〱頭を擡げて、

念ずるやうに其の顔を視詰めた。(18)

改訳『あひゞき』

と、ふと又がさ〳〵と音がする――少女《むすめ》は慄然《ぶるぶる》とした。物音は罷《や》まぬのみか、次第に高くなつて、近づいて、遂に思切つた急足の音となる。少女《むすめ》は起直つて、何《なに》となく氣怯《きおくれ》がした様子で、傍眼《わきめ》も觸らなかつたが、眼差《めざし》はきよと〳〵して、早く逢ひたいで炎《も》えるやうになる。繁みを漏れて男の姿が隱現《ちらちら》するのを視て、はツと顔を赧《あか》らめて、さもさも嬉しさうに嫣然《にっこり》して起上《たちあが》らうとしたが、ふと復《ま》た萎《しお》れて、蒼ざめて、狼狽《どぎまぎ》して――男が傍《そば》へ來て立止つてから、漸く悸々《おどおど》した拜むやうな眼付で面《かほ》を視上げた。(19)

これは、アクリーナがようやくやってきたヴィクトルを迎える場面である。原文では、出会いを恐れながらも、こみ上げてくる喜びに耐え切れないアクリーナの様子が、完了体の動詞で寸刻みに描写される。初訳では、それらの完了体の動詞が、すべて「た」形と「て」形とで訳しだされている。改訳のほうでは、六つあった「た」形の二つが「る」形に、また、さらに、読点で後続の文とつなぎ合わされることで、もう二つの「た」形が「て」形に変わり、最後に残った「た」形は二つのみである。(「て」で二文がつなぎ合わされた箇所には網をかけた。) 数が増えた「て」形も、改訳では、間に接続詞の「が」がさしはさまれることによって、その連続使用が目立たなくなっている。

ここで注意をしたい点は、初訳に見られる「た」形が完了体過去形の訳語であることは、原文と比べてみて初めてわかるということである。初訳のなかでは、動詞の過去時制が「た」形の連続使用によって、『あひゞき』という小品の冒頭から強調されていたため、ここまで読み進めた日本の読者が、引用部で連続して使われている「た」形を完了相の訳語として認識するのは難しい。一方、改訳にあっては、二つ残った「た」が完了体過去形の訳語であることは一目瞭然である。ちなみに二つの動詞「慄然《ぶるぶる》とした。」「(面《かほ》を) 視上げた。」の原文の動詞は “встрепенулась [trembled]" "поднял (взгляд) [raised (her eyes)])" という完了体過去形の動詞である。つまり、改訳の中で、二葉亭は「る」形をさしはさんだり、句点を読点に変えたりして、文末の「た」形を消去していくことで、逆に、改訳の中に残された完了相の「た」形を強調していったといえる。

二葉亭が完了体という動詞のアスペクトに気づいていたことは、「て了つた」という文末語を改訳の中で多用したことにも現れている。初訳のなかでは、文末語「てしまツた。」（「て仕舞つた。」とも表記される）の用例が三例だけであるのに対して、改訳のなかでは「て了つた。」と文末語として使われたのが五例、文中での使用を含めると、十一例もの用例が見られる。今でこそ、「てしまった」形という完了相を表す動詞形が、動作の完了だけでなく、後悔や落胆といった発話者の感情を表すと文法的に明瞭に説明されているが、二葉亭の改訳『あひゞき』の中にこうした完了相を表す「た」や、その強調された形の「てしまった」が頻繁に用いられている点は注目されていい。

従来、改訳『あひゞき』とそれ以降の二葉亭の翻訳文体は改悪である、または、文体的に後退したものとみなされてきた。それは、もともと「た」形が、完了の意味を表す古語の助動詞「たり」から派生したものであるため、二葉亭の初訳『あひゞき』以前の日本語の文のなかでは完了を表すことのほうが多く、「た」形が主に完了相の訳語として用いられた改訳『あひゞき』の文体が、古い文体を彷彿させたためである。だが、一見古く見える改訳『あひゞき』の文体は「語り手」の位置と緊密に結びついた新しい文体であった。

ツルゲーネフの原文の動詞形と『あひゞき』初訳、改訳の中の動詞形

次に、ツルゲーネフの原文の動詞形と二葉亭の『あひゞき』の初訳と改訳の中の動詞形の変化を示す表を挙げる。なお不完了相を表す「てゐた」と「てゐる」形、完了相を表す「た」の数をそれぞれ括弧の中に記した。

左の表をみると、あらためて初訳がツルゲーネフの原文の句読点に忠実であることがわかる。ツルゲーネフが使ったピリオドの総数と、二葉亭が初訳で使った句点の総数はほぼ同じであるのに対し、改訳では、句点の使用数が初訳

	Свидание	初訳『あひゞき』	改訳『あひゞき』
(1) 猟人による白樺林の描写（初訳『あひゞき』5頁1行目から6頁17行目）			
ロシア語現在形動詞／「る」形等	2	3	10
ロシア語過去形動詞／「た」形	12	12（「てゐた」2）	3（完了相を表す「た」1）
読点 白ゴマ	 —	 —	3 1（﹆）
（の）で止め 体言止め	 —	で止め（1） 体言止め（1）	 —
合計	14	17	13
(2) 猟人によるアクリーナとヴィクトルの描写 （初訳『あひゞき』6頁18行目から9頁4行目）			
ロシア語現在形動詞／「る」形等	—	—	13（「てゐる」4）
ロシア語過去形動詞／「た」形	26	26（「てゐた」6）	6（完了相を表す「た」5）
読点 白ゴマ	 —	 —	5 3（﹆「てゐる」2）
（の）で止め 体言止め	 —	で止め（2） 体言止め（2）	（の）で止め（4）
合計	26	30	23
(3) アクリーナとヴィクトルの会話（初訳『あひゞき』9頁5行目から15頁4行目）			
ロシア語現在形動詞／「る」形等	—	—	26（「てゐる」3）
ロシア語過去形動詞／「た」形	54	43（「てゐた」4）	8（「て了つた」4を含む完了相5）
読点 白ゴマ	 —	 —	8 4（﹆）
（の）で止め て止め ながら止め 体言止め	 —	ので止め（1） て止め（1） ながら止め（3） 体言止め（2）	ので止め（1） ながら止め（1）
合計	54	50	36
(4) 二人が去ったあとの白樺林の描写（初訳『あひゞき』15頁6行目から16頁6行目）			
ロシア語現在形動詞／「る」形等	2	2	8
ロシア語過去形動詞／「た」形	10	12（「てゐた」1）	5（「て了つた」1を含む完了相5）
読点 白ゴマ	 —	 —	1 1（﹆）
て止め 体言止め	 —	て止め（1）	
合計	12	15	13
総計	**106**	**112**	**85**

に比べて二十七も減っている。二葉亭が二つの文をつないで、意図的に「た」形を消していったことの明らかな証拠であろう。また、改訳の中に残された二十二の「た」形のうち「て了つた」形五つを含む十六の「た」形は、完了体過去形動詞の訳語であり、完了相を明示していると思われる。初訳では不完了体過去形の訳語として、不完了相と過去を示す「てゐた」形が文末に十三使われている。一方、改訳では原文の不完了体過去形動詞の不完了相にのみ忠実な「てゐる」形が文末語として七つ使われているのは前に述べた通りである。

以上のように、改訳では、ツルゲーネフの原文に含まれる不完了体と完了体の動詞の訳し分けに二葉亭はたいへん意識的であったようだが、早稲田大学図書館に収められた二葉亭四迷の蔵書のなかに、C・グレーボフ編・岩沢平吉訳『露西亜文法』なる文法書がある。明治三十四年刊行のこの文法書では、「動詞の体」の中で不完了体が「不完成体」、完了体が「完成体」として紹介され、それぞれ次のように解説が付されている。

1．不完成體（несовершенный）或ハ持續體（длительный）　1．此體ハ動作或ハ状態ノ持續スルヲ表シ其始メト終リニハ關係セズ、例ハ Вчера я читал книгу, писал письмо и рисовал картину.（昨日我ハ書物ヲ讀ミ手紙ヲ書キ繪ヲ畫キ居レリ）、此中ノ動詞 читал, писал, рисовал ハ昨日或ル時間内ニ於テ我ハ之ヲ行ヒタリトノ意ヲ表シ、果シテ其書物ヲ讀ミ終リシヤ、手紙ヲ書キ終リシヤ、繪ヲ畫キ終リシヤ、又之ヲ始メシハ何時ナリヤ等ニ關係セズ、

2．完成體（совершенный）　1．此體ハ動作ノ持續ヲ表スルニ非ズシテ其動作ノ行ハル、瞬刻（момент）ヲ表ス或ハ唯其始メ若シクハ其終リノミヲ表シテ、持續スルヤ否ヤニ關係セズ、例ハ Вчера я прочитал книгу, написал письмо и нарисовал картину.　此中ノ動詞 прочитал, написал, нарисовал ハ動作ノ終結セシノミヲ表ス、Брат побежал в лавку（兄弟ハ店ニ駈ケツケタリ）、此中ノ動詞 побежал ハ動作ノ始發ノミヲ表シ即チ駈ケ出シタル瞬刻ノミヲ表ス[20]

（傍線引用者）

明治三十四年刊行のグレーボフの辞書の翻訳書は、当時のロシア語研究者によるロシア語動詞の不完了体と完了体の理解を的確に示している。「不完成体」「完成体」と文法用語こそ異なっているが、文法概念としては正確な知識が示されている。特に注目されるのは「不完成体」の例文の訳文が「昨日我ハ書物ヲ讀ミ手紙ヲ書キ繪ヲ畫キ居レリ」とあることだ。この例文を二葉亭が初訳『あひゞき』で使った文体に「翻訳」し直せば、「昨日自分は書物を讀んで、手紙を書いて、そして、繪を畫いてゐた」とでもなるところである。同様に、「完成体」の例文を明治二十一年刊行の初訳『あひゞき』の文体で訳してみると、「昨日、自分は書物を讀んで、手紙を書いて、絵を畫いて了つた」となる。二葉亭の改訳『あひゞき』の文体は、こうしてみると、今日使われる日本語の文体に近く、また完了体や不完了体というアスペクトの概念を明確に示すことのできた文体であったといえる。

『あひゞき』初訳と改訳における翻訳方法

最後に、二葉亭の初訳、改訳『あひゞき』における翻訳文体の特徴をまとめると以下のようになる。二葉亭は、初訳ではツルゲーネフの原文にある過去形のロシア語動詞を「た」形を使って忠実に訳し出した。つまり、「た」形が日本文学史上初めて過去時制を表示する記号として使われたのである。一方、改訳で二葉亭は、原文のロシア語動詞の完了体と不完了体に忠実な訳をした。その結果、改訳の中の不完了相は「てゐる」形で、完了相は「て了つた」形で強調され、「た」形は主に完了相を表す記号になった。二葉亭のこの二つの翻訳方法を翻訳学の視点から説明してみよう。

ドイツの神学者・哲学者フリードリヒ・シュライアーマハー（一七六八―一八三四）は「翻訳のさまざまな方法について」と題する講義録の中で次のように述べている。翻訳者がとることのできる翻訳方法には二通りある。「原作者をできる限りそっとしておき、読者を原作者の（を理解させる）方向に動かすか、読者をできる限りそっとしておき、原作者を読者の（理解しやすい）方向に動かすか」[21]の二つである。例えば、ドイツ語の翻訳者がラテン語著作を訳す場合に、原典がラテン語で書かれていることが分かるように原典に忠実に訳すのか、それとも、ラテン語で書かれている書物をもともとドイツ語で書かれていたかのように（ドイツ人の読者に）読みやすく訳すかの二通りであるというのだ。ドイツ語の刷新を目指したシュライアーマハーは前者の翻訳方法をよしとする。アメリカの翻訳研究者で、英語圏における翻訳方法の革新を主張するローレンス・ヴェヌティーは、シュライアーマハーの唱導した翻訳方法を異化的翻訳 foreignization として次のように規定している。

異化的翻訳法 foreignization とは古典ロマン主義時代のドイツ文化の中で、哲学者で神学者でもあったシュライアーマハーによって初めて明確にされた考え方である。シュライアーマハーはほとんどの翻訳者たちは同化的翻訳法 domestication を採っているとした。つまり、〔同化的翻訳法を採る翻訳者たちは〕自国文化中心主義の考え方によって、外国語で書かれたテキストを自分たちの国の価値観の中に取り込んでしまい、原作者を本国に送り返してしまうのである。しかし、シュライアーマハーは異化的な翻訳方法を優先する。〔異化的翻訳方法を採る翻訳者たちは〕自国の文化から逸脱しようとして、外国語で書かれたテキストに内在する言語学的、文化的な差異を翻訳テキストの中に刻印し、読者を海外に送り出すのである。[22]

二葉亭の初訳『あひゞき』における翻訳法はツルゲーネフの原作における「言語的な差異」、つまり、過去形による一人称の回想形式を忠実に訳し出したものであった。しかし、「た」形が過去時制の表示詞として頻出する文体は読者を驚かしこそすれ、読者にとっては負担の多い、非常に読みづらい文体であった。つまり、読者に「原作者の理解をせまり」、読者を否応なく「海外に送り出す」文体であったのだ。二葉亭は日本語を意識的に改革しようとしたのではなかった。が、ツルゲーネフの小品を訳すに足る新しい日本語の文体を作り出すために異化的翻訳法 foreignization を採ったのだと思われる。

柳田泉は「明治の飜譯文學研究」と題する小論文の中で二葉亭の初訳『あひゞき』について、「『あひゞき』、『めぐりあひ』はともに爾後の文壇への影響上飜譯文學史上重要視すべきものであるが、今此の初期だけについていへば、異様な作品を異様な文體（言文一致）で譯したといふ點が注意を惹いた位のもので、格別讀書界の問題にもならず、石橋忍月の批評が出るに及んで僅にさうかと合點するものがあつたのである」と述べている。(23)『花柳春話』『春風情話』『花心蝶思録』あるいは『繫思談』など、ずらりと漢字で表記された当時の翻訳作品の題名の中で、平仮名表記の『あひゞき』と『めぐりあひ』は一目でその特異性が知れるほどに、「異様な」作品であった。作品内容もストーリー性の乏しい小品で、当時の読者の好んだ政治や革命に関わる英雄や佳人の活躍や恋愛が描かれていたわけではない。恋愛が描かれていたといっても、『あひゞき』に登場するのは農民の娘であり、地方の貴族に使われる召使いという平凡な人物たちである。二葉亭が初訳から八年後に改訳を出さなくてはならなかったのは、初訳が当時の読者に受け容れられず、批評家からはその文体が非難されたからである。こうして八年後の改訳では、過去表示詞の「た」形はほとんど削除された。

すでに述べたように、改訳の中の「た」形は主に完了相を表す表示詞として使われている。だが、八年後の改訳の中に、二葉亭はいくつか過去時制表示詞の「た」形を残した。次に挙げる冒頭の二文では、残された過去時制表示詞の「た」形が一人称の「自分」と共に使われている。

①　秋は九月中旬《なかば》の事で、一日《あるひ》自分がさる樺林《かばやし》の中《うち》に坐つてゐたことが**有つた**。

②　自分は坐つて、四方《あたり》を顧眄《みまは》して、耳を傾けてゐると、つい頭の上で木《こ》の葉《は》が微に**戰《そよ》いでゐた**が、それを聞いたばかりでも時節は**知れた**。

つまり、一人称代名詞「自分」を主語とする文章では、過去の回想であることを作品から消し去ることができなかったのである。改訳の中で強調された完了相と不完了相はツルゲーネフの『あひゞき』という小品における一人称での過去の回想という本質と矛盾するものであったといってもいい。なぜなら、「て了つた」に代表される完了相を表す「た」形と「てゐる」に代表される不完了相を示す「る」形は、語り手の位置を作品の外から、作品の中へと移してしまい、作品の中に饒舌な語り手を登場させてしまうからだ。

とすると、ツルゲーネフの原文の動詞の完了体と不完了体に忠実な訳をした改訳は、初訳と同様に、異化的翻訳方法 foreignization を採ったとはいえ、ツルゲーネフの作品の真髄を表すものではなかった。改訳での異化的翻訳方法は、逆に、ツルゲーネフ作品の真髄であった過去性を消去することにその狙いがあったのであり、作品に内在する本質的な言語的差異を表現しようとしたものではなかった。この意味で、改訳は矛盾をはらんだものであったと言える。次章では、この改訳『あひゞき』と翌年に発表された『肖像畫』の文体の類似点について述べることにする。

注

（1）川端香男里編『ロシア文学史』東京大学出版会、一九八六年、一六八頁。

（2）И. С. Тургенев, *Сочинения И. С. Тургенева (1844-1864)*, Издание Братьев Салаевых, Том второй, Карлсруэ, 1865, pp. 273-274.

（3）Turgenev, *The Tryst* in *A Sportsman's Sketches* by Ivan Turgenev, translated from the Russian by Constance Garnett, Volume 2, London, William Heinemann, 1895, pp. 92-93.

（4）ツルゲーネフ作、二葉亭四迷訳『あひゞき』『二葉亭四迷全集　第二巻』筑摩書房、一九八五年、五頁。

（5）ツルゲーネフ作、二葉亭四迷訳『あひゞき〔改譯〕』『二葉亭四迷全集　第二巻』同前、一七五頁。

（6）長谷川泉・紅野敏郎・磯貝英夫編『資料による近代日本文学』明治書院、一九七九年、一八頁。

（7）木村毅「明治大正文学夜話　二葉亭四迷――「あひびき」の翻訳について」『国文学解釈と鑑賞』一九六五年、一二月号、一五五頁。

（8）水野清「「浮雲」「あひびき」「めぐりあひ」――地の文における文末語について」『言語生活』一九五八年五月、六四頁。

（9）Terence Wade, *A Comprehensive Russian Grammar*, Oxford: Blackwell, 1992, p. 287.

（10）籾内裕子「二葉亭四迷訳「あひゞき」における「音調」と「文調」について」『ロシア語ロシア文学研究』第三一号、一九九九年、一〇〇頁。
（11）日ソ学院教科書委員会編『実用ロシア語文法　基礎編』日ソ学院、一九七六年、六九頁。
（12）斎藤緑雨「小説八宗」『明治文学全集二八　齋藤緑雨集』筑摩書房、一九六六年、二〇三頁。
（13）石橋思案「「あひびき」を読んで……」『二葉亭四迷全集　別巻』筑摩書房、一九九三年、三四五―三四六頁。
（14）И. С. Тургенев, *Сочинения, op. cit.*, 1865, p. 279.
（15）ツルゲーネフ作、二葉亭四迷訳『あひゞき』同前、一一頁。
（16）ツルゲーネフ作、二葉亭四迷訳『あひゞき（改譯）』同前、一八〇頁。
（17）И. С. Тургенев, *Сочинения, op. cit.*, 1865, p. 276.
（18）ツルゲーネフ作、二葉亭四迷訳『あひゞき』同前、八頁。
（19）ツルゲーネフ作、二葉亭四迷訳『あひゞき（改譯）』同前、一七七頁。
（20）C・グレーボフ編・岩沢平吉訳『増訂再版露西亜文法』、一九〇一年、九八頁。
（21）Douglas Robinson, "Friedrich Schleiermacher" in *Western Translation Theory from Herodotus to Nietzsche*, Manchester: St. Jerome, 1997, p. 229.
（22）Lawrence Venuti, "Strategies of Translation" in Mona Baker (ed.), *Routledge Encyclopedia of Translation Studies*, London & New York: Routledge, 1977, pp. 241-242.
（23）柳田泉「明治の飜譯文學研究」『日本文学講座　第十一巻　明治文学篇』改造社、一九三四年、三六一頁。

第二章　『肖像畫』と処女創作作品『浮雲』

二葉亭訳『肖像畫』をめぐって

『肖像畫』は、一八九七（明治三十）年一月から三月にかけて雑誌『太陽』に掲載された二葉亭のゴーゴリもの処女出版作品である。ゴーゴリの原題も同じくПортрет（肖像画）だが、原作には初版とその改作である第二版が存在する。ゴーゴリは初版を一八三三年から翌三四年にかけて執筆しており、それを『ネフスキー大通り』とともに、作品集『アラベスキ（唐草模様）』の一つとして一八三五年に発表した。第二版は一八四一年から翌四二年にかけて書かれたが、ゴーゴリはその執筆の期間ローマに滞在していた。改版は雑誌『ソブレメンニク（現代人）』に掲載された。リチャード・ピースは初版と改版の違いを次のように説明している。

改作にあたって、ゴーゴリは初版に含まれる多くの超自然的な描写を排除した。（中略）わけても大切なことは、改作でゴーゴリが（肖像画に描かれた）金貸しの老人を反キリスト者としていないことであり、また、人間を堕落させる金銭の持つ魔力に注目したことである。(1)

ピースはまた、改作が「自然主義」的な描写を多く含んでいることを指摘している。例えば、主人公である画家の屋根裏部屋に続く踊り階段の描写や、主人公を訪ねてきた警察官とのちぐはぐなやりとり、主人公と大衆新聞の主筆との巧妙な駆け引きといった描写などである。二葉亭の訳したのはこの第二版である。

さて、『肖像畫』は才能ある貧乏青年画家チャルトコーフがふとしたきっかけで「怪しく活活《いきいき》とした眼」を持つ老人の肖像画を買うところから話が始まる。肖像画を買った夜、幻覚症状に陥ったチャルトコーフは老人の肖像画のフレームの中に金貨の束が隠されているという暗示を受け、その翌日実際にそれを発見する。大金を手にしたチャルトコーフは、最新のアトリエに引き移り、金持ち相手の流行肖像画家に成り下がる。そんなある日、ローマで貧苦の中を精進していた友人の作品の展覧会で、友人の清新で穢れのない絵を見て迷いから覚めそうになるが、芸術家本来の道にたちもどるどころか、次々と佳作、秀作を買いあさり、買うそばから破り捨てるという狂乱状態に陥ってしまう。そして狂気はついにはチャルトコーフを死に追いやる。

『肖像畫』には第二部があり、老人の肖像画を描いた画家の息子によって肖像画の由来が語られる。肖像画に描かれた老人は高利貸しで、現世に執着を残す老人のたっての頼みで製作された。が、老人の死後、肖像画は次々と所有者を変え、その所有者たちすべてを不幸に陥れる。画家の息子は、肖像画を廃棄することを自らの使命とし、各地で開かれる絵画の競り市には必ず顔を出した。念願叶い、高利貸の老人の肖像をもう少しで買い取れるという時、不思議なことに肖像画は雲か霞のごとく人々の前から消えてしまう。

「肖像画」と「高利貸」という作品のモチーフは、二葉亭の同時代人である尾崎紅葉、広津柳浪らの作品にも見られる。紅葉の未完の名作『金色夜叉』の主人公貫一はダイヤモンドに眼がくらんだお宮に裏切られて高利貸となり、柳浪の『變目傳《へめでん》』の主人公の伝吉は目元にある火傷のため顔が反面引きつり「變目」と綽名されている。伝吉は恋の仲立ちを頼んだ友人とともに吉原に通い詰め、その挙句借金がかさみ、その返済のために高利貸に金を借りたあと殺人を犯す。『變目傳』は二葉亭の翻訳『肖像畫』の出版される二年前に、紅葉の『金色夜叉』の第一部は『肖像畫』

と同年に出版されている。「肖像画」はまた、紅葉の『多情多恨』の主要なモチーフとなっている。最愛の妻を亡くした『多情多恨』の主人公鷲見柳之介は妻に生き写しの肖像画に語りかけ、その前で涙にくれてやまない。二葉亭の『肖像畫』は紅葉が『多情多恨』を完成した直後に出版されている。さまざまな文体を書き分けた紅葉は『多情多恨』では言文一致体を使っており、この長編のある部分では完全に三人称客観描写を成し遂げている。紅葉の『多情多恨』の文体と二葉亭の『肖像畫』の文体については、この章の結びで少し触れる。

『肖像畫』の冒頭文とその「語り手」

さて、その『肖像畫』だが、物語は次のように始まっている。ゴーゴリのロシア語原文、筆者による英訳、二葉亭の訳、そして、最後に拙訳の順で冒頭部分を引用する。それぞれの引用部の動詞は太字にしてあり、原文の過去形、または訳文の「た」形には傍線が、原文の現在形、または訳文の「る」形には点線が振ってある。さらに、原文の不完了体過去形動詞には傍線を、完了体過去形動詞には二重傍線を付した。訳文中完了体過去形動詞に相当する「た」にも二重線を付した。網をかけたのはゴーゴリの文体の特徴をはっきりと示していると思われる箇所である。

Портрет

Нигде **не останавливалось** столько народа, как перед картинною лавочкою на Щукином дворе. Эта лавочка **представляла**, точно, самое разнородное собрание диковинок: картины большею частью **были писаны** масляными красками, покрыты темнозеленым лаком, в темножелтых мишурных рамах. Зима с белыми деревьями, совершенно красный вечер, похожий на зарево пожара, фламандский мужик с трубкою и выломанною рукою, похожий более на индейского петуха в манжетах, нежели на человека — вот их обыкновенные сюжеты.... Покупателей этих произведений обыкновенно немного, но зато зрителей-куча. Какой-нибудь забулдыга-лакей уже, верно, **зевает** перед ними, держа в руке судки с обедом из трактира для своего барина, который, без сомнения, будет хлебать суп не слишком горячий. Перед ним уже, верно, **стоит** в шинели солдат, этот кавалер толкучего рынка, продающий два перочинные ножика; торгохка-охтенка с коробкою, наполненною башмаками. Всякой **восхищается** по-своему; мужики обыкновенно **тыкают** пальцами; кавалеры **рассматривают** серьёзно; лакей-мальчики и мальчишки-мастеровые **смеются** и **дразнят** друк друга нарисованными карикатурами; старые лакеи во фризовых шинелях **смотрят** потому только, чтобы где-нибудь позевать; а торгохки, молодые русские бабы, **спешат** по инстинкту, чтобы послушать, о чем **калякает** народ, и посмотреть, на что[2] он **смотрит**. В это время невольно **остановился** перед лавкою проходивший мимо молодой художник Чартков.

[Nowhere **were** so many people **standing** as in front of the picture shop in Shchukin Court. The shop, indeed, **presented** the most heterogeneous collection of marvels: the pictures **were painted** for the most part in oil colours, covered with dark-green varnish, in dark-yellow tinsel frames. A winter scene with white trees, an absolutely red sunset, that **looks** like the glow of a fire, a Flemish peasant with a pipe and a broken arm, that **looks** more like a turkey-cock in frills than a human being — such **are** usually their subjects… Buyers of these works **are** normally few, but there are heaps of spectators. Some debauchee lackey **is**, I suppose, already **gaping** before them, holding in his hand a set of dishes from the eating house for his master, who, without doubt, will drink his soup not very warm. In front of him, I suppose, a soldier in a great coat **is standing**, this cavalier of the second-hand goods market normally sells two penknives; and a market woman from Okhta with a box of shoes. Each one **admires** them in his own way: the peasants usually **poke** their fingers at them; the cavaliers **examine** them seriously; the footboys and apprentices **laugh** and **tease** each other over the painted caricatures; the old lackeys in frieze overcoats **look** at them simply to have something to gape at; and the market women, young Russian peasant women,

hurry here by instinct, to hear what people **are gossiping** about, and to see what they **are looking** at. At this moment, a young artist Chartkov, who was passing by, involuntarily **stopped** in front of the picture shop.］

『肖像畫』（二葉亭訳）

何處と云つて、シチウキン長屋の繪屋《ゑや》の前ほど、人の群聚《たか》る處は**有るまい**。それも其筈で、此店《こゝ》には種々《いろ〳〵》珍らしい物が**ある**。繪は大抵油繪で、青黒い漆を塗つて、濁黒《どすぐろ》い金縁《きんぶち》を**附けてある**。白い樹の見える冬景色、火事の空に映《うつ》つたやうな眞紅《まつか》な夕景色、啣煙管《くはへぎせる》で挫《くじ》いたやうな腕付をした、人よりは七面鳥が女の外套を着たのに**似てゐる**、南歐羅巴《みなみえうろツぱ》の百姓——など、いふのが常《いつ》も畫題と**なつてゐる**。（中略）かうした繪ではあるが、買手は少ない、其代り見物は常《いつ》も山を**成してゐる**。道草を喰ふことの甚《えら》い好きさうな誰家《どこか》の僕が店頭《みせさき》で欠《あく》びをしてゐるが、辨當の入つた仕出屋の岡持《をかもち》を提げてゐるからは、旦那殿は餘り熱くない肉羹《そツぷ》を吸はれるに**違ひない**。其前に立つてゐるのは外套を着た兵士、常《いつ》も古着屋へ小刀《こがたな》二挺を賣りに行くといふ先生で、其次は半靴《はんぐつ》を一杯詰めた箱を抱へた女商人《をんなあきうど》お泣《なき》といひさうな女**である**。さて覽方《みかた》だが、これが人に由つて**違ふ**。百姓は兎角《とかく》指を**差したがる**。兵士は眞面目な面《かほ》をして**觀る**。丁稚《でツち》小僧は鳥羽繪《とばゑ》を覽《み》て、高笑をして**調戯《からか》ひ合ふ**。フリーズ織物の名の外套を着た年老《としと》つた僕は何處かで閑《ひま》を潰《つぶ》したいばかりで**視てゐる**。若い嚊衆《かかしゆ》は人が饒舌《しやべ》てゐる事なら、何でも聽きたい、視てゐるものなら、何でも視たい、といふ一心で、嚊付《かぎつ》けて**急いで來る**。此時チャルトコフといふ通りすがりの若い畫家が何心なく店頭《みせさき》に**立止つた**。(3)

『肖像画』（拙訳）

シチューキン市場にある絵画店ほど人だかりのする場所はどこにも**なかった**。この店には実にさまざまな珍しい品々が**置かれていた**。絵画の大部分は油絵で、表面には濃い緑のニスが塗ってあり、くすんだ金縁の額に**収め**

られていた。白い木々の描かれた冬景色やら、火事で真っ赤に染まった空とでもいった真紅の夕焼け空、片腕を折ってパイプをくわえたフランドル地方のお百姓さん、それは、人間というよりは、袖飾りをつけた七面鳥に近いのだが。そういったものが**画題となっている**。（中略）こうした絵画の買い手はたいていあまり**多くない**。その代わり、見物人はいたって**多い**。絵画の前では、どこかの遊び好きの召使が、もうあくびを**かみ殺しているに違いない**。手にはご主人にと安食堂から買ってきた昼ご飯の入った籠を持っているが、どうやら、このご主人、さめたスープを飲まれるに**違いない**。絵画の前にはまた、外套を着込んだ兵隊さんも**立っているはず**。古物市場の騎士ともいえるこのお方、市場ではいつもペンナイフを二本きりしか**売らない**。それに、短靴のいっぱいつまった籠を持ったオフタからきた女商人といった面々。**みんな思い思いに絵画にみとれている**。お百姓さんはなんでもかんでも**指差したがる**。市場の騎士はしごく真面目に**見ている**。召使の少年や職人見習いの少年は滑稽画をみては、**笑いふざけあっている**。フリーズ織りの外套を着た年取った下男はどこかでゆっくりあくびをしたいというだけで**見ている**。女商人たち、つまりロシアの若い女どもは、他人のうわさしていることならなんでも聞きたい、他人の見ているものならなんでも見たいというので、直感的に**急いでやって来る**。この時、チャルトコーフという若い画家がこの店先に**足をとめた**。

まず、例によって拙訳と二葉亭訳とを読み比べていただきたい。二つの訳の顕著な違いは、動詞形と翻訳に用いられた語彙であろう。拙訳では、ゴーゴリの原文の動詞形を忠実に再現するように心がけた。その結果、「た」形で始まる拙訳の冒頭部分は途中で「る」形に切り替わった。一方の二葉亭訳では動詞形は最後の動詞「立止つた」以外はすべて「る」形となっている。二葉亭の訳では、さらに、「る」形に「てゐる」形が適宜に混ざり、軽妙な文調を作り出している。それに加えて、独特の語彙——長屋、繪屋《ゑや》、啣煙管《くはへぎせる》、誰家《どこか》の僕、仕出屋の岡持《をかもち》、女商人《をんなあきうど》お泣《なき》、丁稚《でツち》小僧、鳥羽繪《とばゑ》など——が、古めかしくはあるが軽妙な文体を、さらに軽妙にしているように見える。

ところで、この冒頭部分、さて一体だれが話しているのだろう。小説を書いているのはもちろんゴーゴリという作家である。だから、ゴーゴリが話しているというのは正しいのだろうか。あるいは、次のように問い直してもいい。ゴーゴリの作品の声は作品の外から聞こえるのだろうか。それとも作品の中からだろうか。そして、その声は作品から直接聞こえてくるのだろうか、それとも、間接的に作品中のだれかの声を通して語られるのだろうか。最後に、「軽妙な」二葉亭の訳はゴーゴリの原文の調子を正しく移しているのだろうか。つまり、ゴーゴリ作品の声を、そして、その作品中の位置を正しく移しているのだろうかと考えてみることにする。

読者に語りかける翻訳小説『あひゞき』と読者が高誦する政治小説『佳人之奇遇』

ここでしばらく、二葉亭の処女翻訳作品『あひゞき』にたちもどってみよう。『あひゞき』の原作『猟人日記』には、猟人という「語り手」がいて、原作者ツルゲーネフは、この猟人の目と声を通して当時の農民の生活を綴った。一般的に、これは一人称小説といわれ、二葉亭はこの「語り手」の存在を一人称代名詞を忠実に「自分」と訳し出すことで明確に示した。『あひゞき』の中で多用される「自分」という一人称代名詞は、過去時制詞「た」と呼応して、二葉亭の処女翻訳作品の中に独特の調子を生み出した。後に象徴派の詩人として立つ蒲原有明は、『あひゞき』の読後感を次のように語っている。

私が長谷川二葉亭氏の名を知りはじめたのは『國民之友』に出た『あひびき』からであつた。そのころは未だ中學に入りたてで、文學に對する鑑賞力も頗る幼稚で『佳人の奇遇』などを高誦して居た時代だから、露西亞の小説家ツルゲーネフの飜譯というさへ不思議で、何がなしに讀で見ると、巧に俗語を使つた言文一致體――その珍らしい文體が耳の端で親しく、絶間なくささやいで居るやうな感じがされて、一種名状し難い快感と、そして何處か心の底にそれを反撥しやうとする念が萌して來る。余りに親しく話されるのが譯もなく厭であつたの

だ。(4)

（傍線引用者）

有明がその読後感を『あひゞき』と比較して語っている『佳人之奇遇』は、「才子佳人」（才能に優れた男性と美しい女性）の活躍する政治小説で、漢文訓読体で書かれている。そして、有明に限らず当時の人々は、こうした『佳人之奇遇』などの漢文訓読体で書かれた小説を「高誦していた」、つまり、朗々と読み上げていたようである。ちなみに『あひゞき』出版前後の翻訳作品も多くが漢文訓読体で書かれていた。さらに興味深いのは、この小説の前半部分の連載が、初訳『あひゞき』出版の三年前の明治十八年に始まり、明治二十四年に終わっていることだ。どうやら二葉亭の翻訳における「言文一致の珍しい文体」は当時ほとんど影響力を持たず、漢文訓読体はさらに生き延び、『佳人之奇遇』の後編が一応完結したのは、実に『肖像畫』の出版と同じ明治三十年のことであった。

政治小説研究の泰斗、柳田泉によれば、明治期の政治小説は、明治十二、三年から二十年ごろまでの「民権小説」時代を第一期とし、明治二十年前後から明治三十年前後までの「国権小説」時代を経て、三十年以降の「社会主義小説」時代へと移っていったという。『佳人之奇遇』は第二期の「（西洋を意識に入れた）国権小説」の嚆矢であるとされる。柳田によれば、「民権小説が時代民衆に対して正面から民権思想（理想）を叩き込むことを理想としたのと同じく、これ〔国権小説〕は、日本国民に正面から国権思想（理想）を叩き込むことを理想とした」。(5) ところで、『佳人之奇遇』の作者である東海散士（本名は柴四朗）は、彼自身が、明治十二年から十八年までアメリカに留学しペンシルヴァニア大学内のホワートン理財学校の経済学科を卒業した「才子」であり、大正四年までに代議士に七度も当選するなどした政治家でもある。『佳人之奇遇』は自分の政治理念を小説仕立てに書き上げたもので、先ほどの柳田は散士の政治理念について以下のような興味深い考察を行っている。

〜これ〔『佳人之奇遇』〕を支えている政治思想は、結局日本主義、即ちナショナリズムである。そうして、そのナショナリズムは、当然の立場として、当時の政府なりインテリ社会の大半なりを支配していた欧化主義に反対するものであった。勿論『佳人之奇遇』の政治思想を全体的にいえば、自由民権に始まり、それから次第にナショナリズム、国権伸張に移るので、ナショナリズムが大いに強くなっても、その根底に自由欲求があることは、いうまでもない。民権と国権が表裏になっているのは、明治自由思想の特色であろう。散士の場合、いわゆる亡国（事実は亡藩）の士として、自由の思想は身についたもので、到底離れることはない。その自由民権も、一応は西洋を手本にしたものである。西洋を手本にはしているが、散士の場合は、殊におのれを立てようというもので、事情の如何では、時の勝者たる日本の政府には勿論、西洋にも背くかも知れない。おのれを立てる道は、自由にあるが、その自由は結局日本全体をわが味方として立てることでもある。同じく西洋を手本としても、政府のとる自由は、西洋崇拝の自由である、おのれを彼に屈し、彼に近づくを理想とする自由である、自由交際である。おのれをなくする自由である。政府が上から国民に強いた自由はそういう自由であり、そういう自由の立場から皮相的文明を移入する、それが欧化主義の本質であった。[6]

引用が長くなったが、散士が選んだ文体との関連で筆者が興味をそそられるのは、「自由民権」「ナショナリズム」「国権伸張」と移っていった散士の政治思想の根底にある自由と、時の政府が国民におしつけた自由が、まったく逆の意味合いを持った点だ。つまり、政府が日本国民に強要したのは西洋崇拝の自由で、「おのれをなくする自由」だ、と欧化主義の本質を看破していた散士が「おのれをつらぬく」政治理念を述べるために創作した『佳人之奇遇』という小説を日本の従来の文体、漢文訓読体で書いたというのは、必然であったといっていい。そして、この『佳人之奇遇』の対極にあったのが『あひゞき』という西洋の小説の翻訳で、その翻訳の結果生まれた文体が言文一致体であったというのも、けっして偶然ではない。漢文訓読体が「難解な漢語」と片仮名で書かれたのに対し、言文一致体では「日本語になった漢語[7]」と平仮名が使われた。

もう一つ翻訳小品『あひゞき』との比較ではっきりするのは「語り手」という文学上の技巧である。政治小説『佳人之奇遇』の第一巻を開いてまず気づくのは、そこに配された主人公の名前が作者と同姓同名の「東海散士」であることだ。『佳人之奇遇』という創作作品の中では、作者と同姓同名の日本人の青年「才子」が政治理念を語るのである。作者の政治理念を聞く読者は、そしてまたおそらく、おのれの政治理念を語る作者自身も、作者と主人公が同姓同名であることになんの疑問も抱かない。その『佳人之奇遇』という小説が朗々と読み上げられたとき、『あひゞき』の中に登場するような猟人という、作者とも主人公とも異なる「語り手」の存在などは読者の意識の端にも上らなかったに違いない。「語り手」のいない『佳人之奇遇巻一』は次のように始まっている。

東海散士一日費府《ヒラデルヒア》ノ獨立閣《インデペンデント、ホール》ニ登リ、仰テ自由ノ破鐘（歐米ノ民大事アル毎ニ鐘ヲ撞テ之ヲ報ズ。始メ米國ノ獨立スルニ當テ吉凶必ズ閣上ノ鐘ヲ撞ク。鐘遂ニ裂ク。後人呼テ自由ノ破鐘ト云フ）ヲ觀、俯テ獨立ノ遺文ヲ讀ミ、當時米人ノ義旗ヲ擧テ英王ノ虐政ヲ除キ、卒《つひ》ニ能ク獨立自主ノ民タルノ高風ヲ追懷シ、俯仰感慨ニ堪ヘズ。**愾然**《がいぜん》トシテ窓ニ倚《より》テ**眺臨ス**。會々《たまたま》二姫アリ。階ヲ繞《めぐり》テ登リ來ル。**翠羅**面を覆ヒ、**暗影疎香**白羽ノ春冠ヲ戴キ、**輕穀**ノ短羅ヲ衣、**文華**ノ長裾ヲ曳キ、風雅高表實ニ人ヲ驚カス。一小亭《カーペンター、ホール》ヲ指シ相語テ曰ク、那《か》ノ處ハ即チ是レ一千七百七十四年、十三州ノ名士始メテ相會シ、國家前途ノ國是ヲ計畫セシ處ナリト。(8)

開巻早々、「才子」（日本人の東海散士）と「佳人」（スペイン人の幽蘭とアイルランド人の紅連）がアメリカはフィラデルフィアで偶然に邂逅するわけだが、この一段落を読んだだけでも、「（日本語にならない）難解な漢語」がいくつか指摘できる。二葉亭四迷は明治三十九年発表の「余が言文一致の由來」という談話の中で日本語になった漢語と日本語になっていない漢語について、次のような例をあげてその違いを説明している。「磊落という語も、さツぱりとしたと云ふ意味ならば、日本語だが、石が轉つてゐるといふ意味ならば日本語ではない。日本語にならぬ漢語は、すべて使はないといふのが自分の規則であつた」(9)と。この二葉亭の基準からすれば、『佳人之奇遇』冒頭における「愾然《がいぜん》」（感情がたかぶるさま）、「眺臨」（見下ろすこと）、「翠羅」（みどりのヴェール）、「暗香疎影」（どこからともなくくるかおりとまばらなかげ／文中では「暗影疎香」と語順が異なっている）、「輕穀」（かるいちりめん）、「文華」（「文明の華、文明の立派さ」という意味だが、ここでは「はなやかな」ぐらいの意味で使っているか？）などが「難解な漢語」に相当しよう。さてここで『佳人之奇遇』初編（巻一～二）の発表から三年後の明治二十一年に発表された二葉亭の翻訳小品『あひゞき』（初訳）の冒頭を再び引いて、その言文一致体を『佳人之奇遇』の文体と比較検討してみよう。

> 秋九月中旬といふころ、一日自分がさる樺の林の中に座してゐたことが有ツた。今朝から小雨が降りそゝぎ、その晴れ間にはおり〳〵生ま煖かな日かげも射して、まことに氣まぐれな空ら合ひ。あわ〳〵しい白ら雲が空ら一面に棚引くかと思ふと、フトまたあちこち瞬く間雲切れがして、無理に押し分けたやうな雲間から澄みて怜悧《さか》し氣に見える人の眼の如くに朗らかに晴れた蒼空《あをぞら》がのぞかれた。自分は座して、**四顧**して、そして耳を傾けてゐた。木の葉が頭上《づじやう》で幽かに戰いだが、その音を聞たばかりでも季節は知られた。(10)

まず「漢語」つまり「漢字の熟語」についてみると、強いて挙げるとすれば「四顧（する）」（四辺を見まわす）というのが「難解な漢語」にあたるが、この語は今では広辞苑にも「四辺をふりむいて見ること。見まわすこと」とその語義が掲載されている。「怜悧」も「れいり」と音読みさせれば「難解な漢語」に相当したのかもしれないが、二葉亭はこの漢語を「さか（し）」と訓読みさせている。そのほかはすべて「日本語になった漢語」であり、二葉亭は自分が定めた基準をきちんと守っている。漢字の熟語について二葉亭が独自の使い方をしたものとして注目すべきは、むしろ一人称代名詞「自分」の使用であろう。現在のわれわれならおそらく何のためらいもなく「私」を一人称代名詞の訳語として使うだろうところを、二葉亭は「私」ではなく「自分」という熟語を使った。大漢和辞典を引くと、「私」の語義は「自分。自己。又、大我。」とあり、『老子』からの「非以其無私耶、故能成其私。」という例文等もみえる。一方、「自分」という熟語には「われ。おのれ。自身。自己」という語義こそ掲載されているが、例文はなく、「自分勝手」と「自分免許」（他人は認めないが、自分だけですぐれていると思ふこと）という日本語の成句が掲載されているのみである。つまり、「日本語になった漢語しか使わない」という二葉亭の方針からすれば、「自分」という和製の熟語のほうが、もともと漢語であった「私」より一人称代名詞の訳語としてふさわしいという判断であったと思われる。

次に「その珍らしい文體が耳の端で親しく、絶間なくささやいで居るやう」だと有明が評したその言文一致体の真髄について述べる。先に一人称代名詞「自分」と、過去時制詞が独自の文体を生み出したと述べたが、有明という詩人はこの『あひゞき』という小品に「語り手」がいて、一読者である有明の耳元で「自分」の見聞きした「過去の出来事」をささやくように語りかけている、とその「独自の文体」の本質を見抜いたものに違いない。『佳人之奇遇』という政治小説を高く口ずさんでいた青年が『あひゞき』という翻訳小品を眼で追ううちに、小説の中の「語り手」の言葉を「（誰かが）ささやくようだ」と感じ、さらに「余りに親しく話されるのが譯もなく厭であつた」と「語り手」の言葉に反発しもするのである。つまりは、小説の中に「話をする」誰かがいると詩人の直感が知らせたわけである。

さらにもう一つ『佳人之奇遇』と『あひゞき』の文体を比較することで、明らかになる相違を指摘しよう。それは、文末詞の問題である。第一章で初訳『あひゞき』では、日本文学史上初めて過去時制詞「た」が連続して文末で使われたことを指摘した。今あらためて『佳人之奇遇』の文末詞を調べてみると、「堪ヘズ」「眺臨ス」「（二姫）アリ」「登リ來ル」「驚カス」「（曰ク）處ナリ（ト）」と、引用文中すべての文末詞が「終止形」であることがわかる。文語動詞の終止形は口語動詞の「る」形に相当する。一方、文語文における過去時制詞の「た」形はというと、助動詞

「き」と「けり」がそれに相当した。

　そこで、過去や完了の助動詞に注意しながら『佳人之奇遇』第一巻を読み進めていくと、主要登場人物がそれぞれの政治に関わる自分史を語りはじめる。「(幽欄)曰く」などで始まるその「会話」部分では、完了を表す助動詞「たり」や「り」はかなりの頻度で使われるが、過去を表す助動詞「き」や「けり」はまったく使われない。つまり、『佳人之奇遇』という小説は、地の文も会話文も含めて基本的に過去時制詞を使わないで書かれており、過去の事件はあたかも現在進行しているかのように記述される。すなわち、声高く音読する者に登場人物等が体験した政治的な事件に「自分たちも」「現在」遭遇しているかのように錯覚させる文体であったといえよう。

『あひゞき』の言文一致体の先駆、川島忠之助訳『新説 八十日間世界一周』

　ちなみに明治初期に書かれた翻訳文の多くが『佳人之奇遇』と同種の漢文訓読体で書かれており、過去時制詞である助動詞「き」の使われるのはまれで、「けり」にいたってはほとんど使われない。その中で明治十一年に前編が、十三年に後編が出た川島忠之助訳『新説《しんせつ》 八十日間世界一周《はちじゅうにちかんせかいいっしゅう》』に見られる漢文訓読体は、例外的なものであった。川島のこの翻訳は、明治翻訳文学研究でも名高い柳田泉によって「厳正な逐字の全譯である[11]」として早くから注目を浴びた翻訳作品である。『新説 八十日間世界一周』の冒頭では、漢文体には稀な過去時制詞の「けり」が次のように和文体がらみで使われている。ジュール・ヴェルヌのフランス語の原文とその英訳、また参考として二〇〇一年刊行の鈴木啓二訳『八十日間世界一周』を付す。

Le Tour du Monde En Quatre-vingts Jours

　En l'année 1872, la maison portant le numéro 7 de Saville-row, Burlington Gardens — maison dans laquelle Sheridan mourut en 1814 — , **était habitée** par Phileas Fogg, esq., l'un des membres les plus singuliers et les plus remarqués du

Reform-Club de Londres, bien qu'il semblât prendre à tâche de ne rien faire qui pût attirer l'attention....(12)

[Mr. Fogg **lived**, in 1872, at No. 7, Saville Row, Burlington Gardens the house in which Sheridan died in 1814.(13) He **was** one of the most prominent members of the London Reform Club, though he never **did** anything to attract attention; ....]

『新説 八十日間世界一周』(川島忠之助訳)

千八百七十二年中ニ龍動《ろんどん》ボルリントン公園傍《かたはら》サヴヒルロー街第七番ニ於《おい》テ千八百十四年中シヱリダンガ物故《ぶつこ》セ**シ**家ニ　同府改進舎《かいしんしや》ノ社員ニテ　自身ハ勉メテ行状《ぎやうじやう》ノ人ノ目ニ立タヌ様《やう》注意シアリ**シ**モ何時《いつ》トナク奇癖家《きへきか》ノ名聞轟《めいぶんとどろ》キ**ケル**フアイリース、フヲッグ氏ト称スル一紳士ゾ住《すま》ヒ**ケル**(14)

『八十日間世界一周』(鈴木啓二訳)

一八七二年のこと**であった**。バーリントン・ガーデンズ、サヴィル＝ロウ七番地の屋敷に、フィリアス・フォッグという紳士が**住んでいた**。それは一八一四年にシェリダンが息を引き取ったのと同じ屋敷**であった**。フォッグ氏はロンドンの革新クラブのメンバー**であった**。全会員中、最も風変わりで最も目立った存在の一人であったが、彼自身の方では、人目につくようなことは一切しないよう努めているように**見えた**。(15)

句読点に関しては、川島訳がジュール・ヴェルヌの原文に最も忠実で、原文の引用部分にピリオドが一つしかないことを意識した川島訳では、冒頭部に長い一文を配し、その一文を「一紳士ゾ住《すま》ヒ**ケル**」と係り結びで終えている。この文末詞「ける」については、『新日本古典文学体系《明治編》15　翻訳小説集二』に収められた補注で次のような説明がなされている。「訳文は基本的には漢文訓読体の文章といえるが、会話の部分を中心にして和文の要素が散見される。ここに見られる係り結びもその一つ。（中略）また「過去・完了」の助動詞は、いわゆる漢文訓読体にはまず用いられない「ケリ」「ツ」「ヌ」も、「キ」「タリ」「リ」とともに混用される[16]。『あひゞき』がロシア語からの逐語訳であったと同様『新説八十日間世界一周』もフランス語からの忠実な逐語訳であったことを考えれば、「過去」を表す助動詞「けり」が「き」とともに使用されたのは、フランス語の原文の過去形を忠実に訳し出そうという意図によるものと推測される。また、語彙に関しても「日本語にならない漢語」は『あひゞき』同様、ほとんど使われていない。つまり、『新説八十日間世界一周』は、漢文脈に和文脈を取り込んだ革新的な文体であり、『あひゞき』の言文一致文体の元祖ともいえる文体だったのだ。だが、十年後に発表された二葉亭の『あひゞき』との決定的な違いは、『新説八十日間世界一周』の原文がいわゆる「三人称客観小説」であったので、『あひゞき』の猟人のように一人称で出来事を語る「語り手」が小説内に登場しないことと、過去時制詞「けり」が『あひゞき』における過去時制詞「た」のように連続して使われなかった点である。ちなみに、二〇〇一年刊行の鈴木訳では、引用部分に「た」形が五度も連続して使われている。

翻訳小説『花柳春話』の「語り手」と文末詞

さて、最後にもう一つ「語り手」と文末詞をめぐる興味深い例として、漢文訓読体で書かれた明治初期翻訳小説『花柳春話』を取り上げてみたい。『花柳春話』は織田（旧姓丹羽）純一郎による英語原文からの翻訳で『新説八十日間世界一周』と同様明治十一年に出版が始まり、翌十二年四月に完結している。原作は『アーネスト・マルトラヴァース』（一八三七年刊行）及び『アリス』（一八三八年）で、原作者はブルワー＝リットンである。逐語訳であった『新説八十日間世界一周』と異なり、抄訳ではあるが、この翻訳は大評判となり、二葉亭の師であった坪内逍遥が「あの頃は『花柳春話』の勢力が大へんなものだつたから、〔小説の題に〕春とか話とかの文字を使はなければならなかつた[17]」と回顧し、明治の翻訳王といわれた森田思軒によって「我國ノ小説ノ趨向一變セムトスルヤ、織田氏譯スル所ノ『花柳春話』ソノ嚆矢ヲナセリ[18]」と評されるほど当時の（翻訳も含めた）小説界に大きな影響を与えた。柳田泉は『花柳春話』が大評判をとった理由として、「明治九、十年頃の殺伐な騒々しい空氣が落つくと共に時代が清新な讀物に渇してゐたこと、當時の西洋崇拜熱に迎合したこと、内容が、才子と佳人と流離艱難多年の後團圓するといふ日本人の在來の小説的理想にひたと當嵌つてゐたこと、文章描寫に一種清新な味（當時としては）のあること、政治的色彩のあること[19]」などを挙げている。

抄訳とはいえ、『花柳春話』はリットンの原作内容をかなり忠実に訳し出している。しかし、時に原作内容の情報量が格段に落ちる場合がある。その例として次に第五章に見える主人公マルトラヴァースの心理描写を引いてみよう。リットンの原文を先に引用し、織田純一郎による訳文を次に、最後に拙訳を付すことにする。なお、原文の動詞の過去形には傍線を、現在形には点線を付し、訳文中の「き」や「た」形には傍線を、それら以外の文末詞には点線を付した。なお、重要と思われる箇所には網をかけた。

Ernest Maltravers

The poor girl at first **wept** much at the exchange, but the grave remonstrances and solemn exhortations of Maltravers **reconciled** her at last, and she **promised** to work hard and pay every attention to her lessons. **I am not** sure, however, that it **was** the tedium of the work that deterred the idealist — perhaps he **felt** its danger — and at the bottom of his sparkling dreams and brilliant follies, **lay** a sound, generous, and noble heart. He **was** fond of pleasure, and **had been** already the darling of the sentimental German ladies. But he **was** too young and, and too vivid, and too romantic to be that which is called a sensualist. He **could not look upon** a fair face, and a guileless smile, and all the ineffable symmetry of a woman's shape, with the eye of a man buying cattle for base uses… He very easily **fell** in love, or **fancied** he did, **it is** true — but then he **could not separate** desire from fancy, or calculate the game of passion without bringing the heart of the imagination into the matter. And though Alice **was** very pretty and very engaging, he **was not** yet in love with her, and he **had** no intention of becoming so.(20)

『花柳春話』

〜アリス荒原ノ中ニ生《ウマ》レ風習《なれ》野鄙《いやしく》ニシテ人事ヲ知ラザレバ初メハ事ニ馴《ナ》レザルヲ以テ大ニ苦心ノ色《イロ》アリシガ終《ツイ》ニマルツラバースノ說諭《セツユ》ニ服從シ日夜ニ勉勵シテ毫モ惰《オコタ》ラザルニ**至ル**。**著者《チヨシヤ》曰ク**マルツラバース嘗テ日耳曼ニ在テ風流社會ニ優游《イウイウ》シ往々《ワウワウ》才子美男ノ讃稱《サンシヤウ》ニ遇《ア》フト雖ドモ年未ダ二旬《ニジユン》ニ盈タザレバ思慮《シリヨ》未ダ遠《トホ》キニ**及バズ**。然レドモ性質雅致《ガチ》ヲ好《コノ》ミ世俗ノ所謂《イハ》ユル利ヲ看《ミ》テ女ヲ娶《メト》ルノ輩《ハイ》ニ**非ラズ**。**譯者云ク**歐洲ノ風俗ハ専ラ利ヲ先ニシ美且ツオアル女子ト雖モ財産ナキ者ハ概《オホム》ネ嫁《カ》スル**能ハズ**。蓋シ夫《オット》タル者ハ女子ノ人タルヲ愛シテ之ヲ娶ルニ非ラズ唯ダ其財産ヲ喜ンデ娶ル者多ケレバ**ナリ**。故ニマルツラバースハ貧富貴賤ヲ論ゼズ常ニ人物ヲ愛シテ財産ヲ**愛セズ**。然レドモアリスノ容色ヲ見テ心未ダ動カザルノミナラズ毫モ之ヲ娶ルノ意**ナシ**。(21)

『アーネスト・マルトラヴァース』（拙訳）

哀れにも少女は話し合いのたびに泣いてばかりいたのだが、マルトラヴァースの厳粛な諫めと熱心な勧めの言葉に動かされてついには授業に身をいれること、そして勉強に打ち込むことを約束するに**至ったのである**。**しかしながら私には**この理想主義者を思いとどまらせたのがこの仕事の退屈さであったのかどうか**たしかなところはわからない**。――**おそらく**彼は危険を**感じた**ものに**違いない**。――そして彼のきらめくような夢と輝かしくも愚かしい企ての底には、健全で寛大、かつ気高いこころばえが**あったのである**。マルトラヴァースは快楽に耽るのが好きだったし、一時はセンチメンタルなドイツの婦人たちの寵児**でもあった**。だが彼は官能主義者というにはあまりにも若く、鋭敏で、またロマンチック**だった**。マルトラヴァースは実利のために家畜を購う人の目で、正直な顔、誠実な微笑み、そして言葉にできない女性の美といったものを**見ることができなかった**。彼は簡単に恋に落ちたし、自分が恋に落ちたと**想像した**のも**確かだ**。だが、彼には欲望と空想を切り離すことができなかったし、恋という情熱のゲームを計算するのに心や想像力をもちこまないでは**いられなかった**。アリスはとても可憐で、人を引き付ける魅力もあったが、マルトラヴァースはアリスにまだ恋をしてはいなかったし、また**恋をするつもりもなかったのである**。

同じ漢文訓読体とはいえ、『佳人之奇遇』と異なり、『花柳春話』には「日本語にならない漢語」がよほど少なく、引用部分でそれに当たるのは「優游《イウイウ》」（ひまのさま。ゆったりする。）ぐらいである。織田はまた、漢字の熟語に訓読みをほどこしたり（例えば「風習《なれ》野鄙《いやしく》」など）して、日本の読者に読みやすい文体を心がけているように見える。一見その文体は、『新説八十日間世界一周』の文体同様、和文体に近いようにみえるが、文末詞をみると、『佳人之奇遇』と同様、すべての文末が用言の終止形で終わっている。過去時制詞「き」は、引用文中では初頭の文で、アリスが勉学に集中する決意をする様子を述べたところで一度使われるのみである。しかもそれは文末ではなく文中に現れる（「大ニ苦心ノ色《イロ》アリシガ」）。概して、『花柳春話』の中で、過去時制詞「き」が文末で用いられることは稀で、『新説八十日間世界一周』で使われた過去時制詞「けり」の使用にいたっては皆無である。つまり、『花柳春話』の文体は、語彙的には、逐語訳で和文脈を取り込んだ『新説八十日間世界一周』に近いが、文末詞に関しては漢文訓読体の本流であった『佳人之奇遇』に近いといえる。

ところで、『花柳春話』が『佳人之奇遇』とも『新説八十日間世界一周』とも異なる点がある。それは、訳文中に（原作の）著者や訳者が介入する点である。つまり、「著者《チヨシヤ》曰ク」「譯者云ク」と、著者や訳者の言葉が直接に引用されるのである。リットンの原文で引用文中の「著者《チヨシヤ》曰ク」に該当する箇所を見てみると、《I am not sure, however, that…》と、一人称の誰かが作品中で話し始めていることがわかる。そして、その話の内容は、主人公マルトラヴァースの心理分析を含む性格描写である。この《I〔私〕》を「作者」としたのは訳者織田の判断で、主人公マルトラヴァースの心の内がこれほど解るのは作者以外だれもいないはずだぐらいの判断だったに違いない。織田は、しかしながら、アリスの教育を放棄し熟練した老齢の教育者の手に渡すことにしたマルトラヴァースの「作者による心理分析」を訳者による西洋社会の紹介にすり替え、堂々と「訳者曰ク」と訳者の声を作中に響かせるのである。つまり、訳者織田の頭の中には西洋の小説のレトリックとしての「語り手」という概念はまったくなく、『あひゞき』の中の猟人のように作中人物として登場する「語り手」以外にも、姿の見えない「語り手」というものが小説の中に存在することに考えが及ばなかったのだ。

さらにいえば、西洋の小説と当時の日本の小説とを分けていたのは、登場人物の心の内をのぞき見ることのできる「語り手」の存在であろう。あるいは、ウェイン・C・ブースの概念を借りれば、「〔登場人物として〕劇化《ドラマ》されていない語り手」の存在である。『花柳春話』の作者、すなわち『アーネスト・マルトラヴァース』という西洋の小説の訳者である織田が原作を読み進めて、はたと戸惑ったのは、おそらく日本のそれまでの小説にはなかった登場人物の心理の詳細にわたる分析であり、覗きみることのできない登場人物の心のうちを語る「誰か」が小説内にいるという不思議だった。そこで、織田としては《I am not sure, however,〔私には確かなことは分らないが、〕》と語る人を「作者」とする以外に訳しようがなかったのであるし、そもそも、「ロマンチストのマルトラヴァースは自分の想像力に踊らされている」という「語り手」による心理描写などは織田の想像外であり、切り捨てるより手段はなかったと思われる。

ウェイン・ブースによる「語り手」の分類

「語り手」について先ほど引用したウェイン・ブースは、一人称と三人称小説における作者と主人公と語り手との関係についての従来の考え方に異議を唱えて、次のように述べている。「重要なのは語り手の質であって、その語りが小説内でどのような効果をあげているかを詳細に定義しないまま小説が一人称で語られているとか、三人称で語られているとかいった定義をしても、何の意味もなさない[22]」と。そして、語り手が語り手として小説内で独自に劇化《ドラマ》されているか、あるいは作者と考え方や特性を共有するのか否かによって、語り手を次の三つのカテゴリーに分類している。

Ⅰ　内包された作者（＝作者の第二の自己）

Ⅱ　〔登場人物として〕劇化《ドラマ》されていない語り手

Ⅲ　〔登場人物として〕劇化《ドラマ》された語り手

ブースはさらに「〔登場人物として〕劇化《ドラマ》された語り手」は、彼を創り出した「内包された作者」と大きく異なっている[23]」と述べている。これまで引用した西洋の作品の中では、ツルゲーネフの『あいびき』における猟人の場合がこれに当たるだろう。一方、ブースはあまり言及していないが、「〔登場人物として〕劇化《ドラマ》されていない語り手」は、彼を創り出した「内包された作者」と考え方を共有することもあるようだ。例えば、リットンの『アーネスト・マルトラヴァース』における《I〔私〕》と語り始める無名で性格の付されていない「語り手」がそれにあたろう。最後に「語り手」が「内包された作者」、つまり、作者の第二の自己である場合だが、ジュール・ヴェルヌの『八十日間世界一周』の「語り手」が最もこのカテゴリーに近い。『八十日間世界一周』には、リットンの『アーネスト・マルトラヴァース』のように「私は」と語り始める「語り手」が登場しないからである。

さて、これらの西洋の作品の翻訳のうち、「語り手」に関して最も原作とかけ離れているのが、リットンの『アーネスト・マルトラヴァース』の織田による翻訳『花柳春話』ということになる。もちろん、二葉亭の『あひゞき』と、川島の『新説 八十日間世界一周』が逐語訳であったのに対し、『花柳春話』は抄訳であったという点を考慮しても、小説内の一登場人物として描かれない「語り手」の存在というのは訳者織田にとって理解しがたかったのであり、また、その語る内容が主人公の心理描写であったという点で二重の困難を背負っていたというべきだろう。次に、ここまで論じてきた明治初期に書かれた四つの小説と改訳『あひゞき』、そして『肖像畫』を加えて、「文体」と「語り手」について表にまとめてみよう。

題名	出版年代	ジャンル	文体（文末語）	語り手
花柳春話	明治十一〜十二年	翻訳小説	漢文訓読体（完了表示詞「たり」、「り」）	作者（原作では「劇化されていない語り手」）
新説八十日間世界一周	明治十一、十三年	翻訳小説	漢文訓読体＋和文体（過去時制詞「けり」）	「内包された作者」
佳人之奇遇（前編）	明治十八〜二十三年	政治小説	漢文訓読体（完了表示詞「たり」、「り」）	なし
あひゞき（初訳）	明治二十一年	翻訳小説	言文一致体（過去時制詞「た」）	「劇化された語り手」（猟人）
あひゞき（改訳）	明治二十九年	翻訳小説	言文一致体（完了表示詞「た」）	「劇化された語り手」（猟人）
肖像畫	明治三十年	翻訳小説	言文一致体（？）	「？」

『肖像畫』冒頭文の文末語と「語り手」

ここでいよいよ『肖像畫』の冒頭部分について、その文体と「語り手」について考察を進めることにする。筆者は先に、この冒頭部分で話をしているのは誰だろうかという問いかけをした。それはすなわちゴーゴリの《Портрет [Portrait／肖像画]》という小説に「語り手」はいるのだろうか、いるとすれば、二葉亭の翻訳『肖像畫』では「語り手」はどのように訳されているのだろうかという問いであった。そこで語り口に注意しながら、ゴーゴリの原作の冒頭部分を再読すると、引用部の中ほどに《верно［I suppose／きっと～にちがいない］》という「語る人」を予想させる挿入語が二度使われていることに気づく。さらに読み進めると、《Всякой восхищается по-своему［Each one admires them in his own way／みんな思い思いに絵画にみとれている］》という絵画店の前にたかる見物人についての何者かのコメントにつきあたる。さらに原文を精読すると、《верно［I suppose］》や《без сомнения［without doubt］》という挿入語がさしはさまれるとき、ゴーゴリは常に現在形の動詞を使っていることに気づく。つまり、過去形で始まったゴーゴリの『肖像画』には実は「語り手」がいて、その「語り手」が語り口を明らかにするとき、現在形という動詞の時制が採られるのである。（この「語り手」は身体を持たない。ブースのいう「〔登場人物として〕劇化《ドラマ》されない語り手」である。）一方の二葉亭はといえば、翻訳『肖像畫』の中でゴーゴリの原作にあった「語り手」の発話をかなり忠実に訳し出している。一つ目の挿入語《верно［I suppose］》は「〜に違ひない」と、《Всякой восхищается по-своему［Each one admires them in his own way］》というコメントは「さて覽方《みかた》だが、これが人に由つて違ふ」と、それぞれ正確に訳しているのだ。二葉亭はまた、ゴーゴリが過去形から現在形に変えた動詞形にすべて「る」または「てゐる」形を当てている。ただし、動詞形に関して二葉亭はゴーゴリの原文と異なり、文頭から一貫して「る」形を採っている。

動詞形についてさらに考察を加えると、引用したゴーゴリの冒頭部分の動詞は、最後の《остановился［stopped］》を除いてすべてが不完了体であることがわかる。ロシア語の動詞の現在形には不完了体しか使われないが、その不完了体現在形の動詞を二葉亭はすべて「る」または「てゐる」形で忠実に訳し出しているわけだ。さらに注目すべきは、二葉亭が引用部分で不完了体動詞の現在形だけではなく、過去形もまた「る」または「てゐる」形で訳していることである。そこで思い起こすのは、二葉亭が『肖像畫』を書いたのは改訳『あひゞき』出版の翌年だということである。つまり、改訳『あひゞき』で試みた不完了体過去形動詞に「る」、または「てゐる」形をあてるという動詞形の翻訳の基準を二葉亭はここでも採用している。ただし、改訳『あひゞき』で二葉亭が不完了体の過去形動詞でなされた人物や風景の描写を「る」形や「てゐる」形を用いて書換えていったのは、初訳で多用したがために新しくはあったが非難も受けた「た」形を消去するためであった。それはほとんど機械的な作業であったといってもいい。一方、『肖像畫』冒頭部分で不完了体過去形の動詞を「る」または「てゐる」形で訳したのは、「た」形を消去するためではない。それは、不完了体現在形の動詞を「る」や「てゐる」形で訳すことで明らかになった「語り手」の言葉を強調する、もしくは、敷衍する目的で行われたと思われる。

つまり、改訳『あひゞき』で二葉亭は「た」形の消去という否定的な動機で、ロシア語不完了体過去形動詞の訳語の「た」や「てゐた」形を機械的に「る」や「てゐる」形に置き換えていった。だが、『肖像畫』で二葉亭は、「る」や「てゐる」形をゴーゴリの原作の「語り手」の語り口をはっきり示す不完了体現在形動詞の訳語として意図的に使った。あるいは、「る」や「てゐる」形は『肖像畫』という「語り手」を持つ物語の内的な要請に基づいて使われたと言い換えてもよい。二葉亭はさらに「る」や「てゐる」形を不完了体過去形動詞の訳語としても使った。そうすることによって、二葉亭訳『肖像畫』の中のゴーゴリの「語り手」は、冒頭から登場することになった。

翻訳『肖像畫』と創作『浮雲』の冒頭文における「語り手」

ところで、明治三十年出版の二葉亭訳『肖像畫』の冒頭は明治二十年出版の二葉亭の処女創作作品『浮雲』の冒頭に酷似している。どちらの作品にも独特の語り口をもった「語り手」がいるのだ。次に引くのは『新編 浮雲 第一篇』の冒頭である。

千早振る神無月も最早跡二日《あとふつか》の餘波《なごり》となツた廿八日の午後三時頃に神田見附の内より塗渡《とわた》る蟻、散る蜘蛛《くも》の子とうよ〳〵ぞよ〳〵沸出で來るのは孰《いづ》れも顋《おとがい》を氣にし給ふ方々、しかし熟々《つらつら》見て篤《とく》と點撿すると是れにも種々《さまざま》種類のあるもので、まづ髭《ひげ》から書立てれば口髭《くちひげ》頬髯《ほほひげ》顋《あご》の鬚《ひげ》、暴《やけ》に興起《おや》した拿破崙髭《なぽれをんひげ》に狆《ちん》の口めいた比

斯馬克髭《びすまるくひげ》、そのほか矮鶏髭《ちやぼひげ》、狢髭《むじなひげ》、ありやなしやの幻《まぼろし》の髭と濃《こ》くも淡《うす》くもいろ〳〵に**生分《はへわか》る**　髭に續いて差《ちが》ひ
のあるのは服飾《みなり》　白木屋仕込みの黑物《くろいもの》づくめには佛蘭西皮《ふらんすがわ》の靴の配偶《めうと》はありうち、之を召す方様《かたさま》の鼻毛ハ延びて
蜻蛉《とんぼ》をも釣るべしと**いふ**　是れより降つては背皺《せじわ》よると枕詞《まくらことば》の付く「スコッチ」の背廣にゴリ〳〵するほどの
牛の毛皮靴、そこで踵《かゝと》にお飾を絶《た》やさぬ所から泥に尾を曳く龜甲洋袴《かめのこづぼん》、いづれも釣《つる》しんぼうの苦患《くげん》を今に脱せぬ
貌付《かほつき》、デも持主は得意なもので髭あり服あり我また奚《なに》をか覓《もと》めんと濟《すま》した顏色《がんしよく》で火をくれた木頭《もくづ》と反身《そつくりかへ》ツて**お**
歸り遊ばす　**イヤお羨《うらやま》しいことだ**　其後より續いて出てお出でなさるは孰《いづ》れも胡麻鹽頭《ごましほあたま》　弓と曲げても張の弱
い腰に無殘や空辨當《からべんたう》を振垂《ぶらさ》げてヨタヨタもので**お歸りなさる**　さては老朽しても流石《さすが》はまだ職に**堪へるものか**
しかし日本服でも勤められるお手輕なお身の上　さりとはまたお氣の毒な
途上人影《ひとけ》の稀《ま》れに成つた頃同じ見附の内より兩人《ふたり》の少年《わかもの》が話しながら**出て參つた**(24)

『浮雲』の「語り手」はまず年末の神田見附の官庁街を俯瞰する視点から仕事を終えて役所から群がり出る官吏たちを捉え、次に彼らの外貌を描き出す。髭尽くしから始まり、洋装の高級官吏を和服の下級官吏に対比させ、最後は下級官吏の腰弁当に視点が届いたところでひとまず描写を終える。その描写の合間に二葉亭の『浮雲』の「語り手」は洋装の上級官吏には「イヤお羨ましいことだ」、和服の下級官吏には「さりとはまたお氣の毒な」と個人的な感想をさしはさまないではいられない。これは二葉亭訳『肖像畫』における「語り手」の視点と語り口を強く連想させる。シチューキン市場のとある絵画展に視点を置いた『肖像畫』の「語り手」もまた、絵画店に集められた玉石混交の絵画をひとまず描き出し、そのあと店の前にたかる有象無象の鑑賞者たちを写し出すのだ。「正統の」鑑賞者には程遠い彼らの描写の合間にさしはさまれた「辨當の入つた仕出屋の岡持《をかもち》を提げてゐるからは、旦那殿は餘り熱くない肉羹《そつぷ》を吸はれるに違ひない」「さて覽方《みかた》だが、これが人に由つて違ふ」という皮肉まじりのコメントは、『浮雲』の「語り手」と、饒舌さという点で一致している。

描写の視点や内容、そして語り口以上に似ているのは二つの作品に用いられた文末語の種類と使用箇所である。『浮雲』も『肖像畫』も冒頭から「る」形が採用され、「た」形はただの一度、それぞれの主人公が登場するところで用いられているにすぎない。『浮雲』の文三は恋敵《ライバル》昇とともに「途上人影《ひとけ》の稀《ま》れに成つた頃同じ見附の内より両人《ふたり》の少年《わかもの》が話しながら**出て參つた**」と、『肖像畫』の運命の画家チャルトコーフは「此時チャルトコフといふ通りすがりの若い畫家が何心なく店頭《みせさき》に**立止つた。**」と、舞台の袖に潜んでいるかのような「語り手」によって紹介される。わけても『浮雲』の文末語「出て參つた」の「參つた」は対話敬語として用いられ、「主として、自己側の者、また、敬う必要のない一般的なものの「行く」「来る」を、聞き手に対し、へりくだる気持ちをこめて丁重に言う。[25]」と日本国語大辞典にもあるように、「聞き手」を意識した表現である点が重要だ。

これらの「語り手」の空間的な位置はまた、樺の林に潜んで「あいびき」を見ている猟人の位置をも強く思い起こさせる。だが、『浮雲』、『肖像畫』と、『あひゞき』の違いは、「語り手」たちの時間的位置である。『浮雲』と『肖像畫』が現在進行中の物語として語られるのに対して、『あひゞき』は過去を回想する物語として書かれている。『あひゞき』は「秋九月中旬といふころ、一日自分がさる樺の林の中に**座してゐたことが有ツた。**」（初訳）、「秋は九月の中旬《なかば》の事で、一日《あるひ》自分がさる樺林の中《うち》に**坐つてゐたことが有つた。**」（改訳）と、初訳でもまた改訳でも「た」形を過去表示詞として使うことで物語が始まる。『あひゞき』の「語り手」は語る現在と語られる過去という二重の時間の中にいる。それに対して「**途上人影《ひとけ》の稀《ま》れに成つた頃**同じ見附の内より両人《ふたり》の少年《わかもの》が話しながら**出て參つた**」（『浮雲』）、「**此時**チャルトコフといふ通りすがりの若い畫家が何心なく店頭《みせさき》に**立止つた。**」（『肖像畫』）と、『浮雲』と『肖像畫』における初出の「た」形は、過去時制の表示詞ではなく完了相の表示詞として機能している。ちなみにゴーゴリの原文は《В это время невольно **остановился** перед лавкою проходивший мимо молодой художник Чартков [At this moment, a young artist Chartkov, who was passing by, involuntarily **stopped** in front of the picture shop].》となっており、二葉亭が「立止つた」と訳したロシア語の動詞は《остановился [stopped]》で、完了体過去形である。『浮雲』の「語り手」も『肖像畫』の「語り手」も、どうやら語る現在しかもたないように見える。

アスペクトとテンスを表す「た」形と「る」形

ここで、二葉亭の翻訳文体の中での「た」形と「る」形がアスペクトとテンスをどのように表したのかまとめてみよう。まず、テンスとアスペクトを定義することから始めたい。バーナード・コムリーはその著書『アスペクト』の中で、アスペクト（相）をテンス（時制）と対比させて次のように定義している。「テンスとはある状況の特定の時間を他の時間、通常発話時に照らして関係づけるものである。〔それに対して〕アスペクトとはある状況の内的時間の構成をみるいくつかの異なった見方である。(26)」と。テンスには一般に過去・現在・未来という時制が、アスペクトには完了相と不完了相があるとされる。アスペクトの相はさらに、「完了相は内的構成を必ずしも分別することなしに状況を外部から見る。それに対して、不完了相は状況を内部から見るため、その状況の内的構成に決定的に関わるものである。不完了相はある状況を始発点にむけて後ろ向きにたどることも、終着点から前に向かってたどることもできるし、またその状況を始まりも終わりもないある期間継続したものと見ることもできるからである(27)」と説明される。コムリーは完了相と不完了相を表す例として次の一文をあげている。なお、英文とロシア語の文はコムリーの著書から直接引用し、日本語の文は筆者が書き加えた。

English: John **was reading** when I **entered**.
Russian: Ivan **čital**, kogda ja **vošel**.（Иван **читал**, когда я **вошел**.）(28)
Japanese:　私が**入った**時、イワン〔イワンはジョンのロシア風の呼び名〕は**本を読んでいた**。

つまり、二重傍線を付した《**entered**／**вошел**／**入った**》が完了相を表す動詞で、傍線を付した《**was reading**／

читал／**本を読んでいた**》が不完了相を表す動詞ということになる。ちなみに該当するロシア語の動詞はそれぞれ完了体と不完了体となっている。コムリーの完了相と不完了相の説明と例文を読んだあと、先ほどの「出て參つた」（『浮雲』）と「立止つた」（『肖像畫』）を再度検討すると、二つの動詞が完了相を表していることがよく分かる。二つとも状況を「内的時間構成を弁別することなく、外部から」見ているからだ。

現代日本語文法におけるアスペクトとテンスの理解を見るには、工藤真由美の『アスペクト・テンス体系とテクスト——現代日本語の時間の表現』が参考になる。工藤によるアスペクトとテンスの体系の説明は次のようなものだ。

> アスペクトとは、基本的に、完成相と継続相の対立によって示される、〈出来事の時間的展開性（内的時間）の把握の仕方の相違〉を表す文法的カテゴリーである。テンスとは、基本的に、過去時制と非過去時制の対立によって示される〈出来事と発話時の外的時間関係の相違〉を表す文法的カテゴリーである。一方には、〈内的時間〉をめぐるアスペクト対立があり、他方には、〈外的時間〉をめぐるテンス対立がある。したがって、アスペクトとテンスは、アスペクト・テンス体系として、内的時間と外的時間とが統一されたかたちで存在している。(29)

筆者が興味深いと考えるのは、上に挙げた工藤によるテンス・アスペクトの図式化である。なお、二葉亭の翻訳文体における「る」形と「た」形のテ

アスペクト／テンス	完成相	継続相
非過去	スル	シテイル
過去	シタ	シテイタ

〔工藤による図式〕

↓

〔筆者による図式〕

アスペクト／テンス	**完了相**	**不完了相**
非過去	**スル／シテシマウ**	**スル／シテイル**
過去	**シタ／シテシマッタ**	**シタ／シテイタ**

ンス・アスペクトによる使い分けの筆者による図式を、工藤の図式の下に書き加えた。
　筆者と工藤の図式の違いは、「する」と「した」、つまり「る」形と「た」形がどちらもそれ自体完了相（工藤の図式では完成相）としても不完了相（工藤の図式では継続相）としても使われうるという点である。例えば、完成相だけを表すとされる「する」も、「毎日、本を読**む**」という文の中では非過去の継続的で習慣的な意味の不完了相を表すことになる。また、「した」についても、「きのう三時間本を読ん**だ**」という文の中では過去の継続的な動作という意味の不完了相を表す。とすれば、二葉亭の初訳『あひゞき』の冒頭の文「秋九月中旬といふころ、一日自分がさる樺の林の中に**座してゐたことが有ツた**。」の文中と文末の「た」は完了相の過去ではなく、むしろ継続を表す不完了相の過去として使われていたと考えるのが妥当だろう。ロシア語の場合、不完了体も完了体も多義であり、不完了体は「動作そのもの、進行中の動作、繰りかえされる動作あるいは習慣的動作」を、完了体は「具体的な一続きの動作の完了、及び完了の結果」を表すとされる。つまり、不完了相は継続だけではなく、反復や習慣も、単なる事実そのものをも表すのであり、完了相は完了だけではなく完了の結果も表すのである。二葉亭はそうした多義的な不完了体と完了体の動詞の訳語として「る」と「た」の両方を使った。さらに、「ている／ていた」と「てしまう／てしまった」をそれぞれ不完了相と完了相の強調した表現として使ったのである。

　以上のことを「た」形に焦点を当ててまとめてみよう。ロシア語のようにほとんどすべての動詞が不完了体と完了体という対をなし、過去形、現在形、未来形を有するというアスペクトもテンスもはっきり表しうる言語を、アスペクトはもとよりテンスさえはっきりと区別しない近代日本語へと一連の文学作品のうちに翻訳していくという作業で、二葉亭はいくつかの発見をした。第一に、本来完了の意味を強く持った「た」形をロシア語動詞の過去形の訳語として使うことで「過去時制」を表す「た」を発見した。これは初訳『あひゞき』の中で行われた。次に改訳『あひゞき』を書くことで、二葉亭は「完了相」を表す「た」を再発見した。だが「劇化《ドラマ》された語り手」が過去回想の視点を堅持していたため、二葉亭は改訳『あひゞき』の初頭の文から「過去形」の「た」を消すことができなかった。一方、改訳『あひゞき』に続く『肖像畫』では、「た」形を完了相を表す「完了表示詞」として最初から使うことで、「劇化《ドラマ》されない語り手」の時間的位置を物語の進行と同時に設定したのである。次に『肖像畫』の中で「た」形と「る」形が完了体と不完了体の訳語としてどのように使われたのか、殊に、「た」形がどの程度一貫して完了体の訳語として使われているのかを具体的に追っていくことにしよう。

主人公の心の内を覗き見る『肖像畫』の「語り手」

『肖像畫』の中の「た」形と「る」形の使用を具体的に見る前に、その冒頭部についてもう一点だけ付け加えておく。実は、ゴーゴリの諸作品と二葉亭の三つの創作作品『浮雲』『其面影』と『平凡』にみられる文体的類似については、ロシア文学研究者の諫早勇一と秦野一宏による早くからの指摘がある。一九八二年にほぼ同時に発表された両者の論文では、ゴーゴリの『ネフスキー大通り』と『浮雲』の冒頭部の類似が指摘された[30]。諫早も秦野も『ネフスキイ大通り』冒頭部での多種多様の鼻、ひげ、指輪、衣服などの「ものづくし」的描写に続く二人の対照的な主要人物の登場が、『浮雲』の冒頭の官吏の「髭づくし」と文三と昇というこれまた対照的な主人公たちの設定に影響を与えたというのだ。秦野はさらに、ゴーゴリの「語り手」の「大げさなだけで実のない語りのスタイル」が『浮雲』の「語り手」の「前近代的な事々しい（が内容のない）語りのスタイル」に一致するというすぐれた指摘をしている。が、おそらく『浮雲』の冒頭に影響を与えたのがゴーゴリの『ネフスキイ大通り』であったのか『肖像画』であったのかはそれほど重要ではない。重要なのはゴーゴリの文体と二葉亭が創作で用いた文体が似ていたことである。しかも「〔登場人物として〕劇化《ドラマ》されない」が、独特の語り口を持つ「語り手」がゴーゴリの一連の作品にも、二葉亭の処女創作作品『浮雲』にもいるということである。だが、ゴーゴリの「語り手（たち）」と、二葉亭の『浮雲』の「語り手」には、一つ大きな違いがあった。それはゴーゴリの「語り手（たち）」には主人公の心の内を覗き見ることができたことである。その例としてまず、恐ろしく鋭い目付きをした老人の肖像画を掘り出してしまったときのチャルトコーフの内面描写をみてみよう。ゴーゴリの原文とその英訳（拙訳）に続いて二葉亭の訳と一九八三年発行の岩波文庫に収められた横田瑞穂による訳をあげる。ゴーゴリのロシア語原文からの引用文中の不完了体過去形の動詞には傍線を、そして、完了体過去形の動詞には二重線を付した。英訳の中の動詞もこれにならった。日本語の引用文では、「る」形には点線を、「た」形については不完了体の訳語に傍線を、完了体の訳語に二重の傍線を付した。なお、重要と思われる表現には網をかけた。

Портрет

Это **был** старик с лицом бронзового цвета, скулистым, чахлым; черты лица, **казалось**, **были** схвачены в минуту судорожного движенья и **отзывалось** не северною силою. Пламенный полдень **был** запечатлен в них. Он **был драпирован** в широкий азиатский костюм. Как ни **был** поврежден и запылен портрет; но когда **удалось** ему счистить с лица пыль, он **увидел** следы работы высокого художника. Портрет, **казалось**, **был** не кончен; но сила кисти **была** разительна. Необыкновеннее всего **были** глаза: **казалось**, в них **употребил** всю силу кисти и всё старательное тщание свое хдожник. Они просто **глядели**, **глядели** даже из самого портрета, как будто разрушая его гармонию своею странною живостью. Когда **поднес** он портрет к дверям, еще сильнее **глядели** глаза. Впечатление почти то же **произвели** они и в народе. Женщна, остановившаяся позади его, **вскрикнула**: „**гляди**т, **гляди**т“ и **попятилась** назад. Какое-то неприятное, непонятное самому себе чувство **почувствовал** он и **поставил** портрет на землю.[31]

[It **was** an old man with a bronze-coloured face, prominent cheek bones and a sickly look; it **seemed** that his features

were captured in a moment of convulsive movement and **spoke** of a strength that was not from the north. The blazing noon sun **was** imprinted on them. He **was** draped in a loose Asian costume. No matter how damaged and covered with dust it **was**, when he **managed** to clean the dust from the face, he **could see** traces of the work of a sublime artist. It **seemed** that the portrait **was** unfinished; but the power of the brush **was** striking. The most unusual of all **were** the eyes. **It seemed** that in the eyes the artist **used** all the power of his brush and all his assiduous zeal. The eyes simply **stared** at you, **stared**. even from the portrait itself, seemingly destroying its harmony with their strange animation. When he **brought** the portrait to the doorway, they **stared** even more fiercely. They **produced** the same impression on the people in the street. A woman stopped behind him and **screamed**, "He **is staring** at me, **staring**", and **started** backwards. With an unpleasant and inexplicable feeling, **he placed** the portrait on the ground.]

『肖像畫』（二葉亭四迷訳）

顏色《がんしよく》の蒼黑い、顴骨《くわんこつ》の高く露《あらは》れた、瘦瘻《やせこけ》た老人の肖像で有つたが、**何でも**恐ろしく精神の激動した時に寫《と》つたものと**見えて**、面相《かほつき》が北國《ほくこく》の人らしくない、**活々《いき〳〵》としてゐる**。衣服《きもの》は寛濶《ゆつたり》した亞細亞風《あじやふう》の**奴で**。隨分損所《そんじよ》もあれば、塵《ほこり》だらけでもあつたが、それを拂つて見ると、如何にも大家の手に成つたものに**違ひない**。未だ完成《かきあげ》ては無《な》い**やうではある**が、筆力は目を**駭《おどろ》かすばかりである**。**畫家は**殊に眼に滿幅の精神を注いで、有《あり》たけの力を此《こゝ》に込めたものと**見えて**、**尋常《なみ〳〵》のものでない**。佶《きつ》と睨《にら》むだ、地を拔出《ぬけだし》さうな眼付きで、全躰の調和もこの怪しく活々《いき〳〵》した眼のために打壞《うちこは》されむとする**ばかりである**。戸口の所へ持出して見ると、眼は益《ます〳〵》**睨《にら》む**。見物の眼にも然う見えたと見えて、**畫家の**背後《うしろ》に立つてゐた女が、「**睨《にら》むでるよ！**」と云つて**後退却《あとすさり》をした**程で。何とも本躰《えたい》の分らぬ不快《いや》な心地《こゝろもち》になつて、**畫家は**肖像畫を地面《した》へ**置いた**。[32]

『肖像画』（横田瑞穂訳）

それは青銅色《からかねいろ》の顔に頬骨がとがった痩せこけた老人の肖像画で、その表情はよほど激情的な一瞬をとらえたとみえて、北国の人の重苦しさは**感じられなかった**。燃えさかるような真昼の輝きが、その表情に**秘められていた**。老人はゆったりとしたアジア風の衣服《コスチューム》を**身にまとっていた**。この肖像画はずいぶん傷もついていたし、埃にまみれ放題にもなっていたが、どうにか顔のあたりの埃を、きれいに拭きとってみたとき、**彼は**これがすぐれた画家の手になったものであることを**見てとった**。肖像画はまだ未完成**らしかった**が、その筆力にはおどろくべきものが**あった**。なによりも非凡なのはその両眼で、**これを描いた画家**がそれに筆力のすべてをかたむけ、精魂の限りをつくしたものと**見えた**。その両眼はじっとにらみつけていて、いまにも肖像画から抜けだしそうな様子は、そのあやしい生気で全体の調和をぶち壊しにしている**ようだった**。**彼が**肖像画を扉口に持っていくと、さらに鋭い目つきで**にらみつけた**。その両眼は見物の連中にも、ほとんどおなじ印象を**あたえた**。**絵かき**のうしろに立っていた女は、『あれ、**にらんでいる**、**にらみつけている**』とさけんで、**あとじさりした**。なにかしら自分にもわけのわからない、いやな気持ちになって、**彼は**肖像画を地面に**置いた**[33]。

ボリス・ウスペンスキーによる「（芸術テキストの）心理面における視点」の分析

まず、網をかけた重要と思われる表現から見ていくことにしよう。ロシアの文芸批評家ボリス・ウスペンスキーはその著書『構成の美学』で、「芸術テクストの構造は、叙述（描写）がなされる様々な視点――とはつまり作者の位置なのだが――を研究することで、また諸視点間の関係を調べることで詳細が明らかになるのではないか[34]」として、「視点」を「評価面における視点」、「表現方法面における視点」、「空間・時間の特性面における視点」そして「心理面における視点」の四つに分類して分析している。最後の「心理面における視点」の中でウスペンスキーは、文学テキストにおいて登場人物の心理面と結びついた行為は次の二つの方法で描写できるとする。一つは、外部の観察者の視点から、もう一つは登場人物自身の視点か、または全知の観察者の視点からする描写である。描かれる登場人物からみれば、前者の描写が外部からなされるのに対して、後者は内部からなされる。後者の場合、作者は全知の観察者の立場に立って、登場人物の心理を描くのだが、そうした場合《он подумал [he thought／（彼は）と思った]》、《он почувствовал [he felt／（彼は）と感じた]》、《ему показалось [it seemed to him／（彼には）と思われた]》、《он знал [he knew／（彼は）知っていた]》、《он вспомнил [he remembered／（彼は）思い出した]》などといった《verba sentiendi（知覚の動詞）》が多用される。一方では、《видимо [evidently／たぶん～だろう]》、《очевидно [obviously／明らかに～だろう]》、《казалось [it seemed／～のように見えた]》、《как будто [as if／まるで～のようだ]》などの叙想詞が、外部の観察者の視点を明らかにするサインとして使われる。叙想詞についてウスペンスキーは、「実際、こうしたタイプの言葉〔＝叙想詞〕は語り手〔повествователь〕がとうてい知ることができないこと――とりわけ、だれかの内的な状態（例えば思想、感情、ある行為の動機など）を外部の観察者からの視点で述べるとき、文学テキストに多くあらわれる[35]」と述べている。

　引用したゴーゴリのテキストには、ウスペンスキーが例としてあげたいくつかの叙想詞のうち、《казалось [it seemed／～のように見えた]》が三回、《как будто [as if／まるで～のよう]》が一回使われている。これはつまり、原作『肖像画』では、「語り手」が主人公チャルトコーフの心理を外部の観察者の視点から描いているということだ。原作ではチャルトコーフが肖像画に描かれた老人の「怪しく生き生きとした眼」を観察し分析する時に、こうした叙想詞が多用されるのだ。また、原作の動詞形は完了体、不完了体にかかわらず、すべてが過去形になっている。よって、原作の中の「語り手」は過去を回想する外部の観察者の視点からこの引用部分の叙述を行っていることになる。

　二つの翻訳を見ると、横田瑞穂訳の場合は原作の過去形の動詞すべてに「た」形をあて、四つの叙想詞についてもすべて正確に「らしかった」「見えた」「ようだった」のように「た」形を使って訳している。横田の訳では、「語り手」は原作同様、過去を回想する視点をもった外部の観察者である。主人公チャルトコーフを観察する外部の「語り手」の視点は、チャルトコーフを「彼」と呼ぶ三人称代名詞の使用によって強調されてもいる。

一方、二葉亭はここでもやはり不完了体過去形の動詞のすべてに「る」形をあてており、「た」形が使われるのは最後の一文のみで、完了体過去形の動詞《поставил [placed]》を「置いた」と訳すことで完了の意味を強めているものと思われる。引用箇所の二葉亭による訳文は「る」形と「た」形の数とその使い方が『肖像畫』冒頭部分の訳文とほとんど同じになっている。叙想詞もそれぞれ「**見えて**（活々《いき〳〵》としてゐる）」「未だ完成《かきあげ》ては無《な》い**やうではある**」「**見えて**、尋常《なみ〳〵》のものでない」「打壊《うちこは》されむとするばかりである」と正確に訳し出されているが、ここで注目したいのは、動詞形がすべて「る」形となっていることだ。二葉亭はまた、原文に三人称代名詞《он [he]》が現れるところでは、三人称代名詞「彼」を使わないで訳すか、「畫家」という普通名詞を使った。ただし、その「畫家」が引用部では肖像画を描いた画家とチャルトコーフの二人ともを指すため、多少まぎらわしくなっている。まぎらわしくはあるが、三人称代名詞「彼」を使わなかったことで二葉亭の訳文はある大きな効果を挙げている。次の二つの文を読み比べてほしい。チャルトコーフが肖像画を描いた画家の偉大さを発見するくだりである。この部分を二葉亭は三人称代名詞「彼」を省略したのではなく、意図的に使わないで訳した。最初に横田による訳文を、次に二葉亭の訳文をあげる。

① この肖像画はずいぶん傷もついていたし、埃にまみれ放題にもなっていたが、どうにか顔のあたりの埃を拭きとってみたとき、**彼は**これがすぐれた画家の手になったものであることを**見てとった**。（横田訳）

② 随分損所《そんじよ》もあれば、塵《ほこり》だらけでもあつたが、それを拂つて見ると、如何にも大家の手に成つたものに**違ひない**。（二葉亭訳）

まず、「た」形以外の文末詞を用いて語る二葉亭の「語り手」は小説の中に位置し、主人公のチャルトコーフと時間的にも空間的にも同じ場所にいることがわかる。次に、「如何にも大家の手に成つたものに違いない。」という肖像画についての判断は、チャルトコーフを指す三人称代名詞「彼」を使わなかったことと、文末詞に「違ひない」という「た」形ではない文末詞が使用されているため、「語り手」の判断のようにも、主人公チャルトコーフ自身の判断のようにも読める。この例文中ばかりではなく、「た」形以外の文末詞を使った二葉亭の訳文中では、「語り手」は外部の観察者ではなく、主人公チャルトコーフの心理をそのまま語る内部の観察者とでもいうべき存在になっている。つまり、二葉亭の訳文では、「語り手」の言葉と主人公チャルトコーフの心の内を写し出す言葉が重なるのだ。

三人称代名詞を使わない二葉亭の訳文

次に二葉亭の訳のなかではもちろん、ゴーゴリの原作の中ででも、「語り手」の言葉と主人公の内なる言葉が重なる場面を引いてみよう。老人の肖像画を手に入れたその夜、チャルトコーフは幻覚症状に陥り、肖像画に描かれた老人が金貸しであることを知る。恐怖におののきながらもチャルトコーフは幻覚の中で、老人が肖像画から飛び出し、金包みを開けて金貨を数え始めるのを確かめる。翌日チャルトコーフが発見することになる肖像画のフレームに隠された大金を暗示する、幻想的で、小説の山場とでもいうべき場面である。

Портрет

Сделавши это, он **лег** в постель покойнее, **стал** думать о бедности и жалкой судьбе художника, о тернистом пути, предстоящем ему на этом свете; а между тем глаза его невольно **глядели** сквозь щелку ширм на закутанный простынею портрет. Сиянье месяца **усиливало** белизну простыни, и ему **казалось**, что страшные глаза **стали** даже просвечивать сквозь холстину. Со страхом **вперил** он пристальнее глаза, как бы желая увериться , что это вздор. Но наконец уже в самом деле... он **видит**, **видит** ясно: простыни уже нет... портрет открыт весь и **глядит** мимо всего, что ни есть вокруг, прямо в него, **глядит** просто к нему во внутрь... У него **захолонуло** сердце. И **видит**: старик

пошевелился и вдруг **уперся** в рамку обеими руками. Наконец **приподнялся** на руках и, высунув обе ноги, **выпрлыгнул** из рам…[36]

[Having done this, he **lay** on the bed more peacefully, and **began** thinking of the indigence and cruel fate of the artist, of thorny way that lay ahead for him in this world; meanwhile his eyes involuntarily **looked** through the chink of the screen at the portrait wrapped with the sheet. The moonlight **intensified** the whiteness of the sheet, and it **seemed** to him that terrifying eyes **began** shining even through the canvas. With fear he **fastened** his eyes more intently, as if wishing to convince himself that it was nonsense. But in the end in actual fact...he **sees**, **sees** clearly: the sheet is no longer there···the portrait **is** all **exposed** and **is staring**, disregarding everything else around, straight at him, **is staring** into his soul... His heart **froze**. And he **sees**: the old man **has stirred** and **has** suddenly **rested** both his hands against the frame. Finally he **has raised** himself on his arms and, thrusting out both legs, **has jumped** from the frame.]

『肖像畫』（二葉亭四迷訳）

かうして置いて、又床に就いて、少しは落著いて、美術家といふ者の哀れなこと、薄命《ふしあはせ》なこと、自分が是から後《さき》も艱難《かんなん》しなければならぬことなどを考へ出したが、**その眼は**何時《いつ》となく、衝立《ついたて》の隙間越しに、上敷で包むだ肖像畫を**視てゐる**。月影を受けて上敷は愈《いよいよ》眞白になつてゐたが、何だか恐ろしい眼の光るのが布越しに見えるやうに**思はれる**。慄然《ぞッ》としながらそれを凝視《みつ》めた其樣子は、宛《とん》と其樣《そん》な馬鹿な事のないことを確めたいやうな鹽梅《あんばい》であつたが、其内に上敷の布がいつしか脱《と》れて、肖像畫が露《あらは》になつて、四邊《あたり》の物には眼も觸《ふ》らさず、宛然《まるで》洞穿《つきぬ》きさうな眼付で、直《ひた》と**此方《こちら》を凝視《みつ》めてゐる**のが、紛《まが》ふ方なく、まざ〳〵と**見える**……**と思ふと**、胸が**冷りとした**。頓《やが》て老人は動き出して、額縁に兩手を掛けて身を動かしたか**と思ふと**、足を二本ぬつと出して、額を**躍り出た**

……(37)

『肖像画』(横田瑞穂訳)

こうしてしまうと、**彼は**いくらかおちついて寝台にもぐりこみ、絵かきというものの貧乏なことや哀れな運命のこと、この世でこれから自分を待ちうけている茨《いばら》の道のことなどを、あれこれ思いめぐらしていたが、**その日は**いつの間にか、ひとりでに屏風の隙間から、敷布をかぶせた肖像画を**見つめていた**。月の光が敷布の白さをきわだたせ、あの恐ろしい両眼が布をとおして透けて見えてくるような**気がした**。ぞっとしながらも**彼は**じっと目をこらしていたが、それはまるで、そんなばかなことがと、事実を確かめたいと**念じているようだった**。だが、やがて、もう現実に……**彼は見た**、まざまざと**見ていた**、敷布はもうなくなり、……肖像画はすっかりむきだしになり、あたりのものにはいっさい目もくれず、まともにぴたりと、腹のなかまで見とおすように**彼をにらみつけている**……。**彼の**心臓は**ひやりとした**。**見ていると**、老人は急に両手を額縁にかけて身動きしはじめ、やがて、両手で体をもちあげると、両足を突きだして、額縁のなかから**跳びだしてきた**……。(38)

『肖像画』の怪奇とも幻想的ともいえる小説の山場でゴーゴリは《видеть [to see/見る]》《глядеть [to look at, to peer at/みつめる]》という二つの不完了体の動詞を現在形で合計五回使っている。前者は《видит [sees/見ている]》という形で三度、主人公チャルトコーフの、どちらかといえば受身に近い「見る」動作の表現として使われており、後者の《глядит [is staring at/みつめている]》は二度、肖像画に描かれた金貸しの老人のきわめて能動的な「見る」動作を表現するために使われている。この不完了体現在形の用法については第一章でも触れたが、「過去の意味を持った現在形の使用〔によって作者または語り手〕は、読者または聞き手の心の中に一連の動作をより生き生きと描き出す〔ことができる〕。これは、文学作品に広く用いられる用法で、英語で書かれた作品よりロシア語で書かれた作品の中により多くの用例が見られる」[39]とテレンス・ウェイドがその著書『総合ロシア語文法』で定義していた。また、金田一真澄は、『ロシア語時制論――歴史的現在とその周辺』の中で「文学的手法として転用された初めから受け手（読者）を意識したレトリックとしての歴史的現在」の用法を「談話レトリックの歴史的現在」と定義し、プーシキンの諸作品の中に見られる十五の用例を分析して、その特徴を次のようにまとめている。

1．一例を除くと、どの例も副詞《вдруг〔suddenly／突然〕》を伴うか、視覚行為動詞を含むか、必ずどちらかの条件を満たしている。

2．《вдруг〔suddenly／突然〕》を伴う例は、逐次的行為を表わす動詞の現在形が用いられ、視覚行為動詞を含む例の場合は、同時的行為を表す述語動詞が用いられる傾向が見られる。

3．それぞれの例を構成している述語動詞の数は、一～五個の範囲におさまっている。

4．文脈などの使用環境について言うと、一例を除いて、一人称小説の地の文中か、直接話法による会話文の中か、そのどちらかの環境で用いられている。つまり、話者が具体的に存在し、相手に語りかけている状況で用いられている。[40]

（傍線引用者）

金田一が挙げたプーシキン作品中の十五の歴史的現在の用例の特徴のほとんどが、このゴーゴリの『肖像画』の山場での歴史的現在の用例の特徴に重なる。すなわち、ゴーゴリは視覚動詞《видит［sees／見ている］》と《глядит［is staring at／みつめている］》を五回、チャルトコーフと金貸しの老人の「同時的行為」を表すために使ったのである。問題は金田一が第四の特徴としてあげた「話者」である。プーシキンの作品の場合は、登場人物同士の会話、または、一人称小説の中の「劇化《ドラマ》された語り手」、つまり、『あひゞき』の「語り手」である猟人のような具体的な登場人物の言葉として歴史的現在形が使われているわけだ。一方、ゴーゴリの『肖像画』の場合、形式上は三人称の小説で、「語り手」は基本的には外部の観察者として過去を回想する視点から物語を進めている。しかし、「本来は過去形であるべきところ」を歴史的現在形（不完了体の現在形）を使って、主人公チャルトコーフと肖像画に描かれた老人の

「見る」行為を生き生きと、まるで現在起こっていることであるかのように描き出すとき、ゴーゴリの「語り手」はまるで一人称小説の中の「語り手」のように、その存在を小説の中に明らかにする。まったくのところ、ブースが言うように一人称小説とか三人称小説とかいう分類はあまり意味を持たず、「語り手」が小説の中にどれほどはっきりと表されているかが問題なのだ。つまり、「語り手」が小説の中に存在するという点で、金田一のいう「話者が具体的に存在し、相手に語りかけている状況で用いられている」というプーシキン作品中の歴史的現在の用例の特徴は、ゴーゴリの『肖像画』の歴史的現在の用例にぴったりとあてはまるのである。

さて、その歴史的現在形を二葉亭はどのように訳したのか。意外なことに、二葉亭は歴史的現在形の訳語に関しては忠実な逐語訳をしていない。原文の中で三度使われている《видит［sees／見ている］》は「（まざまざと）見える……」と、二度使われている《глядит［is staring at／みつめている］》も「（直《ひた》と此方《こちら》を）凝視《みつ》めてゐる」と、それぞれ一度ずつしか訳し出されていない。ただし、二葉亭が忠実な逐語訳をしていないのは歴史的現在形の訳語の数についてのみ言えることである。訳語そのものについては、「見える」は「る」形で「凝視《みつ》めてゐる」は「てゐる」形で現在形の不完了相に忠実に訳されており、「見える」「凝視《みつ》めてゐる」はそれぞれ副詞「まざ〳〵と」と「直《ひた》と」とで強調されている。歴史的現在の持つ「一連の動作を生き生きと描き出す」という表現効果は、二葉亭の訳語の中に十二分に表れていると言えよう。なお、最後の《видит［sees／見ている］》は「と思ふと」と意訳されている。

一方、横田の訳では《видит［sees］》が三度忠実に訳されてはいる。しかし、その形は「（彼は）見た、（まざまざと）見ていた」「見ていると」と実に多様であり、しかも「た」形も用いている点で、不完了体現在形の訳語として忠実に訳されているとはいえない。おそらく、横田は三人称代名詞《он［he］》を忠実に「彼は」と訳したとき、「語り手」の外部の傍観者としての過去を回想する視点に忠実であろうとしたために、《видит［sees］》の訳語を「見た」あるいは「見ていた」と訳さざるをえなかったのではないかと思われる。二度使われている《глядит［is staring at／みつめている］》は、二葉亭の訳と同じく「（彼を）にらみつけている……」と「ている」形で不完了体現在形の歴史的現在形を原文に忠実に訳し出してはいる。が、二葉亭の訳との違いは、ロシア語原文にある三人称代名詞《в него [at him]》を「彼を」とこれも原文に忠実に訳していることである。二葉亭は原則として三人称代名詞「彼、彼女」を翻訳の中でも創作の中でもほとんど使わなかった。『肖像畫』全編の中でも三人称代名詞は「彼（が）」という例が一例みられるだけである。横田が「彼を」と訳した箇所は、二葉亭の訳では「此方《こちら》を」となっており、描写の視点が「語り手」から主人公のチャルトコーフへと移っていることがわかる。ここで、もう一度、ゴーゴリが歴史的現在形を四度使って描いた『肖像画』の怪奇場面をロシア語原文と英訳、横田の訳文、最後に二葉亭の訳文の順で確認してみよう。

① Но наконец уже в самом деле... **он видит, видит** ясно: простыни уже нет... портрет открыт весь и **глядит** мимо всего, что ни есть вокруг, прямо в **него**, **глядит** просто к **нему** во внутрь... [But in the end in actual fact... **he sees, sees** clearly: the sheet is no longer there... the portrait **is** all **exposed** and **is staring**, disregarding everything else around, straight at **him**, **is staring** into his soul...]

② だが、やがて、もう現実に……**彼は見た**、まざまざと**見ていた**、敷布はもうなくなり、……肖像画はすっかりむきだしになり、あたりのものにはいっさい目もくれず、まともにぴたりと、腹のなかまで見とおすように**彼をにらみつけている**……。

（横田訳）

③ 〜、其内に上敷の布がいつしか脱《と》れて、肖像畫が露《あらは》になつて、四邊《あたり》の物には眼も觸《ふ》らさず、宛然洞穿《まるでつきぬ》きさうな眼付で、直《ひた》と**此方《こちら》を凝視《みつ》めてゐる**のが、紛《まが》ふ方なく、まざ〳〵と**見える**……

（二葉亭訳）

二葉亭はゴーゴリの原文にある三つの三人称代名詞の二つをあえて訳さないことで、また、あとの一つを「此方《こちら》を」と訳すことで、「語り手」の言葉を主人公チャルトコーフの心の中の言葉へと訳し換えた。あるいは、「語り手」の言葉と主人公の言葉を重ねたと言い換えてもいい。さらに《видит, видит [sees, sees]》を「見ている、見ている」と訳さず、「(まざ〱と)見える」と訳すことでチャルトコーフの消極的な「見る」動作がチャルトコーフ自身によって認識されているように訳出した。こうして出来た二葉亭の訳文は、横田の「語り手」によってなされる客観的な描写とはまったく異質の、主人公チャルトコーフによる主観的な内面描写となっている。

　さて、三人称代名詞を訳語として出さないことと、不完了体過去形動詞を「る」形、または「てゐる」形によって訳し出すという原則を、二葉亭は引用部分全体で実践した。引用部分で一番最初に使われる《глядели [looked]》という不完了体過去形動詞を二葉亭は「(肖像畫を)視てゐる」と訳し、その動作の主体である《глаза его [his eyes]》を「その眼は」と三人称代名詞を使わずに訳した。その結果、二葉亭の「語り手」は、ゴーゴリの原作では小説の外部にあった視点を小説の内部に移すことに成功する。さらに、二度目に使われている不完了体過去形動詞《(ему) казалось [seemed (to him)]》を人称を明らかにせず「思はれる」とだけ訳すことで、「語り手」の言葉と主人公チャルトコーフの内言をまんまと重ね合わせるのだ。この「思われる」に続いて、引用部分の最後に使われる歴史的現在形《И видит [And he sees]》を「と思うと」と意訳することで、肖像画を抜け出す老人が主人公チャルトコーフのまったく主観的な思い込み、すなわち、幻想であることを二葉亭は表現しようとしている。そして、最後に「た」形を完了体過去形の動詞の訳語として使うことで引用文は終わっている。ゴーゴリの原文にある《захолонуло [froze]》《выпрыгнул [has jumped]》を、二葉亭は「冷りとし**た**」「踊り出**た**」と、横田は「ひやりとし**た**」「跳びだしてき**た**」とそれぞれ訳している。両者とも「た」形を使っている点で違いはないのだが、引用文全体の中での横田の「た」形の使用がこの二つだけではないこと、そして、二つ目の訳語に「跳びだし**てきた**」と不完了相を表す表現をあてたために[41]、横田のこれらの訳語は完了の意味が弱くなっている。

『肖像畫』における二葉亭の「翻訳の標準」

これまでに挙げた三つの引用文の分析をまとめると、次のようになる。二葉亭はゴーゴリの『肖像画』という作品を翻訳する際、不完了体動詞については現在形・過去形ともに「る」または「てゐる」形をあてた。また、二葉亭の訳文中、文末に現れる「た」形は、そのほとんどが完了体過去動詞の訳語として使われている。さらに、二葉亭はゴーゴリの原文に頻出する三人称代名詞を、意図的に「彼」という訳語を使わずに翻訳した。こうしたいくつかの「翻訳の標準」はゴーゴリの『肖像画』という作品の中でしばしば存在を明らかにする「劇化《ドラマ》されない語り手」の位置を小説の外側から内側へと完全に移すために用いられた。つまり、ゴーゴリの「語り手」が基本的に持っていた過去を回想する視点を、小説内部で目の前で進行する劇にたちあう現在の視点へと変えたのである。そうすることで、この小説の内部に位置する「語り手」の言葉を、主人公チャルトコーフの内言に容易に重ねることができる。殊に、歴史的現在形（不完了体過去形）を多用した小説の山場では、「語り手」の言葉と主人公の内なる思考を表す言葉とが、ぴったりと重なり合う。「語り手」が消え、主人公チャルトコーフ自身が語り始めるといってもいい。

二葉亭訳『肖像畫』の山場における主人公の独白

最後にもう一つ、歴史的現在形が多く用いられる怪奇的な幻想場面を引用する。主人公チャルトコーフを襲う幻想は、眼を覚ますことすら幻想の中に取り込んでしまうほどに熾烈である。今回はいきなり翻訳を読んでみることにする。訳文は二葉亭訳、横田訳の順で挙げた。人称代名詞には網をかけた。

『肖像畫』（二葉亭四迷訳）

月影は室《へや》の内を照らして、布地だの、細工物の腕だの、椅子に載せた片布《きれ》だの、洋袴《づぼん》だの、汚《よご》れた長靴だのといふものが薄暗い隅から明處《あかるみ》へ面《かほ》を出してゐる。ふと心附いて見ると、自分は寝臺《ねだい》に臥てゐると思ひの外、肖像畫の前に眞向《まむき》に立つてゐるのである。如何《どう》して此處まで出て來たか——頓と覺えがない。そればかりか、額は全く露出《むきだし》になつてゐて、上敷《うはじき》が掛つてゐない。慄然《ぞツ》として、身動きもせず、額を視てゐると、人間の、本物の眼で、直《ひた》と視詰められたやうな氣持がする。覺えず冷汗を額ににじませて、其處を去《ど》かうとすれば、足が床《ゆか》に生抜《はえぬ》いたやうになつてゐる。只《と》見ると、——最う夢とは謂はれない、老人が滿面《かほぢう》を蠢《うごめ》かして、口を尖らして、宛然《まるで》人の生血を吮《す》ひさうにする……呀《わツ》と言つて、飛退《とびの》く拍子に——眼が覺めた。

「又夢を見たのか？」轟く胸を鎭《しづ》めあへず、身の周圍《まはり》を摸索《さぐ》つてみると、なるほど、寝臺《ねだい》には臥《ね》てゐるので、眠入つた時の樣子に少しも變らぬ。前には衝立《ついたて》があつて、月影は室《へや》を隈なく照らしてゐる。衝立《ついたて》の隙間から額が見えたが、形《かた》の如く布地で包むである、自分が包むだ通りになつてゐる。してみると、矢張夢であつた！　けれども、握詰めた手には何か持つてゐたやうな覺えが今だに爲《す》る。胸の動悸は烈しく、殆ど氣味が惡い程で、苦しくて堪《たま》らぬ。隙間へ眼を當て、、凝《じつ》と額を視詰めてゐると、布地がまくれさうになつたのが瞭然《はツきり》見える、それを撥退《はねの》けやうとして、手を働かしてゐるやうな鹽梅《あんばい》である。「こりや堪《たま》らぬ、如何《どう》した事《こツ》たらう！」と無性《むしやう》に十字を描《ゑが》いて喚《わめ》くと同時に——眼が覺めた。(42)

『肖像画』（横田瑞穂訳）

月の光が部屋の中を照らして、画布《カンバス》だとか、石膏細工の手だとか椅子にかけたままの掛布《ドラペリー》だとか、ズボンやよごれたままの長靴だとか、そんなものまでが置かれている薄暗い部屋のすみずみから顔をだしていた。このときはじめて彼は、自分が寝台に寝ているのではなく、肖像画の真正面に立っているのに気がついた。どうしてここまで出てきたのか——さっぱりわけがわからなかった。それよりもっと彼を驚かせたのは、たしかにかけておいた敷布がなくなって、肖像画がすっかりむきだしになっていたことだった。恐ろしさに立ちすくんだまま、それを見つめているると、生きている人間のような目が、じっと自分をにらみつけているような気がしてきた。彼の顔には冷汗が吹きだした。そこからはなれようとしたが、足が地面に生えたようになって動きがとれなくなった。すると、これはもう夢でないことがわかる、――老人の顔面がゆがんで、まるで彼の生血を吸い取ろうとしているように、その唇が彼のほうへのびてきた……。絶望の悲鳴をあげてとびのいたとたんに――目がさめた。

『これも夢だったのか?』張り裂けそうな胸の動悸をおさえながら、彼は両手で自分のまわりを探ってみた。だが、彼は寝入ったときとおなじ姿勢で、たしかに寝台に横になっている。彼の前には屏風があって、月の光が部屋に満ちあふれていた。屏風の隙間から肖像画が見えていたが、それにはもちろん敷布がかけられていて、――彼が自分でかけたとおりになっていた。そうすると、これも、やはり夢だったのだ!　だが握りしめた手のなかに、いまでもまだなにか残っているような気がする。心臓の鼓動のはげしさは恐ろしいほどで、胸の重みは堪えられないほど苦しかった。彼は隙間に目を当てて、じっと敷布を見つめていた、すると、敷布がだんだんずり落ちてくるのが、はっきりと見えるが、それはまるで敷布の下で両手をもがいて、敷布をはねのけようとしているように見えた。『ああ、神様、これはどうしたことだ!』――死物狂いで十字を切りながら彼が大声でさけぶと、目がさめた。(43)

原文の地の文におけるピリオドの数は十七。二葉亭の訳では十五、横田の訳では十八の句点が使われている。横田の訳文の方が原文に近い。引用部分でゴーゴリは主人公チャルトコーフを指し示すのに三人称代名詞のみを使った。その数は、原文では十九。二葉亭の訳では三人称代名詞「彼」は皆無で、一人称代名詞「自分」が二度使われている。一方、横田は「彼」を十回、「自分」を三度、合計十三回使った。これも、横田の訳文の方が原文に近い。さらに、原文の動詞形を二葉亭、横田がどう訳したのかを調べてみたのが次の表である。二葉亭と横田による一人称代名詞「自分」の用例もあわせて示した。ロシア語原文の不完了体現在形には点線が、不完了体過去形には傍線が、そして、完了体過去形には二重の傍線が付してある。英訳は直訳を心がけ、動詞形についてはロシア語動詞形の表示にならった。また、日本語の訳文では、「る」形「てゐる／ている」形には点線を、不完了体過去形の訳語として使われている「た」形には傍線を、完了体過去形の訳語としての「た」形には二重の傍線を付した。

① Свет месяца озарял комнату, заставляя выступать из темных углов ее,... [The moonlight lit up the room, causing [things] to stand out in the dark corners,...] ↓月影は室《へや》の内を照らして、～薄暗い隅から明處《あかるみ》へ面《かほ》を出してゐる。／月の光が部屋のなかを照らして、～（そんなものまでが）置かれている薄暗い部屋のすみずみから顔をだしていた。

② Тут только заметил он, что не лежит в постеле, а стоит на ногах прямо перед портретом. [Then he suddenly noticed that he is not lying on the bed, but standing on his feet in front of the portrait.] ↓ふと心附いて見ると、自分は寝臺《ねだい》に臥てゐると思ひの外、肖像畫の前に眞向《まむき》に立つてゐるのである。／このときはじめて彼は、自分が寝台に寝ているのではなく、肖像画の真正面に立っているのに気がついた。

③ уж этого никак не мог он понять. [he couldn't understand that at all.] ↓頓と覚えがない。／さっぱりわけがわからなかった。

④ и простыни на нем действительно не было. [there was indeed no sheet on it.] ↓上敷《うはじき》が掛つてゐない。／たしかにかけておいた敷布がなくなって、（肖像画がすっかりむきだしになっていたことだった。）

⑤ и видел, как прямо вперилось в него живые человеческие глаза. [and he saw, fastened upon him, living human eyes.] ↓人間の、本物の眼で、直《ひた》と視詰められたやうな氣持がする。／生きている人間のような目が、じっと自分をにらみつけているような気がしてきた。

⑥ но чувствовал, что ноги его как будто приросли к земле. [felt as if his feet had become rooted to the ground.] ↓

足が床《ゆか》に生抜《はえぬ》いたやうになつてゐる。／足が地面に地面に生えたようになって（動きがとれなくなった。）

⑦ И видит он: это уже не сон,... и проснулся. [And he sees: this is no longer a dream; ...and woke up.] ↓只《と》見ると、──最う夢とは謂はれない、~眼が覺めた。／すると、これはもう夢でないことがわかる、~目がさめた。

⑧ ощупал [groped about] ↓摸索《さぐ》つてみると、／探ってみた。

⑨ он лежит на постеле [he is lying on the bed] ↓寝臺《ねだい》に臥《ね》てゐるので、（眠入つた時の様子に少しも變らぬ。）／寝台に横になっている。

⑩ наполнял [filled] ↓隈なく照らしてゐる。／満ちあふれていた。

⑪ виден был портрет, закрытый как следует простынею — так, как он сам закрыл его. [the portrait was visible, covered with the sheet as it should be — as he himself had covered it.] ↓形《かた》の如く布地で包むである、自分が包むだ通りになつてゐる。／それにはもちろん敷布がかけられていて、──彼が自分でかけたとおりになっていた。

⑫ Итак, это был тоже сон! [Then that was also a dream!] ↓してみると、矢張夢であつた！／そうすると、これも、やはり夢だったのだ！

⑬ чувствует [feels] ↓覺えが（今だに）爲《す》る。／気がする。

⑭ Биение сердца было сильно,... тягость в груди невыносимая [his heart was pounding,... the heaviness in his heart was unbearable.] ↓胸の動悸は烈しく、~苦しくて堪《たま》らぬ。／心臓の鼓動のはげしさは恐ろしいほどで、胸の重みは堪えられないほど苦しかった。

⑮ глядел [looked] ↓視詰めてゐると、／見つめていた、

⑯ И вот видит ясно, что простыня начинает раскрываться, как будто бы под нею барахтались руки и силились ее сбросить [And then he sees clearly that the sheet has begun to lift as if underneath it the arms were floundering and trying to throw it off.] 布地がまくれさうになつたのが瞭然《はツきり》見える、それを撥退《はねの》けやうとして、手を働かしてゐるやうな

盬梅《あんばい》である。／すると、敷布がだんだんずり落ちてくるのが、はっきりと見えるが、それはまるで敷布の下で両手をもがいて、敷布をはねのけようとしているように見えた。

⑰ проснулся [woke up] → 眼が覺めた。／目がさめた。

引用箇所でゴーゴリは、歴史的現在形、つまり、不完了体現在形を四つ使っている。その内訳は、視覚動詞の《видит [sees]》が二度（⑦と⑯）、《лежит [is lying]》と（⑨）《чувствует [feels]》（⑬）が一度ずつである。これら四つの歴史的現在形はすべてチャルトコーフの動作を表すために使われている。幻覚状態に陥ったチャルトコーフの動作が強調されているのだ。二葉亭も横田もこれらを「る」形、または「てゐる／ている」形を使って、ロシア語動詞の現在時制と不完了アスペクトに忠実に訳している。また、二度繰り返して使われる完了体過去形動詞《проснулся [woke up]》（⑦と⑰）についても、二葉亭も横田もそれぞれ「眼が覺めた」、「目がさめた」と、「た」形を使って過去時制と完了のアスペクトに忠実に訳し出している。

さて、二葉亭と横田の訳文を決定的に分けているのは不完了体過去形の訳語である。二葉亭はここでも不完了体過去形のほとんどの動詞に「る」または「てゐる」形をあてた。（⑫については二葉亭も横田も「た」形をあてている。両者ともに主人公チャルトコーフの心中の言葉として訳出。）一方、横田は過去時制と不完了アスペクトに忠実に「た」または、「ていた」形を使って訳した。なお、不完了過去相を表すために「てきた」形を使用した箇所も一つある（⑤）。こうしてみると、動詞の訳語に関しても、横田の訳のほうが二葉亭の訳よりゴーゴリの原文によほど忠実なように見える。

だが、「る」形を主とし、三人称代名詞「彼」を使わない二葉亭の訳文を読み直してみると、引用文全体が主人公チャルトコーフのモノローグになっていることに俄然として気づく。饒舌な「語り手」が姿を消し、幻覚の中で老人の視線に打ち据えられながらも、老人が隠した大金を摑み取ろうとあがくチャルトコーフが直接読者に語りかけてくるのだ。不完了体の訳語としてただ一つ二葉亭が「た」形を充てた「してみると、矢張夢であつた！」もチャルトコーフのモノローグの一部として自然に読める。一方、横田の三人称代名詞「彼」を使った「た」形を主とした訳文では、過去を回想する視点を堅持した「語り手」が幻覚状態に陥った主人公チャルトコーフを客観的に描き出す。これら二つの訳文の違いは原文の二つ目の文の訳の中に、はっきりとあらわれている。《Тут только заметил он, что не лежит в постеле, а стоит на ногах прямо перед портретом. [Then he suddenly noticed that he is not lying on the bed, but standing on his feet in front of the portrait.]》を二葉亭は「ふと心附いて見ると、自分は寝臺《ねだい》に臥てゐると思ひの外、肖像畫の前に眞向《まむき》に立つてゐるのである。」と「彼」を使わず、肖像画の前に立っていることをチャルトコーフ自身が気づいたのであると、一人称代名詞「自分」だけを使って訳した。しかも文末には「立つてゐるのである」とゴーゴリが従属節の中で使った《стоит [is standing]》という不完了体の現在形の訳語を置いた。一方の横田は原文に非常に忠実に「このときはじめて彼は、自分が寝台に寝ているのではなく、肖像画の真正面に立っているのに気がついた。」と、肖像画の前に立っていることに「彼」すなわち、チャルトコーフは気づいたのであると「語り手」によって語らせているのである。二葉亭の訳では「語り手」すら消えて主人公自ら恐怖を語り出していることを考えると、横田の訳は原文に忠実で客観的ではあるが、臨場感は薄く、チャルトコーフを襲う幻覚の烈しさはあまり伝わって来ない。また、横田の訳では「そうすると、これも、やはり夢だったのだ！」というチャルトコーフの心中の言葉が、「語り手」の客観的な描写に唐突に紛れ込んでくるという不自然さをまぬがれない。

二葉亭が一人称代名詞を再現しながら、三人称代名詞を再現しなかった理由《わけ》

奥村恒哉の一九五四（昭和二十九）年の『国語国文』に載った論文に「代名詞「彼、彼女、彼等」の考察――その成立と文語口語」と題する一文がある。奥村は「彼、彼女、彼等」の導入は文章の論理化と解される現象」であり、「その頻度の増大は、現代語そのもの、論理化の徴證だと言える」という言語発達史観の持ち主で、「言文一致体に

「彼、彼女、彼等」を導入することに対しては、結局四迷は役割を演じなかった」と二葉亭の翻訳に否定的な評価を下したあと、昭和十二年刊行の平井肇訳『肖像畫』と二葉亭の訳文とを比較している。そして、二葉亭訳では「彼」の使用が一例に過ぎないのに対し、平井肇訳では百二十五例が見出せるとし、平井の「彼」の使用箇所と二葉亭の訳文での「不使用箇所」を比較して、次のように分析する。二葉亭訳で「彼」が単純に省略された例は八十四例で、この外に、ちがった言いまわし方をして省略されている例が二十三例、他の語に言いかえられている例が七例、実名を表すことによって省略された例が七例ある。そして、二つの文章を一つにすることによって省略された例が一例。つまり、二葉亭は論理的になくてはならない三人称代名詞をすべて省略したと言うのだ。そうして、奥村は「すなわち「彼」という新しい言葉は、今まで存していた何らかの言葉の代りとして出現したのではなく、いままで空白になっていたところへ主格所有格目的格を充塡する、という役割を果しているのである[44]」という結論に至る。「彼、彼女」という三人称代名詞の導入に対して、導入することが正しいとすれば、二葉亭は確かに積極的な役割を果たさなかった。が、原文の一字一句もおろそかにせず、コンマ、ピリオドの数さえ原文と同じにしようとした二葉亭がなぜ三人称代名詞「彼、彼女」だけを「省略した」のか。『あひゞき』や『めぐりあひ』で原文の一人称代名詞を「自分」として忠実に訳し出した二葉亭が、なぜ三人称代名詞を「彼、彼女」として訳し出さなかったのだろう？

二葉亭はその翻訳作品『肖像畫』の中でチャルトコーフを指し示すのに「彼」を使わなかった。それは、奥村のいうように論理的に「彼」と書かねばならないところを「省略して」「空白のまま」にしておいたのではない。二葉亭は作品の外に位置してチャルトコーフを客観視する「語り手」を作品の内部に移し、小説の山場では「語り手」の声を主人公チャルトコーフのモノローグと変えるために三人称代名詞「彼」をあえて使わなかったのである。さらに言えば、「彼は〜した」、「彼は〜していた」と『肖像畫』の「語り手」に過去を回顧する視点で物語を描写させないために、二葉亭は不完了体過去形の動詞を「る」または「てゐる」形で訳すという標準をつらぬいたのである。

柳父章は『翻訳語成立事情』の中で先に挙げた奥村の見方に反駁して、「一つの言語体系に、「空白」はない。西欧文とつき合わせたとき、仮に西欧文をモデルとすれば、日本文の方に欠けている「空白」がある、ということになるのにすぎない」と述べ、さらに「彼」という翻訳語は、「「空白」をうめるように日本文に入ってきたのではなく、よけいなことばとして進入してきたのだ」[45]と独自の見解を示している。私も柳父の見解に同意する。翻訳語として「進入し」定着してしまった「彼」「彼女」を使わずに翻訳するのはたいへん難しい。横田の翻訳は原文に忠実で、正確な訳であり、横田の翻訳の標準は現代の翻訳者の多くが採用しているものであろう。そして、三人称代名詞を「彼」「彼女」を使って訳し出すというのが現在の翻訳の標準であるとするなら、二葉亭の訳は原文に忠実ではない不正確な訳文であるといえる。だが、もともと日本文にない「彼」「彼女」という三人称代名詞を使わず、「よけいなことば」の進入を阻止した翻訳として読み直してみると、二葉亭の訳文は斬新である。しかも、二葉亭は三人称代名詞「彼」をあえて使わないことで、ゴーゴリの原文に見られる「劇化《ドラマ》されない語り手」を作品の内部に移し、さらに、「語り手」の言葉を主人公チャルトコーフのモノローグへと移し変えることができたのである。

英文学者、翻訳家である柳瀬尚紀は『翻訳はいかにすべきか』と題した翻訳実践論の中で、二葉亭四迷の訳文と創作文に人称代名詞の使用がいかに少ないかを指摘し、二葉亭の訳文ならびに創作文を絶賛している。柳瀬は「不要な代名詞が翻訳書では著しく目立つ」として翻訳書から代名詞を一掃すべきことを同書で主張しているが[46]、二葉亭が積極的に排除したのは三人称代名詞「彼」「彼女」であり、一人称代名詞については、初期の翻訳の中では「自分」として、後期の翻訳の中では「私」として訳し出していることを忘れてはならない。二葉亭は『肖像畫』の中ででも一人称代名詞「自分」を多用こそしないが、要所要所で原文のチャルトコーフを指し示す三人称代名詞《он [he]》の訳語として使っているのである。殊に、チャルトコーフが幻覚に陥る物語の山場で使われる「自分」（三例）は「此方《こちら》」（五例）とともに「語り手」を消して主人公自らに語らせるためにたいへん有効であった。二葉亭は従来から日本文の中にあった一人称代名詞「自分」は使ったが、もともと日本文にはない三人称代名詞「彼」「彼女」は意識的に使わなかったのだと結論することができよう。

翻訳『肖像畫』と創作『浮雲』における「た」形

さて、最後に二葉亭の翻訳『肖像畫』の中の「た」形と二葉亭の処女創作作品『浮雲』の中の「た」形を考察することでこの章を締めくくりたいと思う。柄谷行人はその著書『漱石論集成』の中で『浮雲』の第三篇の最終段落を引用し、引用箇所に「た」形が多いことを指摘して次のように述べている。「(このように)文が「た」で終わっていることは、たんに過去形を意味しているのではない。それは回想というかたちで語り手と主人公の内部を同一化するのである。この「た」は語り手の中性化に不可欠である」。さらに、「「た」は、物語のメタレベルにある語り手を消去(中性化)する。それは「現実らしさ」をあたえる。また、この過去形は物語の進行をある一点から回顧するような時間性を可能にする」[47]と、物語中の「た」形の機能について述べている。また、野口武彦も『三人称の発見まで』の中で柄谷と同じ箇所を引用し次のように述べる。

見られるとおり、この一段落は終始「た」止めで書かれている。圏点でしめした「る」は、漢詩でいうなら韻を踏まない破格であり、かえって全体をひきしめている。完全な文末詞「た」の連発に、作者はもう何のためらいも見せない。第一篇にあったさきの「是れからが肝心要回を改めて伺ひませう」式の作者口上はもはや不必要である。行間にも作者の顔はのぞかない。消え失せたのは江戸戯作スタイルだけではない。作者自身も作中世界からいなくなってしまっているのである。作者の作者性の提示——言表行為性の提示——は、『浮雲』第三篇ではみごとに抹消された。作者はどこへ行ったのか。作中人物に内在し、かつまた、作品世界に遍在するようになったのである。作者はこれ以上もう話者の存在態を取らず、一種仮有の時空点から発話する。これが三人称である[48]。

そして、野口は文末詞「た」は三人称を表す「人称詞」であると述べる。柄谷と野口がともに引いている『浮雲』の最終段落を次に挙げて、その中の「た」の使い方をみてみよう。

出て行くお勢の後姿を見送《みおく》つて、文三ハ莞爾《につこり》した。如何《どう》してかう様子が渝《かは》つたのか、其《それ》を疑つて居るに遑《いとま》なく、たゞ何《なに》となく心嬉しくなつて、莞爾《につこり》した。それからハ例の妄想《ばうさう》が勃然と首を擡《もた》げて抑《おさ》へても抑《おさ》へ切れぬやうになり、種々《さま〴〵》の取留《とりとめ》も無い事が續々《ぞく〳〵》胸に浮んで、遂にハ總て此頃の事ハ皆文三の疑心から出た暗鬼で、實際ハさして心配する程の事でも無かつたかとまで思ひ込んだ。が、また心を取直して考へてみれば、故無くして文三を辱《はづかし》めたといひ、母親に忤《さから》ひながら、何時《いつ》しか其《その》いふなりに成つたといひ、それほどまで親《したし》かつた昇と俄《にわか》に疏々《うと〳〵》敷《しく》なつたといひ、――どうも常事《たゞごと》でなくも思ハれる。と思へば、喜んで宜いものか、悲んで宜いものか、殆ど我にも胡亂《うろん》になつて來たので、宛《あたか》も遠方から撩《こそぐ》る眞似をされたやうに、思ひ切つてハ笑ふ事も出來ず、泣く事も出來ず、快と不快との間に心を迷《まよは》せながら、暫く縁側を往きつ戻りつしてゐた。が、兎に角物を云つたら、聞いてゐさうゆゑ、今にも歸ツて來たら、今一度運を試して聽かれたら其通り、若し聽かれん時にハ其時こそ斷然叔父の家を辭し去らうと、遂にかう決心して、そして一《ひ》と先《まづ》二階へ戻つた。[49]

二葉亭の『浮雲』の第三篇は一八八九年七月から八月まで雑誌『都の花』に連載された。二葉亭の処女出版翻訳作品『あひゞき』が雑誌『国民の友』に出版されたのはその前年の七月から八月のことで、続いて『めぐりあひ』も同年十月から翌年の一月まで雑誌『都の花』に掲載された。第二章で述べたように『あひゞき』と『めぐりあひ』を書くことで二葉亭は過去表示詞の「た」形を発見した。二葉亭が創作作品『浮雲』第三篇を書いている間、文体的に『あひゞき』と『めぐりあひ』の影響下にあったことは間違いない。つまり、柄谷や野口が引用している箇所で「た」形が連続的に使われたのは、『あひゞき』で発見した過去表示詞の「た」を自分の創作の文体に応用したものであったと考えられる。ただ、ここで注意したいのは『浮雲』の中で「た」形の使用が格段に増えるのは第二篇であり、第三篇では第二篇より「た」形の用例が減っていることである。尾崎知光は『近代文章の黎明』で『浮雲』の地の文の中での「た」形は第一篇が二十九、第二篇では百七十八と飛躍的に増え、第三篇では百十七と第二篇より減少していることを報告している。ちなみに「る」形の数は第一篇では百四十と圧倒的多数を占めていて、第二篇ではその数が激減、七十九になり、第三篇では逆に少し増えて百十一となっている。[50] つまり、第三篇での「る」形の数は「た」形の数とほぼ同数なのである。これらの数字を見、実際に『浮雲』を読み直してみると、「た」形の連続使用の用例が最も多く見られるのは第二篇であることが知れる。つまり、二葉亭は第二篇を書いていたときに『あひゞき』や『めぐりあひ』の文体の直接の影響下にあったのであり、第三篇を書いていた時点では、その影響から脱しかけていたのだ。第三篇では『あひゞき』や『めぐりあひ』の文体にみられるように「た」形の数が「る」形の数を圧倒していたわけでもないし、「た」形の数が文末詞全体の九〇パーセント以上を占めていたわけではないのである。

　そこであらためて最終段落を読み直してみると、野口が「破格で、かえって全体をひきしめている」と述べている「る」形で終わる一文の意味があらためて重要になってくる。「思ハれる」というのは一体だれに「思ハれる」のだろうか。文脈上「文三」であることは明らかだが、「思ハれる」で終わる文の中にはすでに「文三を辱めたといひ」とあるので、ここで「文三には思ハれる」と書く必要はない。書く必要はないが、「思ハれる」だけでは不安だったので、作者二葉亭は後続の文の文頭に「と思へば」と書き入れて「思ハれる」の内容が「文三」の心理の描写であると念を押さなくてはならなかった。さて、その「思ハれる」と「る」形で終わっている文が「文三」の心中表現であったとすれば、「故なくして文三を辱めたといひ」は稚拙で舌足らずである。「故なくして自分を辱めたといひ」と書いた方が客観的な文になる。また、「思ひ込んだ」と「た」形で終わっている引用箇所の三番目の文を見てみると、これも文脈上主語は「文三」であることは明らかだが、この文でも主語は明示されない。「遂にハ總て此頃の事ハ文三の疑心から出た暗鬼で」と、作者二葉亭は主格ではなく所有格に相当するところに「文三の」と書き込んでいる。が、ここも「遂にハ總て此頃の事ハ自分の疑心から出た暗鬼で」としたほうが客観的な表現となる。問題は、二葉亭がなぜ、これら二つの文の中で主語を明確に示さず、「自分」と書くべき所に「文三」という固有名詞を持ってこなくてはならなかったかだ。

内田魯庵は「春廼舎《はるのや》の加筆《かひつ》した『浮雲《うきぐも》』第一編は別《べつ》として、第二編となると全然従来《ぜんぜんじうらい》の文章型《けい》を無視した全く新らしい文体を創《はじ》めた。二葉亭《ふたばてい》の直話《ぢきわ》に由《よ》ると、愈々行詰《いよいよゆきづま》つて筆《ふで》が動かなくなると露文《ろぶん》で書いてから翻訳《ほんやく》したさうだ」(51)という回想を『二葉亭四迷の一生』の中で書いている。この最終段落をロシア語で書いてから翻訳したとすると、「思ハれる」にあたる箇所は《ему казалось что, [it seems to him that]》となり「彼には思ハれた」となるべきところだが、『浮雲』第三篇を書いていた時点でも二葉亭は三人称代名詞「彼」を使わなかった。先に「故なくして自分を辱めたといひ」「遂にハ總て此頃の事ハ自分の疑心から出た暗鬼で」と書き変えた部分も三人称代名詞「彼」を使って「故なくして彼を辱めたといひ」「遂にハ總て此頃の事ハ彼の疑心から出た暗鬼で」と書いた方がより客観的になる。が、二葉亭は三人称代名詞「彼」をあえて使わなかったのである。『あひゞき』の中で二葉亭が使ったのは一人称代名詞「自分」であり、三人称代名詞「彼」ではなかった。横田による『肖像画』の現代語訳に見られるような「彼」の使い方を二葉亭は『浮雲』の中でも『浮雲』第三篇の筆を絶ってから八年後に訳したゴーゴリの三人称小説の翻訳『肖像畫』の中でもしなかった。つまり、二葉亭は横田が三人称小説の翻訳で使った「彼は〜（てゐ）た」という「語り手」の過去を回顧する客観的な視点を表示する詞《ことば》のうちの文末詞「（てゐ）た」のみを『浮雲』第二篇、第三篇で使ったのである。しかも、登場人物の心理描写をするときには、「た」という過去表示詞を使わずに「る」形を使った。その結果、二葉亭の『浮雲』における「語り手」は、柄谷の言うようには完全には中性化（＝消去）されず、饒舌な語り口をもったまま、作品の外にも中にも視点を据えきることができず、宙吊りにされることになった。

二葉亭は先に見た引用文の中で「文三ハ莞爾《にっこり》した」と、「文三」という主語を明らかにした文を一度しか書いていない。『あひゞき』における「自分は〜（てゐ）た」という一人称の叙述法を『浮雲』の中では「文三は〜（てゐ）

た」という三人称の叙述法として応用したのだと野口は述べているが、『浮雲』の中で文末詞「た」が主語を明らかにしている例はたいへん少ない。「文三は〜（てゐ）た」という文三を主語とした文に限ってみても筑摩書房版二葉亭四迷全集で四十ページに及ぶ『浮雲』三篇中にその用例は十三しか見られない。一方同じ筑摩版全集で十二ページほどの掌編『あひゞき』の中に「自分は〜（てゐ）た」と、文末詞「た」が「自分」という主語と呼応する文は七例もある。さらに興味深いのは、第三篇に至っても「文三急に考へ出した」「文三立ち止まッた」「文三始めて人心地が付いた」「もウ文三堪《たま》りかねた」と助詞「は」を抜いた口語性の強い叙述法が依然として頻出することである。これは『浮雲』の「語り手」の存在をくっきりと浮かび上がらせる。加えて引用文にもみられる「宛《あたか》も遠方から撩《こそぐ》る眞似をされたやうに、思ひ切つてハ笑ふ事も出來ず、泣く事も出來ず」のような主人公文三に対する揶揄、茶化しを『浮雲』の「語り手」はやめていないのだ。

つまり、二葉亭四迷が最終段落で「文三は」という主語を明確にした文を多く書くことができなかったのは、一つには『浮雲』の「語り手」が口語性の強い語り口を最後まで維持してしまったためである。またもう一つには、二葉亭は「彼」という三人称代名詞を使わなかったため、「文三は」と繰り返して同じ主語を示さねばならなかった。が、二葉亭はそうした「文三は」の繰り返しを嫌ったものと思われる。私には野口の言うように「語り手である作者」は最終段落では姿を消して、二葉亭が三人称客観小説を書き始めていたのだとは思えない。二葉亭の到達した『浮雲』の最終段落と尾崎紅葉の『多情多恨』の次の描写を比べれば、両作品における語り手の視点の客観性の違いは明らかである。

尾崎紅葉の『多情多恨』にみる三人称客観描写

多くの人を好《す》かぬ代《かはり》に好く人をば甚しく好くと云《い》ふ彼の気質《きしつ》は、燃《も》ゆる如くお類を愛《あい》して、葉山を信《しん》ずることは一図《いちづ》に凝固《こりかたま》つてゐるのである。彼は此二人《このふたり》よりは無い友の別《わ》けて難換《かへがた》き一人《ひとり》を亡《うしな》つた為には、他《ひと》が両親《りやうしん》妻子《さいし》兄《きやう》弟《だい》と一度《いちど》に一家《いつか》を挙《あ》げて亡つたほど力を落して、一時は殆《ほとむ》ど此世に望《のぞみ》をも絶《た》つたのである。而《さう》して其人の亡《な》い後《のち》も、一旦燃《ひとたびもや》された彼の念《おもひ》は、なか〳〵急《きふ》には消《き》えては了《しま》はなかつた。猶《なお》其火は他《た》に向つて費《つひ》やさる丶所が無かつたので、竟《つひ》には自己《おのれ》の心を焼《やか》れて、彼は如何《いか》ばかり苦《くるし》まされたであらう? 日毎夜毎《ひごとよごと》の彼の涙《なみだ》も此胸苦《このむねぐるし》き焔《ほのほ》をば得鎮《えしづ》めぬのであつた。(中略)

薬《くすり》を美味《びみ》として服《ふく》する病人《びやうにん》は無いけれども、病《やまひ》は其《それ》が為《ため》に痊《いゆ》るのでなければならぬ。彼の葉山に同居《どうきよ》したのは、而《さう》して自《おのづ》とお種に親《ちかし》くなつたのは、好《このま》しからぬ薬を飲《のま》されたも同しで、姑《しばら》くは苦《にが》い思をしてゐたのである。漸《やうや》く其《それ》にも慣《な》れて見れば、図《はか》らざりき、お種の優《やさ》しい声と、柔《やはら》かい手と、温《あたたか》い心とは彼の不愉快の苦痛《くつう》を劬《いたは》るのであつた。柳之助がお種を可懐《なつかし》く思初《おもひそ》めたのは之が為である。例《れい》の彼の気質《きしつ》であるから、一旦《いつたん》心を傾《かたむ》けた以上は、飽《あ》くまで其人に心を傾けるので、お種に対《たい》する感情《かんじやう》も今は日一日に好《よ》くなるばかり。葡萄酒《ぶだうしゆ》に酔《よ》つた夜の言《ことば》が又憶出《おもひだ》される、

「失敬《しつけい》ですけれど、貴方《あなた》が妻《さい》のやうに思はれるです。」

然《しか》し彼は他《ひと》の妻《つま》をば我妻《わがつま》と思はうとは思はぬ。姉《あね》と言つたが、姉に思ふのでもなかつた。葉山が男子《をとこ》としての友《フレンド》である如く、女子《をんな》の友《フレンド》として彼はお種を愛《あい》するのであつた。[52]

紅葉の『多情多恨』は二葉亭の『肖像畫』の発表される前年の一八九六年に『読売新聞』に連載された。引用箇所は後篇の第八回で、この回は全部が語り手による主人公鷲見柳之助の心理の解説となっている。『多情多恨』の語り手は三人称代名詞「彼」と「〜**た**のである」または「〜るのであっ**た**」という「である」体を用いて、過去を回想する視点から主人公の心理を客観的に解説する。友人の葉山の家に同居して、妻を喪った悲しみを紛らすうちに、葉山の妻お種に惹かれて行く柳之助の心理が小説の外に視点を置いた語り手によって語られる。『多情多恨』の全体から見れば、こうした「語り手」による客観描写は少なく、地の文の多くは「る」形で書かれている。だが「葉山が男子《をとこ》

としての友《フレンド》である如く、女子《をんな》の友《フレンド》として彼はお種を愛《あい》するのであつた」という第八回を締めくくる文にはっきりと示されているように、紅葉はこの解説部分で三人称客観描写を見事に成し遂げている。つまり、ここでは『浮雲』の冒頭に見られたような作品の中に存在する身体をもった饒舌な「語り手」は中性化（＝消去）され、「作者はこれ以上もう話者の存在態を取らず、一種仮有の時空点から発話する」と野口が述べたような三人称小説が誕生しているのだ。このように、紅葉の『多情多恨』は二葉亭の『浮雲』が辿り着こうとして辿り着くことのできなかった三人称話法を小説の一部でではあるが達成している。だが、ここで私はもう一度次のように問い直してみたい。「『浮雲』の「語り手」は、果たして、中性化（＝消去）されなくてはならなかったのだろうか？」と。

『肖像畫』の「語り手」から『浮雲』の「語り手」を読み直す

『浮雲』の冒頭と『肖像畫』の冒頭の類似はすでに指摘した。二葉亭はゴーゴリの原文の中の不完了体動詞を、現在形はもとより過去形も含めてすべて「（てゐ）る」形で訳して、ゴーゴリの「語り手」を作品内にとどめ、その饒舌な語り口で登場人物たちを生き生きと描き出していった。「る」形が圧倒多数を占める『肖像畫』の地の文の中では、「た」形の多くは完了体過去形の訳語として使われる。『肖像畫』の中の「た」形は過去時制より完了相が強調されているのだ。こうした「た」形の用法も「語り手」の言葉の口語性を強調する。つまり、『肖像畫』の中では「語り手」が中性化（＝消去）されるのではなく、逆に物語の前面に浮上する。二葉亭が『肖像畫』の翻訳に先立つ八年前に創作した『浮雲』の「語り手」と『肖像畫』の冒頭で創り出した「語り手」の類似にどれほど気がついていたかは分からない。が、『肖像畫』の中で「語り手」の言葉を主人公チャルトコーフのモノローグへと自然に移行させて行ったとき、『浮雲』の中の「語り手」が三人称客観描写として書きあぐんだ文三の心理描写を、『肖像畫』の「語り手」が易々とおこなっていることに二葉亭は気づいたのではないだろうか。『浮雲』の「語り手」を中性化（＝消去）する必要はない、その身体性だけを取り去ればよかったのであると気がついたのではないか。実際、二葉亭は次のゴーゴリ作品の翻訳と第二の創作『其面影』の中で、「語り手」の身体性の消去という実践を行っているのだ。次章では、その翻訳作品『むかしの人』（一九〇六年発表）と創作作品『其面影』（同じく一九〇六年発表）を見てみることにする。

注

（1）Richard Peace, *The Enigma of Gogol: An Examination of the Writings of N.V. Gogol and their Place in the Russian Literary Tradition*, Cambridge: Cambridge University Press, 1981, p. 116.

（2）Н. В. Гоголь, *Полное собрание сочинений Н. В. Гоголя, Том третий, Повести*, Издательство академии наук СССР, 1938, Nendeln/Liechtenstein, Kraus Reprint, 1973, pp. 79-80.

（3）ゴーゴリ作、二葉亭四迷訳『肖像畫』『二葉亭四迷全集　第二巻』筑摩書房、一九八五年、一八九―一九〇頁。

（4）蒲原有明「『あひびき』に就て」『二葉亭四迷全集　第二巻』岩波書店、一九六四年、四一三頁。

（5）柳田泉「政治小説の一般（二）」『明治文學全集六　明治政治小説集（二）』筑摩書房、一九六七年、四四五頁。

（6）柳田泉解題「『佳人之奇遇』とその作者について」同前、四八一頁。

（7）二葉亭四迷「余が言文一致の由來」『二葉亭四迷全集　第四巻』筑摩書房、一九八五年、一七二頁。

（8）東海散士『佳人之奇遇』『明治文學全集六　明治政治小説集（二）』筑摩書房、一九六七年、四頁。

（9）二葉亭四迷「余が言文一致の由來」『二葉亭四迷全集　第四巻』筑摩書房、一九八五年、一七二頁。

（10）ツルゲーネフ作、二葉亭四迷訳『あひゞき』『二葉亭四迷全集　第二巻』筑摩書房、一九八五年、五頁。

（11）柳田泉「明治の翻訳文学研究」『日本文学講座』第十二巻、新潮社、昭和六年、一二頁。

（12）Jules Verne, *Le Tour du Monde En Quatre-Vingts Jours*, Hachette, 1977, p. 9.

（13）なお、拙訳は次の英訳を参考にした。*Around the World in Eighty Days* by Jules Verne, New York Aeonian Press, 1978, p. 1.

（14）ジュール・ヴェルヌ作、川島忠之助訳『新説　八十日間世界一周』『新日本古典文学体系　明治編一五　翻訳小説集二』岩波書店、二〇〇二年、三頁。

（15）ジュール・ヴェルヌ作、鈴木啓二訳『八十日間世界一周』岩波書店、二〇〇一年、七頁。

(16) 岡照夫・清水孝純・中丸宣明校注「川島訳における和文的要素について」『新日本古典文学体系　明治編15　翻訳小説集二』岩波書店、二〇〇二年、四五九頁。

(17) 柳田泉「明治の翻訳文学研究」同前、一〇頁。

(18) 柳田泉「明治の翻訳文学研究」同前、一〇頁。

(19) 柳田泉「明治の翻訳文学研究」同前、一〇—一一頁。

(20) Edward Bulwer-Lytton, *Ernest Maltravers*, Paris: Galignani, 1839, p. 23.

(21) ロウド・リットン著、丹羽純一郎訳『歐洲奇事　花柳春話』『明治文學全集七　明治飜譯文學集』筑摩書房、一九七二年、一〇—一一頁。

(22) Wayne C. Booth, *The Rhetoric of Fiction*, Chicago & London, The University of Chicago Press, 1961, p. 150.

(23) Wayne C. Booth, *op.cit.*, pp. 151-153.

(24) 二葉亭四迷『新編浮雲　第一篇』『二葉亭四迷全集　第一巻』筑摩書房、一九八四年、七—八頁。

(25) 日本国語大辞典刊行会編『日本国語大辞典　第十八巻』小学館、一九七五年、二八五頁。

(26) Bernard Comrie, *Aspect: An Introduction to the Study of Verbal Aspect and Related Problems*, Cambridge University Press, pp. 1–3.

(27) Bernard Comrie, *Aspect: An Introduction to the Study of Verbal Aspect and Related Problems*, *op. cit.*, p. 4.

(28) Bernard Comrie, *Aspect: An Introduction to the Study of Verbal Aspect and Related Problems*, *op. cit.*, p. 3.

(29) 工藤真由美『アスペクト・テンス体系とテクスト——現代日本語の時間の表現』ひつじ書房、一九九五年、八頁。

(30) 秦野一宏「二葉亭とゴーゴリ——『浮雲』の文体をめぐって」、早稲田大学『比較文学年誌』一九八二年三月。諫早勇一「二葉亭とロシア文学——ゴーゴリを中心に」、信州大学人文学部『人文科学論集』第一六号、一九八二年三月。

(31) Н. В. Гоголь, *Полное собрание сочинений Н. В. Гоголя, Том третий, Повести*, *op. cit.*, p. 82.

(32) ゴーゴリ作、二葉亭四迷訳『肖像畫』同前、一九二頁。

(33) ゴーゴリ作、横田瑞穂訳『肖像画』岩波書店、一九八三年、七八—七九頁。

(34) Б. А. Успенский, *Поэтика композиции: Структура художественного текста и типология композиционной формы*, Москва, Издательство Искусство, 1970, pp. 10-11.

(35) Б. А. Успенский, *Поэтика композиции; Структура художественного текста и типология композиционной формы*, *op. cit.*,

p. 115.

(36) Н. В. Гоголь, *Полное собрание сочинений Н. В. Гоголя, Том третий, Повести*, *op. cit.*, p. 89.

(37) ゴーゴリ作、二葉亭四迷訳『肖像畫』同前、一九九頁。

(38) ゴーゴリ作、横田瑞穂訳『肖像画』同前、九〇―九一頁。

(39) Terence Wade, *A Comprehensive Russian Grammar*, Oxford: Blackwell, 1992, p. 287.

(40) 金田一真澄『ロシア語時制論――歴史的現在とその周辺』三省堂、一九九四年、二五九―二六〇頁。

(41) 「てくる」のアスペクト的意味について、寺村秀夫は『日本語のシンタクスと意味　第二巻』（くろしお出版、一九八四年、一六〇―一六一頁）の中で次のように述べている。「「Vテクル」のアスペクト的意味は、Vの表す現象が、物理的・心理的に、自分に向かって次第に接近する、ということである。事象全体をひとつの幅をもったものと捉える点でアスペクトの一般性を共有し、その幅の片端（「こちら側」）に自分が立っているという点で他のアスペクトとは区別される。」

(42) ゴーゴリ作、二葉亭四迷訳『肖像畫』同前、二〇〇―二〇一頁。

(43) ゴーゴリ作、横田瑞穂訳『肖像画』同前、九三―九四頁。

(44) 奥村恒哉「代名詞「彼、彼女、彼等」の考察――その成立と文語口語」『国語国文』第二十三巻、第十一号、一九五四年、七一頁。

(45) 柳父章『翻訳語成立事情』岩波書店、一九八二年、二〇二頁。

(46) 柳瀬尚紀『翻訳はいかにすべきか』岩波書店、二〇〇〇年、一九頁。

(47) 柄谷行人『漱石論集成』第三文明社、一九九二年、二四一―二四二頁。

(48) 野口武彦『三人称の発見まで』筑摩書房、一九九四年、二三三―二三四頁。

(49) 二葉亭四迷『浮雲　第三篇』同前、一七五―一七六頁。

(50) 尾崎知光『近代文章の黎明』桜楓社、一九六七年、六八頁。

(51) 内田魯庵「二葉亭四迷の一生」、坪内祐三編『明治の文学　第十一巻　内田魯庵』筑摩書房、二〇〇一年、三三五頁。

(52) 尾崎紅葉『多情多恨』『紅葉全集　第六巻』岩波書店、一九九三年、三〇〇―三〇一頁。

第三章　中期から後期の創作活動
──『むかしの人』を中心として

二葉亭が翻訳したツルゲーネフの諸作品の中の秀作『片戀』

二葉亭のゴーゴリもの第二作『むかしの人』は一九〇六（明治三十九）年五月に『早稲田文學』に載った。ゴーゴリものの処女翻訳作品『肖像畫』の発表から十年目にあたる。『むかしの人』について詳述する前に、二葉亭の中期から後期にかけての創作活動についてまず触れておこう。二葉亭が『あひゞき』と『めぐりあひ』の改稿を『片戀』とともに発表し文壇に返り咲いたのは『肖像畫』発表の前年、一八九六年のことで、中期の創作活動がこの年に始まったわけだが、この間二葉亭はゴーゴリ作品の翻訳『肖像畫』以外は頑なにツルゲーネフの作品を翻訳し続けた。二葉亭が一八九九年に東京外国語学校教授となるまでの三年間に訳したツルゲーネフ作品は、改訳『あひゞき』、『めぐりあひ』の改訳『奇遇』、『片戀』『夢かたり』『うき草』『猶太人』『くされ縁』の七編を数える。これらの翻訳の中で殊に文壇の評判になったのは『片戀』と『うき草』で、『片戀』では女主人公アーシャの性格描写がことのほか好評だった。発表直後に『国民之友』に載った八面楼主人こと、宮崎湖処子による次の「批評」がそれを雄弁に物語っている。

魯西亜大家の作、然して魯西亜文学に精通したる二葉亭氏の選択なれば悪かるべき筈はなけれど、実に及ぶべからざるものあり。殊に女主人公アーシヤの如き複雑なる性質を有せる婦人を描いて、然も光線を以て胸臆の中を照し見るが如き、是れ豈に明治文壇の諸作家の翹望すべき技倆ならんや。(1)

(傍点は原文のまま)

湖処子を感動させた女主人公アーシャは利発で多感な十七才の少女という設定で、自分は父親が「小間使い」に産ませた子供であることを終始意識し、自分を卑下している。が、卑下しながらも自尊心は高く、アーシャの行動は他人には不可解に映る。旅先のドイツで知り合った『片戀』一編の「語り手」である「私《わたくし》」に恋愛感情を懐くようになるが、本心を隠そうとするアーシャは奇矯な振る舞いで「私」を驚かせてばかりいる。ある日、「私」はアーシャの兄ガーギンからアーシャが「私」に恋していることを告げられ、大いに戸惑う。実は「私」自身もアーシャに恋愛感情を懐いていたのだが、いざアーシャから呼び出しを受けると、「私」は十七才の「風変わりな」小娘などと結婚することはできないと、臆病風に吹かれてしまう。先に引用した宮崎湖処子は、この「語り手」の「私」について次のように述べている。

最も可笑しきは主人公某の人物なり、其の自から人を観察するといふにはあらず、唯人の面を見て楽しむと云ふ通りの人物なり。

渠が是くもアーシヤを観察して然も遂にアーシヤを知らざるは観察の能なきが故なり。渠既にアーシヤを識らず、多くの欠点の中に天才と誠愛の含蓄せるを知らず、故にアーシヤに対する自家の本来の感覚を発見することを得ざりしなり。彼を失ひて始めて彼が価値(一半なれど)を発見したり。渠は普通ありふれたる昧者の模型なり、然して其昧者が如何に面白く書かれたるか。(2)

(傍線引用者)

湖処子は、「語り手」の「私」を「普通ありふれたる味者の模型」と評し、その「語り手」の愚昧さを描くのが『片戀』一編のもう一つの主題であると、『片戀』の喜劇性を強調する独自の見解を述べている。湖処子の批評文で内容とは別にまた興味を惹かれるのは三人称詞の使い方で、「渠」が「語り手」の「私」を指し示し、女主人公のアーシャを指すのには「彼」が用いられている。この「彼」の使用については後に詳述したい。

さて、この文壇復帰を果たした作品『片戀』で、二葉亭はいくつかの文体的実験をしている。ツルゲーネフの原文は《Ася [Asya]》でH. H.という頭文字でしか表されない人物が自分の若い頃の失恋譚を語るという構成の一人称小説である。その冒頭文《Мне **было** тогда лет двадцать пять, — **начал** Н. Н., — дело давно минувших дней, как **видите**. (**I was** then about twenty-five years old, — N. N. **began**, — These matters took place a long time ago, as you **can see**.)》を、二葉亭は「恰ど《ちやう》私《わたくし》の二十五の時**でした**、と某《なにがし》といふ男が**話し出した**、ですから、最《も》う餘程以前の事**です**。」と原文の動詞の時制と相に忠実に訳し出している。ここでもう一つ気づくのは、二葉亭の一人称の「語り手」の自称が『あひゞき』と『めぐりあひ』で使われた「自分」から「私《わたくし》」になっていることである。さらに気づくのは、「私《わたくし》」に呼応する文末詞を「でした」としていることで、この一人称の「劇化《ドラマ》された語り手」の文体を、次に続く「と某《なにがし》といふ男が話し出した」と語る三人称の「劇化《ドラマ》されない語り手」の普通文体とは異なる丁寧体にしたことである。

山田美妙の言文一致小説『胡蝶』における「です」調

もともと、この「私《わたくし》は……です」における文末詞「です」は山田美妙が言文一致体に使ったもので、二葉亭四迷は明治三十九年に『余が言文一致の由來』と題した談話の中で、『浮雲』発表当時の言文一致小説の文体について次のように語っている。

暫らくすると、山田美妙君の言文一致が發表された。見ると、「私《わたくし》は……です」の敬語調だ。自分とは別派である。即ち自分は「だ」主義、山田君は「です」主義だ。後で聞いて見ると、山田君は始め敬語なしの「だ」調を試みて見たが、どうも旨く行かぬと云ふので、「です」調に定《き》めたといふ。自分は始め、「です」調でやらうかと思つて、遂に「だ」調にした。即ち行き方が全然反對であつたのだ。(3)（傍線引用者）

確かに美妙は『浮雲』第三篇の出版と同年の一八八九年に発表された言文一致体小説『蝴蝶』で、『浮雲』第一篇同様地の文の文体の創造に苦しんだ末、「です」調を採った。その「です」調の『蝴蝶』の地の文をよく見てみると、「です／ます」形が「でした／ました」形を圧倒する文体となっている。つまり、「る」形が「た」形を圧倒している『浮雲』第一篇と同じ文体になっているのだ。そして、『浮雲』第一篇同様、「た」形の多くは、過去時制ではなく完了相の表示詞として使われている。それは次の引用からも明らかである。引用は平家に仕えていた美少女蝴蝶が、夫《おっと》二郎が源氏の間諜であったと知り、その寝首を掻くというなんとも凄絶な、小説の大団円に当たる場面である。

今にその首から血も出ましやうか。今に男の命も絶えましやうか。あゝ斯う活きて居るものを。暫時刄は仇にさまよツて見めいて居ます。

その内に、無残、勇氣！　にはかに始まる泣聲、物音。

「た……た……たれ……二郎を斬く」。跡はもろともに唸る聲。

また暫時、物音も絶えました。物音の絶えるや否や慌たゞしく戸際へ馳出して人でも居るかと見回はした蝴蝶の顏のその凄さ（あゝ殺した）、忍び寄る曉の青い朦朧に映つては、顏色は全く土と見紛ふばかり、たゞその代わりこツてりとした鮮血の紅を縱橫に塗ツて居て……御覧なさい、噛まれて居る亂髪の末一二本。既に仕留て仕舞ひました。今更無念なやうでもあり、悲しいやうでもあり、くやしいやうでもあり、また情無いやうでもあり、氣は逆上してほとンど知覺も無くなつて只茫然……ですが、猶思詰めた一ツの念力、火のやうに熱する身と切れて續かぬ忙しい息を辛うじて奬まして終に首をば斬放して仕舞ひました。

が、はや身はほとんど打たれたやうです。何を見ても目は目の役を爲ず、何を聞いても耳は耳のつとめを仕遂げず、それで、妙です、猶何處か神經が鋭敏に過ぎるやうな處もあります。(4)

一読して、名詞止めの多いのも『浮雲』の文体と似ているが、「御覧なさい」と読者に呼びかける「語り手」がいることが、最も『浮雲』の文体を彷彿とさせる。また、「仕留て仕舞ひました」「斬放して仕舞ひました」と『あひゞき』や『めぐりあひ』でロシア語動詞の完了体過去形の訳語として多用された「て仕舞う」という動詞の丁寧体の「た」形が二度使われているのも、引用文中の「た」形の多くが完了相の表示詞であることを示している。つまり、読者に直接語りかける「語り手」を持ってしまった美妙の創作作品『蝴蝶』では、「でした／ました」という「た」形はその多くが完了相を表し、「語り手」は「です／ます」形を主にした文体で実況中継でもするかのように物語の中から登場人物たちの行動を描写し、時には「妙です」と自分の感情表現までさしはさむのである。この『蝴蝶』の「語り手」は、作品内の位置と役割において、『浮雲』第一篇に登場した「語り手」に酷似している。

ところで、二葉亭は先に引用した談話の中で美妙の言文一致体を「「私《わたくし》は……です」の敬語調だ」と述べているが、美妙が採ったのは文末詞の「です」だけで、一人称代名詞「私」が地の文に現れることはない。すなわち、美妙は言文一致小説『胡蝶』において、「私」や「自分」といった一人称代名詞を意識的に排して「語る者」を隠そうとした。だが、「です／ます」が、「でした／ました」を圧倒する文体で実況中継でもするかのように語りかける誰かを隠しおおすことはできなかった。『胡蝶』には「劇化《ドラマ》されない語り手」が、二葉亭の『浮雲』と同じように存在した。美妙の採った「です」調は、読者に直接語りかける「劇化《ドラマ》されない語り手」を『浮雲』以上にはっきり浮かび上がらせてしまう文体であったといってよい。

一人称翻訳小説『片戀』の一人称代名詞と文末詞

これに対して、ツルゲーネフの一人称小説『アーシャ』の翻訳『片戀』で、二葉亭は「です」調を、登場人物として「劇化《ドラマ》された語り手」の語りの文体として積極的に採用した。二葉亭は、先に引用した小説の冒頭の一文を「恰《ちゃう》ど私《わたくし》の二十五の時でした、と某《なにがし》といふ男が話し出した、～」と訳すことによって、登場人物として「劇化《ドラマ》された語り手」である「某《なにがし》といふ男」と、その「劇化《ドラマ》された語り手」を紹介する「劇化《ドラマ》されない語り手」が存在することを明瞭に示した。さらに二葉亭は、「劇化《ドラマ》された語り手」である「某といふ男」がこれから語るのは自分の過去だと、その過去回想の視点を強調するために、「た」形を明らかに過去表示詞として使った。それとともに、美妙の原文一致体小説『胡蝶』の地の文にはまったく使われなかった「私《わたくし》」という一人称代名詞を積極的に用いて、「語る者」の存在を強調した。ツルゲーネフの『アーシャ』には登場人物として「劇化《ドラマ》された語り手」がいて、「聞き手」（＝読者）に丁寧に「です」調で語りかけることを、二葉亭はその訳文『片戀』の中で宣言したのである。これは、『あひゞき』冒頭で「秋九月中旬といふころ、一日自分がさる樺の林の中に座してゐたことが有ツた。」（改訳では「秋は九月中旬《なかば》の事で、一日《あるひ》自分がさる樺林《かばばやし》の中《うち》に坐つてゐたことが有つた。」）と、一人称詞「自分」と過去表示詞「た」が呼応して、「劇化《ドラマ》された語り手」の存在を示したのと同様である。『あひゞき』と『片戀』の違いは、『片戀』では「語り手」が「聞き手」（＝読者）を意識して、丁寧に「です」調で語りかけるという点である。

また、ここでもう一つ忘れてはならないのは、『片戀』が『あひゞき』と『奇遇』、つまり、『あひゞき』と『めぐりあひ』の改訳とともに出版されたことである。したがって、『片戀』の地の文の文体は、過去表示詞「た」形が「る」形を圧倒する『あひゞき』と『めぐりあひ』の初訳の地の文の文体とはがらりと変わり、「る」形が「た」形を圧倒し、「た」形は主に完了体の訳語として使われる改訳『あひゞき』と『奇遇』の文体に近いものであった。『肖像畫』の文体分析のところで述べた通り、二葉亭は改訳『あひゞき』と『奇遇』を書いて以来、「た」形を主にロシア語動詞の完了体過去形の訳語として使った。『肖像畫』ではこうした「た」形の用法は徹底しており、それに加えて「(てゐ)る」形をロシア語動詞の不完了体現在形と過去形両方の訳語として使ったことで『肖像畫』の語りは現在性を持ち、「語り手」は作品の中に位置することになった。このゴーゴリの「語り手」とツルゲーネフの「語り手(たち)」との違いは、前者が作品の中に登場人物として現れない「劇化《ドラマ》されない語り手」であることであり、後者が作品の中の登場人物として現れる「劇化《ドラマ》された語り手」であるということだ。さらに言えば、『あひゞき』の中では茂みに隠れて主要登場人物を観察するだけの「猟人」であった「語り手」が、『片戀』の中では、「人を観察して楽し」んでいた「私」がアーシャに恋を打ち明けられることで、否応なく「主要登場人物」に押し上げられ、自分を観察しなくてはならなくなる、というふうに「語り手」の物語における重要度が増すことである。では、この『片戀』の「語り手」が過去表示詞の「た」の使用を控え、「た」形を完了相の表示詞として多用するときに、どのような効果が現れるのだろうか?

二葉亭訳『片戀』(一八九六年)と米川正夫訳『片恋』(一九五二年)

ところで、『片戀』の「語り手」を先に湖処子が評したように喜劇の主人公と見るか、それとも悲劇の主人公と見るかが、これから比べる二つの翻訳に如実に現れる。今回は二葉亭の翻訳を新潮文庫に収められた一九五二(昭和二十七)年刊行の米川正夫訳の『片恋』と比較してみることにする。米川は新潮社版に寄せた「あとがき」で、まず、自分がいかに二葉亭の名訳に心酔したかを述べた後、その名訳をなぜ改訳しなくてはならなかったのかを、次のように語っている。

それほどの名訳を、私がなぜ僭越にも新しく改訳したか? それはほかでもなく、ひとえに時代のなす業である。それは当時の読者と、今のインテリ読者層の相違を考えただけでも、思いなかばに過ぐるものがあろう。時代感覚、当時と現代の言葉や表現の相違……のみならず、二葉亭は江戸の戯作者たちの文学に養われて来た人であったため、露西亜文学とはおよそ縁のないこの世界の影響を、完全に脱しきれなかったのは、当然すぎるほど当然である。その上、多少の考え違いも全くないとは云われない。右の理由で、わたしは今度新潮社の乞いによって、この新訳に手を染めた次第である。(5)
(傍線引用者)

二葉亭の「名訳」を改訳する理由として米川は、二葉亭の翻訳と自分の翻訳をはさんだ五十六年の間に読者層がインテリ化したことと、二葉亭の戯作文学趣味をあげている。つまり、インテリ読者層に江戸戯作趣味から自由な「本物の」ロシア文学を届けるというのが米川の改訳の狙いだったのである。そこで、両者の翻訳を読み比べて見ると、まず気づくのは、やはり文末詞の違いである。米川は基本的に「でした／ました」で文末詞を統一している。が、二葉亭の訳文の中では、先に予想したとおり「でした／ました」という「た」形の丁寧体が、頻繁に「だ」または「(てゐ)る」という普通体、しかも「た」形以外の形に変わってゆく。同時に気づくのは、米川は「でした／ました」という文末詞に呼応する形で「私は」(ルビが振ってないので、「わたくし」ではなく「わたし」と読ませるものと思われる)という主語を頻繁に立てているが、二葉亭の訳では「私《わたくし》」という一人称代名詞は米川ほどに多用されていないことだ。ちなみに冒頭の二つの段落で使われる一人称代名詞を数えてみると、原文では実に二十七回、それが米川の訳文では十三回に、二葉亭の訳文では五回に激減している。人称代名詞が頻繁に使われる(殊に三人称代名詞の頻用は顕著)というのが、現代の翻訳文の特徴であることはすでに第二章でも見たとおりであり、米川の訳文は現代の翻訳文の特徴を如実に表しているといえる。

二葉亭訳『片戀』と米川訳『片恋』における一人称代名詞と文末詞

では次に、一人称代名詞の多用という特徴が典型的に現れている箇所を引いてみよう。今回も原文、英訳(拙訳)、二葉亭訳、米川訳の順で挙げる。一人称代名詞には網をかけ、ロシア語原文の不完了体過去形動詞には傍線を、不完了体現在形には点線を付し、日本語訳文中の「る」形には点線を、過去表示詞とみなされる「た」形には傍線、完了表示詞とみなされる「た」形には二重線を付した。なお、英訳はロシア語原文の表示にならった。

Ася

Зато лица, живые, человеческие лица — речи людей, их движения, смех — вот без чего **я** обойтись **не мог**. В толпе мне **было** всегда особенно легко и отрадно; мне **было** весело идти, куда шли другие, кричать, когда другие кричали, и в то же время **я любил** смотреть, как эти другие кричат. Меня **забавляло** наблюдать людей... да **я** даже **не наблюдал** их — **я** их **рассматривал** с каким-то радостным и ненасытным любопытством. Но **я** опять **сбиваюсь** в сторону.(6)

[But faces, on the other hand, lively human faces — people's speech, movement and laughter — **I could not** live without them. **I felt** especially comfortable and at ease in a crowd, **I was** happy to go where others went, to shout when others shouted. **I liked** to see how they shouted. It **amused** me to observe people... **I did not** even **observe** them — **I examined** them with some sort of joyful and insatiable curiosity. But **I am getting off** the track again.]

『片戀』（二葉亭訳）

その代り人の面《かほ》ですな、活《い》きてゐる人の面《かほ》——言葉にしろ、所作《とりなり》にしろ、笑聲《わらひごゑ》にしろ同じ事だが——是は私《わたくし》に取つては無くて叶はぬもので。群聚《ひとなか》に交《まじ》つてゐれば、いつも氣が晴れて愉快になる。人の行く方へ行つたり、人の喚《わめ》くのに連《つ》れて喚《わめ》いたりするのも面白いが、人の喚《わめ》くのを見てゐても面白い。人を觀察して樂しむ……と云つて強《あなが》ち観察するのでもなく、唯まじり〱見てゐるのであるが、それが又妙に面白くて、頓と飽くといふことを忘れて了ふ。ほい、また話しが逸《そ》れた。(7)

『片恋』(米川訳)

その代わり、顔、生きた人間の顔、人の話、動き、笑い、——こういうものは、私にとってなくて叶わないものでした。人ごみの中にいると、私は何時も特別かろやかな、楽しい気分になるのでした。私は人の行くところへ行き、人の喚く時に喚くのが楽しかったのです。と同時に、人が喚くのを見るのも好きでした。私は他人を観察するのが面白かった……いや、私は観察さえもしません。ただなにか喜ばしい、飽くことなき好奇心をもって、他人をじろじろ見るだけのことでした。しかし、私はまた横道へそれかかりました。(8)

引用箇所でツルゲーネフは一人称代名詞を八つ使った。それに対して、二葉亭の使った一人称代名詞「私《わたくし》」はただ一つ。米川はといえば、六つ「私」を使っている。米川の訳文の方が原文の一人称代名詞の使用を数のうえで正確に再現しているといえよう。しかも米川はその中の五つを「私は」と主語として使っている。さらに「私は」に呼応する米川の文末詞について見てみると、「楽しい気分になるのでした／楽しかったのです／面白かった／観察さえもしません／横道へ逸れかかりました」と、丁寧体の中に一つ普通体を入れたり、「でした／ました」形の中に一つ「ます」形を入れたりして巧みに文が単調になるのを避けながらも、基本的には「でした／ました」形が「です／ます」形を圧倒する文体を作り上げている。引用部分でツルゲーネフの使った動詞形はすべてが不完了体過去形なので、米川の訳文は動詞に関してもツルゲーネフの原文にたいへん忠実な翻訳であるといえる。

インテリ読者層を対象とする米川正夫訳『片恋』と夏目漱石作『こゝろ』の文体

ところで、この米川の作り出した「インテリ読者層」向けの文体は、次の文体に似ていないだろうか。

> 私《わたくし》は丁度他流試合《たりうじあひ》でもする人のやうにKを注意して見てゐたのです。私は、私の眼、私の心、私の身體《からだ》、すべて私といふ名の付くものを五分《ぶ》の隙間《すきま》もないやうに用意して、Kに向つたのです。罪のないKは穴だらけといふより寧ろ開《あ》け放《はな》しと評するのが適當な位に無用心《ぶようじん》でした。私は彼自身の手から、彼の保管してゐる要塞の地圖を受取つて、彼の眼の前でゆつくりそれを眺める事が出來たも同じでした。Kが理想と現實の間《あひだ》に彷徨《はうくわう》してふら〳〵してゐるのを發見した私《わたくし》は、たゞ一打《ひとうち》で彼を倒す事が出來るだらうといふ點にばかり眼を着けました。さうしてすぐ彼の虚《きよ》に付け込んだのです。私は彼に向つて急に嚴肅な改《あら》たまつた態度を示し出しました。[9]

これは夏目漱石が一九一四（大正三）年に『朝日新聞』に連載した『こゝろ』下の「先生と遺書」からの抜粋である。ここで漱石の採った文体は書簡体であることを考慮しても、遺書を読む「私」という青年読者を意識した、いかにも整然とした文体で、「私」という一語は、キーワードとしても多用されている。そのキーワード以外にも「私」という一人称代名詞は多用され、引用文中には「私《わたくし》は」という主語が五度使われる。また、その文末詞は「たのです」「でした／ました」とすべて「た」形で統一されている。Kを自殺に追い込んだ「私」の過去がすでに終わってしまったものであり、もう取り返すことはできないのだという懺悔と後悔の思いの強く漂う文章である。漱石の文では「語り手」の過去は封印されてしまっているのだ。米川の『片恋』冒頭の文体は「語り」であることを考慮してないのか、漱石の『こころ』の文体ほど整然とはしていないが、それでも過去回想の文体であることは明瞭で、終わってしまった恋を偲ぶ悲哀と後悔が漂う文である。

それにひきかえ、二葉亭の訳文は「語り」の現在性が突出している文章で、「る」形が「た」形を圧倒する文体はいかにも軽い。二葉亭はここでもツルゲーネフが不完了体過去形で表した「私」の過去の習慣的な行動を「る」形を使って、「私」の習慣的な行動があたかも今行われているように訳し出している。結びの「ほい、また話しが逸《そ》れた」という箇所などから想像される「私」は軽薄で、宮崎湖処子をして「渠は普通ありふれたる味者の模型なり、然して其味者が如何に面白く書かれたるか」と言わしめたのも、もっともだと思われる。どうやら、二葉亭の訳文の描き出す「私《わたくし》」は語りの口調からして喜劇の主人公であり、米川は、その二葉亭の「考え違い」を正して「私」を悲劇の主人公に仕立て上げようともくろんだようだ。が、果たして、米川が、「語り手の私」を喜劇の主人公に見立てたのを二葉亭の「考え違い」としたのは、正しいのだろうか？ 引用箇所を再読すると、アーシャに恋を打ち明けられ、それでもアーシャが理解できず、その恋の機会を逃してしまう主人公「私」は湖処子が評した通り「人を観察することのできない愚か者」で、悲劇の主人公というよりは喜劇の主人公に近いように見える。

愛の言葉を訳す二葉亭の筆の戯作性と現代性

いずれにしても『片戀』の中の二葉亭の「私《わたくし》」は喜劇的であり、その喜劇性、あるいは二葉亭の筆の戯作性が浮き彫りになってしまうのは、また愛の言葉においてであった。次に『片戀』の中で二葉亭の訳した「愛の言葉」を列挙することにする。『片戀』もまた、漱石の『こゝろ』や二葉亭の処女創作作品『浮雲』同様、男二人と女一人をめぐる愛の三角関係に近い人物設定と筋書きを持っている。「語り手の私」はアーシャとガーギンは実の兄弟ではなく、愛し合っている男女一対なのではないかと疑い、ある時、アーシャがガーギンに自分の思いを告白しているのを立ち聞きしてしまうのだ。アーシャは言う。

① 《— Нет, я никого **не хочу любить**, кроме тебя, нет, нет, одного тебя **хочу любить** — и навсегда. [No, I **don't**

want to love anybody except you, no, no, I **want to love** only you — and forever.]》 [VI, p. 88]

「厭、厭、私は、貴方《あなた》の外は誰の事を**思ふのも厭**。何と仰《おつ》しやつても、貴方《あなた》ばかりの事を**思つてゐたいわ**――**死んでも思つてゐたいわ**。」 （二葉亭訳、九二頁）

「いや、あたしあんたよりほか、誰も**好きになりたくない**。いや、いや、ただあんた一人だけ**好きでいたいわ**――何時までも。」 （米川訳、三七頁）

次は「私」が次第にアーシャの恋愛感情に気づき始める箇所で、この言葉は二度繰り返される。

②《Неужели она меня **любит**? [Does she really **love** me?]》 [XII, XIII, p. 105]

「予《おれ》の事を何とか**思つてゐる**のぢやないか？」 （二葉亭訳、一一三頁）

『一体あの娘は俺を**愛している**のだろうか？』 （米川訳、六五頁）

そうこうしているうちに「私」はアーシャに呼び出しを受ける。が、アーシャの手紙を受け取って考え込んでいる「私」のところにガーギンがやって来て、アーシャの本心を告げる。

③《С другим я, вероятно, не решился бы... так прямо... Но вы благородный человек, вы мне друг, не так ли? Послушайте: моя сестра, Ася, в вас **влюблена**. [With someone else I would probably not have dared to be so direct... But you are an honourable person, and you are my friend, aren't you? Listen; my sister, Asya, **is in love** with you.]》 [XIV, p. 107]

「これが他《た》の人ならば、私《わたくし》もかう直接に……何はしませんが、貴君《あなた》は立派な方ではあるし、それに私《わたくし》には親友

だ——ね、然うぢやありませんか？——だからお話をするが、何ですよ……妹が……その……貴君《あなた》に**眷戀《けんれん》して**
ゐますよ。」

（二葉亭訳、一一四—一一五頁）

「これがもしほかの人だったら、恐らく思い切って……こんな風に向きつけて……お話する勇気がなかったでしょうが……しかし、あなたは潔白な人だし、それに僕の親友ですから、——そうでしょう？　実は、妹のアーシャがあなたに**恋してるんです。**」

（米川訳、六七頁）

次はこの小説の山場である。呼び出しを受けた部屋で「私」が思わずアーシャを引き寄せると、アーシャは只一言、愛の言葉をささやく。

④《Я забыл всё, я потянул ее к себе — покорно повиновалась ее рука, всё ее тело повлеклось вслед за рукою, шаль покатилась с плеч, и голова ее тихо легла на мою грудь, легла под мои загоревшиеся губы…

— **Ваша…** — прошептала она едва слышно.

[I forgot everything, I drew her to me — her hand obeyed submissively, and her whole body followed her hand, her shawl fell from her shoulders, and her head lay on my chest, lay beneath my burning lips…

— **I'm yours…** — she whispered, barely audibly.]》

[XVI, p. 112]

私《わたくし》は何も彼《か》も忘れて了つて、握つてゐた手を引寄せると、手は素直に引き寄せられる、それに隨《つ》れて身體《からだ》も寄添ふ、シヨールは肩を滑落ちて、首はそつと私《わたくし》の胸元へ、炎《も》えるばかりに熱くなつた唇の先へ來る……

「**死んでも可《い》いわ……**」とアーシャは云つたが、聞取れるか聞取れぬ程の小聲であつた。

（二葉亭訳、一二二—一二三頁）

私は何もかも忘れて、女を引き寄せました。その手は大人しく云うことを聞いて、体ぜんたいがその手について来るのです。ショールは肩からずれて、頭はそっと私の胸にもたれるのです。私の熱した唇の下に……「**あなたのものよ……**」とアーシャは聞えるか聞えないかの声で囁きました。

（米川訳、七七頁）

この先は二つの翻訳を読んでいただくとして、最後に、アーシャの残した置手紙を読んで後悔の念に苛まれる「私」の心情を述べた部分を引こう。

⑤《Одно слово… О я безумец! Это слово… я со слезами повторял его накануне, я расточал его на ветер, я твердил его среди пустых полей… но я не сказал его ей, я не сказал ей, что **я люблю ее**… Да я и не мог произнести тогда это слово….

[One word… Oh I am a fool ! That word… I tearfully repeated it the day before, I lavished it on the wind, I said it over and over among deserted fields… but I didn't tell her that **I love her**… And I could not say that word then…]》

[XXI, p. 119]

只の一言《ひとこと》……ああ私《わたくし》は痴漢《うつけもの》である！　此一言《ひとこと》を昨日《きのふ》泪《なみだ》ながらに、人氣のない野原で、何の効《かひ》もなく言ひ散したが……アーシヤには其一言《ひとこと》を聞かさなかつた。**私《わたくし》は彼を愛する**といふことを云はずに了つた……彼時《あのとき》は實以《じつもつ》て言得なかつたのである。

（二葉亭訳、一三二頁）

たった一こと……ああ、俺は何という空呆《うつけ》ものだ！　その一ことを、俺は前の晩、何度も涙ながらに繰り返して、惜しげもなく風に撒き散らしたではないか、がらんとした原中で幾度となく云つたではないか……しかし、俺は彼女に向かってそれを云わなかった。『**僕はあなたを愛している**』と云わなかった……また、そのとき私はその一ことを口にすることが出来なかったのです。

（米川訳、九〇頁）

二葉亭による愛の言葉の訳文にたち現れる三人称代名詞

米川はロシア語の《любить [to love]》という動詞を、現代露和辞典にもある通り「好きだ、愛する、恋する」と三通りに訳している。つまり、アーシャの兄ガーギンに対する愛情には「好きだ」、アーシャの「私」に対する愛情には「愛する、恋する」という訳語を充てているのだ。それに対して、二葉亭は「思ふ」「眷戀《けんれん》する」「愛する」と、古典的な表現から現代的な表現まで多彩な語彙を使っているのが注目される。「思ふ」というのは戯作のみならず、古典文学全般に見られる言葉である。日本国語大辞典は「ある対象に心をむける。そちらへ強く心がひかれる」という大意のもとに、「慕わしく感じる。恋しがる。愛する。また、大切にする」という意味を載せ、万葉集から平家物語まで多岐にわたる用例を挙げているが、「予《おれ》のことを何とか**思つてゐる**のぢやないか？」という二葉亭の訳文には、戯作的な軽さが強く感じられ、確かに米川の言うように多少真面目さを欠いているのかもしれない。また、「眷戀《けんれん》する」は明らかに日本語になっていない漢語で、諸橋の大漢和辞典には、「思いしたふ。心に思つていつも忘れない。愛戀」とある。「日本語にならぬ漢語は、すべて使はないといふのが自分の規則であつた」と「余が言文一致の由來」で公言した二葉亭にしては珍しい逸脱であり、二葉亭がロシア語の《любить [to love]》という動詞とその派生語の訳語を探すのに、いかに苦しんだかがわかる。

　さんざん苦慮した末、二葉亭が最後に「私」に語らせた訳語は、「愛する」という、現代語ならば標準語とも言うべき新しい言葉であった。しかも《я люблю ее [I love her／私は彼女を愛する]》という一文を「私《わたくし》は彼を愛する」と、一人称代名詞と三人称代名詞を正確に訳し出しているのが眼を奪う。米川が、同一箇所を『僕はあなたを愛している』と直接話法として訳し出しているのに比べると、いかにも生硬さを感じさせる箇所ではあるが、人称代名詞、殊に三人称代名詞「彼」を《ее [her／彼女を]》の訳語として使っているのが、三人称代名詞を使わない訳文を書いてきた二葉亭の第二の逸脱として、多いに注目されてよいところである。二葉亭が、「愛する」という、当時としてはたいへん新しかった言葉を《любить [to love]》の訳語として辞書形そのままに採用したとき、三人称代名詞「彼」が自然に「彼を」と目的語として立ち現れたものと思われる。ただし、この「彼」はアーシャを指し、今日の用法でなら「彼女を」となるべきところだが、二葉亭は翻訳語としての「彼女」は使わなかった。「彼」という語も「西洋語の三人称男性代名詞の訳語」としての今日での用法でではなく、「他称。話し手、相手以外の人を指し示す。明治期まで男にも女にも用いた」と、日本国語大辞典にもあるように、日本語の従来の用法で使っているのである。この用法は湖処子が『片戀』評で、アーシャを指して「彼」を用いていたのと同じである。つまり、「私《わたくし》は彼を愛する」は、実際に「語り手」によって語られた言葉ではなく、あくまで「語り手」の「私」によって自分の心情を描写する言葉の引用として訳されているのである。

二葉亭訳『片戀』にみる翻訳語としての三人称代名詞「彼」の用例

では、二葉亭は「彼」「彼女」を西洋語の翻訳語として一般化した今日の用法では使わなかったのだろうか？といと、実は『片戀』の中で二度だけ、「彼」がガーギンを指す三人称男性代名詞として使われているところがある。注意したいのは、この二つの例外的な用例が地の文でではなく、ガーギンの手紙の引用の中に使われていることだ。第一の手紙は「語り手」の「私《わたくし》」がガーギンとアーシャの仲を勘違いして、一人旅に出てしまったときに「私」を責めて書かれたもので、二つ目はガーギンがアーシャと自分の唐突な出発を詫びるために書いたものである。

①《Дома я нашел записку от Гагина. Он удивлялся неожиданности моего решения, пенял мне, зачем я не взял его с собою, и просил прийти к ним, как только я вернусь. [At home I found a note from Gagin. He was surprised at the suddenness of my decision, reproached me for not taking him with me and asked me to visit him as soon as I returned.]》

[VII, p. 90]

宿にはガギンの手紙が届いてゐました。手紙には私《わたくし》の思立《おもひたち》の唐突なのに驚いた事、彼を誘合《さそひあは》さなかつたのを恨《うらみ》に思ふ事などが陳《の》べてあつて、歸つたらば、直ぐ訪《たづね》て貰ひたい、としてある。（二葉亭訳、九四頁）

宿へ帰って見ると、ガーギンの置手紙がありました。私の思い立ちの唐突なのに一驚を吃し、なぜ一緒に誘ってくれなかったと不足を云い、帰ったらすぐ来てくれ、という文言でした。（米川訳、四〇頁）

②《Он начал с того, что просил не сердиться на него за внезапный отъезд; он был уверен, что, по зрелом соображении, я одобрю его решение. Он не находил другого выхода из положения, которое могло сделаться затруднительным и опасным.

[He began by begging me not to be angry with him on account of their sudden departure; he was sure that, upon mature reflection, I would approve of his decision. He could not find any other way out of a situation which could become difficult and dangerous.]》

[XXI, p. 118]

ガギンの手紙には先ず突然《だしぬけ》に發《た》つ無禮の謝罪《わび》から書起して、然しながら私《わたくし》にしても、熟《よ》く考へたら、彼《かれ》の仕打を悪いとは思ふまい。此儘にして捨置いたなら、遂に進退谷《きは》まつて、如何《どう》いふ事にならうも知れん。それを然

うならせまいとすれば、他《ほか》に策も無からうと思ふ、などいふ事が書いてあつて、～

（二葉亭訳、一二三〇頁）

ガーギンはまず第一に、どうかこの唐突な出発に腹を立てないでほしい、がよくよく考えて下すったら、貴兄も自分の決心に賛成して下さることと確信する。困難危険なものとなる惧れの多いこの状態を脱するために、これよりほかの手段を見いだし得なかった旨を述べ、～

（米川訳、八八頁）

米川は二葉亭が三人称男性代名詞「彼」を使った箇所を二つとも直接話法で訳しており、「彼」の代わりに「自分」を使っている。が、一つめの用例では「自分」を省略している。省略がなければ「なぜ（自分を）一緒に誘ってくれなかった」と、あるべきところだろう。いずれにしても、二葉亭が三人称男性代名詞を使ったのは地の文ではなく、手紙の引用である。この二つの用例と同じように「彼」がアーシャを指して使われたときも「『私《わたくし》は彼を愛する』といふことを云はずに了つた」という引用句であったことを考えると、二葉亭の「彼」の使用は地の文で「語り手」によって使われる今日の一般的な三人称代名詞の用例とは使い方が異なっていたといえよう。

二葉亭訳『片戀』にみる「彼女《あれ》」と米川訳『片恋』にみる「彼女」

「彼女」については、アーシャを指す言葉として『片戀』の中で多用されてはいる。だが、『片戀』の「彼女」には「彼女《あれ》」とルビが振られており、地の文でではなく、ガーギンの台詞の中でのみ使われている。これも「彼」が引用句でのみ使われたのと同様、今日の翻訳語の「彼女」の用法とは異なった使い方である。一例を引こう。ガーギンは「私」にアーシャが異母妹であると告げて、自分の家族の歴史を語ったあと、こう結ぶ。

「マアざつと斯ういふ始末なんですが、彼女《あれ》にも随分困りますよ。宛《まる》で火薬か何ぞのやうな氣性ですからね。

まだ誰も好いた者はないが、好いたとなると、大變《こと》ですて。私《わたくし》も彼女《あれ》には時としては持餘すことがある。此頃も飛《とん》でもない事を言出すんですよ。突然にね、私《わたくし》は以前よりも冷淡になつたが、自分は私《わたくし》ばかりの事を思つてゐる。永久私《わたくし》一人を愛する積《つもり》だ……と云つて、大泣に泣くんでさ……」[10]

このように、二葉亭が「彼」「彼女」という三人称代名詞の訳語に気づいていたことは確実だが、地の文で「語り手」が男性の主要登場人物を指し示すという「彼」の使用は、『肖像畫』を書いたときと同様、極力その使用を差し控えた。また、三人称女性代名詞の訳語としての「彼女」も、地の文では使われず、会話の中で兄ガーギンが「風変わりな妹」アーシャを、労わりをこめて呼ぶ時初めて「彼女」という言葉が三人称女性代名詞の翻訳語「彼女《かのじょ》」ではなく、「彼女《あれ》」として日本語の従来の使い方で使われるのだ。今度は逆に、米川が翻訳語「彼女」を多用した箇所を見てみよう。アーシャの奇矯な振る舞いの謎が解けて、あらためてアーシャという少女の心を理解し始める「私」の心情を述べたくだりである。一方、二葉亭は「語り手」の「私」にアーシャを「彼女」ではなく「此娘《このこ》」と、愛情をこめて呼ばせることでまったく印象の異なる訳文を創り上げている。今回は、原文、英訳、米川訳、最後に二葉亭の訳文の順とした。

《**Я** заглянул в **эту душу**: тайный гнет давил **ее** постоянно, тревожно путалось и билось неопытное самолюбие, но всё существо **ее** стремилось к правде. **Я** понял, почему эта странная девочка **меня** привлекала; не одной только полудикой прелестью, разлитой по всему **ее** тонкому телу, привлекала она **меня**: **ее** душа **мне** нравилась.

[I looked into **her soul**; a secret burden weighed upon **her** constantly, her inexperienced vanity anxiously lost its way and struggled, but **her** whole being aspired to truth. **I** understood, why this strange girl attracted **me**; not only by the half-savage charm in which **her** slender body was drenched was **I** attracted: **I** liked **her** soul.]》

[IX, p. 98]

私はこの娘の魂を眺めることが出来たのです。秘められた心の圧迫が、絶えず彼女の胸を押さえつけるので、世馴れない自尊心が不安の中に戸まどいしたり、もがいたりしているのですが、全体としては彼女は真実を憧れ求めているのです。この奇妙な娘になぜ心を惹かれたのか、私はやっと分かりました。彼女のしなやかな体ぜんたいに流れている、半ば野生的な美しさ、ただそれのみが私を惹きつけたのではありません。私は彼女の魂が好きになったのです。

（米川訳、五〇頁）

私《わたくし》の觀た所では、此娘《このこ》は人知れず始終胸を惱ましてゐるのである。未だ世の味といふものを知らぬから、動《や》ゝもすれば、修羅《しゆら》を炎《もや》して焦心《いらくら》するやうなものゝ、心は常に眞《まこと》の道を辿らむとする傾《かたむき》を持つてゐるのである。如何《どう》してこんな可異《をかし》な娘が私《わたくし》の心を動かしたのか、漸く理由《わけ》が判《わか》つた。成程此娘《このこ》の優姿《やさすがた》には稍々《やゝ》野の花見るやうな美がないではないが、それればかりが私《わたくし》の心を動かしたのではない、私《わたくし》の氣に入つたのは實に此娘《このこ》の心である。

（二葉亭訳、一〇二頁）

原文でツルゲーネフは一人称代名詞《я [I]》を五度、「語り手」の「私《わたくし》」によってアーシャを指し示す言葉として語られる三人称女性代名詞《она [she]》を四度、主に所有格《ее [her]》で使っている。米川はそれらをかなり正確に再現していて、「私」を四度、翻訳語としての「彼女」を四度使っている。二葉亭も一人称代名詞は米川と同じく、四度再現している。が、原文の三人称女性代名詞は一つも再現されず、米川の「彼女」に相当する箇所で二度「此《こ》娘《こ》」を使っている。二葉亭は「此娘《このこ》」を《эту душу [this soul／この魂]》の訳語として最初に使った。第三章で述べた通り三人称小説『肖像畫』では二葉亭が「彼」という三人称男性代名詞の翻訳語を使わず「此方《こちら》」と「自分」という言葉で主人公チャルトコーフの行動を「劇化《ドラマ》されない語り手」に描写させたとき、「語り手」とチャルトコーフの言葉が入れ替わった。一人称小説『片戀』で翻訳語としての三人称女性代名詞「彼女」が使われなかったことには、これほどの大きな表現効果はない。だが、二葉亭の『片戀』の中で「劇化《ドラマ》された語り手」の「私」が女主人公アーシャを呼ぶ「此娘《このこ》」という言葉には、翻訳語としての三人称女性代名詞「彼女」には認められない「語り手」のアーシャに対する深い同情が感じられる。

翻訳語「彼」「彼女」を使わない二葉亭訳『片戀』の新しさ

総じて、二葉亭は、三人称代名詞に関しては努めてその使用を控えた。が、使わなくてはならないところでは、日本語の従来の使い方を変えないで、使った。翻訳語としての三人称代名詞の不使用に関して二葉亭は周到であった。その訳文は、翻訳語としての三人称代名詞の多用される現代の翻訳文に慣れてしまった者から見れば新しい。三人称代名詞を使わないことで、二葉亭が生み出した「此娘《このこ》」という用語は独得である。それと同様に、二葉亭の訳文は愛の言葉の訳語においても、戯作的で真面目さを欠くのかもしれないが、やはり、独得であった。その二葉亭の二葉亭らしさが躍如としているのは、アーシャが「語り手」の「私《わたくし》」に囁いた愛の一言だろう。（ツルゲーネフの愛の言葉とその訳文④を参照されたい。）アーシャは「私」に引き寄せられて一言《Ваша... [I'm yours...]》と言う。米川は原文に忠実に「あなたのものよ……」と訳す。一方の二葉亭の訳は「死んでも可《い》いわ……」。この訳は古くも新しくも、戯作調にも「純文学」調にも読める。それは読者の感性によるのだろう。が、この訳文が二葉亭にしか書くことのできない独自のものであることだけは確かだ。「あなたのものよ……」としか書くことのできなくなった現代の多くの翻訳者に「翻訳とはかくあるべし」と、二葉亭の翻訳実践は語っている。

二葉亭は後年「余が飜譯の標準」と題した談話で、翻訳者の心得として原作者の文体を書き分けなくてはならないと述べた後「ツルゲーネフにはツルゲーネフ、ゴルキーにはゴルキーと、各別にその詩想を會得して、嚴しく云へば、行住座臥、心身を原作者の儘にして、忠實に其の詩想を移す位でなければならぬ[11]」と語っている。確かに『片戀』の文体と『肖像畫』の文体は、語彙の面でかなりの違いがある。二葉亭は戯作文学から採った語彙の使用を『片戀』の中ではよほど控えて、真面目な訳文を創り出そうと努めている。が、文末詞に関しては、『片戀』も『肖像畫』も基本的に「る」形が「た」形を圧倒する文体で書かれており、両者ともに「語り」の現在時制の強調される文体であった。『肖像畫』ではその現在時制が強調される文体が「劇化《ドラマ》されない語り手」の存在を強調し、「語り手」と主人公の独白《モノローグ》が一致するという表現効果をもたらした。一方、『片戀』の場合は本来強調されなくてはならなかった「語り手」の過去を回想する視点が、「る」形の多用によって相殺されてしまう、という逆効果を持ってしまった。また、一人称小説『片戀』の語りのスタイルを強調するために採用された「です／ます」体という丁寧体も、物語が最高潮に達してくると、「語り手」は「聞き手」のいることを忘れてしまうかのように、「だ」という普通体で話し始めてしまうのである。改訳することで、スタイルを統一しようと企てた米川ですら、「語り手」の感情が高ぶってくる場面では「だ」体、つまり、「る」形や「た」形を用いている。米川の再翻訳の一番の目的は「た」形、正確には「でした／ました」形を多用することによって「語り手」の過去回想の視点を回復することであったはずなのだが、どうやら、二葉亭の訳文の強い影響から抜けだせなかったように見える。（この点に関しては、愛の言葉の引用⑤を参照されたい。）三人称代名詞については、『片戀』でも『肖像畫』でも二葉亭はその不使用を貫こうとした。が、『片戀』の中で「愛する」という新しい言葉を使ったとき、後年三人称男性代名詞の翻訳語として広く使われるようになる第三者を指し示す言葉「彼」をアーシャという女主人公を指し示す言葉として、二葉亭はごく「自然」に使った。が、二葉亭は「語り手」によって女主人公アーシャを客観的に「彼女」という翻訳語で呼ばせることはなかった。これも『肖像畫』の中で「語り手」が主人公チャルトコーフを三人称男性代名詞「彼」で、客観的には描写しなかったのと同様である。「語り手」の「私」がアーシャへの愛を自覚したとき、二葉亭は「語り手」にアーシャを「此娘《このこ》」と愛情を込めて呼ばせている。

つまり、二葉亭は『片戀』の中でツルゲーネフの詩想を会得し、ツルゲーネフの文体を再現しようと、語彙面では自重して、戯作的な語彙を使わないように努めはした。が、「語り手」の語りの文体は「る」形の圧倒するゴーゴリの作品の翻訳文体と同じであり、語りの現在性を強調する文体は「語り手」を喜劇の主人公に仕立て上げてしまった。これは、ツルゲーネフの文体の再現という観点からすれば、成功していない。だが、「語り手」に女主人公アーシャを「彼女」ではなく「此娘」と呼ばせたとき、また、独自の愛の言葉を生み出したとき、二葉亭のツルゲーネフものの翻訳は成功している。

『片戀』と同様に、物語の中の主人公を「語り手」にどのように呼ばせるのかが一番の鍵になったのが、二葉亭のゴーゴリもの第二作『むかしの人』であった。

ゴーゴリもの第二作『むかしの人』執筆前後

『むかしの人』が書かれたのは一九〇六（明治三十九）年で、一九〇四年に勃発した日露戦争から二年が経っている。二葉亭は一九〇二年に三年間勤めた東京外国語学校の教授職を辞し、その年にハルビンを経て北京へとわたり、日本を一年と三ヶ月の間留守にした。その間の二葉亭の動向については関川夏央の『二葉亭四迷の明治四十一年』に詳しい。北京で二葉亭は、清朝の政治家、粛親王が川島浪速を招いてその監督とした北京の警務学堂の提長、すなわち、事務長として働いた。川島は東京外国語学校の同窓生であった。が、この仕事は長続きせず、九ヶ月間ほど働いて日本に戻ってきたのは一九〇三年で、日露戦争開戦の前年のことだった。

仕事がないと、二葉亭は翻訳をした。一九〇三年に日本に戻って着手した翻訳も、依然としてツルゲーネフだった。帰国後の今回はそれでも中篇小説『煙』を訳し始めたが、ついに完成させることができなかった。『煙』には十二章までの訳稿が残されている。一九〇四年二月に日露戦争が始まると、二葉亭は大阪朝日新聞の社員となり、東京出張員としてロシア事情に関する記事を多く書いたが、二葉亭の記事はなかなか新聞には載らなかった。が、内職としてのロシア文学の翻訳は大いにした。結局、新聞記者ではなく作家として朝日に残るよう要請され、『其面影』をいやいや書き始める一九〇六年十月までに二葉亭が訳した作品は、ゴーリキーが一番多く『猶太人《ジウ》の浮世《うきよ》』『ふさぎの蟲』『灰色人』の三編、続いて多いのがガルシンで『四日間』と『根無し草』の二編、その他に、トルストイの『つゝを枕』、そして、ゴーゴリの『むかしの人』を訳している。これらの翻訳作品の中でトルストイの『つゝを枕』とガルシンの『四日間』とは戦争ものであり、どちらも日露戦争勃発直後の一九〇四年七月に発表されている。そして、両作品ともが一人称小説であることが興味を引く。二葉亭は『つゝを枕』には「自分」、『四日間』には「俺」という一人称詞を選んだ。『つゝを枕』の「語り手」は森林伐採を任務とする小隊の隊長なので「自分」を、『四日間』は深手を負った一兵卒のモノローグなので「俺」を、という二葉亭の選択は適切であったと思われる。『片戀』で二葉亭が採った「私《わたくし》」という一人称詞は『むかしの人』の翻訳で久々に使われることになる。ちなみに二葉亭が『むかしの人』に先立って翻訳したゴーリキーの中篇『猶太人《ジウ》の浮世《うきよ》』と『ふさぎの蟲』はともに三人称小説であった。そして、『むかしの人』に続いて書き始められた二葉亭の第二の創作『其面影』も三人称小説であった。

原作『昔気質の地主たち』の一人称語りと翻訳『むかしの人』の三人称語り

『むかしの人』は原題を《Старосветские помещики［Olden Day People／昔気質の地主たち］》といい、一八三五年、作品集《Миргород》の一編して発表された。昔ながらに暮らす小ロシアの老夫婦の愛と死を淡々と綴った作品である。が、淡々としているように見えて、淡々としていないのがゴーゴリの作品で、夫の愛情（性欲）はふんだんに食べ物を与えることで老妻におさえつけられているようにも描かれており、その老妻はとりたてて可愛がっているわけでもない猫に逃げられて、あっけなくこの世を去ってしまう。この事件を描写する一人称の「語り手」もまた普通の一人称の語り手とは異なり、物語の中に今にも姿を現すようでいて、われわれはついにその姿を具体的に物語の中に見ることがない。この物語で唯一明らかなのは、二葉亭が十年前に訳した『肖像画』同様、「語り手」の語り口だけなのだ。さらに興味深いのは、ゴーゴリの原作の冒頭文では明らかに「語り手」が一人称で語り始めているのだが、二葉亭の訳文からはその「語り手」を指す一人称代名詞が消えることである。はたして『昔気質の地主たち』というゴーゴリの原作は、一人称小説と呼べるのだろうか、それとも三人称小説と呼ぶべきなのだろうか。まず冒頭文を引用し、「語り手」の小説内の位置を見てみよう。引用文中で使われる動詞はほとんどが不完了体現在形であり、例外として不完了体過去形と完了体過去形が従属節の中で一度ずつ使われているだけである。不完了体現在形の動詞には点線を付した。また、一人称代名詞には網をかけた。原文、英訳、二葉亭訳、日本語訳の順で挙げる。英訳、そして日本語訳も今回は拙訳を掲げることにした。

Старосветские помещики

Я очень **люблю** скромную жизнь тех уединенных владетелей отдаленных деревень, которых в Малороссии обыкновенно **называют** 《старосветскими》, и которые, как дряхлые живописные домики, хороши своею простотою и совершенною противоположностью с новым гладеньким строением, которого стен не промыл еще дождь, крыши не покрыла зеленая плесень, и лишенное штукатурки крыльцо **не выказывает** своих красных кирпичей. **Я** иногда **люблю** сойти на минуту в сферу этой не обыкновенно уединенной жизни, где ни одно желание **не перелетает** за частокол, окружающий небольшой дворик, за плетень сада, наполненного яблонями и сливами, за деревенские избы, его окружающие, пошатнувшиеся на сторону, осененные вербами, бузиною и грушами. Жизнь их скромных владетелей так тиха, так тиха, что на минуту **забываешься** и **думаешь**, что страсти, желания и неспокойные порождения злого духа, возмущающие мир, вовсе не существуют, и ты их видел только в блестящем, сверкающем сновидении.[12]

[**I** really **love** the modest life of those solitary landowners in remote villages, who in the Ukraine **are** usually **called** "old-fashioned", and who, like picturesque ramshackle houses, are attractive in their simplicity and their complete contrast to a smooth new structure, whose walls are yet to be washed by the rain, whose roof is not yet covered by green mould, and whose porch, **does not** [yet] **display** its red bricks, having shed its plaster. I sometimes **love** to go down for a moment into the realm of this unusual solitary life, where not a single desire **flies** beyond the fence, surrounding their little yard, beyond the wattle fence of the orchard, full of apple and plum trees, beyond the village huts surrounding it, which are tottering side-ways, nestled among willows, elder trees and pear trees. The life of these modest landowners **is** so quiet, so quiet that for a minute you sink into a reverie and **think** that the passions, desires and the fruits of malicious temper, which so trouble the world, do not exist at all, but you only saw them in a bright, glittering dream.]

『むかしの人』（二葉亭訳）

小露西亞《せうロシヤ》の片田舍に、浮世を餘所《よそ》に身を埋《うづ》もれて、地方《ところ》の人に昔氣質《むかしかたぎ》の地主様と呼ばれる人々の生涯ほど、質素で好ましいのも澤山《たんと》は**あるまい**。其の人も素朴なら、其の家も古雅で、觸《さわ》ればツルリと滑る新築の家の、壁は雨に曝《さらさ》れず、屋根《やね》は蒼苔《あをごけ》を吹かず、上《あが》り段の漆喰《しつくひ》も處剝《ところは》げして生地《きぢ》の赤煉瓦を露《あら》はすに至らぬ類《たぐひ》と、同日に談ずべからざるところが**身上**《しんしやう》。世離れたと云つても、是れ程なは滅多にない斯うした境涯をも、偶《たま》には一寸覗《ちよいと》いて見るのも興のあるもので、此處では人間の欲も自《おのづか》ら家周圍《いへまはり》の柵に限られ、梅やら林檎《りんご》やらを所狹《ところせ》く植込んだ園《その》の墻《かき》に遮《さえぎ》られて、其の外周《そとまはり》の楊《やなぎ》、接骨木《にはとこ》、梨なんどの木影の、軒の傾いた百姓家の外に**出ることがない**。さればこそ質素なる主人の生涯は閑寂《かんじやく》を極めたもので、之に對《むか》へば暫らくは恍然として夫《か》の情慾だの、希望だの、荒ぶる惡魔の勢が凄まじく、世に浪風の絶ゆる間のないなどいふことは、あれは皆《みんな》有りもせぬ事を、五彩燦爛《さいさんらん》と目眩《まばゆ》き一場の夢に見たに過ぎぬとやうに**思われる**(13)。

『昔気質の地主たち』（拙訳）

私は小ロシアで「昔気質」といわれる遠く離れた村里でひっそりと暮らす地主さまたちの素朴な暮らしが**好きだ**。その人たちはまるで絵画の中に描かれた老朽化した家屋のように質朴で、雨に打たれたこともなく、屋根に緑のコケが生えているわけでもなく、漆喰のはげた玄関先の階段が赤レンガをさらしているわけでもない新築のまっさらな建物とは様子がすっかり**ちがっている**。**私は**時にそんなおそろしく世離れた生活が**のぞいてみたくなる**。そこでは、欲望なんてものは一つとして小さな庭を囲む柵を飛び越えるわけでもなく、りんごやスモモの木を所狭しと植えた果樹園の網垣を越えるわけでもなく、そのむこうの柳やニワトコや梨などの影になって一方に傾いてしまった百姓小屋を**越えるわけでもない**。その質素な地主さまたちの生活は穏やか極まりないもので、そこに行けば誰でもたちどころに我を忘れ、つまらぬ情欲やら欲望やら世の中をかき乱す邪悪な心の不穏な産物なんぞはまるで存在などしていないし、そんなものは一場のきらきらと輝く夢の中で見たに過ぎないと**思えることだろう**。

二葉亭によるツルゲーネフとゴーゴリの一人称小説の訳し分け

『昔気質の地主たち』を一人称小説であるとするなら、二葉亭はゴーゴリの一人称小説とツルゲーネフの一人称小説とをはっきりと異なる文体で訳した。一九〇六年に二葉亭の訳した『むかしの人』を十八年前の一八八八年に出版された二葉亭の処女翻訳『あひゞき』に比べてみると、その違いは一目瞭然だ。ツルゲーネフの原文を引くことはもうしない。二葉亭の訳文から冒頭の五つの文を引用する。

秋九月中旬といふころ、一日**自分が**さる樺の林の中に座してゐたことが**有ツた**。今朝から小雨がふりそゝぎ、その晴れ間にはおり〳〵生ま煖かな日かげも射して、まことに氣まぐれな**空ら合ひ**。あわ〳〵しい白ら雲が空ら一面に棚引くかと思ふと、フトまたあちこち瞬く間雲切れがして、無理に押し分けたやうな雲間から澄みて怜悧《さか》し氣に見える人の眼の如くに朗かに晴れた蒼空《あをぞら》が**のぞかれた**。**自分は**座して、四顧して、そして**耳を傾けてゐた**。木の葉が頭上《づじやう》で幽かに戦いだが、その音を聞たばかりでも季節は**知られた**(14)。

『あひゞき』には一人称代名詞が「自分」として再現されている。が、『むかしの人』では一人称代名詞は使われない。『あひゞき』の文末詞は「た」形で統一されている。が、『むかしの人』の文末詞に「た」形は一度も使われない。これはもちろん、ゴーゴリの原文の動詞形は主に現在形で、ツルゲーネフの原文は過去形で書かれていて、二葉亭がそれぞれの作品の動詞形に忠実に訳した結果に過ぎない。が、ツルゲーネフの原文の一人称と過去形動詞を忠実に再現した『あひゞき』の文体が「自分は座してゐた」と、「語り手」の身体性と過去回想の視点を明らかにしているのに対し、一人称詞の再現されない、動詞の現在形を忠実に再現した『むかしの人』の文体からは「語り手」の身体性が消え、語りの現在性だけが強調される。

また、語彙的に見れば、『むかしの人』の冒頭は三音、五音と七音の繰り返しに近い、ある種のリズムを有する。「澤山《たんと》はある**まい**」、「壁は雨に曝《さらさ》れ**ず**」、「屋根《やね》は蒼苔《あおごけ》を吹か**ず**」「生地《きぢ》の赤煉瓦を露《あら》はすに至ら**ぬ**類《たぐひ》」「同日に談ず**べからざる**ところが身上《しんしやう》」などにみられる古語の助動詞の多用がそのリズム感のある簡潔な文体の創造に寄与している。二葉亭は、さらに、ゴーゴリが好んだ同一語句の繰り返しや、類似表現を畳みかける文体を見事に再現している。例えば《ни одно желание не перелетает за частокол [not a single desire flies **beyond** the fence／欲望なんてものは一つとして柵を飛び越えるわけでもなく]》《**за** плетень сада [**beyond** the wattle fence of the orchard／果樹園の網垣を越えるわけでもなく]》《**за** деревенские избы [**beyond** the village huts／百姓小屋を越えるわけでもない]》と三度繰り返される《за [beyond／越えて]》を、「人間の欲も自《おのづか》ら家周圍《いへまはり》の柵に**限られ**〜園《その》の墻《かき》に**遮《さえぎ》られて**〜軒の傾いた百姓家の**外に出ることがない**」と、繰り返しが単調にならないよう、巧みに訳し分けている。また、《страсти, желания и неспокойные порождения злого духа, возмущающие мир［passions, desires and the fruits of malicious temper, which so trouble the world／情欲やら欲望やら世の中をかき乱す邪悪な心の不穏な産物なんぞ］》は「夫《か》の情慾**だの**、希望**だの**、荒ぶる悪魔の勢が凄まじく、世に浪風の絶ゆる間のない**などいふこと**」と、「だの～だの～など」と、助詞を畳みかけてリズム感のある文体を創り上げている。

　さらに語彙面での特徴としてあげられるのは難解な漢語の使用で、「恍然として」や「五彩燦爛《さいさんらん》」などは、十六年前に『あひゞき』を書いたころの二葉亭であったら使用をためらった表現だと思われる。ちなみに大漢和辞典で、「恍然」は「うつとりするさま」という意味があがっており、「恍然如隔世（うつとりとして別世界に居るやうな心持ちがする）」という成語で使われるとある。また、「五彩燦爛《さいさんらん》」の「燦爛《さんらん》」も、「あざやかにかがやくさま。きらびやかなこと」という意味が大漢和に載せられているが、広辞苑にも「きらめき輝くさま」という意味が出ており、難解な漢語という範疇には入らないのかもしれない。が、「五彩燦爛《さいさんらん》」として使われた場合は、「五彩」が「青・黄・赤・白・黒の五色」の意味と大漢和辞典にもあるとおり純然とした漢語で、「五彩燦爛《さいさんらん》」はやはり、難解な漢語の範疇に入れるべきかと思われる。いずれにしても、『あひゞき』を書いたころの、漢語に対する禁欲的な態度はもう見られず、漢語と古語をのびのびと使って書かれた『むかしの人』はゴーゴリものの翻訳作品第一作『肖像畫』の文体と、語彙的にも文体的にもかなり似ていたといってよい。

ゴーゴリもの第一作『肖像畫』と第二作『むかしの人』の冒頭文の類似

語彙的にも文体的にもほぼ同じであった、『肖像畫』と『むかしの人』の冒頭文が驚くほど似ているのも、当然といえば当然である。次に『肖像畫』の冒頭の四つの文を掲げる。

　何處と云つて、シチウキン長屋の繪屋《ゑや》の前ほど、人の群聚《たか》る處は**有るまい**。それも其筈で、此店《こゝ》には種々《いろ〳〵》珍しい物が**ある**。繪は大抵油繪で、青黒い漆を塗つて、濁黒《どすぐろ》い金緣《きんぶち》を**附けてある**。白い樹の見える冬景色、火事の空に映《うつ》つたやうな眞紅《まつか》な夕景色、喞煙管《くはへぎせる》で挫《くじ》いたやうな腕付をした、人よりは七面長が女の外套を着たのに似てゐる、南歐羅巴《みなみえうろツぱ》の百姓——など、いふのが常《いつ》も畫題と**なつてゐる**。(15)

ここでも原文は引かないが、ゴーゴリの原文の『肖像画』では、『昔気質の地主たち』とは違って、冒頭の二つの文は不完了体過去形で書かれていた。二葉亭は『肖像畫』を書いたときこの冒頭の二つの文を主に「ゐる」形を使って訳し出した。（二葉亭の訳文では冒頭の三つの文に該当する。）それは、「語り手」を前面に浮かび上がらせ、語りの現在性を強調するためであったことはすでに述べた。『肖像畫』を書いた時点では、ゴーゴリの三人称小説の中には饒舌な「語り手」がいて、不完了体過去形動詞が不完了体現在形動詞に変わるとき、その「語り手」は饒舌な語りの口調を明らかにした。が、二葉亭は『肖像畫』の「語り手」を物語全体で生き生きと語らせるために、不完了体過去形で書かれているところもまた、「ゐる」または「てゐる」形で訳し出したのだ。九年後にゴーゴリものの第二作『むかしの人』を書いたとき、二葉亭は「語り手」が、物語の冒頭から不完了体現在形で語り始めており、しかも、一人称詞《я [I]》まで使い、小説の中に己の存在をはっきりと示していているのに気がついた。気がついたが、ゴーゴリの一人称の「語り手」はツルゲーネフの一人称小説の中の「語り手」と違ってどうやら身体性を持たないということにも気づいた。そこで、二葉亭は『肖像畫』の冒頭と同じく『むかしの人』の冒頭を「質素で好ましいのも澤山《たんと》は**あるまい**」と、無人称文で書き始めたのである。それは『肖像畫』の冒頭文が「人の群聚《たか》る處は**有るまい**」と、無人称文で書かれているのと同様である。あとは『肖像畫』の「語り手」が「シチウキン長屋の繪屋《ゑや》」を、『むかしの人』の「語り手」が「昔氣質《むかしかたぎ》の地主様」の様子を事細かに写し出すに任せればいい。が、『昔気質の地主たち』の「語り手」は『肖像画』の「語り手」と違って、頻繁に一人称詞で自分の存在を物語の中に表そうとする。つまり、自分が「劇化《ドラマ》された語り手」であることを強調してやまないのだ。

「劇《ドラマ》化された語り手」と「劇《ドラマ》化さない語り手」の狭間で

二葉亭の翻訳『むかしの人』の「語り手」はこうして「劇《ドラマ》化された語り手」と「劇《ドラマ》化されていない語り手」の間をさまよいながら、物語を進行させていくことになる。次に二葉亭が、原文の一人称詞をまず最初に「吾《わが》（乗った馬車）」そしてさらに「私」として再現し始める箇所を引用することにする。ゴーゴリの原文では、まず、不完了体過去形で「語り手」による「昔気質の地主たち」の訪問という過去の習慣的な行為が描写され、次いで、いよいよこの物語の主人公「昔気質の地主たち」がやはり不完了体過去形を使って紹介されるのだが、途中で動詞形が過去形から現在形へと変わり、現在時制による「語り」が復活したりもする。

Старосветские помещики

Как бы то ни было, но даже тогда, когда бричка моя **подъезжала** к крыльцу этого домика, душа **принимала** удивительно приятное и спокойное состояние; лошади весело **подкатывали** под крыльцо, кучер преспокойно **слезал** с козел и **набивал** трубку, как будто бы он **приезжал** в собственный дом свой; самый лай, который **поднимали** флегматические барбосы, бровки и жучки, **был** приятен моим ушам.

Но более всего мне **нравились** самые владетели этих скромных уголков, старички и старушки, заботливо выходившие навстречу. Их лица мне **представляются** и теперь иногда в шуме и толпе серди модных фраков, и тогда вдруг на меня **находит** полусон и **мерещится** былое…

Я до сих пор **не могу позабыть** двух старичков прошедшего века, которых, увы! теперь уже нет,…

Афанасий Иванович Товстгуб и жена его Пульхерия Ивановна Товстогубиха, по выражению окружных мужиков, — **были** те старики, о которых **я** начал рассказывать . Еслиб **я** **был** живописец и **хотел** изобразить на полотне Филемона и Бавкиду, **я** бы никогда не **избрал**[16] другого оригинала, кроме их. Афанасию Ивановичу **было** шестьдесят лет, Пульхерии Ивановне пятьдесят-пять.

[However that may be, even when my trap **used to approach** the porch of this house, my soul **entered** a wonderfully pleasant and peaceful state; the horses merrily **drew up** to the porch, the coachman **climbed down** from his coachbox in the most relaxed way, and **filled** his pipe, as if he **had** just **driven up** to his own home; even the barking raised by the phlegmatic Barbosas, Brovkas and Zhuchkas, **was** pleasant to my ears.

But most of all **I liked** the owners themselves, of these humble dwellings, the old men and women who came out to meet me solicitously. Even now **I can** sometimes **see** their faces in the midst of noise and crowds, surrounded by fashionable tailcoats, and then **I am overcome** with drowsiness and the past **appears** dimly before me…

To this day, **I cannot forget** two old people from the last century, who, alas, are no longer with us! … Afanasii Ivanovich Tovstogub and his wife Pul'kheriya Ivanovna Tovstogubikha, as the local peasant called them, **were** the old people, about whom **I** have begun to narrate. If **I were** a painter and **wished** to portray on canvas Philemon and Baucis, **I would choose** no other model than them. Afanasii Ivanovich **was** sixty years old and Pul'kheriya Ivanovna **was** fifty five.]

『むかしの人』

それは兎に角まづ吾《わが》乗つた馬車の其處の車寄《くるまよせ》に着かんとする時より、不思議なほど氣が舒暢《のんびり》と愉快になつて、馬の足掻《あがき》も勇ましく、御者が悠々と馬車を降立つて先《まづ》一服と煙草《たばこ》を詰めるところは、宛然《さながら》我家にでも戻つたやうで、遅鈍《のつそり》としたバルボース、ブローフカ、ジウチカなどの吠聲さへ耳に快く**聞える**。

されど其にも増して心ゆくのは、狼狽《あたふた》と迎へに出て来る其處の地主の爺様なり、婆様なりで、今流行の只中を行く燕尾服の入亂れて紛々《ごたく》と物騒がしい處で、折節に其の人達の面影に立つことがあると、私の心は忽ち夢現《ゆめうつゝ》、の境を迷つて、在りし昔が顯然《まざく》と目前に浮ぶ。（中略）かうした昔氣質《むかしかたぎ》の人で、私の今に忘れぬお老爺《ぢい》さんとお婆さんと二人あるが、悲や疾《と》うに亡き人の數に入《い》つた。

（中略）

この物語の主人公は、地方《ところ》の百姓の訛《なまり》で言えば、アファナーシイ、イワーノウヰチ、トフストグーブといふお老爺《ぢい》さんに、其妻のプリヘーリヤ、イワーノウナ、トフルトグービハというお婆さんであるが、若し私が畫家であつたら、フヰレモンとバウキウの肖像を描《ゑが》くには差詰め此老夫婦をモデルに取る。お老爺《ぢい》さんは六十で、お婆さんは五十五。(17)

『昔気質の地主たち』

それはともかくとして、私の乗った軽馬車がこの家の階段先に近づいて来ると、胸はなんとも快い、穏やかな状態になるのであった。馬たちが階段に歩を寄せると、御者はまるで我家にでも帰ってきたかのように、ゆっくりと御者台から降りると、パイプを一服やり、鈍重なバルボースやブローフカ、ジューチカなどという名の番犬たちの吠える声さえ私の耳には快く響いたものだ。だが、私のもっとも気に入っていたのは、むこうからあたふたと駆け出してくるこの素朴な土地の地主のじい様やばあ様たちだった。そのじい様やばあ様たちの顔が流行のタキシードに身を包んだ人々の騒がしい話し声の中でも、時に忽然と目の前にうかびあがってくることがあって、そうすると、私はうつらうつらと眠ったようになり、昔のことがぼんやりと立ち現れてくる。（中略）私が今に至るも忘れることのできない昔気質の二人の老人がいる。だが、悲しいことに、この二人も今はもうこの世にない。（中略）

この地方のお百姓さんたちの言い方で言えば、アファナーシイ・イワーノヴィチ・トフストグーフとその妻のプリヘーリヤ・イワーノヴナ・トフストグービハというのが私の今お話ししようとしている老夫婦**であった**。もしも私が画家であって、ギリシャ神話にでてくる心優しい老夫婦ピレーモーンとバウキスの肖像画をぴたりと描きたかったなら、この二人の他にはぜったい誰もモデルにとったりしなかったことだろう。アファナーシイ・イワーノヴィチは六十で、プリヘーリヤ・イワーノヴナは五十五才**だった**。

引用が長くなったが、二葉亭の訳と拙訳を読み比べて分かるのは、例によってまず、動詞形の違いだろう。二葉亭の訳文では『肖像畫』でもそうであったように、不完了体過去形動詞が多くの場合「る」や「てゐる」形で訳されている。『肖像畫』の訳文の分析では主に主人公チャルトコーフの継続的動作や、情景描写などに使われていた不完了体過去形動詞をみてきたが、『むかしの人』では、不完了体過去形動詞の多くが過去の習慣を描写するという用法で使われている。この引用文も、不完了体過去形は「語り手」が地主たちを繰り返し訪問した日々を述べることから始まっている。ここでもまた二葉亭は、不完了体過去形で表された過去の習慣的な行動をすべて「る」と「てゐる」形を使って訳し出している。こうして、『むかしの人』の前半部では主人公の老夫婦の穏やかな生活がほとんど「る」や「てゐる」形で活写されるのだ。前半部で「た」形が用いられるのはプリヘーリヤ・イワーノヴナ・トフストグービハという長い名前のお婆さんが、一度だけ森を検分するために馬車を駆り出したという一幕を述べたくだりで六度、主に不完了体過去形の訳語として使われているに過ぎない。

というわけで、引用箇所の二葉亭の訳文では、文末詞のほとんどが「る」形で終わっている。一箇所だけ「亡き人の數に入《い》つ**た**」と「た」形が使われているが、これは訳語にたまたま完了相を表す「た」形を必要としたというにすぎない。「この世に**ない**」というのが原文の意味である。

『むかしの人』の「語り手」による主人公たちの呼び名

さて、動詞形もこうして二葉亭らしさを表してはいるが、『むかしの人』の訳文の中で二葉亭の面目躍如としている箇所は、「語り手」による主人公たちの呼び名であろう。「語り手」の愛してやまない小ロシアの地主カップルは《Афанасий Иванович Товстгуб［Afanasii Ivanovich Tovstgub／アファナーシイ・イワーノヴィチ・トフストグーフ］》とПульхерия Ивановна Товстогубиха《[Pul'kheriya Ivanovna Tovstogubikha／プリヘーリヤ・イワーノヴナ・トフストグービハ］》という、まったくロシア的に長い名前を持ったおじいさんとおばあさんで、ロシア文学の読者泣かせのこの長い名前はゴーゴリの原文の中では《Афанасий Иванович［アファナーシイ・イワーノヴィチ］》と《Пульхерия Ивановна［プリヘーリヤ・イワーノヴナ］》とやや短くはなったものの、繰り返し繰り返し執拗に現れる。二葉亭はそれを簡略化し、また、読者に分かりやすく「お老爺《ぢい》さん」と「お婆さん」と書換えている。その書換えの手順はまことに見事で、老夫婦の名前を紹介したところで、「アファナーシイ、イワーノウヰチ、トフストグーブといふお老爺《ぢい》さんに、其妻のプリヘーリヤ、イワーノウナ、トフルトグービハといふお婆さん」としたあとは一貫して、煩雑極まりない二人のロシア名を「お爺さん」「お婆さん」に置き換えているのだ。ただ、この名前の煩雑さには、実は意味があって、二葉亭は「露西亜小説にあらはるゝ地名、官等、身振」と題して明治四十年に『文章世界』に発表した小文の中で、ロシア人の名前について次のように説明している。

△人名にVronskyとかMerejkowskiとかいふやうにSkyといふ字のついたのは多くは大露西亞人で、KoroliénkoとかPotapienkoとかいふやうにOの文字のついて居るのは多くは小露西亞人であります。又例えばIvan Ivanovich Ivanovskyといふ人があるとするも最初のIvanといふのがChristian nameでIvanovichといふのがName from father即ち父の名もIvanといふのでIvanovskyといふのがfamily nameである。此人を呼ぶにMr. Ivanovskyといふのは非常に改まつた、寧ろOfficialな呼び方で、普通の場合にはIvan Ivanovichといふのです。又Ivanを

呼ぶに愛していふ時はVaniaといひ、卑しんでいふ時はVan(j)kaといふやうに其場合に随ていろ〳〵と呼ぶのですが、餘り煩はしいことですから此位で廢しませう[18]。

つまり、《Афанасий Иванович Товстугб［アファナーシイ・イワーノビッチ・トフストグーフ］》という名前のおじいさんを例にとれば、「アファナーシイ」というのが姓に対する名にあたり、「イワーノヴィチ」が父の名にちなんだ名で「イワンの息子の」とでもいった意味をもち、通常「父称」と呼び習わされるものである。三番目にくるトフストグーフが姓に当たっていて、これは「家族名」と呼ばれている。妻の「プリヘーリヤ・イワーノヴナ・トフストグービハ」というお婆さんも、父称からすると、やはりイワンの娘ということで「イワーノヴィチ」が「イワーノヴナ」と女性形に変わっている。家族名もトフストグービハと女性形になっているのがわかる。『昔気質の地主たち』の中でゴーゴリが多用した呼び方は《Афанасий Иванович［アファナーシイ・イワーノヴィチ］》と《Пульхерия Ивановна［プリヘーリヤ・イワーノヴナ］》で、二葉亭の先の説明によると、名に父称をつけていうこの呼び方は「普通に改まった」場合に使う呼び名であることが分かる。これではまだ少し分かりにくいので、先に挙げた『片戀』の例を引いてみよう。物語は終盤に近づき、「語り手」の「私《わたくし》」は呼び出しを受けて入っていった部屋の片隅に、震えているアーシャを見つける。そうして、思わず語りかけたのが「アンナ、ニコラーエヴナ」という名と父称による改まった呼びかけであり、二葉亭はこれに珍しく長い注を本文の中につけている。「かく云へば我國にてお美代さんと云ひたるが如く、アーシヤといふ時はお美代と呼棄てみいちゃんと和げたるが如し此差別は後にも要あれば此に記しおく[19]」。

夫婦愛を表す呼称としての「お老爺《ぢい》さん」「お婆さん」

これで、名と父称で呼ぶのは身内に対するたいへん丁寧な言い方であることが分かっていただけたかと思う。さて、その丁寧さこそが、この物語の中では老夫婦の愛情の深さを物語るのだ、とゴーゴリの「語り手」は老夫婦の間柄を次のように説明する。

Старосветские помещики

Нельзя **было** глядеть без участия на их взаимную любовь: они никогда **не говорили** друг другу ***ты***, но всегда ***вы***: 《вы, Афанасий Иванович》; 《вы, Пульхерия Ивановна》.

— Это вы продавили стул, Афанасий Иванович? —

— Ничего, не сердитесь, Пульхерия Ивановна: это я.

Они никогда **не имели** детей, и оттого вся привязанность их **сосредоточивалась** на них же самых.[20]

[One **could not** observe their mutual love without sympathy: they **never addressed** each other with the familiar "thou", but always with the formal "you": 《You, Afanacii Ivanovich》; 《You, Pul'kheriya Ivanovna》.

— Did you break the chair, Afanacii Ivanovich?

— Please don't be angry, Pul'kheriya Ivanovna; it was me.

They **had** never **had** children, and because of that all their affection **was concentrated** on each other.]

『むかしの人』

老夫婦の相愛《あひあい》することは、傍《はた》で観るもしほらしい程で、會《かつ》て粗笨《ぞんざい》な言葉遣《ことばづかひ》をしたことなく、お老爺《ぢい》さんや、婆さんやと、いつでも丁寧な言語《ものいひ》。

「お老爺《ぢい》さんや、椅子を潰したな貴郎《あなた》だね？」

「お、、婆さんや、叱るまい、私《わし》だよ。」

とかういつた塩梅《あんばい》。

子供がないので、夫婦の愛は互の間に独《ひとり》占《じ》めの姿。(21)

『昔気質の地主たち』

彼らの相思相愛の様子は同情心なしでは見ることのできないものであった。彼らはお互いをぞんざいに呼び合うことは決してなく、いつもアファナーシイ・イワーノヴィチ、プリヘーリヤ・イワーノヴナと丁寧に呼び合っていた。

「アファナーシイ・イワーノヴィチ、椅子を壊したのはあなたですか？」

「どうか怒らんでおくれ、プリヘーリヤ・イワーノヴナ、壊したのは確かにわたしじゃよ。」

彼らは子供を持ったことがなかったので、愛情はすべて互いに向けられていた。

拙訳と二葉亭訳の違いは一目瞭然である。三人称代名詞「彼ら」と固有名詞「アファナーシイ・イワーノヴィチ、プリヘーリヤ・イワーノヴナ」を忠実に訳し出した拙訳がまぎれもなく翻訳文であることを示しているのに対し、二葉亭の訳文は、まるでロシア語という原文を持たない、純粋な日本文のように読める。それは、第一に固有名詞「アファナーシイ・イワーノヴィチ」と「プリヘーリヤ・イワーノヴナ」を「お老爺さん」と「お婆さん」に置き換えたためであり、第二に原文に頻出する三人称複数代名詞「彼ら」を「老夫婦」としたためである。加えて、ゴーゴリの原文が過去形動詞で終わる西洋文であるのに対し、二葉亭の訳文はすべて名詞止めで、古きよき時代を語るにふさわしい日本文となっているのも見逃せない。

二人称代名詞の丁寧語《Вы［you／あなた］》の二葉亭訳

実は、この引用箇所にはもう一つロシア語特有の文法項目が一つ潜んでいる。ロシア語には、単数の相手に呼びかける時に《Вы》と《Ты》という二つの言い方があって、《Вы》と呼ぶのは公的で丁寧な場合で「あなた」と訳される事が多く、《Ты》は多く公的でない普通の呼びかけに用いられる。一九九二年版の岩波ロシア語辞典は、《Ты》の訳語として「お前、君、あんた、汝《なんじ》、てめえ、きさま」などさまざまな言い方を挙げたあと、「夫婦、親子、兄弟、友人、恋人同士など、親しく、気の置けない間柄の相手に対して・大人が子供に対して・目上の者が目下の者に対して・動物に対して・無作法な態度で相手に接するとき・神、皇帝、故人その他の事物に対する修辞的な呼びかけとして・内省的に自分自身を指して用いる」と詳しい解説を加えている。ロシア文学には登場人物たちが次第に親しくなると、そろそろ《Ты》と分け隔てなく親しみを込めて呼んでもいいかと尋ねたりする場面が出てくる。しかし、『昔気質の地主たち』に登場する老夫婦は、お互いに愛し、慈しみあっているので、相手を決して《Ты》とぞんざいに呼ぶことはない。《Ты》は、親しみも表すが、相手に対する無作法な態度も示すことになるからである。老夫婦の使う《Вы》という呼びかけには、なみなみならぬ夫婦の愛情が込められている。引用した二葉亭の訳文には、こうした老夫婦の愛が、お互いを「お老爺さん」「お婆さん」と呼び合う会話に見事に再現されている。殊に「お老爺《ぢい》さんや、椅子を潰したな貴郎《あなた》だね？」と、《Вы》を「貴郎《あなた》」と表記し、《Афанасий Иванович》を「お老爺《ぢい》さん」とした一文には、二葉亭のロシア語翻訳者としての真骨頂が発揮されている。二葉亭の訳文に見える流暢な日本文は、ロシア語の原文を忠実に再現したものであることがあらためて明らかになるからである。『むかしの人』の流暢な訳文だけを読むと、二葉亭が原文のロシア文化を日本文化の中に取り込んでしまう同化的翻訳方法を採ったように見える。だが実際には、二葉亭は原文にある言語的要素と文化的要素を忠実に再現しているのである。『むかしの人』でも二葉亭は異化的な翻訳方法を採っていると考えられる。

さらに、二葉亭は、その老夫婦を描く「語り手」にも「お老爺さん」「お婆さん」とより他にはこの老夫婦たちを呼ばせない。三人称複数代名詞「彼ら」も固有名詞「アファナーシイ・イワーノヴィチ」「プリヘーリヤ・イワーノヴナ」も二葉亭の「語り手」にとっては客観的かつ公的でありすぎるのだ。『むかしの人』の中には、登場人物を客観視してしまう三人称代名詞は、「彼」「彼女」はもちろん、「彼ら」も使われることは一切ない。

「お老爺さん」「お婆さん」を使う二葉亭の訳文の簡潔さ

次に引くのは老夫婦の日常の大半を占める食生活を描写した箇所で、ここでもまた二葉亭の「語り手」は「お老爺さん」「お婆さん」と、愛すべき老夫婦の穏やかな日常をほのぼのと描き出している。

Старосветские помещики

Оба старичка, по старинному обычаю старосветских помещиков, очень **любили** покушать. Как только занималась заря (они всегда **вставали** рано) и как только двери заводили свой разноголосный концерт, они уже **сидели** за столиком и **пили** кофе...

После этого Афанасий Иванович **возвращался** в покои и **говорил**, приблизившись к Пульхерии Ивановне: — А что, Пульхерия Ивановна? может быть, пора закусить чего-нибудь?

— Чего же бы теперь, Афанасий Иванович, закусить? разве коржиков с салом или пирожков с маком, или, может быть, рыжиков соленых?

— Пожалуй, хоть и рыжиков или пирожков, **отвечал** Афанасий Иванович; — и на столе вдруг являлась скатерть с пирожками и рыжиками.

За час до обеда Афанасий Иванович **закусывал** снова,... Обедать **садились** в двенадцать часов...(22)

Перед ужином Афанасий Иванович еще кое-чего **закушивал**. В половине десятого **садились** ужинать.

[Both the old people **liked** to eat very much, as was the ancient custom with old-time landowners. As soon as the dawn broke (they always **rose** early) and as soon as the doors started their many-voiced concert, they **were** already **sitting** at a little table and **drinking** coffee…

After this Afanacii Ivanovich **would go back** inside and, coming up to Pul'kheriya Ivanovna, **would say**: — What do you think, Pul'kheriya Ivanovna? Perhaps it's time to have a bite to eat?

— And what would you like to eat, Afanacii Ivanovich? How about lardy cakes or poppy-seed pies, or perhaps salted mushrooms?

— Perhaps mushrooms or pies would be nice, Afanacii Ivanovich **would answer**. — and on the table **would** suddenly **appear** a tablecloth with pies and mushrooms.

An hour before dinner Afanacii Ivanovich **would have a bite to eat** again,… They **sat down** to dinner at twelve o'clock.

Before supper Afanacii Ivanovich **would have something** else **to eat**. At half past nine they **sat down** to have supper.]

『むかしの人』

夫婦共昔の人の癖で、ひどく口を**可愛《かあい》がる**。早起きなので、夜《よ》が明離れるや否や、戸が聲々に唱《うた》ひ出すや否や、もう二人は食卓に就いて珈琲《カヘー》を**啜《すす》る**。（中略）

話が濟むと、お老爺《ぢい》さんは内へ這入《はい》つて、お婆さんの許《ところ》へ行き、こんなことを言ふ。

「婆さんや、もう何か喰べる時分ぢやなからうかの？」

「さやうさね、何を召《あが》りますえ？　フエットで揚げたお煎《せん》か、胡麻入りのパイか、それとも鹽茸《しほたけ》を召《あが》りますか？」

「さあの、鹽茸《しほたけ》も好《い》いが、パイも悪くないの。」
そこで忽ち食卓へナプキンが出る、鹽茸《しほたけ》が出る、パイが出る。
晝食《ちうじき》の一時間前にまた一寸《ちよつと》口を動かす。（中略）さて十二時に晝の御飯。（中略）
夜食前にまた何かしら喰べて、九時半に夜食の卓《テーブル》に對《むか》ふ。(23)

『昔気質の地主たち』

老人たちは二人とも、昔気質の地主たちによくある通り、食べるのがとても好きだった。夜が明け始めるやいなや、（彼らはいつも早起きだった）そうして戸がそれぞれに異なった音色をかなで始めるやいなや、彼らは小さなテーブルでコーヒーを啜り始めるのだった。（中略）

この後、アファナーシイ・イワーノヴィチは家の中に戻ってくると、プリヘーリヤ・イワーノヴナのそばに行って言うのだった。

「どうだろうね？、プリヘーリヤ・イワーノヴナ、そろそろ何か食べる時間じゃないだろうかね？」

「さあてね、アファナーシイ・イワーノヴィチ、何を召し上がりますかね？　ラードを添えたパンケーキか、ポピーシードのピロシキか、それとも塩漬けのアカモミタケになさいますかね？」

「そうじゃのう、パンケーキもいいが、ピロシキもいいのう。」とかなんとかアファナーシイ・イワーノヴィチは答えるのであった。すると、テーブルにはそそくさとピロシキとかアカモミタケとかが並び出すのであった。

昼食の一時間前にアファナーシイ・イワーノヴィチはまたしても何かをつまむのであった。（中略）十二時頃にはきまって彼らは昼食をとった。（中略）

夕食前にもアファナーシイ・イワーノヴィチはまたまた何かしらちょいとつまみ食いをしたものであった。いつも九時には彼らは夕食の席に座った。

今回も拙訳と二葉亭の訳文には目に見える相違がある。二葉亭の訳文はいたって簡潔で、字数にすれば拙訳の半分ほどにもなろうか。二葉亭の訳文が簡潔なのは、老夫婦の名前を、「お老爺さん」「お婆さん」に置き換えているばかりではなく、完全に消し去ってしまったところが四箇所もあるからである。原文にはアファナーシイ・イワーノヴィチが五度、プリヘーリヤ・イワーノヴナが二度使われているが、二葉亭はアファナーシイ・イワーノヴィチの置き換えである「お老爺さん」を一度しか用いていない。文脈上、絶えず食べ続けているのがアファナーシイ・イワーノヴィチであることが明らかであるからだ。また、二葉亭の訳文からは「彼ら」という三人称複数代名詞も完全に消去されている。朝のコーヒーに続いて、昼食、そして、夕食をとるのが老夫婦であることもまた、文脈上明らかであるからだ。さらに文末詞を見ると、名詞止めが一つある他は、動詞形がすべて「る」形で統一されている。これも二葉亭の訳文の簡潔さに寄与している。ゴーゴリの原文では、動詞形のすべてが不完了体過去形になっており、ゴーゴリはこれらの動詞形によって老夫婦の生活のほとんどが食べることに費やされていること、わけても、アファナーシイ・イワーノビッチが毎日、絶えず食べ飲み続けていることを、くっきりと描き出すのである。つまり、ゴーゴリの原文では不完了体過去形動詞は過去の習慣的な動作を示しているのだ。こうした原文の不完了体過去形動詞を二葉亭が「た」形ではなく「る」形で訳したのは、『あひゞき』改訳以降一貫した翻訳方法であったことはすでに述べた。二葉亭は『むかしの人』の中で、動詞に関するこの翻訳の基準をよく守り、老夫婦の日常を描く前半部分をほとんどすべて「る」または「てゐる」形で訳し、簡潔で、しかも生き生きとした描写を行っている。

二葉亭の使った「お老爺さん」「お婆さん」の数

さて、二葉亭が老夫婦の名前を「お老爺さん」「お婆さん」で置き換えたことについては、ロシア文学者の諫早勇一や秦野一宏による早くからの指摘がある。[24] 両者ともに二葉亭が「お老爺さん」「お婆さん」を使ったのは「昔気質の地主である老夫婦の生活を風刺的に描こうとしたのではなく、しみじみとした郷愁を読者に感じさせる」ためであるとしている。秦野はさらに、ゴーゴリの原文ではアファナーシイ・イワーノヴィチが六十九回、プリヘーリヤ・イワーノヴナが七十七回用いられているのに対して、二葉亭は「お老爺さん」を五十三回、「お婆さん」を六十八回使っていることを報告している。筆者の数えたところでは、二葉亭が使った「お老爺さん」(「お爺さん」とも表記)「お婆さん」の数はそれぞれ六十九回と七十回で、プリヘーリヤ・イワーノヴナの置き換えである「お婆さん」の回数が七回減ってはいるが、アファナーシイ・イワーノヴィチとその置き換えである「お爺さん」の使用回数は同じである。だが、二ページほどにわたる老夫婦の食生活を描写した箇所では、ゴーゴリの原文に現れるアファナーシイ・イワーノヴィチの数が十五回、プリヘーリヤ・イワーノヴナの数が十回であるのに対して、二葉亭の使った「お爺さん」「お婆さん」の数が六回と七回とそれぞれ格段に減っているのが注目される。殊に目につくのが「お老爺さん」の数の使用回数の激減で、昼食と夕食の前に口を動かすのが「お老爺さん」であることが、二葉亭の翻訳では明らかにされていない。が、一見不明瞭に見える二葉亭の翻訳で、「お老爺さん」が「お婆さん」に絶え間なく食べ物をねだることが明確に示されているので、「お老爺さん」の省略によって「食べ続けているのが主にお老爺さんである」という作品の内容がゆがむということはない。さらに、この九回にわたる「お老爺さん」の省略は、プリヘーリヤ・イワーノヴナの葬儀の場面で、二葉亭がアファナーシイ・イワーノヴィチを示す三人称代名詞《он [he]》を一貫して「お爺さん」と訳していることで相殺され、結局、原文のアファナーシイ・イワーノヴィチの使用回数と二葉亭の訳文の「お老爺さん」の使用回数は同じになるのだ。

『むかしの人』の山場で三人称代名詞を代替する「お老爺《ぢい》さん」の用法

ゴーゴリは、この葬儀の場面では、それまで多用した固有名詞をほとんど使用せず、感覚が麻痺した状態のアファナーシイ・イワーノヴィチを次のように描写する。動詞形、固有名詞、三人称代名詞とも、必要なもののみそれぞれ太字と網をかけることで示した。なお、不完了体過去形には傍線を、完了体過去形動詞には二重傍線を付したのは今までどおりである。

Старосветские помещики

Афанасий Иванович был совершенно поражен; это так казалось ему дико, что он даже **не заплакал**; мутными глазами **гладел** он на нее, как бы не понимая значения трупа.

Покойницу положили на стол, одели в то самое платье, которое она сама назначила, сложили ей руки крестом; дали в руки восковую свечу; он на все это **глядел** бесчувственно. Множество народа всякого звания наполнило двор; множество гостей приехало на похороны; длинные столы расставлены были по двору; кутья, наливки, пироги покрывали их кучами, гости говорили, плакали, глядели на покойницу, рассуждали о ее качествах, смотрели на него; но он сам на все это **глядел** странно. Покойницу, наконец, понесли, народ повалил следом, и он **пошел** за нею…

Но когда возвратился он домой; когда увидел, что пусто в его комнате, что даже стул, на котором сидела Пулжхерия Ивановна, был вынесен, он **рыдал**, рыдал сильно, рыдал неутешно, и слезы, как река, **лились** из его тусклых очей.[25]

[Afanasii Ivanovichi was in a state of total shock. It seemed so strange to him, that he even **didn't cry**; he **looked** at her with dull eyes, as if not comprehending the significance of the corp.

They laid the deceased folded her arms in a cross on the table, dressed her in the frock, which she herself had nominated; placed a wax candle in her hands. He **was looking** at all this numbly. Many people of all ranks filled the courtyard; many guests came to the funeral; the long tables were arranged in the courtyard; they were covered with masses of funeral wheat

gruel, fruit liqueur and pies, the guests talked, cried, looked at the deceased, discussed her qualities, looked at him; but he himself **was looking** at all this strangely. Finally the deceased was taken, people thronged after her, and he **followed**. . .
But when he returned home, when he noticed that it was empty in his room, and that even the chair on which Pul'kheriya Ivanovna used to sit, was taken away, he **sobbed**, sobbed heavily, sobbed inconsolably, and the tears, like a river, **poured** from his dim eyes.」

『むかしの人』
お老爺《ぢい》さんは欲然《がつかり》して餘りの事に泣くにも**泣かれぬ**。朦朧《どんより》した眼にお婆さんの亡骸《なきがら》を目守《みつ》めて、これが死人といふものか、といつたやうな**鹽梅**《あんばい》。亡き人を卓《テーブル》の上に安置し、遺言通りの着物を着せ、手を十字に組ませて、蠟燭を持たせたのを、お老爺《ぢい》さんは放心《ぼかん》として**見てゐた**。貴《たつと》き賤《いや》しき數多《あまた》の人が邸内《やしきうち》を塡《うづ》めて、訪問の客は引きも切らず、庭前《ていぜん》に列《なら》べた細長い食卓に、小麥の蜜煮《みつに》に、林檎酒《りんごしゆ》に、パイを堆高《うづたか》く積み累《かさ》ねた傍《わき》で、會葬者が語りつ、泣きつ、亡き人の噂をしては、お老爺《ぢい》さんの動作《やうす》に目を注《つ》けたりなどするを、お老爺《ぢい》さんは不思議な面《かほ》をして**見てゐた**。やがて出棺となつて、會葬者がぞろ〱と伴《とも》に立つので、お老爺《ぢい》さんも棺の後《あと》に**隨《つ》いて行つた**。（中略）
が、家《うち》へ歸つて、居間が空閑《がらん》として、お婆さんの掛慣れた椅子さへ今は片付けられて了つたのを見ると、お老爺《ぢい》さんワツといつて**泣出した**。直泣《ひたな》きに、慰むる言葉を耳へも入れず、泣いて〱泣き立つて、泪《なみだ》は濁つた眼の中《うち》から止度《とめど》なく**流れ出るのであつた**。(26)

『昔気質の地主たち』
アファナーシイ・イワーノヴィチはすっかり茫然としてしまっていた。あまりのむごさに泣くことも**叶わなか**

った。彼は空ろな目付きで、まるでその意味がわからないかのように、遺体のほうに眼をやっていた。老女の遺体はテーブルの上に安置され、彼女が生前言い置いたドレスを着せられ、腕には十字架が、手には蠟燭が持たされた、彼はこれらすべてを無表情に見ていた。あらゆる称号を持った人々が庭を埋め、多くの客人たちが葬儀に詰めかけ、長いテーブルがいくつか庭に設置され、クチヤーと呼ばれる葬式粥《がゆ》や果実酒、ピローグなどがその上に山と積まれた。客たちは話をしたり、泣いたり、死者を見ては彼女の人となりなどを語り合ったり、彼のほうを見やっていた。が、彼はこれらすべてを不思議なことのように見ていた。とうとう老女の遺体は持ち去られ、その後を人々がどっと付き従った。そして彼もその後についた。（中略）
だが、家に戻って、がらんどうの自分の部屋を見、プリヘーリヤ・イワーノヴナが座っていた椅子も持ち去られてしまっているのを見たとき、彼は大泣きに泣いて、慰めようのないほどに泣いて、涙はまるで川のように曇った彼の目から流れ落ちるのであった。

ゴーゴリが引用部分で使っている三人称男性代名詞は十一個で、固有名詞アファナーシイ・イワーノヴィチは冒頭に一度使われているにすぎない。また、プリヘーリヤ・イワーノヴナも一度しか使われず、後は「故人」の女性形である《покойница [the deceased old lady]》が三度、そして三人称女性代名詞が五度使われている。一方、二葉亭の翻訳『むかしの人』では、固有名詞も三人称代名詞も一度も使われず、「お老爺《ぢい》さん」が六回、「お婆さん」「お婆さんの亡骸《なきがら》」が一度ずつ、「亡き人」が二度使われている。ゴーゴリの原文が老妻の死に茫然とするアファナーシイ・イワーノヴィチを三人称代名詞を用いて、客観的に突き放して描写しているのに対して、二葉亭の「語り手」は「お老爺さん」を使って同情をもって描いている。二葉亭には三人称代名詞「彼」をアファナーシイ・イワーノヴィチに対して使うことは客観的であり過ぎたのである。
ちなみに、『むかしの人』一編の中で三人称代名詞「彼」が使われるのはただの一度に過ぎない。しかも、最愛の恋人に死なれた青年が、二度の自殺未遂を経たあと、その悲しみから見事に回復し、結婚してカードゲームに打ち興じている様子を皮肉たっぷりに描き出すために、使われているのだ。

それより一年の後《のち》、或る多人数《たにんず》の集會の席で、其青年に出遭《であ》つたことがあつたが、其時彼は卓《テーブル》に對してカルタを伏せて當物《あてもの》の慰みに、上々吉《じやうくきち》の御機嫌でゐる其背後《うしろ》には、弱《わか》い細君が夫の掛けた椅子の脊に凭《よ》りかゝり、ヘン、勝負の數を**讀むでゐるのであつた**。(27)

つまり、二葉亭にとって三人称代名詞とは、描写する対象を徹底的に客観視し、非難や皮肉を込めて書き上げる時にしか使われないものなのだ。二葉亭の「語り手」は、アファナーシイ・イワーノヴィチを皮肉ったり、非難することはおろか、客観視することすらないのである。

『むかしの人』の山場で多用される過去時制表示詞「た」

さて、この葬儀の場面でもう一つ気づくのは、二葉亭の訳文の中に「た」形が多用されることだろう。殊に不完了体の過去形動詞が「てゐた」や「るのであつた」の形で過去時制表示詞として訳されているのが注目される。これは、『むかしの人』の前半部の不完了体過去形動詞のほとんどが「る」や「てゐる」形で訳されていたのと大きな対照をなしている。また、引用部分は『昔気質の地主たち』の山場《クライマックス》とも言うべき部分である。『肖像画』の山場では不完了体動詞《глядеть [to look]》の現在形が多用されたが、『昔気質の地主たち』の山場では同じ動詞が過去形で使われていることにも注目すべきであろう。前者では肖像画に描かれた老人の刺し貫くような鋭い視線が《глядит [is staring at／みつめている]》と現在形で活写され、後者では老妻に死なれて茫然としている老人アファナーシイ・イワーノヴィチの空ろな視線が過去形《глядел [was looking]》で描写される。二葉亭はそれを「見てゐた」と原文の過去時制に忠実に訳しているのだ。また、その主語は原文では《он [he]》であり、二葉亭はそれを「お老爺さんは」と訳出している。つまり「お老爺《ぢい》さんは放心《ぼかん》として見てゐた。」、「お老爺《ぢい》さんは不思議な面《かほ》をして見てゐた。」と二度繰り返されるフレーズが、二葉亭の翻訳『むかしの人』の山場では過去回想の主要旋律を奏でるのである。これは、二葉亭の処女翻訳『あひゞき』の中で「秋九月中旬といふころ、一日自分がさる樺の林の中に座してゐたことが有ツた。」、「自分は座して、四顧して、そして耳を傾けてゐた。」という主要旋律が奏でられたのを想起させる。文頭で明白な主語が明記され、文末を過去時制表示詞「(てゐ)た」形が結ぶ過去回想の旋律である。そして、『むかしの人』でも又『あひゞき』同様、過去を回想する主体は「私」という「語り手」なのである。しかし、『むかしの人』の「語り手」である「私」が過去を回想する視点を明白にするのは、『あひゞき』の「語り手」のように物語の冒頭ではなく、物語も中盤をむかえるあたりなのだ。

『むかしの人』後半で多用される一人称代名詞「私」と過去時制表示詞「た」

ゴーゴリものの処女翻訳作品『肖像畫』の「語り手」は身体性をもたない「劇化《ドラマ》されない語り手」であった。それに対して、ツルゲーネフものの処女翻訳作品『あひゞき』の「語り手」は猟人としての身体を持つ「劇化《ドラマ》された語り手」であった。ゴーゴリものの第二作『むかしの人』の「語り手」はというと、身体性を持つようで持たない「劇化《ドラマ》された語り手」と「劇化《ドラマ》されない語り手」の中間に位置する奇妙な存在であることはすでに見た。この中間的な存在である「語り手」が物語を語る時間的な視点は、物語の前半部では現在で、「る」形の多用に示されるように老夫婦の過去の習慣が生き生きと、まるで実況中継ででもあるかのように語られた。が、老夫婦の死を語る後半部に入るや語りの視点が過去回想の視点に大きく振れる。次に引く箇所ではゴーゴリの「語り手」がツルゲーネフの「語り手」同様、過去回想の視点をはっきりと打ち出すのである。そして、二葉亭のゴーゴリものの翻訳の中で初めて「私は」で始まる文が「た」形で結ばれることになる。

Старосветские помещики

Вообще Пульхерия Ивановна **была** чрезвычайно в духе, когда бывали у них гости. Добрая старушка! Она вся **принадлежала** гостям. Я **любил** бывать у них, и хотя **объедался** страшным образом, как и все, гостившие у них, хотя мне это было очень вредно, однакож я всегда **бывал** рад к ним ехать. Впрочем, я **думаю**, что **не имеет** ли самый воздух в Малоросии какого-то особенного свойства, помогающего пищеварению, потому что еслибы здесь вздумал кто-нибудь таким образом накушаться, то, без сомнения, вместо постели, **очутился бы** лежащим на столе.

Добрые старички!… Но повествование мое **приближается** к весьма печальному событию, изменившему навсегда жизнь этого мирного уголка…

У Пульхерии Ивановны **была** серенькая кошечка, которая всегда почти **лежала** свернувшись клубком, у ее ног. Пульхерия Ивановна иногда ее гладила и щекотала пальцем по ее шейке, которую балованная кошечка вычагивала, как можно выше. Нельзя сказать, чтобы Пульхерия Ивановна слишком любила ее, но просто **привялась** к ней, привыкши ее всегда видеть.(28)

[Pul'kheriya Ivanovna **was** always in the best of spirits when they had guests. Dear old woman! She **devoted** herself entirely to her guests. I **loved** staying with them, and although I **overate** dreadfully, like everyone who stayed with them, although that was very bad for me, I **was** still always glad to visit them. Though I **wonder** whether the very air in the Ukraine **has** some special property that assists digestion, because if anyone took it into their head to overeat like that here, they **would** without doubt **find** themselves laid on a board instead of in bed.

Good old people!... But my account **is drawing** towards a most unhappy event, which changed forever the life of this peaceful nook.

Pul'kheriya Ivanovna **had** a little grey cat, which nearly always **lay**, curled up in a ball, at her feet. Pul'kheriya Ivanovna sometimes stroked her and with one finger tickled her neck, which the spoiled cat stretched as high as she could. One could not say that Pul'kheriya Ivanovna loved her excessively, she **was** simply **attached** to her, having become accustomed to seeing her all the time.」

『むかしの人』

総じて客のある時は、お婆さんの機嫌が頗る**好い**《い》。好《い》いお婆さんだ、全《まる》で客の持物に**成つて了ふ**。私も其客と爲るのが**好きであつた**。訪ねさへすれば誰《たれ》でもしたゝか喰べさせられる、健康には甚だ宜しくないけれど、**私は**いつも其客と爲るのを愉快と**思はぬことはなかつた**。尤も彼地《あちら》の空氣は一種特別で、消化を助ける効《かう》が**有るかも知れぬ**。此地《ここ》らであんな大食《たいしょく》をしやうものなら、褥《とこ》に就くは扨置《さてお》いて、屹度《きつと》解剖臺へ**臥《ね》かされるに違ひない**。好《い》い人達だ……が、物語はいよ〳〵悲しい事件の上に**移る**。此事件の爲に此平和の境《さかひ》の調子が狂はせられて、取返しの附かぬ事に成つて了つたのであるが、～（中略）

さてお婆さんの手飼に小さな灰色の猫が**あつた**。いつもお婆さんの足下《あしもと》に圓くなつて臥《ね》てゐるのであるが、お婆さんが折に觸れて頭を撫《な》でたり、頤《あご》の下を摩《さす》つたりすれば、猫は甘たれて思ふさま首を延ばさうといふもので、大して愛してゐるのではなかつたが、年來《としごろ》目に見慣れたので、**馴染《なじみ》が深いのであつた**。(29)

『昔気質の地主たち』

お客さんがあるとき、プリヘーリヤ・イワーノヴナはたいてい**上機嫌だった**。本当にいいお婆さんだ！　彼女はすっかりお客さんのものに**なってしまうのだった**。**私は**彼らのところにお客になるのが**好きだった**。彼らのところに客になるものたちの誰もがそうであるように、私も恐ろしく食べ過ぎて、健康にも断然悪いのだったけれど、彼らのところに出かけるのが私にはいつも楽しくてならないのだった。思うに、小ロシアの空気にはどうも消化を助けるなんらかの物質が含まれているのではないだろうか。ここ小ロシアでこんな調子で食べようものなら、寝台の代わりに葬儀台の上で目覚めるだろうことは、まず間違いない。

なんて善良な老人たち！（中略）だが、私の物語もいよいよこの平和な片隅の生活をすっかり変えてしまったこの上なく悲しい事件に移っていく。（中略）

プリヘーリヤ・イワーノヴナには灰色の小さな猫がいて、いつも丸くなって彼女の足元で寝ていた。プリヘーリヤ・イワーノヴナが時々なぜたり、指で首をくすぐったりしてやると、甘やかされた猫はその首を思いっきり高く伸ばすのであった。プリヘーリヤ・イワーノヴナはその猫をひどく愛していたというわけではないが、猫が居ることにすっかり慣れてしまったので、因縁が深かったのである。

引用箇所のゴーゴリの原文では、不完了体動詞の現在形が二箇所で使われている以外ほとんどの動詞は不完了体過去形となっている。中でも特に注目されるのは、ゴーゴリの「語り手」の自称である《я［I］》が二度、不完了体過去形動詞とともに用いられ、二葉亭はその二つの不完了体過去形の動詞を不完了相にではなく、過去時制に忠実に訳していることである。《Я любил бывать у них,［I liked staying with them,］》は「私も其客と爲るのが好きであつた。」と、《я всегда бывал рад к ним ехать.［I was always glad to visit them.］》は「私はいつも其客と爲るのを愉快と思はぬことはなかつた。」とそれぞれ原文の過去形動詞を過去時制表示詞「た」を使って訳し出しているのである。つまり、過去回想の文であることをはっきりと示しているのだ。しかも過去を回想する主体である「語り手」の自称を「私も」「私は」と訳文の中で明確に示している。これはツルゲーネフの『あひゞき』初訳の中で「語り手」である猟人が「自分が（さる樺の林の中に）座してゐた（ことが有ツた。）」「自分は座して、四顧して、そして耳を傾けてゐた。」

と、過去を回想する主体を明示することで、愛すべき農民の娘と傲慢な召使の「あいびき」を目撃するという事件を語り出すのに酷似している。名前も身体も持たない『むかしの人』の「語り手」もまた「私（も／は）〜た」と、過去を回想する「私」という主体を明示して、老妻の死という事件を語り始めるのだ。

さて、そのプリヘーリヤ・イワーノヴナの死は「大して愛してゐるのではなかつたが、年來《としごろ》眼に見慣れたので、馴《な》染《じみ》が深い」猫が野良猫にかどわかされて失踪するという、平凡な事件に端を発する。興味深いことに、ゴーゴリはプリヘーリヤ・イワーノヴナの飼い猫を二度に渡って失踪させている。一度目の失踪については、プリヘーリヤ・イワーノヴナは残念にこそ思ったが、三日目にはもう猫の事はすっかり忘れてしまったのであると、ゴーゴリは記す。その猫が思いがけず畑を検分中のプリヘーリヤ・イワーノヴナの前に姿を現し、猫は早速食べ物を与えられる。が、恩知らずの猫は食べ終わるやすぐにまた失踪してしまうのだ。ゴーゴリはこの第二番目の失踪こそがプリヘーリヤ・イワーノヴナに死を予感させたのである、と記している。ところで、プリヘーリヤ・イワーノヴナの与える食べ物について、リチャード・ピースは次のように述べている。

> 語り手はわれわれに烈しい暑さ《сильный жар［powerful heat］》（жар［heat／暑さ］というのは隠喩としての「（性的）情熱」とも読める）こそがアファナーシイ・イワーノヴィチを夜間目覚めさせるのだと述べている。にもかかわらず、妻は（明らかに自己を正当化するため）すべては食べ物という永久の慰めによって治癒され得るものだと考えている[30]。

ピースの言うように、プリヘーリヤ・イワーノヴナがすべてのことは食べ物によって解決されると考えていたのであるとすれば、飼い猫の二度目の失踪は、夫の性的情熱を制御することができたプリヘーリヤ・イワーノヴナの食べ物が（飼い猫によって）否定され、結局飼い猫は野良猫への性的情熱を選択したと、読むことができる。ともあれ、プリヘーリヤ・イワーノヴナは「たいして愛してゐるわけでもない」飼い猫の二度目の失踪に己の死を予感し、実際に死んでいくのだ。

ここで、引用箇所に戻ると、プリヘーリヤ・イワーノヴナの死のきっかけとなった飼い猫も、ゴーゴリの原文では「語り手」によって不完了体過去形を使って紹介されている。二葉亭は、その紹介もまた原文の不完了体過去形動詞の過去時制に忠実に「（小さな灰色の猫が）あつた」「馴染《なじみ》が深いのであつた」と訳している。こうして後半部分に入ると、「た」形の数が目に見えて増え、前半では文末で六回しか使われなかった「た」形の使用回数が、後半部分では四十五回に増えている。しかも『むかしの人』の中で、都合五十一回使われる文末詞「た」形のうちの三十四例までが不完了体過去形動詞の訳語として使われ、完了体過去形動詞の訳語としての「た」形の用例は十七にとどまっている。つまり、不完了体過去形動詞の訳語として使われた「た」形と完了体動詞の訳語として使われた「た」形の割合は、二対一となるのだ。言葉を換えれば、過去時制表示詞としての「た」形が、完了相表示詞としての「た」形の二倍使われていることになる。このように過去時制表示詞としての「た」形が圧倒的多数を占めるのは、二葉亭の翻訳において処女翻訳『あひゞき』と『めぐりあひ』以来のことなのである。さらにまた、「私」という一人称が『むかしの人』の後半部で不完了体過去形動詞とセットで、頻繁に再現されている事実も見逃すことはできない。つまり、物語の冒頭での《я люблю [I love]》と二度繰り返される一人称代名詞とセットになった不完了体現在形の《любить [to love]》という動詞を無人称文に書き換えることのできた二葉亭は、後半部で同じ動詞が《я любил [I loved]》と過去形で一人称詞とセットになって現れたとき、「私も（其客と爲るのが）**好きであつた**」と過去時制に忠実に過去回想の主体である「私」を明示して訳すより方法がなかったのである。さらに言えば、後半部で二葉亭は、ゴーゴリの原作『昔気質の地主たち』の「語り手」を無視することができなくなったわけである。

『むかしの人』における文体の転換

二葉亭は『むかしの人』をゴーゴリものの翻訳第一作目の『肖像畫』と同じように、登場人物として描かれることのない「劇化《ドラマ》されない語り手」の語る物語として、ゴーゴリの原文の不完了体過去形動詞を「る」または「てゐる」形を用いて訳し始めた。『むかしの人』の主要登場人物である地主の老夫婦は「お老爺《ぢい》さん」「お婆さん」として一貫して愛情を込めて呼ばれ、老夫婦の呼称として固有名詞も三人称代名詞も使われることはなかった。そして、物語の前半部で二葉亭は、ゴーゴリが不完了体過去形で描いた老地主夫婦の日常を、終始「る」または「てゐる」形を使って生き生きと描き出したのである。『むかしの人』の前半では、二葉亭は『肖像畫』などを訳した際の後期の翻訳の基準（不完了体過去形の「（てゐ）る」形による訳出）を一貫して守っていたといえる。だが、後半に入ると、ゴーゴリの原文『昔気質の地主たち』の「語り手」は、一人称代名詞と過去形動詞の多用によって、語りの主体である「私」という一人称代名詞と過去時制表示詞としての「た」形をセットにした訳文を書き上げていった。その文体は、ツルゲーネフの一人称小説の処女翻訳である『あひゞき』初訳に非常に近いものになっていったといっていい。『むかしの人』の前半部で「劇化《ドラマ》されずにいた語り手」は、後半部では『あひゞき』の中の「劇化《ドラマ》された語り手」である猟人に非常に近い存在となっていった。そして、『むかしの人』の後半部においては、『あひゞき』初訳同様、「劇化《ドラマ》された語り手」の過去回想の視点を明確に示すために、過去時制表示詞「た」形が多用されることになったのである。後半部では「た」形は完了体過去形の訳語としてよりもむしろ、不完了体過去形の訳語として多く使われることになった。

さて、興味深いことに、ゴーゴリものの翻訳文体からツルゲーネフものの翻訳文体への変換を、二葉亭は第二の創作作品『其面影』の中でも行っている。二葉亭は『其面影』をゴーゴリ的な「語り手」によって語らせ始めたが、ツルゲーネフ的な「語り手」が次第に頭角をあらわしてくる、と言い換えてもいいだろう。

『其面影』と『浮雲』の冒頭の人物設定の相似

『其面影』の「語り手」は、主要登場人物小野哲也と葉村幸三郎を、『浮雲』の内海文三と本田昇とほとんど同じ趣向、同じ語り口で登場させる。次に引くのは『其面影』の冒頭第一段落と、『浮雲』第一編の第二段落である。

『其面影』

　弱々とした秋の日は早や沈んで、夕栄《ゆふばえ》ばかり赤々と西の空を染めた或夕ぐれ、九段坂を漫々《ぶらく》登《あが》つて行く洋服出立《でたち》の二人連《づれ》が**ある**。一人は細長く、一人は横太りの、反對は格構ばかりでなく、細長いのは薄汚れた霜降《しもふり》の脊廣の、洋袴《パンツ》の膝も疾《とう》に摺切《すりき》れて毛が無いのに、黒とは名のみで、日向《ひなた》へは些《ち》と憚《はゞか》りある鍔廣《つばひろ》の帽子で、是ばかりは不釣合な金縁眼鏡《きんぶちめがね》を掛た、面長で頰の削《こ》けた、眉の濃い割に髭の薄い、何處となく貧相な、一見して老書生といふ風采の男で、何やら痛か詰込《したゝ》んだ、手摺《てず》れて垢光《あかびかり》のする、揉皮《もみがは》のポートフオリオを小腋《こわき》に抱へてゐたが、横太りの方は薄い眉にきよろりとした眼、鼻も口も一つに寄つたやうな、逼迫《せゝこま》しい面貌《かほつき》の、品格のない男、其代り服裝《なり》は凝つたもので、何か新柄の華美《はで》な脊廣の、胴衣《チヨツキ》の胸には金鎖《ゴールドチエン》が燦然《きらり》と光つて、中山《ちうやま》の帽子から赤皮の編上靴に至る迄、身に着いたもの何一つ新調ならぬは**ない**。是は寒竹《かんちく》やら何やら細い洒落《しやれ》たステツキを杖《つい》て**ゐる**。(31)

『浮雲　第一篇』

　途上人影《ひとけ》の稀《ま》れに成つた頃同じ見附の内より兩人《ふたり》の少年《わかもの》が話しながら**出て參つた**　一人は年齡《ねんぱい》二十二三の男顏色《がんしよく》は蒼味《あをみ》七分に土氣三分どうも宜敷《よろしく》ないが秀《ひいで》た眉に儼然《きつ》とした眼付でズーと押徹《おしとほ》つた鼻筋　唯惜《をしい》哉《かな》口元が些《ち》と尋常でないばかり、しかし締《しまり》はよささうゆゑ繪草紙屋の前に立つてもパツクリ開《あ》くなどゝいふ氣遣ひハ有るまいが兎に角顋《あご》が尖《とが》つて頰骨が露《あらは》れ非道《ひど》く癯《やつ》れてゐる故《せゐ》か顏の造作がとげ〳〵してゐて愛嬌氣といつたら**微塵もな**

し　醜《みにく》くはないが何処ともなくケンがある　背《せい》はスラリとしてゐるばかりで左而已《さのみ》高いといふ程でもないが痩《やせ》肉《じゝ》ゆゑ半鐘なんとやらといふ人聞《ひとぎゝ》の悪い渾名《あだな》に縁が有りさうで、年數物ながら摺疊皺《たたみじは》の存じた霜降《しもふり》「スコッチ」の服を身に纏ツて組紐を盤帶《はちまき》にした帽檐廣《つばびろ》な黒羅紗《くろらしゃ》の帽子を戴いてゐ、今一人は前の男より二ツ三ツ兄らしく中肉中背で色白の丸顔　口元の尋常な所から眼付きのパッチリとした所は仲々の好男子ながら顔立がひねてこせ〳〵してゐるので何《なに》となく品格のない男　黒羅紗《くろらしゃ》の半「フロックコート」に同じ色の「チヨッキ」洋袴《づぼん》ハ何か乙な縞羅紗《しまらしゃ》でリウとした衣装附《づけ》　縁の巻上ツた釜底形の黒の帽子を眉深《まぶか》に冠り左の手を隠袋《かくし》へ差入れ右の手で細々とした杖を玩物《おもちゃ》にしながら高い男に向ひ[32]

『其面影』への高い期待と深い落胆

『其面影』は一九〇六（明治三十九）年十月から十二月にかけて『東京朝日新聞』に連載された。『浮雲　第三篇』が雑誌『都の花』への連載を終了したのが一八八九（明治二十二）年の八月なので、二葉亭は実に十七年ぶりに小説に筆を染めたことになる。ちなみに、ゴーゴリものの翻訳二作目の『むかしの人』は『其面影』と同年の五月に『早稲田文學』に発表されている。それにしても十七年間小説こそ書かなかったが、ツルゲーネフ、ゴーゴリ、そして、ゴーリキーと多くの作品を翻訳し発表し続けてきた二葉亭の創作作品第二作目への期待は高かった。『帝国文学』上において「茘舟《れいしゅう》」なる人物は次のように『其面影』への高い期待と深い落胆を記している。ロシア文学に造詣が深いこの筆者は『其面影』の中にロシア文学作品の影響、特にロシア自然派の開祖ゴーゴリの影響を見ようとしたのである。

「ゴヾリ」は彼国の文学史上始めて露国社会の暗黒面露西亜国民の弱点を描写した者である。彼の喜劇及喜劇的作物は之を観之を読むで抱腹絶倒する者をして、その笑の奥深くには多くの涙あることを思はしむるものである。しかもその涙は決して破壊的絶望的のものでは無いので作家は常に深い同情をその主人公に有して、その笑ふべき無学その憐れむべき卑屈、その憎むべき罪悪の傍には、一点読者をして同情を禁じ得ざらしむるものがあり、その一点の適当の発展に際しては未来も亦決して絶望で無いことを現はして居る。検察官を見よ、外套を見よ、死霊を見よ、さては狂人日記を見よ、読者は一たび笑ひ、一たび怒り、一たび悲しみ、一たび憫み、さて最後には遠き未来の向上を思うのである。「ゴヾリ」の諸作が露国社会に大なる影響を与へた原因は実にこゝにあるのである。吾人が「其面影」に期待したところは即ち我所謂自然派中に此の如き傾向を創始せんことであったのである。(33)　(傍点引用者)

荔舟は、不幸にして『其面影』の主人公哲也に対する作者二葉亭の同情を見出すことができなかったと続け、『其面影』も日本の所謂自然派の諸作品と同じように「作家が其の作の主人公にたいする同情が足らぬため」読後に不快感しか残さないのであると、強い不満を呈している。そして、『浮雲』という「エポクメイキング」の作品を表した二葉亭に『其面影』で同様の結果を期待したが、期待はずれであった、と辛辣な評価を下すのである。

『其面影』と『浮雲』の冒頭の類似と差異

『其面影』と『浮雲』の冒頭を比べてみると、実際人物設定からして、この二つの作品は酷似しており、確かに新鮮さに欠けることは否めない。「エポクメイキング」どころか、新しさにも欠けるのである。『浮雲』の中で「高い男」と「中背の男」として饒舌な「語り手」に紹介された二人連れは、『其面影』では「細長いの」と「横太りの」二人連れとして、やはり同種の「語り手」よって紹介される。『浮雲』の主人公である「高い男」と『其面影』の主人公である「細長いの」の着ているものは年数物の「霜降《しもふり》の脊廣」で、被っているのもほとんど同じく「黒の鍔廣《つばひろ》の帽子」である。「高い男」の文三と「細長いの」である哲也の風貌がまたほとんど同じで、文三が「顋《あご》が尖《とが》つて頬骨が露《あらは》れ非道《ひど》く癯《やつ》れてゐる故《せゐ》か顔の造作がとげ〳〵してゐて愛嬌氣といつたら微塵もなし」とやや滑稽味を帯びて描写されているかと思えば、一方の哲也は「面長で頬の削《こ》けた、眉の濃い割に髭の薄い、何處となく貧相な、一見して老書生といふ風采の男」と紹介され、控えた表現ながら二人の主人公の相似は一見して明らかである。哲也が文三の後身であることはまちがいない。またもう一方の「中背の男」、「横太りの」と紹介された『浮雲』の昇と『其面影』の葉村はそれぞれ「口元の尋常な所から眼付きのパッチリとした所は仲々の好男子ながら顔立がひねてこせ〳〵してゐるので何《なに》となく品格のない男」、「薄い眉にきよろりとした眼、鼻も口も一つに寄つたやうな、逼迫《せゝこま》しい面貌《かほつき》の、品格のない男」とこれまた、ほぼ相似形の風貌をしており、二人とも流行の新しい洋服に身を包み、細いステッキを手にしている。葉村が昇の後身であることもまた明らかである。

　さらに二人の主要登場人物の相似にもまして重要なのは、「語り手」の小説内の位置で、動詞形から見るかぎり『浮雲』も『其面影』も、少なくとも冒頭部分に関する限り「語り手」は小説内に位置している。両作品と冒頭の地の文の文末詞は「る」または「てゐる」形が圧倒的多数を占めており、『浮雲』第一篇第一回で「た」形が使われるのは、引用の中の「出て參つ**た**」のみで、『其面影』にいたっては第四章で初めて「た」形が使われるのである。しかもその「た」形は、二葉亭が『其面影』の中で新たに登場させた小野小夜子という哲也にとっては義妹にあたる「夫に死に別れた出戻り」の二十三歳の女主人公の来歴を述べるところで、「此處（傳道學校《ミッションスクール》）で英語が著しく上達し**た**」と、一回使われるきりなのだ。こうした「た」形の単独の使い方は、すでに述べたとおり過去時制よりも完了相を表すものととらえるのが適当で、「る」または「てゐる」形が圧倒的多数を占める文体には、「語り手」が登場人物たちに寄り添って、刻々と移り変わる舞台の実況中継をしているような緊張感がある。しかし、むやみに饒舌で読者に直接挨拶までした『浮雲』の「語り手」の身体性は取り去られ、『其面影』の「語り手」の語り口はよほど洗練されてきている。『浮雲』の戯作性、つまり「語り手」による前口上をばっさりと切り捨てたところに、『其面影』を書いた二葉亭の意図は明らかに示されている。二葉亭は『其面影』にゴーゴリ的な「劇化《ドラマ》されない語り手」を配そうと試みたのである。

さらに、二つの小説の違いを見ると、『浮雲』では二人の男性主人公たちが紹介されるのに時間がかかり、昇にいたっては第六回まで紹介がお預けになっているのに対し、『其面影』では第一章第二段落と第三段落でそれぞれ小野哲也、葉村幸三郎という名前が明かされ、簡単な来歴まで付されている。それによると、哲也は三十五か六歳の大学の講師という設定で、葉村は哲也より一歳か二歳年下の羽振りのいい会社員ということになっている。そしてこの二人の間に交わされる会話が、『浮雲』では文三も含めた免職になった者たちの噂話であるのに対して、『其面影』では小夜子を家庭教師として渋谷という富豪の家に出すか否かという相談事であったのだ。二人の間に交わされる会話は、小説の主題と人物関係に直接関わっていく。『浮雲』では免職になったことが文三のお勢という下宿先の娘への恋の行方を曇らすのに対し、『其面影』では哲也が出戻りの義妹、小夜子への愛を自覚する契機となるのである。『浮雲』ではお勢をめぐる文三と昇の愛の三角関係が主題となっているのに対し、『其面影』では昇の後身である葉村が愛の三角関係からはずれ、哲也とその妻時子、そして時子にとっては腹違いの妹、哲也にとっては義妹にあたる小夜子が女二人男一人の愛の三角関係を形成する。二葉亭の二番目の創作作品『其面影』の新しさはひとえに小夜子という人物の設定であったといってよい。

『其面影』の女性主人公、小夜子の原型

哲也が家付きの娘時子と結婚した婿養子であるという「その後の文三」であるとすれば、時子とその母お瀧は、「その後のお勢とお政」であり、確固とした社会的身分を持つ葉村は「その後の昇」である。が、葉村は愛によって社会的な人間関係を壊していく装置にはなりえない。そこで、二葉亭は「未亡人小夜子」という社会的に最も不安定であるがゆえに、小説内で愛の葛藤を生み出す装置としてはうってつけの人物を創り出さなくてはならなかった。そして、二葉亭は、この小夜子という女性像を描くのに自分の翻訳作品から題材を採った。ツルゲーネフの『アーシ

ャ』と『ルージン』（二葉亭の翻訳の表題は『片戀』と『うき草』）から、それぞれアーシャとナターリアという、愛に対する男の不甲斐なさをなじり、男への愛を棄てる二人の女主人の形象を借りたと思われるのだ。まず、明白な相似点をあげるとすれば、小夜子はアーシャと同じく庶子、つまり、父親が小間使いに生ませた子供である。さらに、小説の終盤で小夜子はアーシャと同じく置手紙をして、いずことも知れず立ち去るのだ。「弱い男を捨てる強い女」の誕生である。次に二人の置手紙の文面を挙げてみよう。最初に小夜子の置手紙を、続いて、アーシャのものを挙げる。

〘取急ぎ一筆《ひとふで》書きのこしやㇽ、御許《おんゆるし》もなきに餘りなる仕方と、後《あと》にての御腹立《おんはらだ》ちもかしこけれど、さりとて迚《とて》もなき御縁なるを、いつまでも御情《おんなさけ》にすがり、徒《いたづ》らに御心《おんこゝろ》を苦しめまゐらせむもつらく、誠に〱御名《おんな》殘《ご》りをしうはㇽへど、心を鬼のやうにして今日《こんにち》只今永《なが》のお暇《いとま》をいたゞきやㇽ、此上は一日も速かに後歸宅《ごきたく》遊ばし、姉上様と御《おん》むつまじう行末永く御添《おんそ》ひとげ遊ばしㇽやう影ながら御祈《おんいの》りやㇽ上げㇽ、この日頃の御情《おんなさけ》のうれしさは死しても得忘るまじうは存じㇽへど、たゞ愚かなる身にも御志《おんこゝろざし》の少し淺淺しう仇めいたるがお怨みにて、こればかりが……　かしこ。[34]

（傍点引用者）

「最早かさねては御目《おんめ》もじえ叶ふまじと存候まゝお暇乞までに一筆《ひとふで》書き殘しまゐらせ候此度《このたび》俄《にはか》に出立いたし候はさら〱口惜《くちを》しき故にてはなく唯詮方なきまゝにござ候《そろ》昨日はづかしくも取亂したる様を御目《おんめ》に懸け候をり只の一言《ひとこと》仰《おほ》せ下され候へば私《わたくし》とても心強くは歸宅せざりしをと存候へどそのをり何の仰《おふ》せもなかりしは是非もなき御事《おんこと》に候《そろ》されどその方反《かたかへつ》てお互さまの身のためかも知れず候《そろ》今は永のお別に候《そろ》かしこ[35]」

（傍点引用者）

小夜子もアーシャも、自分への男の愛の薄いことを嘆く文を綴っている。『其面影』の哲也は死を覚悟した小夜子が情死を迫ったのに対して「死ぬのは馬鹿馬鹿しい」と、小夜子の決断をなんとか止めようとする。一方、アーシャに恋を打ち明けられた『片戀』の語り手「私《わたくし》」は「私《わたくし》は彼を愛する」という一言を言わず、アーシャに去られてしまう。愛をめぐって決断を迫る女性たちに対して、哲也も「私」も優柔不断でいささか不甲斐ない。

二葉亭によるツルゲーネフ作品の理解

ところで、「小説の題のつけ方」と題した談話の中で、二葉亭は『片戀』という題名の由来について次のように述べている。

> あの作がどうして片戀だと訊くのかい？　さうさ片戀さ。今から見れば多少牽強附會かも知らぬが……戀といふものはあんなものぢやないと思ふ。元來ツルゲーネフは戀の（戀ばかりぢやない、凡てがさうだが）極く淺い處ばかりを描いて、深く穿込《つっこ》むことをせぬが、あれなんぞは殊に御坊《おぼう》さんのやうなもので、女の方こそ戀の眞《まこと》の境に入つたかも知らぬが、男は入つちや居らぬ。ただアーシヤといふ女が見えなくなつてから、男も眞の戀を感じたと、作者も讀者も受取るらしいけれども、私は「逃げた鯉が大きい」ぐらいに過ぎないと思ふね。なるほど一方の女の戀は熱烈なものだつたらう、が、男の心にはたゞその反響が響いたゞけで、男自身の心から起つた痕跡といふものが何《ど》うしても見えない。そりや多少女に心を惹《ひ》かれた所は有る。併しあの男は普通の感情を有《も》つた普通の男で、作者も別段彼れに性格を附しては居らぬ。(36)
>
> （傍点引用者）

この談話は一九〇七年（明治四十）年十一月、二葉亭の三番目にして最後の創作作品『平凡』の連載中に『文章世界』に発表されている。そして、『平凡』執筆の翌年、二葉亭はロシアに旅立ち、そのまま二度と日本の土を踏むことはなかった。つまり、これは創作、翻訳も含めて執筆活動をほぼ終わろうとしていた時期に発表された談話記事であるわけで、二葉亭がこの中で、ツルゲーネフの作品について「元來ツルゲーネフは戀の（戀ばかりぢやない、凡てがさうだが）極く淺い處ばかりを描いて、深く穿込《つっこ》むことをせぬ」と突き放した見方をしているのが注目される。そもそも、翻訳活動の初期から中期にかけてほとんど専一にと言っていいほど訳し続けたにもかかわらず、二葉亭のツルゲーネフ作品に対する評価はそれほど高いものではなかった。「作者と作中の主なる人物とは、殆ど同化してしまツて人物《キャラクター》以外に作者は出てゐない」ドストエフスキー作品に対して、ツルゲーネフ作品では「作中の人物《キャラクター》以外に作者が確に出てゐ」て、「(その作者が)幾分か篇中の人物を批評してゐる氣味が見える」として、自分なら「作中の人物と同化して仕舞ふ」ドストエフスキー的なやり方で作品を書きたいと二葉亭が述べたのは一八九八（明治三十一）年のことである。二葉亭はまた「作家苦心談」と題するこの談話の中で「私は何か書いて見るつもりで居ます」と公言しながら、東京外国語学校の教授職に収まることで執筆生活から離れ第二の休筆期に入ってしまうのだ。そして、一九〇六（明治三十九）年にいよいよ『其面影』を書き始めたとき、作者と作中人物の関係を二葉亭はドストエフスキー的に同化させるのではなく、ツルゲーネフ的に切り離して書いてしまったように思われる。

『其面影』の主人公哲也の無性格という性格

二葉亭は『片恋』の語り手である「私《わたくし》」について「あの男は普通の感情を有《も》つた普通の男で、作者も別段彼れに性格を附しては居らぬ」と述べているが、『其面影』の哲也も「私《わたくし》」と同じく、優柔不断である以外にとりたてて性格があるとは思えない。『其面影』では『片恋』と異なり恋愛はいったん成就するが、小夜子は翻意して哲也のもとを去ってしまう。小夜子に捨てられた哲也は酒びたりになり、教授職を得て単身中国大陸にわたるも、教頭を殴って辞職、その後完全なアルコール中毒になり果て、行方をくらます。一方の小夜子は、哲也と別れた後、岡山の孤児院で働いていたが、病院船満州丸に看護婦として乗り組んでいたらしいという噂を伝えることで『其面影』は幕を閉じる。小夜子は、「外柔内剛」の強い女性で、哲也と同棲中も哲也が自分への愛に溺れることなく「世の中には私《あたし》よりも最《も》つと最つと不幸な人が澤山有る」から「其様《そん》な不幸な人たちに同情して働いて」くれるよう哲也に懇願するのである。哲也は小夜子の誠意には打たれるが、それも一時的なもので、小夜子と別れて夜遅く自宅に戻る哲也を「語り手」は次のように描写する。

> 聽《やが》て懐かしい其姿も夜霧の中《うち》に紛れて見えなくなつた時、哲也は深く溜息をして、踵《きびす》を回らし、月に黒き我影を踏むで家路を辿つたが、如何《どう》やら魂は小夜子の身に添うて、淡路町《あはぢちやう》の荒物屋の二階へ行つた跡《あと》の、これは只形骸ばかりを弓町の宅へ運むで行くやうな心地がして、俄《にわか》に水の如き夜氣が身に染みて、肌《はだへ》の坐《そぞ》ろに寒きを**覺えるのであつた**(37)。

「自分一人にではなく多くの不幸な人に尽くすように」という小夜子の言葉は哲也には「稚気を帯びて」聞えるのであり、家路を辿るときにはほとんど哲也の頭から消えている。こうした優柔不断な哲也を「語り手」は「只形骸ばかりを弓町の宅へ運むで行くやうな心地がして」、「肌《はだへ》の坐《そぞ》ろに寒きを**覚えるのであつた**」と過去回想の視点で描写する。この「語り手」による過去回想詞ともいうべき文末詞「のであつ**た**」は『其面影』に二十二例みられ、そのうち哲也の心理や行動の説明、来歴に使われているのが十三例もある。「語り手」が解説を加えていることが明らかになる文末詞「のである」の用例は（「のである」と「のであった」を含めて）『其面影』全体で三十一例あり、そのうち哲也の心理、及び行為の解説、哲也の来歴を述べるのに使われている用例が十六例と過半数を占めている。小夜子の心理及び行為の説明に使用されている六例と、哲也と小夜子二人の心理及び行為の解説に使われる二例を加えれば、二十四例までが哲也と小夜子に寄り添う形で「語り手」の解説がなされていることになる。とすると、やはり主人公は文三の後身である哲也で、『其面影』で新たに創造された小夜子という人物は副主人公の位置にとどまることになる。

文体の変化に伴う『其面影』の「語り手」の視点の変化

問題になるのは、主人公哲也を描く「語り手」の視点が冒頭の実況中継的な視点から過去回想の視点に変化していくことだろう。この視点の変化は「る」形が数の上で優位を占める文体から「た」形が優位をしめる文体への変化となって現れる。さらに言えば、「のであっ**た**」「**た**のである」「**た**のであっ**た**」等の「語り手」による過去回想を明示する文末詞が回を追うごとに多くなっていくことでも知られる。前述の「茘舟」なる人物は『帝国文学』誌上に載せた評論文で「当初四十回ほどは事件の進行が円滑で自然で、描写に趣味があつて、哲也の家庭は何等の不自然の跡無く描かれて、ちよつと――気のせいかもしれぬが――「ゴヾリ」を読む心地がある」と述べている。実際に全七十七回を数える『其面影』の中で、四十回以前に「た」形が「る」形の数を上回る章は三章しかないのに対し、四十回を越えると「た」形の数が「る」形を圧倒する章が十一章と格段に増えている。主人公哲也の行動を描写する「語り手」の語り口も四十回以前はよほど滑稽味を帯びており、『浮雲』や『肖像畫』の「語り手」に近い。中でも第十一章に現れる富豪で女癖の悪い渋谷の家に小夜子を家庭教師として出すのをなんとかくいとめようとする哲也の描写は、可笑しさと悲哀とが交錯するいかにもゴーゴリ的な描写になっている。哲也は小夜子を家庭教師に斡旋するために友人の葉村が訪れるのを必死になってくいとめようと、葉村の事務所に電話をかけたあと、我家に直行する。

もう是で大丈夫、外の防ぎは付いたと思ふにつけ、今更氣掛りなは我家の光景《やうす》、小夜さんが留守に責られて困つては居ぬかと、其を思へば、閑《ひま》な身も氣忙《きぜわ》しくて、俥《くるま》を呼んで壹岐坂下《いきざかした》まで駈付け、飛降りるなり、坂を走り上《あが》るなり、我家の門口迄息急《いきせき》きつて來て見ると、綺麗に拭込んだ黒塗の自用車らしいのが一臺其處に下りて居て、待草臥《まちくたびれ》た黒鴨仕立《くろかもじたて》の車夫が蹴込《けこみ》に腰を掛けて正體なく**寐込んでゐる**。けれども哲也はまだ其とは氣が附かず、誰《たれ》が來てゐるのか知らと暢氣《のんき》な事を思ひながら、まづ内へ這入《はい》つて、歩きもせぬに草臥《くたび》れた腰をどツかり玄關に卸《おろ》す其音を聞付けて、勝手元に働いて居たらしい小夜子が手を拭き拭き周章《あたふた》と走り來て、可哀《かわい》や待佗びて居たのであらう、出迎の挨拶さへ例《いつ》になく忘れて、

「兄さん！　葉村様《さん》が來て居らツしやいますよ。(38)」

「閑《ひま》な身も氣忙《きぜわ》しく」急ぎ帰宅して「歩きもせぬに草臥《くたび》れた腰」をどっかりと玄関におろす哲也を軽妙な皮肉をこめて描写する「語り手」は物語の進行に寄り添っており、「飛降りる**なり**、坂を走り上《あが》る**なり**、我家の門口迄息急《いきせき》つて來て見ると」と同語反復で哲也の行動を描写する「語り手」の軽妙な語り口は、『むかしの人』や『肖像畫』に見られるゴーゴリものの翻訳に表れた「語り手」の語り口を彷彿とさせる。引用文中に現れる唯一の動詞の形は「寐込んでゐる」と、継続を表す「てゐる」形である。次に、後半の第六十四回に見える大陸行きを小夜子に勧める哲也の描写を見てみよう。

「そんならね、小夜さん、一人で如何《どう》にか成つて了はずと、寧《いつ》そ二人で支那へ行つて如何《どう》にか成つて了はうぢやないか。」
と哲也は此時始めて今日學校であつた支那行の話をして聞かせ、今母子《おやこ》の納得せぬものを、強ひて離縁をすれば、少からぬ金が要るが、その金は無し、止むを得ぬから、寧《いつ》そ此儘にして二人で支那へ行つて了ひ、家《うち》へは月々十分に仕送りをしつゝ、母子《おやこ》の諦めの附く日を氣永に待つ外はない、と将来は如何にも光明で多望で天下の幸福を二人で背負《しょ》つて立つやうな空想の夢話も交へて、我から氣負つて、目を輝かし、拳を揮《ふ》つて、熱心に**説くのであつた**[39]。

「語り手」による過去表示詞「のであっ**た**」で括られる哲也の雄弁は、ツルゲーネフの『ルージン』の翻訳である『うき草』に見られる次の描写を彷彿とさせる。

ルーヂンの心は總て未來に向つて働く、それゆゑに何《なに》となく勢が善くて**若々としてゐる**。窓際《まどぎは》に立つたま、、誰《たれ》の顔を看《み》るでもなくて**話してゐた**が、（中略）ルージンは人の露の命が如何《どう》して不滅のものになるか、其理由《わけ》を**説いてゐたのである**。(40)

二葉亭が哲也の喜劇的ですらある雄弁の雛形として採ったのは『うき草』の主人公ルージンの真面目な雄弁で、ツルゲーネフがナターリヤという少女に捨てられたルージンをパリで死なせたように、二葉亭もまた、小夜子に捨てられた哲也を中国大陸にさすらわせる。『其面影』後半の「語り手」は、喜劇的な語り口は残しながらも、その語りの視点は過去回想的なものとなり、しかも、作者と「語り手」の境が見えなくなってくるのだ。

ツルゲーネフものにおける「語り手」と「作者」の混同

二葉亭は、ゴーゴリ作品の翻訳では「語り手」をあくまで「語り手」にとどめていたが、ツルゲーネフ作品の翻訳では、どうやら「語り手」を「作者」と混同していたようだ。その証拠に『うき草』の大団円に近い第十二章で二葉亭は書いている。「**作者**の一知己に若い頃多く露西亜《ろしや》を旅して行《ある》いたものがある」と。一方、ツルゲーネフの原文では《Один мой знакомый, много покатавшийся на своем веку по России, [One of **my** acquaintances, who travelled a lot about Russia during his lifetime,／**私**の知り合いの中の一人に終生ロシアを旅して回った人がいるが、]》とある。つまり、ツルゲーネフの原文における「語り手」の自称である「私」を、二葉亭は「作者」と訳してしまっているのである。『其面影』でも「語り手」と「作者」の距離はどんどん狭まり、ツルゲーネフ作品では「作中の人物《キヤラクター》以外に作者が確に出てゐ」て、「(その作者が) 幾分か篇中の人物を批評してゐる氣味が見える」と語った二葉亭の評が、そのまま『其面影』の後半に該当するようになる。作者と表裏一体となった「語り手」が作中人物の行動を解説し、批評を加えていくのである。それに従って、作者とは一線を画したゴーゴリの饒舌な「語り手」は後半部ではすっかり影を潜め、最後の幕切れにあたって辛うじて息を吹き返すのみなのだ。『其面影』では、もはや主要登場人物ではなくなった葉村のその後が、『むかしの人』では「お老爺さん」の遺産の相続人のその後が次のように簡単に記されて、それぞれの物語は幕を閉じる。

『其面影』

時子は母と倶《とも》に水戸へ引込《ひっこ》んだぎり、是も消息が絶えたが、獨り葉村ばかりは益《ます〳〵》盛んで、近頃では何會社専務取締役**だの**、何會社相談役**だの**といふ肩書が四ツも五ツも出來て、麴町平川町《かうじまちひらかはちやう》の天神様の側《そば》で立派な門構の家《うち》に住つてゐる。相場で儲けたといふ事で、當人は四十迄には屹度《きつと》馬車に乗つて見せると力むでゐるさうだ。兎に角**えらい勢である**。(41)

『むかしの人』

今も**此人は**小露西亜《せうロシヤ》の市《いち》から市へと經廻《へめぐ》つて、麥粉、麻、蜜なんど、大物の卸値《おろしね》を綿密に問合せては、燧石《ひうちいし》**だの**、烟管掃除《パイプさうぢ》の針金の棒**だの**と、卸値《おろしね》にしてから一ルーブル外《そと》へは出ぬ、くだらぬ物許《ばかり》を**買歩くさうである**。(42)

「る」形で語り始めた『其面影』と『むかしの人』の「語り手」はともに、過去表示詞の「た」形を多用して物語の大団円を語り終えたあと、再び「る」形による実況中継的視点を取り戻して、葉村と遺産相続人という些末な登場人物の盛んな仕事ぶりを「だの」の繰り返しを用いて詳細に、かつ、生き生きと描き出すのである。

注

(1) 宮崎湖処子「片戀」、明治二十九年十二月『国民の友』三二八号「批評」、『二葉亭四迷全集　別巻』筑摩書房、一九九三年、三五三頁。

(2) 宮崎湖処子「片戀」同前、三五四頁。

(3) 二葉亭四迷「余が言文一致の由來」『二葉亭四迷全集　第四巻』筑摩書房、一八八五年、一七二頁。

(4) 山田美妙『蝴蝶』『明治文學全集二三　山田美妙　石橋忍月　高瀬文淵集』筑摩書房、一九七一年、一八頁。

(5) 米川正夫「あとがき」、ツルゲーネフ作、米川正夫訳『片恋・ファウスト』新潮文庫、一九五二年、一七一頁。

(6) И. С. Тургенев, *Сочинения*, том седьмой, *Повести и рассказы*, "*Дворянское гнездо*", 1856-1858, Москва- Ленинград, Издательство наука СССР, 1964, pp. 71-72.

(7) ツルゲーネフ作、二葉亭四迷訳『片戀』『二葉亭四迷全集　第二巻』筑摩書房、一九八五年、七二頁。

(8) ツルゲーネフ作、米川正夫訳『片恋・ファウスト』新潮文庫、一九五二年、九頁。

(9) 夏目漱石『こゝろ』『漱石全集　第十二巻』岩波書店、一九五六年、二〇一頁。

(10) ツルゲーネフ作、二葉亭四迷訳『片恋』同前、一〇〇頁。

(11) 二葉亭四迷「余が飜譯の標準」『二葉亭四迷全集　第四巻』筑摩書房、一九八五年、一六八頁。

(12) Н. В. Гоголь, *Русская библиотека Николай Васильевич Гоголь*, "Старосветские помещики", Санктпетербург, Стасюлевич, 1874, pp. 1-2.

(13) ゴーゴリ作、二葉亭四迷訳『むかしの人』『二葉亭四迷全集　第三巻』筑摩書房、一九八五年、三五七頁。

(14) ツルゲーネフ作、二葉亭四迷訳『あひゞき』『二葉亭四迷全集　第二巻』筑摩書房、一九八五年、五頁。

(15) ゴーゴリ作、二葉亭四迷訳『肖像畫』『二葉亭四迷全集　第二巻』筑摩書房、一九八五年、一八九頁。

(16) Н. В. Гоголь, *Русская библиотека Николай Васильевич Гоголь*, "Старосветские помещики", *op. cit.*, pp .2-4.

(17) ゴーゴリ作、二葉亭四迷訳『むかしの人』同前、三五八頁。

(18) 二葉亭四迷「露西亞小説にあらはる、地名、人名、官等、身振」『二葉亭四迷全集　第四巻』筑摩書房、一九八五年、二一二頁。

(19) ツルゲーネフ作、二葉亭四迷訳『片戀』同前、一二〇頁。

(20) Н. В. Гоголь, *Русская библиотека Николай Васильевич Гоголь*, "Старосветские помещики", *op. cit.*, pp. 4-5.

(21) ゴーゴリ作、二葉亭四迷訳『むかしの人』同前、三五九頁。

(22) Н. В. Гоголь, *Русская библиотека Николай Васильевич Гоголь*, "Старосветские помещики", *op. cit.*, pp 12-15.

(23) ゴーゴリ作、二葉亭四迷訳『むかしの人』同前、三六四—三六六頁。
(24) 諫早勇一「二葉亭とロシア文学——ゴーゴリを中心に」、信州大学人文学部『人文科学論文集』第十六号、一九八二年、七三—七五頁。
五五—五八頁。秦野一宏「ゴーゴリの二葉亭訳をめぐって」『ロシア語ロシア文学研究』第二十六号、一九九四年、
(25) Н. В. Гоголь, *Русская библиотека Николай Васильевич Гоголь*, "Старосветские помещики", *op. cit.*, pp. 28-29.
(26) ゴーゴリ作、二葉亭四迷訳『むかしの人』同前、三七五—三七六頁。
(27) ゴーゴリ作、二葉亭四迷訳『むかしの人』同前、三七六頁。
(28) Н. В. Гоголь, *Русская библиотека Николай Васильевич Гоголь*, "Старосветские помещики", *op. cit.*, pp. 21-22.
(29) ゴーゴリ作、二葉亭四迷訳『むかしの人』同前、三七〇—三七一頁。
(30) Richard Peace, *The Enigma of Gogol: An Examination of the Writings of N. V. Gogol and their Place in the Russian Literary Tradition*, Cambridge: Cambridge University Press, 1981, p. 35.
(31) 二葉亭四迷『其面影』『二葉亭四迷全集　第一巻』筑摩書房、一九八四年、二二三頁。
(32) 二葉亭四迷『浮雲』『二葉亭四迷全集　第一巻』筑摩書房、一九八四年、八頁。
(33) 茘舟「新刊」、明治四十年十月『帝国文学』／『二葉亭四迷全集　別巻』筑摩書房、一九九三年、三七四頁。
(34) 二葉亭四迷『其面影』同前、三七九頁。
(35) ツルゲーネフ作、二葉亭四迷訳『片戀』『二葉亭四迷全集　第二巻』筑摩書房、一九八五年、一三一頁。
(36) 二葉亭四迷「小説の題のつけ方」『二葉亭四迷全集　第四巻』筑摩書房、一九八五年、二三七—二三八頁。
(37) 二葉亭四迷『其面影』同前、三四二頁。
(38) 二葉亭四迷『其面影』同前、二四六—二四七頁。
(39) 二葉亭四迷『其面影』同前、三六九頁。
(40) ツルゲーネフ作、二葉亭四迷訳『うき草』『二葉亭四迷全集　第二巻』筑摩書房、一九八五年、三一二—三一三頁。
(41) 二葉亭四迷『其面影』同前、四〇一頁。
(42) ゴーゴリ作、二葉亭四迷訳『むかしの人』同前、三八〇頁。

第四章　晩年の創作活動
──『狂人日記』を中心として

二葉亭晩年の狂気をめぐる諸作品

ツルゲーネフの『猟人日記』の中の掌編を『あひゞき』と題して上梓した一八八八（明治二十一）年から十九年を経た一九〇七（明治四十）年、二葉亭四迷はゴーゴリの短編小説を『狂人日記』と題して出版した。ゴーゴリものの三番目の翻訳作品である。一九〇七年はまた、二葉亭の翻訳家、そして作家としての最後の活動の年に当たっている。前年の一九〇六年には、ゴーリキーの『ふさぎの蟲』、ガルシンの『根無し草』、再びゴーリキーの小品『灰色人』を、続いて、前章で扱ったゴーゴリものの第二作『むかしの人』、第二の創作作品『其面影』を次々と発表した。そして迎えた一九〇七年、二葉亭はまずゴーリキー作『二狂人』を三月に発表、そのあとすぐ五月にゴーゴリ作『狂人日記』を、六月にはゴーリキーの『乞食』を発表した。その後、十月から十二月にかけて最後の創作作品となった『平凡』を『東京朝日新聞』に連載した。そして、翌一九〇八年の六月十二日に、二葉亭は朝日新聞社ロシア特派員として新橋駅を出発している。最後の発表作となったアンドレーエフ作『血笑記』は一九〇八年の一月に出版されているが、二葉亭がこの作品の翻訳に着手したのは、前年の一九〇七年七月のことで、十月に創作『平凡』を新聞に連載し始める前までには『血笑記』の翻訳の草稿は出来上がっていたものとされている。が、草稿の手直しに時間を費やすことはできず、結局、一九〇七年十二月下旬出版の予定が翌年の一月にずれ込み、しかも、一月に発表されたのは『血笑記』の「前編、斷篇第一」のみであった。ちなみに、『血笑記』が易風社から単行本で出版されたのは、二葉亭が新橋駅を発ってから一ヶ月後の一九〇八年七月のことである。

一九〇七年から〇八年にかけて発表された作品群を見て気づくのは、二葉亭がゴーゴリとゴーリキーの作品を主に翻訳していることと、翻訳作品の中に狂気を扱ったものが多いことである。殊に、二葉亭が一九〇七年に執筆したものに狂気をめぐる作品が多いことは、ゴーリキーの『二狂人』、ゴーゴリの『狂人日記』と、その表題からも窺い知れることである。また、最後の翻訳出版作品であるアンドレーエフの『血笑記』も、日露戦争と想定される戦争に従軍した兵士が、戦場で重傷を負って両足を切断され、帰国後次第に狂気に陥っていくという筋立ての作品である。また、ゴーゴリの『狂人日記』とアンドレーエフの『血笑記』は共に一人称で語られ、二葉亭の最後の創作『平凡』の一人称語りに、影響を及ぼしていると考えられる。

ところで、狂気を扱った翻訳作品群と最後の創作『平凡』との関係については、源貴志の「『血笑記』から『平凡』へ」と題する論文がある。源はこの論考の中で「『血笑記』を翻訳するにあたって〔二葉亭は〕「原文の「文」を、一旦徹底的に解体し、日本語の文脈にふさわしいように再構成」した」[1]と述べている。さらに、「〔具体的には〕まず鉛筆で最初の訳文が書かれ（第一段階）、そこに、同じく鉛筆によって細かに添削が行われ（第二段階）、そして恐らく暫くの時間をおいて、墨で所々に修正が加えられ（第三段階）、そのようにして成った訳稿から、新たに、まったく別個に清書原稿が起こされた（第四段階・単行本本文）」[2]と、源は詳細に『血笑記』の翻訳原稿の成立過程を検証している。源の論考で最も興味を惹かれるのは、「〔二葉亭は『血笑記』の翻訳の中で〕「死」や「狂気」を概念的・分析的にとらえるのではなく、風景の具体的な変化とともに、「死」「狂気」の恐怖が一人の人間の意識に「実感」として入り込んで来る様子を、あくまで即物的・感覚的に描こうと努力」した。「そのため、日本語としての読みの流れが阻害されないように配慮され、かつての「原文にコンマが三つ、ピリオドが一つあれば、訳文にも亦ピリオドが一つコンマが三つという風にして」という、あの二葉亭の有名な「標準」は、完全に捨て去られてしまっている」(3)と述べている点だ。実際に、動詞形を調べてみると、『血笑記』は、アンドレーエフの原文の動詞形と二葉亭の翻訳文における「る」形や「た」形とのはっきりとした相関関係の辿りにくい翻訳作品であり、源による訳文の成立過程の分析は、その辺の事情を端的に示していると言える。しかし、原文が過去形動詞で書かれている『血笑記』前編（「斷篇第一」から「斷篇第九」）まで）に限って言えば、情景描写に使われた不完了体過去形動詞を「る」や「てゐる」形で訳し出して、臨場感のある訳文を作り出す一方、登場人物の継続行為を表す不完了体過去形動詞は、主に「てゐた」形で訳し出して、過去回想の視点を強調するという一貫した翻訳方法をとっている。確かに二葉亭が『あひゞき』や『めぐりあひ』を書いた十九年前とは、「翻訳の標準」は明らかに異なっていた。が、『あひゞき』改訳以降中期、後期を通して一貫して見られる不完了体過去形の動詞を「る」や「てゐる」形で訳すという動詞のアスペクトに基づいた翻訳方法を、一部ではあるが最後まで二葉亭は採っていた、と言うことはできる。

『狂人日記』『血笑記』『平凡』における一人称代名詞の使用頻度

さて、『狂人日記』『血笑記』という翻訳を経て、『平凡』と題した創作をなした二葉亭の一九〇七年の作家活動を辿るとき、まず目を奪われるのは、最後の創作作品を、見たところ「狂気」から最も遠いと思われる「平凡」な人物の半生を描くという趣旨の『平凡』と題したことである。おそらく、二葉亭は創作に翻訳の直接の影響が及ぶことを嫌ったのだろう。だが、「狂人」と「凡人」を対置したところに、二葉亭という常に相反するものを求めたこの作家の本質がはっきりと現れているようにも思える。そして、二葉亭は『狂人日記』、『血笑記』『平凡』の「語り手」たちに、それぞれ「己《おれ》」「僕（草稿）／私（単行本本文）」「私」という一人称代名詞を与えた。ここで思い出されるのは、十九年前に書かれた『猟人日記』の中の短編『あひゞき』の「語り手」に、二葉亭が「自分」という一人称代名詞を与えていたことである。初期の二葉亭の翻訳の忠実さを示す指標は、この一人称代名詞「自分」と原文の一人称代名詞《я [I]》が、かなり高い割合で対応していることである。それに対して、『狂人日記』の「己《おれ》」の使用頻度は極端に低く、ゴーゴリの原文と比較してみると、原文の一人称代名詞が、いかに大胆に切り捨てられているかがよくわかる。『血笑記』の場合も、単数形はもとより複数形も含めて一人称代名詞の使用頻度が、原文に比べて格段に低くなっている。原文を細大漏らさず逐一原文通りに再現するという『あひゞき』時代の二葉亭の翻訳の標準が、晩年には大変緩やかになっていることが、人称代名詞、殊に一人称代名詞の再現率の減少にも現れていると言えるだろう。こうした『狂人日記』と『血笑記』という狂気を扱った翻訳における一人称代名詞の省略は、『平凡』の一人称代名詞の使い方に影響を与えているのだろうか。この章では一人称代名詞の使用頻度とともに、これまでの主要な考察の対象であった文末詞についても三つの作品を比較することにする。

『狂人日記』『血笑記』『平凡』の冒頭

まず『狂人日記』、『血笑記』と『平凡』の冒頭を引用してみよう。なお、本章の主要分析作品『狂人日記』については、二葉亭の翻訳の特徴を明らかにするため、一九八三年に出ている横田瑞穂による訳文と比較することにした。『血笑記』については拙訳を載せた。なお、ロシア語の不完了体過去形には傍線を、完了体過去形には二重の傍線を、不完了体現在形には点線を付した。拙訳の英文の動詞形は、ロシア語原文にならった。日本語の訳文では、不完了相を示すと思われる「た」形には傍線を、完了相を示すと思われる「た」形には二重の傍線を付し、「る」形には点線を付した。また、一人称代名詞についてはロシア語原文、英文、日本語の訳文すべてにおいて網をかけた。

Записки сумасшедшего

Сегодняшнего дня **случилось** необыкновенное приключение. Я встал поутру довольно поздно, и когда Мавра

принесла мне вычищенные сапоги, я спросил, который час. Услышавши, что уже давно било десять, я **поспешил** поскорее одеться. **Признаюсь**, я бы совсем не пошел в департамент, зная заранее, какую кислую мину сделает наш начальник отделения. Он уже давно мне **говорит**: «Что это у тебя, братец, в голове всегда ералаш такой? Ты иной раз метаешься, как угорелый, дело подчас так спутаешь, что сам сатана не разберет, в титуле поставишь маленькую букву, не выставишь ни числа, ни номера»[4]. Проклятая цапля! он верно **завидует**, что я сижу в директорском кабинете и очиниваю перья для его пр-ва.

[*Notes of a Madman*

Today an extraordinary incident **happened**. I woke up quite late, and when Mavra **brought** me my cleaned boots, I asked what time it was. Upon hearing that it had struck ten long ago, I **hastened** to get dressed. I **must confess** that I would not have gone to the office, had I known what a sour face our departmental head would make. He **has** long **been saying** to me: "What's the matter with you, old man? Your head is always in such a muddle. You sometimes rush about like a madman, and at times you jumble things so badly that even Satan could not make sense of it. You use a small letter for a title, and you leave out dates and numbers." The damned heron! He **must be jealous** of me for sitting in the director's office and sharpening pens for his Excellency.]

『狂人日記』（二葉亭訳）

今日は餘程《よつぽど》變な事が**あつた**。朝随分遅かつたが、起ると、マウラが靴の磨いたのを**持つて來る**。何時だツて聞くと、もう疾《とつ》くに十時を打つたといふから、そこ〳〵に衣服《きもの》を**着た**。實をいや、役所へなんぞ行き度《たく》は些《ちつ》ともない、行けば屹度《きつと》課長の奴が苦《にが》い顔をするに**違ひないからな**。奴、先達中《せんだつてちゆう》から人の面《かほ》さへ見りや、君は一躰如何《どう》したんだ？ 時々煖爐にでも醉つたやうに飛廻るし、書物《かきもの》をさせりや、やたらに表題を小字《せうじ》で書いたり、日附を落したり、番號を遺《わす》れたり、何が何だか譯の分らないやうにして了ふ——と、**かうだ**。何だ。ひよろ長め！ 屹度《きつと》**己**《おれ》が局長室で閣下の羽ペンを削《けづ》るのが**羨**《うらや》**ましいんだらう**(5)。

『狂人日記』（横田訳）

今日は、ずいぶん変わったことが**あった**。朝起きたのはかなり遅かったが、マヴラの奴がみがいた長靴を持ってきてくれたとき、いま何時だい、ときいたら、もうとっくに十時を打ちました、と言うので、**おれ**は大いそぎで服を**着替えた**。が、じつをいえば役所へなぞでかける気は、まるで**なかったのだ**、行けば課長が、きっとにがい顔をすることがまえからわかっていたから。課長の奴、もうだいぶまえから**おれ**の顔さえ見れば、こんなことを**言いやがるのだ**、『どうしたというんだい、おい、きみ、きみの頭いつもどうかしているじゃないか？ どうかすると、きみは、まるで気がふれたようにふらふらするし、仕事をすればときどき、書類の表題を小文字で書いたり、日付や番号をつけなかったりして、まるで見わけがつかぬようにしてしまう』忌々《いまいま》しいあおさぎ野郎め！ きっと、**おれ**が長官の官邸の書斎にすわって、閣下に鵞ペンをけずってあげているのを奴は**妬**《や》**いているんだろう**(6)。

Красный смех

… безумие и ужас.

Впервые **я** **почувствовал** это, когда **мы** **шли** по энской дороге, — **шли** десять часов непрерывно, не останавливаясь, не замедляя хода, не подбирая упавших и оставляя их неприятелю, который сплошными массами **двигался** сзади **нас** и через три-четыре часа **стирал** следы **наших** ног своими ногами. **Стоял** зной. **Не знаю**, сколько

было градусов: сорок, пятьдесят или больше; **знаю** только, что он **был** непрерывен, безнадежно-ровен и глубок. Солнце **было** так огромно, так огненно и страшно, как будто земля приблизилась к нему и скоро сгорит в этом беспощадном огне.(7)

[*Red laugh*

... Madness and horror.

I felt it for the first time, when we **were walking** along an unspecified road, — [we] **walked** for ten hours continuously, without stopping, without slackening our pace, without picking up the fallen, leaving them to the enemy, who **moved** behind us in solid mass and three or four hours later **wiped** the traces of our feet with their own. The heat **was** intense. [I] **don't know** how many degrees it **was**: forty, fifty or more; [I] only **know** that it **was** unbroken, relentlessly constant and profound. The sun **was** so huge, so fiery and terrifying that it seemed as if the earth was drawing near to it, and would soon be consumed in that merciless fire.]

『血笑記』

……物狂ほしさと怕《おそ》ろしさとだ。

始《はじめ》て之を感じたのは某《なにがし》街道《かいだう》を引上げる時で**あつた**。もう十時間も歩き續けて、休憩もせず、歩調も緩《ゆる》めず、倒れる者は**棄て丶行く**。敵は密集團となつて追撃して**來るのだ**。今附けた足跡《あしあと》も三四時間の後《のち》には敵の足跡《あしあと》に**踏消されて了はう**。**暑かつた**。何度であつたか、四十度、五十度、或は其以上であつたかも知れんが、唯もう不斷《のべつ》に蕩々《だらく》と底も知れぬ暑さで、いつ涼しくなる**目的《あて》もない**。太陽は大きく、火の燃ゆるやうに、怕《おそ》ろしげで、或は大地《だいち》に近寄つて、用捨《ようしや》のない火氣に引包《ひツつゝ》み、燒盡さむとするのかと**危ぶまれた**。(8)

『赤い笑い』

……狂気と恐ろしさ。

私が之を感じたのは**我々**があの道を行進している時で**あった**。——十時間ぶっ通しで**歩いた**、歩調を緩めることも、脱落者を助けることもなく、彼らを大群となって我々の後を押し寄せてくる敵の手に残して。三、四時間後には**我**々の足跡は奴らの足跡でかき消されてしまうの**だった**。酷い暑さ**だった**。何度だったのか**覚えていない**。四十度、あるいは五十度、それ以上だったのかもしれない、覚えているのは、暑さが果てしのない、いつ終わるとも知れない酷いものだった**ことだけだ**。太陽はあまりに巨大で、猛々しく不気味なほどで、まるで地球が太陽に近付いていて、その無慈悲な熱で焼かれようとしているかのよう**だった**。

『平凡』

私は今年《ことし》三十九になる。人世《じんせい》五十が通相場《とほりさうば》なら、まだ今日明日《けふあす》穴へ入らうとも思はぬが、しかし未來は長いやうでも短い**ものだ**。過去つて了へば實に**呆氣《あつけ》ない**。まだ〳〵と云つてる中《うち》にいつしか此世の隙《ひま》が明いて、もうおさらばといふ時節が**來る**。其時になつて幾ら足掻《あが》いたつて藻掻《もが》いたつて追付《おつつ》かない。覺悟をするなら**今の中《うち》だ**。

いや、しかし**私**も**老込んだ**。三十九には老込みやうがチト早過ぎるといふ人も有らうが、氣の持方《もちかた》は年よりも老《ふ》けた方が**好い**。それだと**無難だ**。(9)

一人称翻訳小説『狂人日記』における一人称代名詞の使用頻度

『狂人日記』にゴーゴリがつけた原題は《Записки сумасшедшего［Notes of a Madman］》で、『狂人の手記』というのが原題に近い。ゴーゴリは最初《Записки сумасшедшего музыканта［Notes of a Mad Musician／狂せる音楽家の手

記』》という表題で、才能ある音楽家を主人公とした短編を書くつもりでいたが、自分の官吏としての経験を作品に用いることにし、主人公をポプリーシチンという名の下級官吏に変更したのだという。(10) この作品は、同じく下級官吏の悲哀を描いた『鼻』や、第二章で扱った才能ある画家を主人公とした『肖像画』などとともに、一八三四年に書かれている。ゴーゴリ二十五歳の時の作品である。本章の分析にあたって最も重要な点は、『狂人の手記』がゴーゴリ作品中唯一の、「明白な」一人称小説である点だ。つまり、前章で扱った『肖像画』や『昔気質の地主たち』の「語り手」のように登場人物として物語に現れない「劇化《ドラマ》されない語り手」ではなく、物語の一登場人物として現れる「劇化《ドラマ》された語り手」を持つ作品であり、さらにまた、その「語り手」が主人公であるという点だ。二葉亭はこの作品を、前述したように晩年の一九〇七年、四十四歳の時に訳した。その後すぐ、やはり「劇化《ドラマ》された語り手」を持ち、その「語り手」が主人公である『血笑記』の草稿と『平凡』を書き上げた。

ところで、ゴーリキーの『二狂人』、ゴーゴリの『狂人日記』と、「狂人」ものを次々と訳した点について、『狂人日記』を連載した『趣味』第二巻四号には二葉亭の次のような興味深い談話が収められている。

> 何時か二葉亭氏の話しに、ゴリキーの狂人はどう見ても眞の狂人でない、ゴーゴリは後に狂人になつた丈あつて其素質があるので大分狂人になつて居ると、これは氏が近來にない大骨折で獨譯と對照して其間違などを指摘しながら刻苦して譯されたもので、次號で完結する事になつて居る。(11)

「本物の狂人」を書いた『狂人の手記』への二葉亭の思い入れは強く、『血笑記』と同様『狂人日記』の訳文も二葉亭の精励刻苦の産物であった。だとすれば、『狂人日記』と『血笑記』の訳文から一人称代名詞が消えているのは、充分に意図的な選択であったと考えられる。実際『狂人日記』の冒頭引用部分で一人称代名詞「己《おれ》」が使われるのはただの一度である。それに対してゴーゴリの原文では、一人称代名詞の《я [I]》が主格で五度、与格で二度、合計七度使われている。近年の翻訳『狂人日記』の中で、訳者の横田瑞穂は三度「おれ」を使っている。が、いずれにしてもゴーゴリのロシア語の原文に比較して、日本語訳における一人称代名詞の使用頻度は大変低い。ちなみに、一人称代名詞の使用数を『狂人の手記』の「十月三日」(12)付の記事全体で見てみると、ゴーゴリの一人称代名詞の使用回数が四十八であるのに対し、二葉亭はなんと、九回しか一人称代名詞「己《おれ》」を使っていない。横田の場合はそれでも「おれ」を二十三回使っており、ゴーゴリの原文の使用回数にこそ及ばないが、原文の一人称代名詞をかなり高い頻度で再現しようとしていることが分かる。どうやら二葉亭によって描かれる『狂人日記』の主人公は、自分を意識することがないようなのだ。二葉亭は、こうした自意識の低さを後に「眞の狂人」となる主人公の特徴とした。

『血笑記』における狂気を強調する手段としての一人称代名詞の削除

さて次に『血笑記』の冒頭を見てみよう。まず、『血笑記』にアンドレーエフのつけた題名は《Красный смех [Red laugh]》で、直訳すれば『赤い笑い』となる。この作品は一九〇五年に刊行されているので、その二年後の一九〇七年に二葉亭が翻訳に着手したのは、当時ロシアで評判が高かったアンドレーエフの作品を、日本の読者にいち早く紹介しようとするのが狙いであった。だが、二葉亭がアンドレーエフの作品をそれほど高く評価していたわけではないことも、書簡や「ゴーリキイとアンドレーエフの近業」と題した談話から明らかとなる。後者の中で二葉亭は、「〔アンドレーエフはゴーリキー同様〕問題が先に立つてゐて、人物が活躍してゐない」という批評家の言葉を引いて、アンドレーエフ作品を暗に批判している。また、雑誌『趣味』の編集長、西本波太宛て書簡では、注文しているコロレンコ、アンドレーエフ、チェーホフの新刊書が届けば『血笑記』以外にもいくつでも翻訳するにふさわしい作品が探し出せる、と書いており、二葉亭が『血笑記』という作品に対して、また、アンドレーエフという作家に対しても、ゴーゴリとその作品『狂人日記』に対するほどの愛着を持たず、評価も低かったことが知れる。

だが、翻訳を見てみると、評価の低かった『血笑記』でも二葉亭は一人称代名詞の扱いにたいへん意識的で、それらを思い切って省略していることが、先に引いた冒頭部分の翻訳ではっきりと分かる。アンドレーエフの原文では、一人称代名詞が単数形と複数形含めて合計四度使われている。一方、二葉亭の訳文では、一人称代名詞は単数、複数ともまったく使われていない。冒頭部分に関してもう一つ重要なことは、アンドレーエフの原文でも一人称代名詞《я [I]》が二度省略されていることで、二葉亭は該当箇所《**Не знаю**, сколько было градусов: сорок, пятьдесят или больше; **знаю** только, что он **был** непрерывен, безнадежно-ровен и глубок. [[I] **don't know** how many degrees it was: forty, fifty or more; [I] only **know** that it **was** unbroken, relentlessly constant and profound. ／何度だったのか**覚えていない**。四十度、あるいは五十度、それ以上だったのかもしれない。覚えているのは、暑さが果てしのない、いつ終わるとも知れない酷いものだった**ことだけだ**。]》を、「何度であつたか、四十度、五十度、或は其以上であつたかも知れんが、唯もう不断《のべつ》に蕩々《だらく》と底も知れぬ暑さで、いつ涼しくなる**目的《あて》もない**。」と、原文に忠実に一人称代名詞を省いて訳している。『赤い笑い』の前半は、主人公の将校が戦場で味方の同士討ちにあって両足を失う過程を、過去を回想する視点で叙述するという形をとっており、動詞は過去形が主に使われている。が、この引用部分は書いている現在の時点が明らかになる箇所で、アンドレーエフは戦場から戻った将校が手記を書いている今現在、次第に狂気に陥っていく過程を人称代名詞を落とした現在形で書くことで明らかにしようとしている。一方、二葉亭は一人称代名詞の多くを訳文から削除することで、将校が狂気に陥っていく過程を、書いている現在の時点でも、戦場にあった過去の時点でも強調しようとしているように見える。ここで、一人称の削除がどれくらいの割合で行われているのかを見ると、アンドレーエフの『赤い笑い』前編、断片第一には、一人称代名詞《я [I]》が五十六回使われているのに対して、二葉亭の『血笑記』では「私」は十五回しか使われていない。「自分」「我」「我（家）」を含めても十八回でしかない。すなわち、『狂人日記』同様、『血笑記』での一人称代名詞の削除も、狂気を強調するための新たな「翻訳の標準」であったのだ。

一人称代名詞に関する『あひゞき』の訳文の再考

この新たな「翻訳の標準」に対して、二葉亭が十九年前に『あひゞき』の翻訳に際して打ち立てた「翻訳の標準」は原文の忠実な再現であった。その「翻訳の標準」のもとでは、『あひゞき』の「語り手」が自称として用いた《я [I]》もまた、忠実に再現されることになる。再び、『あひゞき』の冒頭をツルゲーネフの原文とともに引用することにする。

Свидание

Я **сидел** в березовой роще осенью. Около половины сентября. С самого утра перепадал мелкий дождик, сменяемый по временам теплым солнечным сиянием; **была** непостоянная погода. Небо то все заволакивалось рыхлыми белыми облаками, то вдруг местами расчищалось на мгновенье, и тогда из-за раздвинутых туч **показывалась** лазурь, ясная и ласковая, как прекрасный, умный глаз. **Я** сидел и глядел кругом и **слушал**.(13) Листья чуть шумели над моей головой; по одному их шуму можно **было** узнать, какое тогда стояло время года.

[*The Rendezvous*

I was sitting in a birch grove in autumn, around the middle of September. From the morning a fine rain had been falling, replaced from time to time by warm sunshine. The weather **was** unsettled. One moment the sky was covered over with fluffy white clouds, the next it suddenly cleared in patches, and from behind the parting clouds a patch of azure sky **showed**, clear and tender, like a beautiful and intelligent eye. **I** sat and looked around, and **listened**. The leaves were rustling slightly above **my** head; from that rustling alone one **could tell** the season of the year.]

『あひゞき』（初訳）

秋九月中旬といふころ、一日自分がさる樺の林の中に座してゐたことが有ツた。今朝から小雨が降りそゝぎ、その晴れ間にはおり〳〵生ま煖かな日かげも射して、まことに氣まぐれな空ら合ひ。あわ〳〵しい白ら雲が空ら一面に棚引くかと思ふと、フトまたあちこち瞬く間雲切れがして、無理に押し分けたやうな雲間から澄みて怜悧《さか》し氣に見える人の眼の如くに朗らかに晴れた蒼空《あをぞら》がのぞかれた。自分は座して、四顧して、そして耳を傾けてゐた。木の葉が頭上《づじやう》で幽かに戦いだが、その音を聞たばかりでも季節は知られた(14)。

『あひゞき』（改訳）

秋は九月中旬《なかば》の事で、一日《あるひ》自分がさる樺林《かばやし》の中《うち》に坐つてゐたことが有つた(15)。朝から小雨が降つて、その霽間《はれま》にはをり〳〵生暖《なまあたゝか》な日景《ひかげ》も射すといふ氣紛《きまぐ》れな空合《そらあひ》である。耐力《たわい》の無い白雲《しらくも》が一面に空を蔽《おほ》ふかとすれば、ふとまた彼處此處《あちこち》一寸雲切《ちよいとくもぎれ》がして、その間から朗《ほがらか》に晴れた蒼空が美しい利口さうな眼のやうに見える。自分は坐つて、四方《あたり》を顧眄《みまは》して、耳を傾けてゐると、つい頭の上で木《こ》の葉《は》が微《かすか》に戦《そよ》いでゐたが、それを聞いたばかりでも時節は知れた(15)。

一八八八年の初訳でも、その八年後の一八九六年に出た改訳でも、二葉亭は一人称代名詞「自分」を二度、原文の一人称代名詞の主格《я [I]》を忠実に再現するために使っている。ただし、原文と二葉亭の二つの訳文を、注意深く比較観察すると、ツルゲーネフの原文の中にはさらにもう一つ一人称代名詞が造格で《над моей головой [above my head]》と使われており、二葉亭はそれを初訳では「頭上《づじやう》で」、改訳では「頭の上で」と、どちらも一人称代名詞を省いて訳している。ちなみに、ツルゲーネフの原文《Свидание [Rendezvous／密会]》一編の中で、「語り手」の猟人の自称として使われる一人称代名詞の総数は三十三回である。一方、二葉亭は初訳では十五回、改訳では十三回しか「自分」を使っていない。つまり、一人称代名詞に関して二葉亭は、緻密といわれる初訳でも逐語訳をしていたわけではないのである。しかし、主格の「一人称代名詞《я [I]》については、ツルゲーネフが原文で二十回、それに対して二葉亭は初訳で十一回、改訳でも十回「自分」を使っており、一人称代名詞は主格については比較的高い頻度で再現されていることが分かる。だが、おそらくそれ以上に重要なのは、一人称代名詞「自分」が高い頻度で再現されているのは白樺林の描写の中であることで、さらに、その一人称代名詞の頻出する白樺林の描写が若き自然主義作家たちを感動させたという事実である。

田山花袋を感動させた一人称代名詞「自分」の効果

第二章でも述べた通り、この『密会』と題されたツルゲーネフの短編は、清純な農民の少女と傲慢な召使いとの密会を、たまたま白樺林で休息していた猟人という「語り手」が目撃し、それを描写するという構造を持っていた。ロシアの日本文学研究者のニコライ・コンラッドが指摘したように、若き日本自然主義の作家たちを感動させたのはこの「密会」の描写ではなく、猟人の憩う白樺林の描写であり、また、その白樺林に憩う「自分」と名乗る「語り手」の林間の美を描写する手法であった。[16] さらに、杉山康彦は「秋九月中旬といふころ、一日自分がさる樺の林の中に座してゐたことが有ツた」という初訳の冒頭文を引用して、「(この冒頭文の)ショッキングな新しさ」について、「〈自分が座してゐた〉という、自然の中における表現主体の自己の位置の明示、そしてそれとからんで、自己自身のさりげない対象化」がなされているからだ、と述べている。[17] つまり、林の中にいる「猟人」を「自分」と忠実に訳し出すことで、二葉亭は冒頭文と、そして、一編を締めくくる結びの文章で、それまで日本文学が知らなかった観察する者の視点を強調した自然描写をなしえたわけである。次に挙げるのは自然主義作家、田山花袋を感動させた『あひゞき』初訳の結びの部分である。

自分はたちどまつた……心細く成ツて來た、眼に遮る物象ハサツパリとハしてゐれど、おもしろ氣もおかし氣もなく、さびれはてたうちにも、どうやら間近になツた冬のすさまじさが見透かされるやうに思はれて。小心な鶉が重さうに羽ばたきをして、烈しく風を切りながら、頭上を高く飛び過ぎたが、フト首を回らして、横目で自分をにらめて、急に飛び上ツて、聲をちぎるやうに啼きわたりながら、林の向ふへかくれてしまツた。鳩が幾羽ともなく群をなして勢込んで穀倉の方から飛んで來たが、フト柱を建てたやうに舞ひ昇ツて、さてパッと一齊に野面に散ツた——ア、秋だ！　誰だか禿山の向ふを通ると見えて、から車の音が虚空に響きわたツた……[18]

（傍点引用者）

花袋を殊に感動させたのは、傍点を振った部分で、白樺林の中の「自分」と称する「猟人」が、故郷の田舎の楢《なら》林の多い野や東京近郊の榛《はしばみ》の木の並んだ丘を散歩する「花袋」という「私」に見事に重ねあわされたのである。この時、花袋は『猟人日記』中の掌編『あひゞき』の主人公が「アクーリナ」という名の農民の娘であったことはすっかり忘れ去っているように見える。が、実際のところ、『あひゞき』は次の文章で結ばれている。

自分ハ帰宅した、が可哀さうと思ツた「アクーリナ」の姿は久しく眼前にちらついて、忘れかねた。持ち帰ツた花の束ねハ、からびたまゝで、尚ほいまだに秘藏して有る……[19]

『あひゞき』の主人公は恋人に捨てられる「アクーリナ」で、猟人はその「あひびき」を観察する者でしかなかった。にもかかわらず、花袋を感動させたのは猟人による自然描写で、『あひゞき』の冒頭と結びにおける自然を描写する「自分」という観察者の視点であった。つまり、『あひゞき』と題された『猟人日記』中の掌編の猟人という「語り手」が、自己を対象化し、客観視できたことに花袋は感動したのである。言葉を換えれば、花袋は一人称代名詞「自分」の効果に驚いたのである。

『猟人日記』から『狂人日記』へ

ところで、ここに興味深い事実が一つある。『狂人日記』が《Записки сумасшедшего［Notes of a madman／狂人の手記］》という原題を持っていたように、ツルゲーネフが与えた『猟人日記』の原題もまた《Записки охотника［Notes of a Sportsman／猟人の手記］》であったことだ。ちなみに、ツルゲーネフやドストエフスキーなどロシア文学の古典的作品をいち早く英語圏の読者に紹介したコンスタンス・ガーネット夫人は、この作品に《A Sportsman's Sketches》という英語の表題をつけている。その『猟人日記』では「一猟人という正確な観察者の視点から、農奴や地主たちの会話、生活、その個性や世界観が描写される」[20]。つまり、「猟人」は「正確な視点を持つ観察者」にすぎないのであって、作品の主人公たちは、やはり農奴や地主たちなのだ。「猟人（スポーツマン）」が「スケッチ（素描）」するのは猟人その人ではなく、猟人が眼にし耳にした農奴や地主たちとその生活なのである。おそらく、ここに同じ手記という原題を持つ『狂人日記』と『猟人日記』の基本的な違いがある。『猟人日記』の「語り手」の猟人は客観的に一編の主人公である農民や地主の生活を写した。一方、『狂人日記』の「語り手」である下級官吏ポプリーシチンは、物語の主人公である自分自身を写そうとしたが、自分を客観視する視点をもたなかった。ここに、二葉亭の一人称代名詞の訳語「自分」が『猟人日記』中の掌編『あひゞき』で比較的高い頻度で用いられ、同じく一人称代名詞の「己《おれ》」が『狂人日記』の中では、非常に低い頻度でしか用いられない理由があるのだ。

さらにもう一つ、動詞形について『狂人日記』と『猟人日記』の違いを指摘しよう。『猟人日記』の『あひゞき』初訳で、二葉亭は「た」形をツルゲーネフの使った動詞の過去形の訳語として、日本文学史上初めて文末語として連続使用したことは第一章で詳述した。だが、二葉亭はこの「た」の連続使用に不満であった。その結果、初訳から八年後の改訳では動詞形は大幅に変わっており、初訳で見られた「た」形の連続使用は改訳では影を潜め、「る」形が

「た形を圧倒する新しい文体が作り出された。前掲の改訳の冒頭文の中でも、「た」形と「る」形が二度ずつ使われている。が、そこで注目すべきは「自分」が主語として現れる文が二つとも「た」形で終わっていることである。つまり、改訳にあっても「自分」という一人称代名詞は過去表示詞「た」と呼応しているのだ。そして、「る」形の圧倒する改訳全編を通して見ても「自分」で始まる文に関しては、その多くが「た」形で結ばれている。もちろん、初訳にあっては一人称詞「自分」は、ほとんどが過去表示詞「た」と呼応していることは言うまでもない。これは、ツルゲーネフの原文『猟人の手記』の「語り手」である猟人の過去回想の視点が確固としたものであり、二葉亭がその確かな過去回想の視点を、初訳はもちろん、改訳においても訳し出そうとしたことを示している。それに対して、『狂人日記』では「た」形と一人称代名詞「己《おれ》」との相関関係はまったくみられない。そもそも、ゴーゴリの原文『狂人の手記』では、主人公ポプリーシチンの過去形による回想は長くは続かず、現在形の独白によって常に断ち切られるのだ。先に引用した冒頭文でも、ポプリーシチンの過去回想の文は三つと続かず、後は延々と現在形による独白に取って代わっている。『狂人の手記』において主人公ポプリーシチンは確固とした過去回想の視点を保つことが出来ないのだ。訳文『狂人日記』を書くにあたって、二葉亭はそうしたゴーゴリの原文の動詞形を辿ればよかった。そうして成った『狂人日記』の「た」形と「る」形の比率は改訳『あひゞき』のそれとほぼ同じで、「る」形が「た」形を圧倒する後期の二葉亭の訳文と同じになっている。ただし、改訳『あひゞき』以降、ツルゲーネフの作品の訳文では、不完了体過去形動詞を「る」形や「てゐる」形で訳すという「翻訳の標準」を採らねばならなかった二葉亭は、『狂人日記』ではゴーゴリの原文の動詞形を正確に辿るだけでよかったのである。

これまでの考察を手短かにまとめると、『狂人日記』でも『血笑記』でも二葉亭は一人称代名詞の使用をことさら控え、主人公らの狂気を強調した。動詞形は、どちらも「る」形が「た」形を圧倒する中期、後期の翻訳文体を採っている。ただ、『血笑記』では不完了体過去形の一部を「る」や「てゐる」形で訳すという中期、後期の「翻訳の標準」を用いたが、『狂人日記』の場合はゴーゴリの原文『狂人の手記』の動詞形をほとんどそのまま忠実に辿ることで、二葉亭は易々と「る」形の多い翻訳文体を創り上げることができた。最後に、『狂人日記』では一人称代名詞「己《おれ》」が「た」形と呼応することはほとんどない。

『平凡』の一人称代名詞の使用頻度と文末詞

では次に、一人称代名詞と文末の動詞形に絞って二葉亭最後の創作作品『平凡』を読んでみることにしよう。まず、引用した冒頭部分を見てみると、そこでは、一人称代名詞「私」が二度使われており、文末では「た」形が一つ使われるだけで、あとはすべて「る」形となっている。また、一人称代名詞「私」が必ずしも「た」形に呼応しているというわけでもない。全編を通して見ると、確かに『平凡』で一人称代名詞「私」は定期的に使われてはいる。が、頻度はそれほど高くはない。一人称代名詞を大胆に省略してなった『狂人日記』や『血笑記』翻訳文の中の「己《おれ》」や「私」の使用頻度と『平凡』における「私」の使用頻度はそれほど変わらない。そして、動詞形もまた「る」形の総数が「た」形のそれの一二〇パーセントと、「る」形が「た」形を上回っており、中期、後期の翻訳文体を彷彿とさせる文体となっている。つまり、文末詞についても『平凡』と、『狂人日記』、『血笑記』は非常に似通っているのである。自然主義者の書き方を真似て「作者の經験した愚にも附かぬ事を、聊《いささ》かも技巧を加へず、有の儘《あり》に、だらだらと、牛の涎《よだれ》のやうに書く」と、二葉亭は『平凡』第二章で公言した。だが、『平凡』で二葉亭の採った文体は、過去表示詞の「た」形が連続使用され、一人称代名詞「自分」で過去回想の視点がはっきりと定められ、さらにその一人称代名詞「自分」が「た」形と呼応する、若き自然主義者たちを感動させたあの『あひゞき』初訳の文体ではなかった。

花袋の『蒲團』（一九〇七年九月）と二葉亭の『平凡』（同年十月〜十二月）

ここで、二葉亭に影響されたといわれる田山花袋の文体と二葉亭の文体を比較、検討してみることにする。二葉亭の『平凡』は、その出版時期から推して、自然主義者の作品でもとりわけ花袋の『蒲團』を念頭において書かれたのではないかと考えられるからだ。花袋は二葉亭が『二狂人』（三月）『狂人日記』（三月〜五月）『乞食』（七月）『血笑記』の草稿（七月〜九月）『平凡』（十月〜十二月）を書いた一九〇七（明治四十）年に、『隣室』（一月）『少女病』（五月）『蒲團』（九月）を発表し、翌年一月には戦争ものの『一兵卒』を著している。二葉亭の戦争もの『血笑記』の第一篇が発表されたのもこの年の一月である。花袋のこの四つの作品のうち、『新小説』に発表された『蒲團』は「大きな反響を呼び、一般に自然主義運動の地位を確立」したとされる。吉田精一は、『隣室』で「旅先で偶然となりあった旅人の脚氣衝心による死を、傍観者の視点から事實のままできるだけ自然に冩そうとした」花袋は、『少女病』では「主人公を花袋自身をモデルとし、主人公の生理、性慾をかくさず、表面におし出し、それを中心にして人生を見ようとする態度」を示したという解説を付している。続いて『蒲團』では「『少女病』よりも格段にはっきりと、作者＝主人公という關係が設定され、世間に氣を兼ねる小心な人間の正直な自己曝露と、じめじめとした肉情とは、小市民社會の實生活に密着して、つよい現實感をあたえ、「生きた人生」に直接したような感じをおこさしめた」と述べる。最後の『一兵卒』についても吉田は「花袋の従軍土産で、戦場での汚い病院、下士の兵卒に對する輕蔑、それに對して「兵のおかげで戦争に勝つたのだ」という兵卒の側からの反抗、そして満州の廣大な自然を背景とする、蟲のような一兵卒の死、そうしたもろもろの事態が、特有の詠嘆癖をおさえて客観的にとらえられている(21)」と、肯定的な評価を下している。

この四つの作品の中で、当時として文体的に最も新しかったのが『蒲團』であった。そして、二葉亭の『平凡』は、内容的にも文体的にも新しかった『蒲團』の発表直後に連載が始まっている。次に『蒲團』の冒頭部分を挙げる。一人称代名詞等、重要と思われる名詞には網をかけ、「た」形には傍線を振った。

小石川の切支丹坂《きりしたんざか》から極樂水《ごくらくすゐ》に出る道のだら〳〵坂を下《お》りやうとして渠《かれ》は考へた。『これで自分と彼女との關係は一段落を告げた。三十六にもなつて、子供も三人あつて、あんなことを考へたかと思ふと、馬鹿々々しくなる。けれど……けれど……本當にこれが事實だらうか。あれだけの愛情を自分に注いだのは單に愛情としてのみで、戀ではなかつたらうか』

數多い感情づくめの手簡《てがみ》――二人の關係は何《ど》うしても**尋常《よのつね》ではなかつた**。妻があり、子があり、世間があり、師弟の關係があればこそ敢《あへ》て烈《はげ》しい戀に落ちなかつたが、語り合ふ胸の轟《とゞろき》、相見る眼の光、其底には確かに凄じい暴風《あらし》が**潛《ひそ》んで居たのである**。機會に遭逢《でつくは》しさへすれば、其の底の底の暴風は忽《たちま》ち勢《いきほひ》を得て、妻子《つまこ》も世間も道徳も師弟の關係も一擧にして破れて了《しま》うであらうと**思はれた**。少なくとも男はさう**信じて居た**。それであるのに、二三日來《らい》の此の出來事、此から考へると、女は確かに其感情を僞《いつは》り賣つたのだ。自分を欺いたのだと男は幾度《いくたび》も**思つた**。けれど文學者だけに、此男は自から自分の心理を客觀《かくゝわん》するだけの餘裕を**有《も》つて居た**。(22)

花袋の文体的模索

花袋は、二葉亭が『狂人日記』『平凡』『血笑記』と、主に一人称小説の翻訳と創作を次々と発表した一九〇七年から一九〇八年一月にかけて文体的な模索の時期にあり、『隣室』『少女病』『蒲團』『一兵卒』と次々と新しい文体を創り出していった。『隣室』では「私」という「語り手」の視点から、一夜にして脚気衝心で死んでいく旅人の哀れが、たまたま旅人の死に行きあってしまった「迷惑」から一刻も早く逃れたいという若い医師や宿の主人らのエゴイズムとともに活写される。花袋がこの作品で採った文末詞は「た」形が「る」形を圧倒する文体で、『あひゞき』初訳の文体に近いともいえるが、「語り手」は主に、山田美妙の始めた「です／ます」調で物語り、「でした／ました」の繰り返しが叙情的で、読者に直接語りかけるような調子を生んでいる。しかしながら、文末は「だ」調と「です／ます」調が頻繁に交替しており、実験作の感が否めない。花袋は『隣室』の中で三人称代名詞「渠《かれ》」を使っているが、その使い方には特色があり、最後まで名前の知れない死に行く旅の病人を指すためだけに「渠《かれ》」を使った。次の『少女病』は三人称で語られ、花袋はこの短編でもまた、三人称代名詞「かれ」を主人公杉田古城《すぎたこじょう》のみを指し示すために使っている。五章からなる短編『少女病』で主人公の名前が明かされるのは第三章の中ほどで、それまで主人公は、三人称の「語り手」によって「男」としか呼ばれない。通りを歩いていても、電車の中でも奇妙に少女に惹かれる「年の頃三十七八、猫脊で、獅子鼻で、反齒《そつぱ》で、色が淺黒くツて、頰髯《ほほひげ》が煩さゝうに顏の半面を蔽つて」いるという作者の花袋を彷彿とさせる相貌の主人公は、電車の中で「美しい眼、美しい手、美しい髮」の令嬢に見とれているうちに、電車から転がり落ちて、下りの電車に轢かれる。この短編は杉田の死を仄めかして終わる。『少女病』で花袋が採ったのは、「る」形が「た」形を圧倒する二葉亭の後期翻訳文体に近い文体で、情景や主人公杉田の心理が「る」形で生き生きと描き出されている。

『あひゞき』初訳の文体を模した『蒲團』の文体

ここで『蒲團』の冒頭に戻ると、まず冒頭の一文に「渠《かれ》は考へた」とあり、三人称代名詞「渠《かれ》」と文末詞「た」が使われていることが真っ先に目を奪う。読者にはもちろん「渠《かれ》」が誰であるかはわからない。が、冒頭部を読み進めると『少女病』を読んだ読者には、そして、その当時の花袋を知る文壇の人々には、「渠《かれ》」と呼ばれる主人公がどうやら花袋自身であるらしいことが分かるように書かれている。「文學者の渠《かれ》」は「年若い女」との関係に悩んでいる。そして、その「年若い女」はどうやら花袋の女弟子であるらしい。冒頭部を含めて第一章で主人公とその女弟子は「男」「女」としか呼ばれない。さらに、花袋は第一章の中で、もっぱら主人公を指す男性形三人称代名詞「渠《かれ》」とともに、「かの女《ぢよ》」という当時としては新しい三人称代名詞を主人公の恋の対象である「年若い女弟子」を指し示す言葉として使っている。

『蒲團』の文体は新しい。その新しさはまた、引用した冒頭部の文末詞がすべて「た」形で終わっていることにもはっきり現れている。文末で「た」形が連続して使われるのは、二葉亭の処女翻訳『あひゞき』の文体である。二葉亭の『あひゞき』初訳の文の新しさに打たれた花袋は、『あひゞき』における「秋九月中旬といふころ、一日自分がさる樺の林の中に**座してゐたことが有ツた**」という冒頭の一文を真似て、『蒲團』の中で「小石川の切支丹坂《きりしたんざか》から極樂水《ごくらくすゐ》に出る道のだら〱坂を下《お》りやうとして**渠《かれ》は考へた**」と書いた。主語を指し示す助詞が「自分**が**」から「渠**は**」と、未知のものを指し示す「が」から、既知のものを指し示す「は」に変わっている。(23)『蒲團』の「語り手」は確信犯である。とうに知り尽くした主人公、つまり自分自身を、「語り手」でもある花袋は「渠《かれ》」と呼んだ。「渠《かれ》」が花袋であることを知る読者には「小石川の切支丹坂《きりしたんざか》から極楽水《ごくらくすゐ》に出る道のだらだら坂を下《お》りやうとして**自分は考へた**」と読めるように花袋は書いた。「た」形が連続して使われる『蒲團』の文体は『あひゞき』同様、過去回想の視点が截然と確立しており、自らの暗部、つまりは女弟子に対する肉の恋を告白する小説に客観性を与えるには最適の文体であると、花袋には思われた。「文學者」である花袋は、『あひゞき』の中で一人称代名詞「自分」と過去表示詞「た」形が呼応して、自己を対象化し客観視しながら語る「語り手」の存在にとうに気づいていた。花袋は『蒲團』の中で「自分」とほぼ同義語の「渠《かれ》」と過去表示詞「た」形を連続して使って、自己を客観視しているつもりの主人公を描いた。『蒲團』で花袋の創り上げてしまったのは、過去を閉じ込め、自己を正当化する主観的な告白文学、私小説の文体であったにしても、花袋の当初の意図は、西洋の三人称客観小説と同じ文体で、自己を客観視できると思いこんでいる主人公を描くことにあった。

主人公のみを指し示す花袋の三人称代名詞「渠《かれ》」(「かれ」)

最後に「客観的な描写がなされている」と吉田精一によって評価された『一兵卒』では、再び「る」形が「た」形の数を超える二葉亭の後期翻訳文体に近い文体に戻っている。特に印象的なのは、脚気に悩まされながらも病院を抜け出して満州の野に出た「渠《かれ》」(または「かれ」)と呼ばれる兵士の視点からの、「る」形の多用による自然描写である。

あれよりは……彼処《あそこ》に居《を》るよりは、此の濶々《ひろ〴〵》とした野の方が**好い**。どれほど好いか**しれぬ**。滿洲の野は荒漠として何も**無い**。畑にはもう熟し懸《か》けた高粱《かうりやう》が**連つて居るばかりだ**。けれど新鮮なる空氣が**ある**、日の光が**ある**、雲が**ある**、山が**ある**、――凄《すさま》じい聲が急に耳に入《はい》つたので、立留《たちどま》つてかれは其方《そつち》を**見た**。先程の汽車がまだ彼處《あそこ》に**居る**。釜の無い烟筒の無い長い汽車を、支那苦力《しなくりー》が幾百人となく寄つてたかつて、丁度《ちやうど》蟻が大きな獲物を運んで行くやうに、えつさらおつさら**押していく**。

夕日が畫のやうに斜《なゝめ》に**射し渡つた**。(24)

花袋の『一兵卒』の冒頭近くに置かれたこの自然描写は改訳『あひゞき』の結びに置かれた次の自然描写に酷似している。

自分は心細くなつて**停歩**《たちどま》**つた**……眼中の風物は流石《さすが》に爽然《さつぱり》とはしてゐるが、味氣《あぢき》なく寂れ果てゝ、何處かに間近くなつた冬の凄まじい俤《おもかげ》が見えるやう**である**。小心な鳥が重さうに羽敲《はゞたき》をして、烈しく風を截《き》つて、頭の上を高く飛んで行きながら、首を捩向《ねぢむ》けて、自分の姿を視ると其儘、急に飛上つてちぎつたやうな聲で啼き〳〵、林の向《むかふ》へ隠れて了ふと、鳩が幾羽ともなく群を成して、勢込むで穀倉《こくぐら》の方から飛んで來て、ふと棒の捩《よぢ》れたやうに舞昇《まひあが》つて、倉皇《そゝくさ》と野面《のづら》に**降りた**――秋に**違ひない**！誰《たれ》やら禿山《はげやま》の向《むかふ》を通るとみえて、空車《からぐるま》の音が高く**響渡る**……(25)

テキストは二つとも「る」形が「た」形を圧倒する文体で、「る」形の間に挟まれた「た」形は過去表示詞というより完了表示詞にちかい。こうした文体で二つのテキストに叙された風景は、読者の目の前に生き生きと立ち現れてくる。二つのテキストにはまた、満州の野と白樺の林の中で物音に驚いて振り返る二人の登場人物の動作と、そしてその風景の中で登場人物の頭を過ぎる想念が「る」形で、まるで今その声が発せられたかのように叙せられている。

二つのテキストの違いは『一兵卒』には三人称代名詞「かれ」が、改訳『あひゞき』には一人称代名詞「自分」が使われていることである。「かれ」を多用する短編『一兵卒』は、見たところ三人称客観小説の要件を満たすかのようだが、「る」形による自然描写と主人公の心理描写が三人称客観小説であることをさまたげている。花袋の『一兵卒』における三人称代名詞「かれ」が一人称代名詞「自分」に置き換えられても少しも不思議ではないのだ。花袋の三人称代名詞の使い方は特殊である。『一兵卒』も『蒲團』同様、花袋の実体験を記したものという。花袋は満州の野で死ぬことはなかったが、ここに描かれたのは、間違いなく花袋の実体験であった。花袋の意識の中で、小説の主人公は、依然として花袋自身なのである。

『蒲團』の「サタイヤ」としての『平凡』——号泣する主人公たち

小説の「語り手」である作者が小説の主人公である作者を「かれ」と呼ぶ、これが、花袋の三人称代名詞「かれ」の使用法であった。花袋の「かれ」は「自分」と同義語であった。二葉亭は花袋の小説における「自分」に限りなく近い「かれ」と「た」という過去表示詞によって過去を封印していく告白文学に挑戦状をたたきつけたのである。二葉亭は『平凡』執筆直後に発表された談話「『平凡』物語」の中で『平凡』の意図について次のように述べている。

> ○『平凡』かね。いや失敗して了つたよ。あれは元來サタイヤをやる心算《つもり》ぢやなかつたのだ。處がどうも僕等には、いや如彼《ああ》いふ題材であつたからだらう、どうしてもサタイヤになつて了ふ。本來堂々と正面から理窟をやるつもりだつたのが、いざ書いて見るとどうも冷嘲《ひやか》す様な調子になる。で、眞面目《まじめ》にならう眞面目にならうと頻りに骨折つたが何うしてもいけない。つひ終ひまで戯謔通《ふざけとほ》して了つた。その意味に於て全く失敗さ。(26)

二葉亭の『平凡』の意図は、花袋の『蒲團』に見られる告白文に対する反発であり、「若い女」への肉欲を露骨に書くことが文学だと信じて疑わない花袋の文学への反発であった。さらに言えば、若い女への恋によって「平凡」な日常から逃れられる、文学を生きられると信じた花袋への反発だった。二葉亭は、「サタイヤ（諷刺）」を書くつもりではなかったが、やはり『蒲團』の「サタイヤ」を書いてしまった。その時、二葉亭が『平凡』でしたことは、まず第一に、作者二葉亭を指し示す一人称代名詞「私」を公然と用いることであり、次には、過去を封印する「た」形の使用を控えて「る」形で自らの過去を生き生きと描き出すことであった。二葉亭は『平凡』の結末で、主人公の「私」に父親の死を契機として「若い女」の研究を放棄させ、文学を捨て、「平凡」な生活に帰らせている。『平凡』の主人公「私」は「父が大病で死にかかつて居た」夜に文学の研究対象の若い女と関係し、女への手当てのための金作に奔走しているうちに父親は死んでしまうのである。

夫から私は其處へ坐つて、何でも漫《やたら》に其處に居る人達に辭儀をしたやうだつたが、其中《そのうち》に如何《どう》いふ譯だつたか、伯父の側《そば》へ行く事になつて、側《そば》へ行くと、伯父が「阿父《おとつ》さんも到頭此様《こんな》になられた」、といひながら、側《そば》に臥《ね》てゐる人の面《かほ》に掛けた白い物を取除《とりの》けたから、見ると、臥《ね》て居る人は父で、何だか目を瞑《ねむ》**つてゐる**。私は其面《そのかほ》を凝《ぢつ》と**視てゐた**。すると、何時《いつ》の間にか母が側《そば》へ來てゐて、泣聲で、「息を引取る迄ね、お前に逢ひたがりなすつてね……」といふのが**聞へた**。私はフツと目が覺めた、目が覺めたやうな**心持がした**。あゝ、父は**死んでゐる**……つい其處に**死んでゐる**……骨と皮ばかりの痩果てた其死顔がつい目の前に**見える**。之を見ると、私は卒然として、「あ、濟《すま》なかつた……」と**思つた**。此刹那に理窟はない、非凡も、平凡も、何も**ない**。文士といふ肩書の無い白《しろ》地《ぢ》の尋常《ただ》の人間に戻り、あゝ、濟《すま》なかつた、といふ一念になり、我を忘れ、世間を忘れて、私は……私は遂に**泣いた**……(27)

「る」形による情景描写、ことに「てゐる」形を使った父親の遺体の描写「(父は) 目を瞑《ねむ》**つてゐる**」「父は死ん**で**

ゐる」「つい其處に死ん**でゐる**」は、技巧がなく、いかにも直接で、読むものの心を揺する。不可抗力で親の死に目に会えないということはある。が、文士の「私」は「女の心理の研究」を「大病の父親」に優先した。そして、翌日「私」は父親の遺骸に向き合うことになるのだ。しかし、そこで「「あ、濟《すま》なかつた……」という實感」が「私」を「文士の生活」から「平凡な生活」に立ち戻らせたのだ、と二葉亭は書く。二葉亭は「遊戯分子《いうぎぶんし》を含む」、「現實の人生や自然に接したやうな切實な感じの得られない文學上の作品」に対して烈しく苛立っていた。それは、次に引く花袋の『蒲團』の結末を読んだ時の二葉亭の率直な実感ではなかったか。

暫くして立上つて襖《ふすま》を**明けて見た**。大きな柳行李《やなぎがうり》が三箇細引《ほそびき》で送るばかりに絡《から》げてあつて、其向ふに、芳子が常に用ゐて居た蒲團――萌黄唐草《もえぎからくさ》の敷蒲團と、綿の厚く入《はい》つた同し模様の夜着《よぎ》とが**重ねられてあつた**。時雄はそれを**引出した**。女のなつかしい油のにほひと汗のにほひとが言ひも知らず時雄の胸を**ときめかした**。夜着《よぎ》の襟の天鵞絨《びろうど》の際立《きはだ》つて汚れて居るのに顔を押付けて、心のゆくばかりなつかしい女の匂ひを**嗅《か》いだ**。

性慾と悲哀と絶望とが忽《たちま》ち時雄の胸を**襲つた**。時雄は其蒲團を敷き、夜着《よぎ》をかけ、冷めたい汚れた天鵞絨《びろうど》の襟に顔を埋めて**泣いた**。

薄暗い一室、戸外《おもて》には風が**吹暴《ふきあ》れて居た**。(28)

二葉亭も花袋も小説の最後の場面で主人公を泣かせている。主人公は二人とも「文學者」である。が、二葉亭の「私」は文学者ではなく平凡な「尋常の人」として父の死に涙を流し、花袋の「時雄」は女弟子の去った後、「性慾と悲哀と絶望」に襲われて女弟子の残した蒲団の中で涙を流す。花袋の「時雄」は、そのとき、まさしく二葉亭の唾棄する「文學者」であった。実感の伴わない遊戯分子を含んだ文学の本質が、女弟子の残した蒲団の中で号泣する「時雄」という名前を冠した文学者の行為に顕われていた。二葉亭が『平凡』の中で「私」という一人称代名詞と、「る」

形、主に「てゐる」形を使って過去の場面を現在展開されつつある場面であるかのように直接的に活写したのに対して、花袋は『蒲団』で「た」形を連続して使うことによって「時雄」の行為を過去に閉じ込めている。そして、最後の「てゐた」形が、「時雄」の行為だけではなく、情景もまた過去のものであることを語っている。そして、状況が過去のものだと語ることで、主人公が過去を回想する視点を揺るぎないものにした。こうして、花袋は『蒲團』の中で自分の文学者としての経験を過去を回想する視点を「た」形によって確立し、後年の私小説の文体の基礎を創ったのだ。主人公「時雄」を「かれ」と呼ぶ語り手と作者花袋が同じであるという前提のもとで、この告白文学は成立したのである。二葉亭は、その告白文学に対して一人称代名詞「私」の指すのは二葉亭自身である、と公言して小説を書き始めた。だが、二葉亭は自分の経験を過去に閉じ込めることはしなかった。「る」形と「てゐる」形によって過去の出来事を今現在起こっている出来事であるかのように書いた。

『平凡』の名場面、愛犬ポチの「る」形による描写

二葉亭が「る」形の多用される文体で書いた過去の出来事のうち最も成功しているのは愛犬ポチの描写である。

> ポチは日増しにメキ〱と大きく**なる**。大きくはなるけれど、まだ一向に孩兒《ねんねえ》で、垣の根方《ねがた》に大きな穴を掘って見たり、下駄を片足門外《もんそと》へ啣《くは》へ出したり、其様惡戲《そんないたづら》ばかりして**喜んでゐる**。
> それに非常に人懷こくて、門前を通掛りの、私のやうな犬好きが、氣紛れにチヨツ〱と呼んでも、直《すぐ》ともう尾を掉《ふ》つて**飛んで行く**。況《ま》して家《うち》へ來た人だと、誰彼《たれかれ》の見界《みさかひ》はない、皆に喜んで**飛付く**。初ての人は驚いて、子供なんぞは泣出すのも**ある**。すると、ポチは吃驚《びつくり》して其面《そのかほ》を**視てゐる**。
> 人でさへ是だから同類は尚ほ**戀しがる**。犬が外を通りさへすれば吃度《きつと》**飛んで出る**。喧嘩するのかと、私がハラ〱すれば、喧嘩は**しない**、唯壯《さかん》に尻尾を掉《ふ》つて鼻を**嗅合《かぎあ》ふ**。大抵の犬は相手は子供だといふ面《かほ》をして、其儘

匆々《さつさ》と**行《い》かうとする**。どつこいとポチが追蒐《おツか》けて**巫山戯《ふざけ》かゝる**。蒼蠅《うるさ》いと言はぬばかりに、先の犬は齒を剝《む》いて**叱る**。すると、ポチは驚いて耳を伏せて**逃げて來る**。

ポチは此様《こん》な無邪氣な犬であつたから、友達は直《ぢき》**出來た**。(29)

「無邪氣な犬」であったがゆえに犬殺しにかかって簡単に殺されてしまったポチの話は『平凡』一編の中でひときわ生彩を放っている。それは二葉亭が大事にいつくしんでいたもので「一生の中《うち》に機會があつたら、一度は書いて見ようと思つてた事です」と、『平凡』物語で語っているほどだが、実際ポチの件《くだり》は花袋の回顧調の告白文学とはまったく違って明るい。実際には、子供の頃ではなく、三十を超えた頃に経験したことだ、と二葉亭は語ってもいる。引用文中に使われるのが一人称代名詞「僕」ではなく「私」であることが、大人の二葉亭の実体験であることを示唆しているのかもしれない。いずれにしても、最後の「た」形を除いてすべてが「る」または「てゐる」形で語られたポチの描写は「語り手」である「私」のポチへの愛情に溢れ、ポチの記憶が今もなお鮮やかに「私」の脳裏に刻まれていることを語っている。記憶の中の明るいもの、鮮やかなもの、希望を与えてやまないものを「る」形と「てゐる」形は見事によみがえらせている。過去の出来事であるはずのことを「る」形あるいは「てゐる」形で活写するというのは、二葉亭が改訳『あひゞき』以降、中期から後期の翻訳活動の中で一貫して採ってきた文体である。『あひゞき』初訳の文体を真似た『蒲團』のサタイヤを書くために二葉亭が『平凡』のポチを描写すべく採った文体は二葉亭が中期・後期の翻訳活動の中で発展させてきた文体であったのだ。

『平凡』の暗黒面、「た」形による文学的告白

しかし、『平凡』の文体が一貫して「る」形の圧倒する中期・後期の翻訳文体であったわけではない。「私」の文学遍歴を述べる件《くだり》では「た」形の多い告白調の文体も採られている。全編を通して見ると、前述したように「る」形が

「た」形を上回る文体となってはいる。だが、「てゐる」形と「てゐた」形だけを調べてみるとその用例は、五十五回対八十六回と、およそ二対三の割合で「てゐた」形のほうが多くなっており、『平凡』の中には回顧調の花袋の告白文学をそのまま模した文体で書かれた部分も多いことが知れる。特に「私は」という主語が「てゐた」に呼応する文は、ポチを回想する場面、また、父親の遺骸に向き合う場面でも使われており、過去回想の視点が強調されている。もっとも、主人公の過去の継続動作を「てゐた」形で訳し出していくのは中期・後期の翻訳文体の一つの特徴ではあるのだが、それにしても「てゐた」形も含めて「た」形が連続して使われる場面が『平凡』の後半には頻出する。特に文学者である「私」が文学の毒について語る時に過去回想の視点が強調されることになる。

　私は自然だ人生だと口には言つてゐたけれど、唯書物で其様《そん》な言葉を覚えたゞけで、意味が能《よ》く**分つてゐるのではなかつた**。意味も分らぬ言葉を弄《もてあそ》んで、いや、言葉に弄《もてあそ》ばれて、可惜《あたら》浮世を**夢にして渡つた**。詩人と名が附きや、皆普通の人より勝《まさ》つてるやうに**思つてゐた**。小説、殊に輸入小説には人生の眞相が活字の面《おもて》に浮いてゐるやうに**思つてゐた**。西洋の詩人は皆東洋の詩人に勝るやうに**思つてゐた**。作の新舊を論じて其價値を**定めてゐた**。自分は此様《こん》な下らん眞似をしてゐながら、他《た》の額に汗して着實の浮世を渡る人達が偶々《たまく》文壇の事情に通ぜぬと、直ぐ俗物と罵《のゝし》り、俗衆と罵《のゝし》つて、獨り自《みずか》ら**高しとしてゐた**。獨り自ら高しとする一方で、想像で姦淫して、一人で**堕落してゐた**。(30)

一つきりしか使われない一人称代名詞「私」が多くの文末詞「てゐた」に呼応する右の引用箇所に描かれた文学体験は、花袋の『蒲團』に描かれた性的告白が文学的虚飾にしか見えないほど、暗く、また、直接的である。作者二葉亭の独白が文学的な虚構を通さずにそのまま表現されている。文学に失望した人の告白がそこにある。

「狂人」に近い「凡人」を描いた『平凡』の分裂した主題と文体

『平凡』を書くに当たり、二葉亭に一貫した文体があったわけではない。また、『平凡』を書くに当たり、一貫した筋立てがあったわけではないのかもしれない。『平凡』は難産であった。筆は渋りに渋り、あるときは過去を鮮やかに蘇らせる自らが作り出した翻訳文体をとり、あるときは過去を封印する花袋の告白文体をそのままなぞった。あるときはポチの思い出を明るく描き出し、あるときはどうしようもなく文学に姦淫した、花袋以上に暗い「私」を描いた。『平凡』は作者二葉亭が冒頭で宣言した通り「牛の涎《よだれ》のやうに、だら〳〵と」していて、文学的創作作品としての構成と纏まりを欠いている。『平凡』の原稿の最後に二葉亭はこう記した。

> 二葉亭が申します。此稿本は夜店を冷かして手に入れたものでござりますが、跡は千切れてござりません。一寸お話中に電話が切れた恰好でござりますが、致方がござりません。[31]

自然主義文学者たちに向かって、これは断然「創作」であって、『平凡』の「私」は二葉亭ではないと宣言するにしては、この後書きの調子は弱い。その弱さには、純然たる「創作」ではなく「サタイヤ」を書くことでしか自然主義文学に対抗できなかった二葉亭の自嘲が込められているように見える。父の死によって主人公に文学を放棄させるという『平凡』の二葉亭の苦心の結末には、二葉亭が「遊戯分子」を含んでいると非難したと思われる花袋の『蒲團』の結末ほどの文学作品としての必然性が感じられない。結局、文学を信じ、文学者になりたくてたまらなかった花袋の「文学的告白」のほうが、文学者であることを厭い、文学を捨てようとした二葉亭の「文学放棄宣言」より読者を動かしたのである。そして、花袋が主人公だけを指し示すために使った三人称代名詞「渠／かれ」に対抗して使われた二葉亭の一人称代名詞「私」には、『あひゞき』の一人称代名詞「自分」が持っていた斬新さはすでに失われてしまっていた。『平凡』は「平凡」な人生を送りそこねた「私」の回想記であり、『あひゞき』の「語り手」の「自分」が持っていた世界を客観視できる透徹した視点を持たなかった。『平凡』の「私」は『狂人日記』の「己《おれ》」や『血笑記』の「私」同様、自分を客観視しようとしてそれができなかった平凡ならざる人物、むしろ狂人に近い人物として描かれている。『平凡』の中で定期的にではあるが、禁欲的なほど僅かにしか使われることのなかった一人称代名詞「私」の用法がそれを実証している。二葉亭の『平凡』は創作としては、花袋の『蒲團』ほど読者を打つ力を持たなかった。文体的に『蒲團』ほどの一貫性を持たず、「た」形は過去表示詞と完了表示詞との間を揺れた。主題も過去表示詞の「た」形による過去の告白と、「る」形、殊に「てゐる」形による過去の出来事を現在の出来事のように明るく記すことで、告白文学の反措定とするという二つに分裂していった。その意味で、『平凡』は「失敗した」作品であったといえよう。

『狂人日記』の一人称代名詞「己《おれ》」再考

さて、小説を創作するのにこれほど苦労した二葉亭は、翻訳においては、殊にゴーゴリものの翻訳にあたっては、ほとんど創作と言っていいほどの腕を示した。また、二葉亭は日本の文学には望みを絶ったが、ロシアの文学には希望を懐いていた。先に二葉亭の『狂人日記』の冒頭部分では一人称代名詞「己《おれ》」の多くが消去されていると書いた。だが、二葉亭は『狂人日記』全編にわたって一人称代名詞を消去しようとしたのではなく、訳すときには大いに訳したのである。一人称代名詞「己《おれ》」は十一月六日の日付のついた記事あたりから頻用され始める。ポプリーシチンは課長に「君は局長の令嬢のあとを付回しているコンマ以下の人間だ」と言われ、大いに憤慨し、自分は何者であるかを問い始めるのだ。一人称代名詞には網をかけた。

Записки сумасшедшего

Понимаю, понимаю, от чего он злится на меня. Ему завидно; он увидел, может-быть, предпочтительно мне оказываемые знаки благорасположенности. Да я плюю на него! Велика важность надворный советник! вывесил золотую цепочку к часам, заказывает сапоги по тридцати рублей, — да черт его побери! Я разве из каких-нибудь разночинцев, из портных, или из унтер-офицерских детей? Я дворянин! Что-ж, и я могу дослужиться. Мне еще сорок два года — время такое, в которое по настоящему, только-что начинается служба, Погоди, приятель! будем и мы полковником, а может-быть, если Бог даст, то чем-нибудь и побольше. Заведем и мы себе репутацию еще и получше твоей. Что-ж, ты себе забрал в голову, что кроме тебя уже нет вовсе порядочного человека? Дай-ка мне ручевский фрак, сшитый по моде, да повяжи я себе такой же, как ты, галстук, — тебе тогда не стать мне и в подметки. Достатоков нет — вот беда[32].

［I know, I know, why he is angry with me. He is envious; he noticed, perhaps, the signs of favourable disposition shown rather to me. Well I spit upon him! How great the pomposity of a court counsellor is! he hung out the gold chain to his watch, and orders boots for thirty roubles — well the devil take it! Am I a child of some raznochinets, of tailors, or of non-commissioned officers? I am a nobleman. All right, and I can obtain a certain title as a result of my service. I am still forty two years old — the time is such, when, in the right way, my service has just begun. Wait a little, my friend! We will become a colonel, may be, if God allows, then we will become something better. Let us make a reputation even better than you. So, you took it into your head that there is no decent person except you? Give me a fashionable tailcoat sewn by Ruchi, and tie me the same necktie as yours, — then you cannot compete with me. ［I］ don't have enough money — it is a trouble.］

『狂人日記』（二葉亭訳）

へ、分つてますよ、何で其様《そんな》に己《おれ》に當るんだか。己《おれ》が格別御贔負《ごひいき》になる所を見たので、羨《うらや》ましくなつたのさ。

何だ、彼様《あんな》な奴！　七等官が何だ！　時計の鎖が金だつて、三十留《ルーブル》の靴を誂《あつら》へたつて、其様《そん》な事に動魄《びく》ともするンぢやないぞ！　己《おれ》を平民だと思ふと當が違ふ、仕立屋の出身でも、下士の小伜《こせがれ》でもないぞ。己《おれ》は士族だぞ！　何の己《おれ》だつて更《もツ》と出世は出來る。まだ四十二だもの、勤向きも、本當は、是からといふ所だ。今に見ろ、己《おれ》だつて大佐相當官になつて見せる、運が善かつたら、も些《ちツ》と偉くなるかも知れん。然うしたら手前達よりもグツと好《い》い評判を取つて見せる。何だ、自分より外には人間は無いやうに自惚《うぬぼ》れやがつて！　己《おれ》だつて何だぞ、新形の乗馬フロツクを被《き》て、手前のやつてるやうなネキタイを捲きや、手前なんぞは己《おれ》の足元へだつて寄付《よりつけ》るンぢやないぞ！　生憎《あいにく》と、己《おれ》にや其様《そん》な贅澤をする**錢《ぜに》がないけれど**……(33)。

『狂人日記』（横田訳）

わかってるとも、あいつがおれに当たりちらすわけは、ちゃんとわかってるんだ。妬《ねた》んでいやがるんだ、おおかたおれがごひいきにあずかっているところを見やがったんだ。ふん、あんな奴、唾でもひっかけてやれ！　七等官がなんだい！　時計に金鎖をぶらさげて、三十ルーブリの長靴を注文したからって、それがなんだい！　おれがどこぞの平民の出で、仕立屋か、下士官の息子だとでもいうのかい？　これでもれっきとした貴族なんだぞ。なあに、いまに出世してみせるぞ。年だってまだ四十二なんだ――勤めだって、まだこれからというところだ。いまに見てろ！　大佐相当官ぐらいにはなってみせるぞ、いや、うまくいけば、もっと出世するかもしれん。名声だって手前なんかより、少々りっぱなのを得てやるぞ。手前は、自分のほかには、ちゃんとした人間は一人もいないと思いあがっているんだろう。おれにだってルーチの店で仕立てた流行の燕尾服を着せ、手前のしているようなネクタイをさせてみろ、――手前なんぞおれの足もとへだって寄りつけやしまい！　ただ、いまのところ、いささか懐《ふところ》に余裕のないのが、不仕合わせというだけのことさ(34)。

ゴーゴリの原文では一人称代名詞が単数と複数を含めて十二回使われている。それに対して二葉亭は単数の一人称代名詞「己《おれ》」を九回使い、横田は同じく単数の一人称代名詞「おれ」を五回使っている。二葉亭も横田も一人称代名詞を単数形だけで使っており、使用回数の上では二葉亭の九回は横田の五回とそれほど違いはないように見える。しかしながら、すでに指摘したように二葉亭の訳文全体における一人称代名詞の使用頻度は横田のそれに比べると大変低いのである。二葉亭は一人称代名詞の使用を控えることによって、主人公ポプリーシチンの自己認識の低さを強調したのだ。そのポプリーシチンが自分は一体何者であるかを問い始めた途端、一人称代名詞「己《おれ》」が多用され、ポプリーシチンの意識の中に「自分とは何者か」という問いが浮上するのだ、と二葉亭の訳文は語っている。「おれ」が均等に訳出される横田の訳文を二葉亭の訳文と比較したとき、二葉亭が強調しようとしたのは、身分に不釣合いな恋愛を指摘されてポプリーシチンの自我が突如として目覚めるという一点であったことがあらためて明らかになる。恋愛は下級の文官である自分を今更ながらに自覚させるのだ。

主人公、九等文官ポプリーシチンの屈折した性格を表す丁寧体「です／ます」

七等官の課長に腹を立てるポプリーシチンは九等文官で、局長の羽ペンを得々として削るのを日々の勤めとしている。ゴーゴリやゴーゴリの伝統を引き継いだドストエフスキーが主人公として頻繁に登場させた浄書係の下級官吏である。局長の令嬢への恋愛感情が発覚するまでのポプリーシチンはそれなりに自分の勤めに満足し、自尊心を懐いており、時には高慢ですらある。こうしたポプリーシチンの小心さと横柄さのない交ぜになった奇妙な性格を二葉亭は「です／ます」という丁寧文体を普通文体の中に突出させることによって巧妙に描き出す。先の引用文の中でも「生憎《あいにく》と、己《おれ》にや其様《そん》な贅澤をする**錢《ぜに》がないけれど……**」という最終の文の文体がわずかにではあるが、高慢なポプリーシチンの小心さを伝えている。「聞き手に対して自分の発言を強調する」（広辞苑）終助詞の「ぞ」を多用し、攻撃的な文を書き連ねたポプリーシチンが最後の文では「けれど」という「言いさしの文の最後につけて、ためらったり相手の反応を待ったりする柔らかな表現」（広辞苑）を使って譲歩しているのである。同じ箇所を横田は「ただ、いまのところ、いささか懐《ふところ》に余裕のないのが、不仕合わせというだけのことさ」と、内容的には譲歩しているものの、文体的には攻撃的な口調を変えず訳し出している。以下に文体を普通文から丁寧文に変えることによってポプリーシチンの小心さと横柄さが交錯する箇所を、さらにいくつか挙げることにする。なお、括弧で括ったのはロシア語独特の文法事項である。

① *Записи сумасшедшего*

Правда, у нас за то служба благородная, чистота во всем такая, какой во веки не видать губернскому правлению, столы из красного дерева, **и все начальники на** *вы*. Да, признаюсь, если бы не благородство службы, я бы давно оставил департамент.(35)

[It is true, on the other hand, our workplace is top class, the cleanliness everywhere is such as you will never see in a provincial office, the desks are mahogany, **and all the heads address us in the polite form** vy. I must confess, if it were not for the high standards of the workplace, I would have left the department long ago.]

『狂人日記』（二葉亭訳）

其代り吾儕《われ〳〵》の勤向《つとめむき》は高尚なものだて、此様《こんな》綺麗づくめは縣廳ぢや一生經《た》つても見られやしない、何しろテーブルはマホガニイと來る、**長官は皆君《みんな》ッて言ひます**。かう上品でなかつたら、己《おれ》は疾《とつ》くに役所を退《ひ》いてる所なんだ。(36)

『狂人日記』（横田訳）

もっとも、そのかわり、われわれの勤めむきは上品で、県庁などでは万年たっても見られないほど、万事がきれいさっぱりしている、テーブルはマホガニー製だし、**上役の連中だってみんなあなた言葉**(37)**だ**。——正直なところ、勤めむきでも上品でなかったら、おれは、とっくの昔に役所なんかやめてしまったろう。

② *Записки сумасшедшего*

Писимо писано очень правильно. Пунктация и даже буква ъ везде на своем месте. **Да этак просто**(38) **не напишет и наш начальник отделения, хоть он и толкует, что где-то учился в университете.** Посмотрим далее:

[The letter is written very correctly. The punctuation is correct and even the letter ‘ъ’ is everywhere in the right place. **Even our head of department could not write like that, though he tells us that he studied at some university or other.** Let us read on:]

『狂人日記』（二葉亭訳）

や、文句になつてる。句讀の切方も、(39)假名遣ひも、間違つてないやうだ。**課長は何處かの大學に居たつて威張るけど、かうは書けません。**それから——

『狂人日記』（横田訳）

この手紙なかなかちゃんと書けているぞ。句読点も正しいし、文字づかいもまちがっていない。**うちの課長**(40)**なんか、どこかの大学をでたと言っているが、とてもこんなふうにちゃんと書けやしない。**さて、つぎを見よう。

最初の例文はポプリーシチンが、かつは卑下し、かつは誇らしげに自分の勤め先について記すところで、二葉亭が丁寧体「ます」を使った箇所の原文にはロシア語の二人称単数の丁寧体が使われている。第三章でも述べた通りロシア語の二人称単数には普通体《ты》と丁寧体《вы》の一対があって、友人同士の場合はぞんざいに《ты》で、見知らぬ人や上司などには、あらたまった丁寧な形の《вы》で呼びかけることになっている。問題の箇所《и все начальники на ***вы*** [and all the heads address us in the polite form **vy**]》は、訳しづらいところで、「長官たちはいつも私達にとても丁寧に《вы》を使って呼びかける」とでもなるところで、それを二葉亭は「長官は皆《みんな》君ツて言ひます」と訳し、横田は「上役の連中だってみんなあなた言葉だ」と直訳している。一見「**あなた言葉だ**」の方が原文の丁寧体《вы》を正しく訳し出しているようではあるが、「あなた言葉」という造語は意味を成しているようで実はあまり意味をなさない訳語である。それよりは「**君**ツて言ひ**ます**」と、かつては「人を敬って言う言葉」（広辞苑）として使われた「君」を《вы》の訳語として使い、丁寧文体「ます」で結んだ二葉亭の訳文のほうが、長官たちが自分たち下役に対して丁寧に呼びかけるのだという意味あいをよく伝えていると思われる。また、普通文体の中に投げ込まれた「ます」という丁寧文体は幼児性と視野の狭さをも含めて、自尊心と小心さの交錯する主人公の性格を適切に表現している。

第二の例文はポプリーシチンが長官の令嬢の飼い犬のメッジイとその友達の犬フィデリとの間に交わされた往復書簡を盗み読みしたポプリーシチンが、その素晴らしさに感嘆の声を上げるところである。犬の手紙の文章の正確さに感動したポプリーシチンは自分の筆記能力の低さは棚に上げ、思わず上司の課長を引き合いに出して、次のように言う。《Да этак просто не напишет и наш начальник отделения, хоть он и толкует, что где-то учился в университете. [Even our head of department could not write like that, though he tells us that he studied at some university or other.／我々の課長にだってこのように書けるものではない、彼はどこかの大学を出たとか言っているが。]》二葉亭も横田も内容的にはほぼ同じで、それぞれ「課長は何處かの大學に居たつて**威張るけど**、かうは**書けません**」、「うちの課長なんか、どこかの大学をでたと**言っているが**、とてもこんなふうにちゃんと**書けやしない**」と訳している。違うのは文体だけで、二葉亭は丁寧文体を、横田は普通文体を使っている。二葉亭の訳文の中のポプリーシチンは丁寧文体で語ることによって、上司に対する侮蔑的な発言を巧妙に隠蔽している。一方、横田の訳文では、ポプリーシチンの上司に対する非難がむき出しに表現されてしまっている。二葉亭の訳文のほうが、ポプリーシチンという下級文官の屈折した心理を巧みに表現していると言えよう。つまり、二葉亭の訳文では、表向きの従順さとは裏腹に、上司を非難してやまないポプリーシチンの高慢さが手際よく表されているのだ。

なお、二葉亭が「假名遣ひ」と訳したところも、一工夫がされている箇所で、ゴーゴリの原文では《даже буква ъ везде на своем месте [even the letter “ъ” is everywhere in the right place／“ъ”と言う文字もあるべきところにちゃんと適切に使われている]》とある。“ъ”と言う文字は、現在のロシア語表記では分離記号としてしか使われないが、ソヴィエト革命以前は、硬音記号として硬子音で終わる語のあとにもつけた。ちなみに引用箇所もゴーゴリの原文では実際には次のようになっている。

Писимо писано очень правильно. Пунктація и даже буква ъ везде на **своемъ** месте. Да **этакъ** просто не **напишетъ** и **нашъ начальникъ** отделенія, хоть **онъ** и **толкуетъ**, что где-то учился **въ** университете. **Посмотримъ** далее:

右のようにゴーゴリの原文では“ъ”と言う文字が頻繁に使われている。つまり、日本語の旧仮名遣いに相当するところで、二葉亭が「假名遣ひ」と訳したのは、日本における旧仮名遣いの煩雑さを読者に想起させることで、ソヴィエト革命以前のロシア語表記の煩雑さを見事に表現しているといえよう。該当箇所を横田は「文字使い」と訳しているが、少々説明不足で、実際にはあまり意味をなさない。二葉亭の翻訳には、このように日本の文化をロシアの文化に置き換えて成功している箇所が多くある。

日本語文法によるロシア語文法の訳し換え

さて次に、ロシア文化を日本文化に見事に置き換え、さらに普通体「だ」の中に丁寧体「です／ます」を突出させた二葉亭の訳文が最も成功している例をあげてみよう。主人公ポプリーシチンが空想の中で長官の令嬢に耽溺する様子を描いた箇所である。なお、引用文中網をかけたのは、原文ではロシア語特有の指小または愛称とよばれる表現であり、日本語の訳文では敬語である。

Записки сумасшедшего

Хотелось бы заглянуть туда, на ту половину, где ее пр-во, вот куда **хотелось бы мне!** в будуар, как там стоят все эти баночки, скляночки, **цветы такие, что и духнуть на них страшно, как лежит там разбросанное ее платье,** больше похожее на воздух, чем на платье. **Хотелось бы заглянуть в спальню** … там-то, я думаю, чудеса, там-то, я думаю, рай! **Посмотреть бы ту скамеечку**, на которую она становит, вставая с постели, свою ножку, как надевается на эту ножку белый как снег чулочек… ай! ай! ай! ничего, ничего… малчание.[41]

[**I would like to peep in there**, on that side, where Her Excellency is, that is where **I would like to go!** Into her boudoir, where all those little jars and phials are standing, **where the flowers are such that one is afraid to breathe on them, where her discarded dress is lying,** more like air than like a dress. **I'd like to peep into her bedroom** … I think there must be marvels there, I think it must be heaven there! **I'd like to see the little bench** on which she rests her little foot when she gets up from her bed, how a stocking white as snow is pulled on to that little foot… Oh, dear me! Never mind, never mind… silence.]

『狂人日記』（二葉亭訳）

令嬢はお奥だ。**お奥が覗いて見たいな、一寸《ちよツと》覗いて見たい。お居間が見たい。**屹度《きツと》種々《いろ〳〵》な瓶だの壜《フラスコ》だのを列《なら》べてあるだらう。**花なんぞは息氣《いき》をするのも氣遣ひといふのがあるね。衣服《きもの》なぞが取散らしてあります。**此奴《こいつ》も衣服《きもの》といふよりは寧《むし》ろ烟《けむ》か何ぞのやうに見えやうといふものだ。**お寝間も覗いて見たいな**……屹度《きツと》見事だ、極樂みたやうだらう。お起《ひん》になると、可愛《かあい》らしいお御足《みあし》をお載《のツ》けなさる臺がある筈だ。**それも見たいな！**　そのお御足へ雪のやうに白い靴下をかうお穿《は》かせ申す……ヘッ、畜生《ちくしやう》、何も言ふな……内所々々と。(42)

『狂人日記』（横田訳）

おれはあそこが見たいのだ、あのかたの居間になっているあのお部屋だ、**せめてひと目だけでも見たいと思うのは！**　その婦人室だ、そこにはきっと小さな瓶《びん》とか玻璃《ガラス》の器とかが並べてあるだろう、**また息を吹きかけるのも気がとがめるようないろいろな花々が置いてあるだろう、またそこにはあのかたの衣装などもぬぎ捨ててあって、**それが衣装というよりは、まるで空気みたいにふんわりしていることだろう。それからまた、**のぞいてみたいのは寝室だ**……いや、そこは、きっと不思議の国だ、天国にもないような楽園にちがいない。あのかたがベッドからお起きになり、雪のように真白い靴下をお履《は》きになるため、かわいらしいお足をおかけになるあの足台も**見たいものだ**……おっと、おっと！　いや、よそう、黙っていることだ。(43)

ゴーゴリの原文では《хотелось бы［I would like to／（私は）～したい］》をという表現が四回執拗に繰り返されることで、長官の令嬢へのポプリーシチンの耽溺が巧みに表現されている。もっとも、ゴーゴリは四度目には表現を少し変えて《посмотреть бы［I would like to see／（私は）見てみたい］》としているのだが。二葉亭はこのゴーゴリ特有の反復表現をこれまた執拗に「（覗いて）見たい（な）」という訳語を原文より一回多く五度使うことで見事に再現している。一方、横田は原文に大変忠実に四回「（のぞいて）見たい」という訳語を使っている。注意したいのは原文に忠実な訳をした横田が「（おれは）見たいのだ」「見たいと思う」「のぞいてみたい」「見たいものだ」とすべて普通体の終止形で言い切る形で訳しているのに対して、二葉亭は「覗いて見たいな」「覗いて見たい」「見たい」「覗いて見たいな」「見たいな」と、願望を表す終助詞「な」を三度用いて全体の表現を柔かくしていることだ。「見たい」という訳語の使用回数の上では原文に忠実ではないが、終助詞「な」を多用した二葉亭の翻訳は、小心な「九等」文官ポプリーシチンの願望の執拗さを効果的に再現しているように思われる。片や、横田の訳文に表れたポプリーシチンの願表現は断定的で、小心というよりは大胆で怜悧な「七等」文官の願望という趣きさえある。さらに、横田はこの反復表現が初めて使われる箇所を「おれはあそこが見たいのだ」と一人称代名詞を使って訳すことでポプリーシチンの大胆さを強調してしまった感もある。

原文への忠実さという観点からすれば、句読点の種類と使用回数において横田の翻訳のほうが二葉亭のそれよりも格段に忠実である。二葉亭が「衣装《きもの》なぞが取散らしてあります。」と普通体「だ」の中に丁寧体「ます」を突出させてポプリーシチンの屈折した性格を見事に表現していると思われる箇所も、原文では《как лежит там разбросанное ее платье, [where her discarded dress is lying,／そこにはあの方の脱ぎ捨てられた衣装も散らばっていて、]》と、句点にあたるピリオドではなく、読点にあたるコンマが使われている。二葉亭が句点を使って「ます」という文体を突出させた箇所を、横田は「またそこにはあのかたの衣服などもぬぎ捨ててあって、」と原文に忠実に読点を使って訳している。

原文の句読点に忠実な横田の訳文と原文の文化に忠実な二葉亭の訳文

引用箇所における二葉亭と横田の句読点の使用数を、原文のコンマやピリオドの数と比較してみると、大変興味深い事実が浮かび上がってくる。ゴーゴリの原文では、ピリオドが二回しか使われておらず、感嘆符で終わる文を含めて三つしか文の区切りがない。あとはコンマの使用が二十回、感嘆符が五回、連続点が三回となっている。それに対して、二葉亭は句点を十回も使って文を頻繁に切っている。読点の使用数は逆に三回と、ゴーゴリの原文に比べて激減している。感嘆符の数も減っていて二回しか使われていない。が、連続点の使用だけは原文と同じ三回である。「原文にコンマが三つ、ピリオドが一つあれば、訳文にも亦ピリオドが一つ、コンマが三つという風にして、原文の調子を移さうとした」(「余が飜譯の標準」)という二葉亭の初期の翻訳に見える標準が、まったく崩れてしまっていることにあらためて気づかされるのである。一方、横田は句点を三回しか使っておらず、文の数はゴーゴリの原文と同じになっている。また、読点の使用が十六回というのもゴーゴリの原文にかなり近い。感嘆符、連続点についてはそれぞれ二回ずつしか使われておらず、原文の使用回数を下回っている。横田の訳は句読点に関しては原文にかなり忠実だが、感嘆符と連続点については、原文にそれほど忠実ではなかった。だが総じて、「句読点の再現によって原文の調子を移す」という観点からすれば、横田の訳のほうが二葉亭のそれより原文によほど忠実であるといえるのだ。

それに加えて、二葉亭の訳には不正確な箇所が二点ある。まず、二葉亭は「令嬢はお奥だ。」という原文にない一文で引用箇所の訳文を始めている。また、最後から二番目の文「そのお御足へ雪のやうに白い靴下をかうお穿《は》かせ申す……」は二葉亭が想像を巧みにしすぎて勇み足をしてしまった箇所で、横田の訳文「雪のように真白い靴下をお履《は》きになるため、」のほうが原文に近い。ちなみに、原文は《как надевается на эту ножку белый как снег чулочек... [how a stocking white as snow is pulled on to that little foot... /雪のように白いストッキングがあの可愛らしいお御足にまかれていく様を(見たいものだ)]》となっている。

ここで、二葉亭の訳文に頻出する敬語表現を考えてみよう。二葉亭は、九等文官ポプリーシチンが自分の身分も省みず長官の令嬢ソフィーに恋をし、想像の中で彼女を徹底して美化する様子を、ソフィーに対してポプリーシチンが敬語を畳みかけることによって表現している。「お奥」「お居間」「お寝間」「お御足《みあし》」「お起《ひん》になる」「お載《のッ》けなさる」

「お穿《は》かせ申す」などだ。この中で「お起《ひん》になる」は本来「おひるなる（御昼成）」又は「おひんなる」で「お起きになるの女房詞」と日本国語大辞典にはある。「おひんなる」は洒落本や滑稽本に頻出する言葉のようで、二葉亭好みの語彙である。横田もまたソフィーに対する敬意を「あのかた」「お部屋」「お足」「お起きになる」「お履《は》きになる」「（お足を）おかけになる」と、二葉亭と同じく敬語を多用して表現してはいるものの、多用される敬語は二葉亭のそれと違って特徴がなく、九等官ポプリーシチンのソフィーに対する耽溺を表現する用語としては力が弱い。横田は単に二葉亭の訳を踏襲し、敬語の用例を一般化しているだけのように見える。

そもそも二葉亭がソフィーの持ち物や行為に対して独自の敬語を多用したのは、ゴーゴリがソフィーの持ち物に指小形（或は、愛称形）を多用したのを日本語訳の中に再現させようとしたものではないかと考えられる。原文に見える用例としては《баночки［little jars］, скляночки［little phials］, скамеечка［little bench］, ножка［little foot］, чулочек［little stocking］》などが挙げられ、それぞれ《банки（壜）, склянки（ガラス瓶）, скамейка（腰掛）, нога（足）, чулок（ストッキング）》の指小形に相当する。二葉亭はこうしたロシア語特有の一連の指小形を逐次日本語に置き換えていくのではなく、日本語特有の敬語表現によって引用箇所に見られる印象を再現していこうとした。二葉亭の訳文で指小形が敬語表現によって直接再現された例は、《ножка［little foot］》を「（可愛らしい）お御足《みあし》」とした一例かぎりである。一方、横田はこうした指小形の用例のうちのいくつかは忠実に訳している。《баночки［little jars］, скляночки［little phials］, ножка［little foot］》を「小さな瓶《びん》とか玻璃《ガラス》の器とか」、「かわいらしいお足」とそれぞれ原文の指小形を直接日本語に置き換えている。

引用箇所についてのこれまでのいくつかの考察により、二葉亭の翻訳が横田の翻訳に比べていくらか不正確であり、ゴーゴリの原文に忠実な訳ではないことがはっきりする。二葉亭の訳文中の句点と読点の数は、ゴーゴリの原文のピリオドとコンマの数のまったく逆の割合で使われており、さらに、誤訳が一箇所、原文にない表現を補っている箇所が二箇所もある。そして、ゴーゴリの原文に見られるロシア語特有の指小形も、二葉亭の訳では日本語特有の敬語表現に姿を変えている。だが、それにもかかわらず、二葉亭の訳は原文に忠実で正確な横田の訳にはない独特の文調を持ち、その訳文中には、ゴーゴリが描いたポプリーシチンという九等文官の臆病かつ傲慢な分裂した性格が見事に再現されているように思われるのだ。

二葉亭が『狂人日記』で採った特殊な異化的翻訳法

ここでゴーゴリの『狂人日記』の二葉亭訳を翻訳理論的な観点からみることにしよう。第一章で私は、二葉亭の『あひゞき』初訳は、日本で最もはっきりと異化的な翻訳をほどこされた最初の作品であると書いた。そして、アメリカの翻訳研究者で、英語圏における翻訳方法の革新を主張するローレンス・ヴェヌティーが、シュライアーマハーの唱導した翻訳方法を異化的翻訳 foreignization として次のように規定していることもすでに述べた。

> 異化的翻訳法 foreignization とは古典ロマン主義時代のドイツ文化の中で、哲学者で神学者でもあったシュライアーマハーによって初めて明確にされた考え方である。シュライアーマハーはほとんどの翻訳者たちは同化的翻訳法 domestication を採っているとした。つまり、〔同化的翻訳法を採る翻訳者たちは〕自国文化中心主義の考え方によって、外国語で書かれたテキストを自分たちの国の価値観の中に取り込んでしまい、原作者を本国に送り返してしまうのである。しかし、シュライアーマハーは異化的な翻訳方法を優先する。〔異化的翻訳方法を採る翻訳者たちは〕自国の文化から逸脱しようとして、外国語で書かれたテキストに内在する言語学的・文化的な差異を翻訳テキストの中に刻印し、読者を海外に送り出すのである。(44)

原文の句読点を、位置もその数も原文通りに逐一再現しようとしたツルゲーネフものの翻訳第一作『あひゞき』と異なり、二葉亭のゴーゴリもの第三作『狂人日記』は原文の句読点を忠実に再現しようとした作品ではなかった。一人称代名詞についてもまた『あひゞき』において二葉亭がツルゲーネフの語り手の確かな視点を再現するために極力訳し出そうと努めたのとは逆に、『狂人日記』にあっては語り手であるポプリーシチンの自意識の低さを強調するために省略されがちであった。少なくとも主人公が己とは誰かを問い始めるまでは、二葉亭は意識的に一人称代名詞を取り除こうとした。日本文学史上初めて「た」形を過去時制表示詞として用いて原文の過去形動詞を再現しようとした『あひゞき』と違って、『狂人日記』で用いられたのは「る」形が「た」形を圧倒する文体であった。もっとも、これはゴーゴリの原文の動詞形をほぼ忠実に辿った結果生まれたものであったのだが。こうして見ると、文体に関する限り『狂人日記』は新しいものを何も生み出してはいない。日本文として初めて句読点が駆使され、過去時制表示詞である「た」形という文末詞が連続使用され、一人称代名詞「自分」が語り手の過去回想の視点を明確に示すというそれまでの日本文学にはなかった未曾有の文体で書かれた『あひゞき』と異なり、『狂人日記』の文体は新鮮味に欠けた。文体に関する限り、『狂人日記』は「外国語で書かれたテキストに内在する言語的な差異を翻訳テキストの中に刻印した」翻訳ではなかった。

それでは、『狂人日記』で二葉亭の採ったのは「外国語で書かれたテキストを自分たちの国の価値観の中に取り込んでしまい、原作者を本国に送り返してしまう」同化的翻訳方法だったのだろうか？　「外国語で書かれたテキストに内在する言語学的・文化的な差異を翻訳テキストの中に刻印し、読者を海外に送り出す」という『あひびき』初訳で採られた異化的翻訳方法を、『狂人日記』を書いた時点で二葉亭は捨て去ってしまっていたのだろうか？　二葉亭の『狂人日記』は確かにゴーゴリのロシア語のテキストの「言語的な差異」を刻印したものではない。その意味で異化的翻訳方法を採った翻訳ではない。それにもかかわらず、ゴーゴリが『狂人の手記』の中に描いたポプリーシチンという九等文官の屈折した性格と恋に破れて狂気に陥るというその運命は、二葉亭の翻訳『狂人日記』の中に見事に再現されている。二葉亭は原文の一人称を極力省略して、主人公ポプリーシチンの自己認識の欠如を表現した。原文の句読点から比較的自由に句点と読点を使い分け、普通体の中に唐突に丁寧体を投げ込むという日本語特有の文体的差異を使い分けてポプリーシチンの傲慢さと小心さの交錯する性格を描きあげた。そして、ロシア語に特有の指小形を日本語特有の敬語表現に置き換えて主人公ポプリーシチンの報われない恋への耽溺とその恋人の理想化を描いた。つまり、二葉亭は外国語であるロシア語の言語的な特徴を直接日本語で再現しようとするのではなく、ロシア語特有の言語的特質を日本語の言語的な特質に置き換えることでロシアと日本の「文化的な差異を翻訳テキストの中に刻印」したのである。二葉亭が日本語に特有の表現を使ったのはゴーゴリの書いたテキストを日本の価値観の中に取り込むためではなく、あくまでロシアの価値観を、ひいてはロシアの文化を再現するためであった。つまり、ゴーゴリというロシアの作家の描いたポプリーシチンという下級官吏の報われぬ恋とそれゆえの発狂という喜悲劇を、あくまでロシアの文化の中での出来事として描いたのである。この意味で二葉亭の『狂人日記』における翻訳方法は、ロシア文化を日本文化の中に取り込んでしまうことを目的とする、ヴェヌティーが批判の矢面にたてた同化的翻訳であったとはいえない。日本語の言語的な特質を生かすことでロシアの文化を描くことのできた稀有な翻訳作品であるといえる。

二葉亭の翻訳文体を一貫してながれる逐語訳の方針

二葉亭の後期の翻訳文体については、ロシア文学者の木村彰一の言及がある。「二葉亭のツルゲーネフものの翻訳について」と題する論考の中で木村は、一八八八年に出版された初訳『あひゞき』『めぐりあひ』で作り出された文体を第一期の文体、改訳『あひゞき』と『めぐりあひ』（改訳では『奇遇』）、『片戀』を発表した一八九六年以降に確立された文体を第二、第三期の文体として次のように述べている。

一、二葉亭翻訳の訳法やスタイルはこの時期〔一八九六年から一八九九年までの第二期〕に高い完成度に達し、ツルゲーネフからガルシン、アンドレーエフ、ゴーリキイへと訳者の嗜好が移っていった一九〇三年以降のいわゆる第三期にも、もはや本質的な変化は起らなかった。

二、二葉亭は、彼の翻訳のスタイルが完成したいわゆる第二期に於ても、第一期にみられた着実周到な逐語訳の方針を堅持していた。(45)

木村の論考はそもそも初訳『あひゞき』と『めぐりあひ』の文体の分析のために書かれたものだが、改訳『あひゞき』以降の文体について述べた右の二点は『狂人日記』の文体を考える上でたいへん参考になる。人称代名詞の省略、原文から自由な句読点の使用、「る」形が「た」形を圧倒する文末表現と、どの点をとっても『狂人日記』の文体は、日本の翻訳史上、未曾有の逐語訳であった『あひゞき』の文体の対極に位置するように見える。だが、二葉亭は『狂人日記』を書いた時点でも「逐語訳の方針を堅持していた」と木村は断じているのだ。実際、逐語訳を原文の情報量を同量に保つことであると考えれば、『狂人日記』の中で二葉亭が原文の情報、つまり文や語句を落としている箇所はほとんどない。

木村は、さらに、第三期の未完に終わった二葉亭によるツルゲーネフものの最後の翻訳『けふり』（一九〇三〜〇五）から女主人公のイリーナを描写した次の一節を引用した後、二葉亭のこの「戯作調」の翻訳が実は原文に忠実な「逐語訳」であったことに驚嘆している。英訳と現代日本語訳はどちらも拙訳を掲げた。なお、ロシア語原文と英訳に見える過去形動詞には傍線を付した。日本語訳における文末詞の「る」形、及び、名詞止めには点線を、「た」形には傍線を付した。また、三人称代名詞には網をかけた。

Дым

（Это была девушка высокая, стройная,）с несколько впалою грудью и молодыми узкими плечами, с редкою в ее лета бледно-матовою кожей, чистою и гладкою как фарфор, с густыми белокурыми волосами: их темные пряди оригинально **перемежались** другими, светлыми. Черты ее лица, изящно, почти изысканно правильные, не вполне еще утратили то простодушное выражение, которое свойственно первой молодости; но в медлительных наклонениях ее красивой шейки, в улыбке, не то разсеянной, не то усталой, сказывалась нервическая барышня, а в самом рисунке этих чуть улыбавшихся, тонких губ, этого небольшого, орлиного, несколько сжатого носа **было** что-то своевольное и страстное, что-то опасное и для других, и для нее. Поразительны, истинно поразительны **были** ее глаза, из-черно серые, с зеленоватыми отливами, с поволокой, длинные как у египетских божеств, с лучистыми ресницами и смелым взмахом бровей.[46]

[*Smoke*

（She was a tall and well-proportioned girl,） with a slightly sunken chest and young narrow shoulders; with pale, matte skin that was unusual for her age, clear and smooth like porcelain; with thick, blonde hair, whose darker locks **alternated** with other lighter ones in an original way. Her features, elegant, and almost perfectly regular, had not yet lost that artless expression, which is characteristic of early youth; but in the slow inclinations of her delicate neck, and in her smile, which expressed something of absent-mindedness, and something of languor, a nervous girl of gentile family was revealed; and in the very outline of those gently smiling, fine lips, and that small, aquiline, slightly depressed nose, there **was** something will-ful and passionate, something dangerous for others and for herself. Her eyes **were** striking, truly striking: blackish grey, with greenish tints, misty, they were long like those of Egyptian gods, with radiant eyelashes and eyebrows painted in a bold stroke.]

『けふり』（二葉亭訳）

胸は稍低う落ちて撫肩は水々しく、此年頃には滅多に有るまじき蒼白く艶のない肌は清く滑こきこと瀬戸物の如く、髪は濃く、照返《光澤》し白く、毛の房の黒いが白銀の如く光るのに厠った**おもしろさ**。美しく殆ど吟味して揃へたやうな顔の道具には未だ初花の厭味氣の無い色を失はであつたけれど、艶なる首筋を位を取つて傾ける處、氣乗薄く怠氣《たゆげ》に莞爾する處に氣難かしやのお孃樣も微見えて、稍微笑《うすわらひ》をしてゐるやうな薄い唇の邊、小さな鷲のを見るやうな槁み加減の鼻先に何處やら氣嵩の熱し易い自他に危なツかしい相が**見える**。さて目覺しいのは眼付、これが眞に看る眼を駭かす、埃及の神の眼のやうに切が長く、黒眼ながら灰色を帶びて反映《うつり》は緑に、眼遣は裕かに逼らず、睫毛に光澤があつて眉が小氣味よく**動く**。[47]

『煙』(拙訳)

これは背の高いすらりとした体つきの娘で、胸のあたりが心もち落ち窪み、若々しい狭い肩と、その年ごろの娘には珍しい青みがかった乳白色の肌は清らかですべすべとしていてまるで陶磁器のようで、ふさふさとした金髪は、色の濃い房が明るい色の房とうまく混ざり合って独特の風情**をかもし出していた**。彼女の顔つきは優美で、ほとんど完璧なまでの端正さをあらわしており、青春期の特徴である素朴さをまったく失ってはいなかったが、美しい小首を少し傾げるしぐさとか、散漫のような、けだるいようなその微笑《ほほえみ》には、良家の子女の神経質な趣きが表れ、うっすらと笑みを浮かべているような薄い唇と、小さな鷲のようなしまった鼻には意志の強さと情熱のようなものが、また他人にもまた彼女自身にとっても危険な何**かがあった**。なかでも驚くべきは彼女の瞳で黒眼がちの灰色のその瞳は緑の光沢を持ち、愁いを帯びたその眼はエジプトの神々のそれのように切れ長で、きらきら輝くまつげと、くっきりとした眉毛を**持っていた**。

拙訳と二葉亭訳とを読み比べていただければ、二葉亭の訳が逐語訳であることは一目瞭然である。イリーナの目つきと、眉の描写にやや曖昧なところがあるものの、二葉亭は原文の語句を一語たりとも疎かにしていない。しかしながら、この一節について木村は「これ文を示されて、これは明治時代の女学生を描写した一節だと云われても、怪しむ者はないのではあるまいか」と、所感を述べた後、「こういう調子はツルゲーネフ的であるよりはむしろあまりに二葉亭的でありすぎる」として、二葉亭の訳文の調子は原作のツルゲーネフの「詩想」から離れてしまっており、「言文一致体訳文の精錬・純化という観点からするなら、第二期の諸作にくらべてあきらかに一歩後退している」と、否定的な見解を述べるに至るのである。つまり、二葉亭の訳文のかもし出す独特の文調はツルゲーネフの原文の調子からあまりにかけ離れているというのだ。

二葉亭の「戯作調」を生み出すもの

ところで、ここでいう「二葉亭的でありすぎる文調」とは二葉亭の訳文の何に由来するのだろうか。語彙だろうか、それとも文末詞だろうか。二葉亭の訳文と拙訳を読み比べていただければ、即座にそのどちらもが「二葉亭的文調」の原因となっていることがわかる。まず、ツルゲーネフの原作は過去形で書かれているが、二葉亭は名詞止め一つと「る」形二つを使っている。これは、三人称代名詞と過去形を駆使して客観描写をしている原作からの明らかな逸脱である。『けふり』全編は「る」形が「た」形を圧倒する二葉亭の中期、後期に見られる文体で書かれている。また、『けふり』には、二葉亭の他のほとんどの翻訳作品同様三人称代名詞はまったく使われていない。次に二葉亭の訳文に見える語彙に関しては、「(顔の)道具」(身体にそなわっている種々部分の称(日本国語大辞典による。以下同様))、「初花」(十八、九歳頃の少女をたとえていう語)、「厭味(氣)」(ことさらに気どったさま。ときに、妙に色っぽい言葉、態度もいう)、「位を取る」(品位のあるさまをする。もったいぶる)、「怠氣《たゆげ》(に)」(だるそうなさま)、「莞爾」(にっこりほほえんでいるさま)、「氣嵩(い)」(気品がある。上品な感じである)などが古めかしい語彙として挙げられる。こうした語彙が二葉亭の翻訳に独特の調子を与え、木村をして「古い明治時代の女学生の描写」のようだと言わしめたものと思われる。

ところで、木村は右に挙げた二葉亭の訳文に見える文調を非常に「戯作的」であると先に評していた。そして、二葉亭の訳文は「戯作調」で塗られてしまったが「原文に非常に忠実な所謂逐語訳」であることに変わりはない、と驚きの声を上げる。つまり、ツルゲーネフの原文の「詩想」を裏切る「戯作調」の作品が、同時に逐語訳であったことに驚嘆しているのである。実際、「る」形が「た」形を圧倒する文末詞は「戯作」的であるといえよう。一方、語彙に関しては、引用箇所で二葉亭の使っている特殊な語彙は必ずしも江戸期の「戯作」作品にだけ見られるものではない。この引用箇所に関する限り、木村の感じた「ツルゲーネフの原文を裏切る江戸期の戯作調」は、語彙よりもむしろ、文末詞によって強く生み出されているように思われる。ツルゲーネフの原文、それを忠実に訳しだした拙訳と二葉亭の訳文のそれとの決定的な違いは動詞形であり、原文は過去形で統一されているが、二葉亭の訳文からは過去表示詞「た」形が徹底的に排除されている。さらに、三人称客観描写に必要な三人称代名詞についても、原文ではその女性形が五度、所有格《ee［her］》として使われているが、二葉亭の訳文ではその中の一つとして再現されることがないのだ。

『肖像畫』で二葉亭の使った「江戸系統の俗語」

二葉亭の「戯作調」を生みだす語彙そのものについては、ドストエフスキーの翻訳で名をなした米川正夫が「江戸系統の俗語」としていくつか具体的に指摘したあと、そうした語彙を使った二葉亭の訳文に否定的なコメントを残している。ここで注目したいのは、米川が「戯作的な語彙」を数多く見い出したのが二葉亭のツルゲーネフものの中ではなくゴーゴリものの中であったことであり、しかも、ゴーゴリものの第一作『肖像畫』の中であったことだ。では、米川の「二葉亭の翻訳」と題する一文の中から該当箇所を引用することにしよう。括弧内に記したのは、日本国語大辞典に掲載されている意味である。

ただ問題にすべきはヴォキャブラリィである。二葉亭はこの時期〔『肖像畫』を書いた一八九七年ごろ〕から、今日の我々にはわかりにくい江戸系統の俗語を、次第に取り入れはじめた。「花を遣《や》つて見たく」〔『二葉亭四迷全集』第二巻、一九六頁／豪勢な遊びをする。楽しいことをする。特に色事をする〕というのを原文で調べてみると、「自分の表芸《おもてげい》を示したく」となつている。「ほんがりとして」〔同、二一四頁／しまりなく口を開いているさまを表わす語。ぽかんと〕と訳されているのは、「馬鹿みたいに」である。「人を坐らせて置いて、のツつそツつして肖像を畫《か》いてゐる人の心持が解らん」〔同、二一八頁／からだを伸ばしたりそらせたりする〕という箇所は、原文には「坐って労作に汲々としている他の〔画家の〕緊張がわからない」と書かれている。「のツつそツつ」が緊張を意味するなどとは想像も及ばない。「世の中の事にすじりもじツた事は一ツもない」〔同、二二〇頁／まがりくねったこと。乱れもつれたこと〕とあるのは「この世ではすべてが簡単に行われる」である。[48]

米川はまた、これより先に『肖像畫』の第一段落に見える「女商人《をんなあきうど》お泣《なき》」〔同、一九〇頁〕は二葉亭の誤訳で、原文では「女商人オフテンカ」であること、さらに、オフテンカはペテルブルグ郊外にあるオフタ村の女という意味であることを指摘する。しかし、二葉亭が誤訳をしたことよりむしろ、「女商人《をんなあきうど》お泣《なき》」などという江戸系統の俗語を使い始めたことこそが問題であると、米川は批判するのだ。

『肖像畫』には米川が指摘した語彙以外にも「江戸系統の俗語」がいくつか使われている。「鳥羽繪」〔『二葉亭四迷全集』第二巻、一九〇頁／江戸時代、日常生活を題材とした戯画。簡略、軽妙に人物などを描いた墨書きの滑稽な絵〕、「店立《たなだて》を喰はせる」〔同、一九五頁／家主が貸家から借家人を追い立てること〕、「歩兵大尉の躁人《わいく》」〔同、二〇三頁／何かというと騒ぎ立てるがさつな人〕、「投首をして」〔同、二〇五頁／投げ出すように前に首を傾けること。うなだれること。手段、方法がなく思案にくれるさま、しょげこむさまをいう〕、「新聞紙上で自分の評判をされる——

ついぞ喰べ附けない事である」（同、二〇九頁／習慣となっていないこと）、「是れ手振《てぶり》に品《しな》を遣らうと試みたものである」（同、二〇九頁／はでにしよう）、「此人達は店で客におべッかる風は無くて」（同、二二六頁／おべっかをいう。へつらう）、「此處では些《ちッ》とも悪鄭寧《わるでいねい》をしない」（同、二二六／度を過ぎて丁寧であること）、「さて繪は澤山其處らに次第《しだら》なく取散らしてあつて」（同、二二七頁／乱雑で秩序がない。だらしがない）、「人々の心を痛める此世の紛擾《やつさもつさ》には縁の遠い風である」（同、二二七頁／大騒ぎ。もめごと）、「口をあんごり開《あ》いて」（同、二二八頁／口を大きくあけるさま。多く、驚いたり、あきれたりして思わず口をあけるさまにいう）、「何を見ても浮き世の暇《ひま》があいたやうなものばかりで」（同、二二八頁／ひまになる）、「もともと人に鼻を開《あ》かせやうとして描《か》いたのだからなア」（同、二三九頁／だしぬいたり思いがけないことをしたりして、優位に立っていた相手をびっくりさせる）等である。

「江戸系統の俗語」を駆使する「語り手」

以上挙げた「江戸系統の俗語」をゴーゴリの原文の表現とつきあわせてみると、二葉亭の訳語の選択は意味の上では、ほとんど問題がないことがわかる。例えば、「鳥羽繪（を覧《み》て）」とか「躁人《わいく》」という最も江戸的であると思われる語彙は、原文ではそれぞれ《карикатурами［(over) caricatures／戯画（を見て）］》、《крикун［shouter／怒鳴る人］》となっており、意味的には実際なんの問題もないのだ。また、米川が不適当であるとした「花を遣《や》つて見たく」を原文で調べてみると、《кое-где показать свою молодость［to show off his youth somewhere／どこかで自分の若さをひけらかしたく］》である。それなら、米川の訳「自分の表芸《おもてげい》を示したく」より「花を遣《や》って見たく（豪勢に遊んでみたく）」という二葉亭の訳のほうがむしろ原文にかなっている。さらに、米川が最も不適切であるとした「人を坐らせて置いて、のツつそツつして肖像を畫《か》いてゐる人の心持が解らん」は、原文にも確かに《Нет, я не понимаю напряженья других сидеть и корпеть за трудом.［No, I can’t understand the exertions of others to sit and sweat over their work.／私には坐って作品に汗水流している他の（画家たち）の骨折りがわからない］》とあり、米川の訳「坐って労作に汲々としている他の（画家の）緊張がわからない」のほうが原文の意味に近い。二葉亭は「人を坐らせて置いて」と一部誤って訳してさえいる。だが、「緊張を意味するなどとは想像も及ばない」と米川が酷評した「のツつそツつ」が「からだを伸ばしたりそらせたりする」という意味で使われているとするなら、米川が「緊張」と直訳した《напряженья [exertions／骨折り]》の意味を身体的な動きとしてよく捉えていると言えるのではないか。米川が問題があるとして挙げたあと二つの「ほんがりとして」「すじりもじツた事」も、原文と照らしてみると意味的には何の問題もない。また、私が付加した「江戸期の俗語表現」も、すべてゴーゴリの原文の意味からはずれてはいないのだ。

二葉亭のこうした「戯作的表現」が今日一般的に使われている語彙からかけ離れているとして批判するのはあまり生産的ではない。それよりはむしろ二葉亭がなぜ、またどこにこうした表現を用いたのかを考えてみるべきであろう。実は先に挙げた江戸期の戯作作品に散見される俗語表現の多くは、ゴーゴリの原作『肖像画』の中では作中人物、殊に主人公のチャルトコーフを戯画的に描写する「語り手」の言葉として使われている。具体的には、米川が酷評した「のツつそツつ」と、「店立《たなだて》を喰はせる」「暇《ひま》があいた」「鼻を開《あ》かせやう」という四つが登場人物の台詞の中で使われている他は、すべて「語り手」の言葉の中で使われているのだ。第三章で詳述した通り、二葉亭はゴーゴリの「語り手」の存在を「る」形を多用することによって強調した。そして、同一語句の繰り返しを原文通り再現することで、その「語り手」の饒舌さを表現した。そして、今また明らかになるのは、二葉亭はゴーゴリの「語り手」に「江戸期の戯作的な俗語」を使わせることで、饒舌さに加えて「語り手」の語り口の滑稽さも表そうとしたということだ。そして、語り手の滑稽な語り口は、二葉亭の選んだ「戯作的な語彙」によって最も効果的に表現されているのだ。

ゴーゴリの「身ぶり言語」を再現するための「戯作的な語彙」

さらに上述の「語り手」の言葉に現れた「戯作的な」言い回しには、身体的な動作を表したものが多いことにも気づく。ここで、われわれは新谷啓三郎が「二葉亭訳『あひゞき』の問題」と題する論文の中で言及した「身ぶり言語」の用法に逢着する。新谷はゴーゴリの言葉の特徴としてこの「身ぶり言語」という用法を次のように述べている。

それ〔＝身ぶり言語〕は、音の調子と意味的な（あるいはメタファ的な）イメージとが相乗的につくり出す感覚的、表情的な効果を持つ語の用法であって、そうした表情豊かな身ぶりをもっているのがゴーゴリの言葉である。（中略）その〔＝ゴーゴリの作品の〕語り口は淡々とあった事実をその因果の論理にしたがって語るというのではなく、あるいは地口や洒落に頼って人物を描き出したり、あるいは昂揚した抒情を格調高く謳ったり、と言う風で、もっぱら音調と語の感覚的イメージを表現の武器としている。ある批評家は、ゴーゴリには中庸の体がない、つまり人物の動作や状況を対象化して描写するスタイルが欠けているといった。(49)

二葉亭はゴーゴリが「語り手」に語らせた抽象化されない非常に具体的な表現に、江戸の戯作作品に見られる身体的な動作を表現する語彙、つまり「身ぶり言語」を重ねていったのである。また、音調に敏感であった二葉亭はまた「のッつそツつ」や「すじりもじツた」「躁人《わいわい》」「紛擾《やつさもつさ》」などの同音が繰り返される「戯作的」表現を好んで用いることで、直接にではないがゴーゴリの原文にみられる音調を再現しようとしたようにも思われる。二葉亭の訳文はこうしてはっきりとした文調を持つようになった。それは、ツルゲーネフ作品の訳文としてはふさわしいものではなかったが、ゴーゴリ作品の訳文としては最適の文調であった。

先に挙げた木村論文では、「戯作調」を非難しながらも、野上豊一郎が自著『翻訳論』の中で提唱した「無色的翻訳」の説に照らして、二葉亭は「完成された独自のスタイル」を持ったとして、その中期・後期の訳文が最終的に賞賛されている。

野上氏は翻訳は原作の「色調」をそのまま移すことが理想であるが、もしそれが望めない場合には、訳者自身の色を塗った翻訳よりもむしろ何も色のない翻訳を可とすると考えられ、前者の例として二葉亭（および逍遥）を、後者の例として鷗外をあげられた。

と、野上の「翻訳論」の論旨をあげたあと、野上の挙げた例に反駁して、鷗外も二葉亭に劣らず「訳者自身の色」をはっきりと持っていたと述べる。さらに、野上が「無色の翻訳」を理想とするのにも反駁して、次のように述べるのである。

翻訳（特に語系を異にする二国語間の）が、原作と絶対に同じ色調のものになり得ないということは恐らく翻訳が本来的にになっている宿命であろう。（中略）最後に、翻訳者のそういう努力（＝自分のスタイルを原作のそれに近づけて行こうとつとめること）にも拘らず、出来上った作品が全く原作と調子のちがったものであったとしても、前に云ったようにもしその翻訳が立派な独自のスタイルをさえ持っているなら、原作の代用品というのとはちがった意味で自国の文学にプラスすることができるだろう。皮肉なことだが、文学の歴史はむしろそうした翻訳の方が、忠実ではあっても「無色の」翻訳より長く生き続けている多くの例を提供しているようである。してみれば翻訳者は独自のスタイルを持つことを恐れるべきではなく、むしろ反対に自己のスタイルが「無色」であることを、云いかえればスタイルをなしていないことをこそ、恥とすべきではないだろうか[50]。

木村は二葉亭のツルゲーネフものの「色調」が、原作の色調にどれほど近いか、あるいは遠いかということについては何も触れていない。が、二葉亭の「はっきりとした色を持つ翻訳」が明治二十年代以降の日本文学の動向を左右するほどの大きな力となりえたことは確かだと、結語している。ここで、木村のあえて触れなかったことに言及するとすれば、二葉亭のツルゲーネフものの「色調」、すなわち戯作調は、原作の色調とは相容れないものであった。が、同じ二葉亭の「（戯作的な）色を塗った翻訳」はゴーゴリの原作にはうってつけであった、と言えるのではないか。

ここで再びゴーゴリもの第三作『狂人日記』に戻って、そこでの二葉亭の「戯作調」を確かめてみることにする。

『狂人日記』にみられる「戯作的語彙」一覧

『肖像畫』には「語り手」がいて、その「語り手」が主人公や登場人物たちを「戯作」特有の「身ぶり言語」を駆使して描写した。一人称小説『狂人日記』では主人公ポプリーシチンが他の登場人物たちと、そして自分自身を「身ぶり言語」で直接描写する。それでは、『狂人日記』の中からいくつか「戯作的な表現」を拾ってみることにしよう。括弧内には日本国語大辞典に掲載された意味を添えた。「あの赤螺《あかにし》を口説いて」（『二葉亭四迷全集』第三巻、四三七頁／アクキガイ科の巻き貝。高さ一五～二〇センチメートル。殻の口は大きく内面は美しい赤色。この貝の蓋を堅く閉じたさまが、金銀を握って放さない様子に似ているところから、けちな人をあざけっていう語。原文には《выпросить у этого жида [to extract from that Jew／あのユダヤ人から無理に引き出す]》とある）、「機《まん》が好かつたら」（同、四三七頁／正しくは「間《まん》」。まわり合わせ。めぐり合わせ。運）、「蟲酸《むしず》の走るやうな面《つら》をしてゐる先生でも、」（同、四三七頁／正しくは「蟲酢《むしず》が走る」。胃病などで胸がむかむかしたとき、胃から口中に逆流してくる酸敗液が出て、吐き気を催すこと）、「如何《どう》して吾々仲間は斯う悪戯《いたづら》が好きなんだらう?」（同、四三八頁／性愛に関する行為、感情などを主として否定的にいう語。性に関してだらしがないこと。みだらであること）、「一番此狗《こいつ》の跟《あと》を随《つ》けて、如何《どん》な事を一躰考へてやがるか、研究して來《こ》まそ」（同、四三九頁／「こます」補助動詞として用いる。動詞の連用形に「て」を添えた形について、ある動作をしようとする自分の意志を表わす。…してやる。やってやる。ここでは、「研究してこよう」の意）、「地主先生筆を持たせると中々味をやりをる。」（同、四四〇頁／気のきいたことをする）、「氣色《けしき》ばかり笑《えみ》を含まれた時、」（同、四四一頁／ほんの形だけ。ごくわずか）、「一寸《ちよツと》來いと人を呼付けて置いて、従頭《てんき》に、」（同、四四一頁／真っ先に。最初に）、「腦天の髪の毛を一撮《ひとツちよぼ》縮らしたのを薔薇《ばら》の花形に盛上げ、」（同、四四二頁／正しくは

「樗蒲《ちょぼ》」［采の目の総数が二一になるところから］白魚を二一匹ずつをひとまとめにして数えることば。のちには二〇匹をもいう。また、白魚以外の数にもいう）、「その子息株《むすこかぶ》は放蕩で僭上《せんじやう》だと、」（同、四四三頁／分を過ぎた贅沢をすること）、「それだのに己《おれ》の仲間にや度し難い奴がある、」（同、四四三頁／済度《さいど》しがたい。救いがたい。また、わからずやでどうしようもない）、「其様《そん》な氣《き》の利いた藝當は折介《をりすけ》にや出來ないかも知れないけど」（同、四四九頁／正しくは「折助」。江戸時代、武家に使われた中間《ちゅうげん》、小者《こもの》の異称。折公。原文では《грубиян［boor／無作法者］》とある）、「偶《ふッ》と男衆《おとこしゅ》が來て、」（同、四四九頁／下男。男の奉公人。原文では《лакей［footman／従僕》とある）、「異《おつ》う氣取つて御挨拶なさる、お孃様は嬉しさうにお辭儀をなさる、」（同、四四九頁／正しくは「乙」。変に。むやみに。やたらと。原文には《и весело поклонилась на его шарканье［and she merrily bowed as he clicked his heels／そして彼が両方のかかとを軽く打ち当てるという敬意のしるしに対して彼女はうれしそうに頭を下げた。］》とある）、「お敵《かた》は何といふだらう？　阿父《おとつ》さんの局長の言草も聞きたい。」（同、四五二頁／「敵《てき》」と読ませて、遊里で、相手を言う語。遊女が客を、客が相手を言う語として用いた。ここではポプリーシチンが自分の恋の相手ソフィーを指すために用いている）、「妙ちきりんぢやないか。」（同、四五二頁／［「りん」は口拍子で添えたもの］奇妙なこと。ふつうにはない不思議なこと）、「これに現《うつゝ》を抜かして、一日用が何も手に附かなかつた。」（同、四五三頁／ある物事に心を奪われて、夢中になる）、「何しろ相手は下司《げす》だ。」（同、四五四頁／品性が下劣であること。下品であること。また、その人）、「己《おり》や最う彼様《あん》な見たくでもない公文《こうぶん》なんぞ寫しちや遣らんから。」（同、四五四頁／見たいとも思わない。見るのがいやだ）、「まあ、一寸洒落《ちよッとしやれ》に出勤して見た。」（同、四五四頁／たわむれて。冗談で）、「唯胸氣《むなき》な奴が二人の仲に水を注《さ》しても、」（同四五五頁／気にさわること。胸糞《むなくそ》の悪いこと）、「西班牙《スペイン》の王様といふ事は氣振《けぶ》りにも見せなかつた。」（同、四五六頁／なんとなく感じられる様子。けはい）、「彼奴等《あいつら》の手に掛けて不躰裁《だいなし》な物にされツ了《ちま》ふのも業腹《ごふはら》だから」（同、四五六頁／［業火が腹の中で燃える意］非常に腹の立つこと）、「局長は大箆棒《おおべらぼう》だ。何も知りやアがらない。」（同、四五六頁／たいへんばかげていること。余りにもひどいさま、また、その人をののしっていう）、「地球全躰が厭に悪臭《わるぐさ》くなつて、鼻の孔《あな》に栓《せん》をする必要が起るのだ。」（同、四五八頁／ひどく不快なにおいがする。悪臭がある）、「貴様は英人の指の先で三番《さんば》を踊つてるのだ。」（同、四五九頁／［三番叟は能の最初に演じる祝儀的な曲の一つとして舞うことから］口をきる。最初の役をつとめる）、「幾ら憤《おこ》つたつて最《も》う睨《にら》みが利《き》かないから、己《おれ》は臍茶《へそちや》でゐた。」（同、四五九頁／おかしくてたまらない、また、ばかばかしくてしかたがないたとえ。多くあざけりの意をこめて用いる）。

　以上が二葉亭の『狂人日記』の中の「戯作的」語彙の主なものである。日本国語大辞典はこれらの語彙について、「人間の現実をそのまま描いた(51)」浮世草子の中から『好色一代女』『好色五人女』『西鶴置土産』（以上、井原西鶴作）、『好色床談義』『傾城禁短気』や、「遊郭での活き方を扱い、そこでの気取りである洒落を描いた」洒落本『傾城買四十八手』『春色辰巳之世界錦之裏』、「一般形式の洒落本と異なり、具体的な個人を登場させた」人情本『春色梅児誉美《ごよみ》』『春色辰巳園』（以上、為永春水作）、『恩愛二葉草』『我孀の春雨』、「江戸市民の中でも職人達の中に漂っている罪のない笑いを描いた」滑稽本『浮世床』『浮世風呂』（以上、式亭三馬）、『東海道中膝栗毛』（十辺舎一九）、『八笑人』等の作品からそれぞれ用例を挙げている。中でも、二葉亭が好んだとされる式亭三馬の『浮世床』『浮世風呂』から「度し難い」「折介《をりすけ》」「男衆《おとこしゆ》」「見たくでもない」等の語彙が挙がっているのが注目される。

ゴーゴリ作品の喜悲劇的要素を再現する「戯作的語彙」

　こうした「戯作的」語彙を二葉亭は、初めポプリーシチンが自分の周囲の人々を非難がましく描写するために用いた。が、後半では主に狂気に陥っていくポプリーシチンに自分自身の行為を描写させるために使っている。「蟲酸《むしず》の走るやうな面《つら》をしている先生」「如何《どう》して吾々仲間は斯う悪戯《いたづら》が好きなんだらう？」「地主先生筆を持たせると中々味をやりをる。」「それだのに己《おれ》の仲間にや度し難い奴がある、」等の前半にみられる用例を見ると、ポプリーシチンの非難の調子にはどこか相手を許しているところが窺える。戯作的な語彙が二葉亭の訳文に自然にはいりこんで、ゴーゴリの原文の調子をうまく再現しているようだ。

後半になると、失恋のショックで自分を「九等文官であると誤認していたスペイン国王フェルジナンド八世」であると思い込むポプリーシチンの悲劇に、「戯作的」な言い回しが滑稽なような物悲しいような独特の色合いを添えている。二葉亭の描くポプリーシチンは、スペインに王様がいなくなった事態を「妙ちきりんぢやないか」と感じ、「これに現《うつゝ》を抜かして、一日用が何も手に附かなか」なくなる。そして、ある日、自分がスペイン王だったと突然悟ったあとは、「己《おり》や最う彼様《あん》な見たくでもない公文《こうぶん》なんぞ寫しちや遺らんから」と、断然仕事を放棄してしまう。初めは「西班牙《スペイン》の王様といふ事は氣振《けぶ》りにも見せなかつた」ポプリーシチンだが、書類にフェルジナンド八世と署名するなどして狂気が次第に露見するところとなり、ついには精神病院に収容されてしまう。それでも、ポプリーシチンは精神病院をスペインの宮廷であると思い込み「幾ら憤《おこ》つたつて最《も》う睨《にら》みが利《き》かないから、己《おれ》は臍茶《へそちや》でゐた」と、頭を剃られても棒でたたかれても平然としているのだ。ゴーゴリ作品の真髄を「涙を通した笑い」であるとしたリチャード・ピース[52]の言を待つまでもなく、『狂人日記』のポプリーシチンの狂気は悲喜劇として描かれる。そして、二葉亭の「戯作的」語彙は、悲劇を喜劇に転換するのに大いに役立っている。つまり、二葉亭はロシアの作家ゴーゴリの作品の真髄である喜悲劇を、日本の戯作作品の語彙によって再現しようとしたと考えられるのだ。であるとすれば、ここでもやはり二葉亭は異化的な翻訳方法を採っているのではないか。

『狂人日記』で二葉亭が同化的翻訳をしたとされる箇所

さて、こうした江戸戯作作品の「身ぶり言語」で成功した二葉亭は、同じ戯作作品からいくつか特殊な名詞を訳語として使ってもいる。吝嗇なユダヤ人の会計係を「赤螺《あかにし》」、無作法もののブルドッグを「折介《をりすけ》」、ソフィーの従僕を「男衆《おとこしゅ》」、そして、ポプリーシチンが恋焦がれる長官の娘ソフィーその人を遊郭独特の用語である「お敵《かた》」と表現したのである。これらの戯作作品に見られる名詞は、先に挙げた「身ぶり言語」と違って、現代のわれわれには分かりにくくなっている。その分かりにくさがまたわれわれに、二葉亭はあまりに日本的な言葉遣いでゴーゴリの描いたロシアの喜悲劇を日本のそれにすり替えてしまっているように感じさせる。戯作作品の「身ぶり言語」とは違って、戯作作品で使われた特殊な名詞は、遊郭という場を失うことで、意味も急激に忘れ去られていった。ロシア文化を日本文化に置き換えて、置き換えられたロシア文化が生かされず、置き換えた日本文化だけが突出してしまっているのだ。ここでは、二葉亭がロシアという異文化を日本に取り込むための異化的な翻訳法ではなく、ロシア文化を日本文化に置き換えて日本の読者に読みやすくした同化的翻訳法を採ったと評価されても仕方がない。ただし、現在の日本の読者ではなく、二葉亭が翻訳を発表した当時の読者にとって「読みやすかった」だけなのだが。

ここでもう一つ、一般に二葉亭が同化的翻訳法を採っているとされる例として、ロシアの通りの名前を音訳、つまりカタカナで表記せず、意訳した箇所をあげてみよう。今回は二葉亭と対照的な翻訳法を採った横田の訳文だけでなく、二葉亭の翻訳に先立つ八年前の一八九九（明治三十二）年に出版されている今野愚公の『諷刺小説／狂人日記』からも同一箇所を引用し、問題となる箇所を太字で示した。ポプリーシチンが思いを寄せる令嬢ソフィーの飼い犬メッジイが、友達の犬フェデリと話しているのを立ち聞きしたポプリーシチンは、フェデリを連れた二人の婦人の後を追うことを決意する。

Записки сумасшедшего

«Пойду-ка я», сказал я сам себе, «за **этой собачонкою** и узнаю, что она и что такое думает». Я развернул свой зонтик и отправился за двумя дамами. Перешли в **Гороховую**, поворотили в **Мещанскую**, оттуда в **Столярную**, наконец, к **Кокушкину мосту** и остановились перед большим домом. «Этот дом я знаю», сказал я сам в себе. «Это дом **Зверкова**».[53]

[“Perhaps I will follow”, I said to myself, “**that little dog** and I will find out, who she is and what she is thinking”. I unfolded my umbrella and set off after the two ladies. They went across **Gorokhovaya Street**, turned into **Meschanskaya Street**, from there into **Stolyarnaya Street**, finally, towards **the Kokushkin Bridge** and stopped in front of a big house. "I know this house", I said to myself. "This is **Zverkov's** house".

『諷刺小説／狂人日記』（今野訳）

其時予《そのときよ》は**ヒデレ**が如何《どう》いふ性質《せいしつ》の狗《いぬ》か、如何《どう》いふ考《かんがへ》を持《もつ》てゐるか、そつと尾行《つけゆき》て機會《をり》もあらば質《たゞ》してくれんと思《おも》ひ立《た》ち、乃《すなわ》ち洋傘《かさ》を畳《たゝ》み兩女《ふたり》の跡《あと》をつけたり。二人《ふたり》は**ゴロコーワヤ町《まち》**を過《す》ぎ**ミエシチヤンスカヤ町《まち》**に曲《まが》り此處《こゝ》にて**大工《だいく》の家《いへ》**に立寄《たちよ》り**コクシン橋《ばし》**を渡《わた》る、橋《はし》を渡《わた》れば大《おほ》きなる貸長屋《かしながや》あり、二人《ふたり》は乃《すなは》ち此《こ》の内《うち》に入《い》る。余《よ》は豫《かね》てよく此家《このいへ》を知《し》れり、此《こ》れぞ**テルコウ**といふ男《をとこ》の持家《もちいへ》にて、（種々雜多《しゆぐざつた》の人間住《にんげんすま》ひ、宛然《えんぜん》一個《か》の化物屋敷《ばけものやしき》なり。[54]）

『狂人日記』（二葉亭訳）

「一番**此狗《こいつ》**の跟《あと》を隨《つ》けて、如何《どん》な事を一躰考へてやがるか、研究して來《こ》まそ」と、傘を擴げて、二人の婦人の後《あと》から行つて見た。**豆町《まめちやう》**へ出て、**町人町《ちやうにんまち》**へ曲つて、あれから**指物屋町《さしものやまち》**を通つて、**杜鵑橋《ほとゝぎすばし》**へ掛る手前で、大きな家の前で其婦人達は立止つた。「お、、此家《うち》なら知つてる、こりや**ズウエルコフ**の持家だ。」と、腹の中でな。[55]

『狂人日記』（横田訳）

『よーし』と、おれは肚のなかで思った、『ひとつ**あの小犬**のあとをつけていって、奴の素性をつきとめ、いったい、どんなことを考えているのか、見とどけてやることにしよう』

そこで、おれは洋傘をひろげて、二人の婦人のあとをつけてゆくことにした。二人は**ゴロホワヤ通り**をぬけ、

メシチャンスカヤ通りへまがり、そこから**ストリャルナヤ**へでて、**コクーシキン橋**へ向かったところで一軒の大きな家の前で立ちどまった。『この家なら知っているぞ』と、おれは口の中でつぶやいた、『これは**ズヴェルコーフ**の持ち家だ(56)』

今野、二葉亭、そして横田と、三つの翻訳を読み比べてみると、「日本の通りには名前がない」という文化的事実に対して、三人の翻訳者がいかに対処したのかが興味深く浮かび上がってくる。二葉亭は原文にある通りの名前を意訳しただけではなく、通りを町と書換えてロシアと日本の文化的な差異を埋めた。つまり、当時の日本の読者に分かりやすいように、ロシアの文化を日本の文化に取り込む同化的な翻訳方法を採ったのである。一九八三年に初版が出されている横田の訳ではロシア語の音を正確にカタカナ表記し、通りであることも明記される。その結果、二葉亭が「豆町《まめちやう》」「町人町《ちやうにんまち》」「指物屋町《さしものやまち》」と表記した箇所は、横田の訳文では「ゴロホワヤ通り」「メシチャンスカヤ通り」「ストリャルナヤ」と改められた。横田は「通りにはそれぞれ名前がある」というロシアの文化的事実をそのまま日本の読者たちに伝えているわけだ。つまり、異化的な翻訳をしたのである。もちろん、現代の読者は「西洋の通りには名前がある」という文化的事実にすでに慣れてしまっているから横田が異化的な翻訳をしたことに大きな意味があるわけではない。が、二葉亭や今野が西洋の文学を翻訳していたときには、読者にとっては説明なしでは理解しがたい文化的事実であった。三つの翻訳の中で最も古い一九九九（明治三十二）年になった今野の訳文では、「ゴロコーワヤ町《まち》」「ミエシチヤンスカヤ町《まち》」と音訳で通りの名前を表現しながら「通り」を「町」と書換えるという二葉亭と横田の中間を行く翻訳方法を採っている。つまり、異化的でもあり同化的でもある翻訳方法を採っているのだ。おそらく当時としては最大限の異化的な翻訳であったのだろう。が、三つ目の通りの名前に関して、今野は原文の《Столярная（Улица）［Jointers（Street）／指物師の通り］》を「大工の町」と意訳するのではなく「大工の家」と誤訳してしまった。一貫性と正確さという点からすれば、今野の訳より、八年後になった二葉亭の訳の方に軍配が上がる。

二葉亭は、通りの名前だけではなく橋の名前もまた意訳している。今野が「コクシン橋《ばし》」と、横田が正確に「コクーシキン橋」と音訳したところを、二葉亭は「杜鵑橋《ほととぎすばし》」と意訳して固有名詞の煩雑さによる日本の読者の負担を軽減しようとした。

　ところで、二葉亭が意訳をしたのは橋の名前と、通りの名前、しかも有名でない通りの名前に限られたということは是非とも言っておかなくてはならない。引用箇所でも分かるように、人物名は正確にカタカナで音訳している。《Дом Зверкова［Zverkov's house／ズヴェルコーフの家］》が、二葉亭の訳文の中では「ズウエルコフ」とほとんど正確に音訳されているのに対して、今野の訳では「テルコウ」とかなり音が省略されている。二葉亭の耳のよさが知られる訳である。ちなみに、今野の訳で「ヒデレ」となっているのは、ポプリーシチンが追いかけようと決意した小犬の名前で、原文では《Фидель［Fidel'／フィデリ］》となっている。二葉亭は、これも正しく「フヰデリ」と音訳している。二葉亭はまた、「クールスカヤ縣」「ネーフスキイ通り」「マドリッド」など有名な地名に関しては音訳しているのだ。だとすると、二葉亭の通りに関する訳には一貫性がなくなることになる。二葉亭はどうして有名ではない、地方の通りだけを意訳したのだろうか。

意訳の効果

その答えを秦野一宏は「ゴーゴリの二葉亭訳をめぐって」と題する論文の中で出している。秦野は後日ポプリーシチンが二人の婦人の入っていった家を訪ねるために、二人の足跡を忠実に辿っていく次の場面を引用して、この謎解きをする。

　一つフヰデリに逢つて詰問して來《こ》まそと、午後二時に家《うち》を出た。己《おれ》はキヤベヂが大嫌だが、**町人町**《ちやうにんまち》の小店の前を通ると、其臭《におひ》が粉々《ぷんく》するのに、何處の家《うち》でも屹度《きツと》門の下からおツそろしい臭氣を放つので、己《おれ》は鼻に蓋をして一生懸命に駈け抜けた。お剰《ま》けに、**職人**といふ奴は仕方がないもので、手ン手《てで》ンの仕事場から煤烟《すゝけむり》をした、か吐き出させるから、此處らで散歩は到底《とて》も出來ない。(57)

秦野は言う。「「町人町」を「メシチャンスカヤ」とすれば、場面の効果は半減どころか、無に帰してしまうだろう。」そして「ポプリーシチンは「職人」の悪口も言っているが、それは「指物屋町」を通る時のことなのだ(58)」と。つまり、キャベツの悪臭をふりまくのは町人町でなくてはならず、職人たちが黒煙を吐き出すのは指物屋町でなくてはならないと、通りの名前を意訳すること自体に意味を見い出しているのだ。通りに名前を与えられたこの場面は、仲間うちで常に見下げられているポプリーシンが町人や職人たちをあからさまに嫌悪、軽蔑し、見下げていることを効果的に示すものである、と秦野は明快な分析を下す。つまり、ここでもまた下級官吏のポプリーシチンの尊大さと小心さのないまぜになった複雑な精神構造があきらかにされるのだ。引用部分で二葉亭は「戯作的な」語彙を多用して、ゴーゴリの原文にあふれる滑稽さを強調しながら、通りの名前に意味を与えることでポプリーシチンという下級官吏の屈折した性格を表現した。とすれば、二葉亭は同化的翻訳方法を採っているのではなく、ゴーゴリの原作の「喜悲劇の主人公」という真髄を再現しようとして、異化的な翻訳方法を採ったといえるのではないか。

秦野の触れなかった「豆町」についても、自分をスペイン国王だと思いこんでから数日後の日記に、ポプリーシチンは女性の結婚観をあれこれ邪推したあげく女性は悪魔にしか惚れないんだと決めつけ、「悪魔に惚れる」女性の虚栄心について次のように記すのである。

皆《みんな》虚栄心の爲《さ》せる業《わざ》だが、其虚栄心は何から起るかといへば、舌の裏に小さな腫物《しゆもつ》があるからで、其中に**大《おほき》さピンの頭ほどの小さな蟲**が栖《す》んでゐる。**皆豆町《みんなまめちやう》**の何とかといふ理髪師の細工だ。(59)

ここでも「豆町」が「ゴロホーバヤ」と音訳されていたら、「大《おほき》さピンの頭ほどの小さな蟲」とは何のつながりもなくなり、ポプリーシチンの描き出す妄想の効果は激減すること間違いない。

以上述べてきた通り、二葉亭の一見同化的と見える翻訳方法も、ゴーゴリの原文の通りの名称を効果的に場面の中に生かすためになされたもので、単純に日本人の読者の負担を軽減するためになされたものではない。ここでも二葉亭はゴーゴリの『狂人日記』という作品に一貫して流れる「喜悲劇」という真髄を再現するために異化的な翻訳方法を採ったのだと結論したい。

『狂人日記』という悲喜劇を浮き彫りにする異化的翻訳法

『狂人日記』の「喜悲劇」という真髄は《Чи 34 сло Мц. гдао. чпɐdвэФ 349.》という奇妙奇天烈な日付を持った最後の日記文に覿面《てきめん》に表されている。二葉亭はこの日付を「三百四十九月年二三十日四」と正確に訳した後、日記文を次のように結んでいる。

Записки сумасшедшего

Матушка, спаси твоего бедного сына. Урони слезинку на его больную головушку! посмотри, как мучат они его! прижми ко груди свой бедного сиротку! ему нет места на свете! его гонят! — Матушка, пожалей о своем больном дитятке!... **А знаете ли, что у Алжирского дея под самым носом шишка?**(60)

Mother, save your poor son! Shed a tear on his aching head! See how they are torturing him! Press a poor orphan to your breast! There is no place for him in this world! He is persecuted! — Mother, have pity on your poor sick little child!... **And did you know that the Bey of Algiers has a lump right under his nose?**〕

『狂人日記』（二葉亭訳）

阿母《おつか》さん、お前の忰《せがれ》は憂き目を見てゐる、助けて下され、助けて！　切《せ》めて哀れを泣いて下され！　これ、こんなに憂目《うきめ》を見てるでないか！　便《たよ》りない兒を抱締めて下され！　己《おれ》や此世に身の置處がない。虐《いぢ》められてるぞい！　阿母《おつか》さん、病身の兒を可哀《かわい》さうだと思つて下され！　……**時に、アルジールの王様の鼻の下に瘤《こぶ》が出來たを御存じかい？**(61)

ポプリーシチンには依然として自分が精神病院の中にいることがわかっていない。が、自分が痛めつけられていることは間違いのない事実である。身体的な痛みが現実を思い知らせ、悲鳴をあげさせ、母に救いを求めさせるのだ。二葉亭は母に救いを求める言葉を丁寧体で訳し出して、ポプリーシチンの悲劇を正確に再現する。しかし、ポプリーシチンは悲劇の中にとどまってはいない。最後は「時に、アルジールの王様の鼻の下に瘤《こぶ》が出來たを御存じかい?」と、苦しんでいるのは自分ばかりではない、立派なアルジェリアの王様にさえ身体的な痛みがあるんだと付け加える。そして、二葉亭はこの最後の落ちを丁寧体から普通体に文体を換えることで、ポプリーシチンの問い自体の不適切さと不適切ゆえの可笑しさを見事に描き出すのだ。二葉亭は最後までゴーゴリの『狂人日記』の狂気という「悲劇」の中の「喜劇的要素」に忠実に異化的翻訳をしていったのである。

注

（1）源貴志「『血笑記』から『平凡』へ」『ロシア語ロシア文学研究』第二一号、一九八九年一〇月、三頁。
（2）源貴志「『血笑記』から『平凡』へ」同前、四頁。
（3）源貴志「『血笑記』から『平凡』へ」同前、五頁。

（4）Н. В. Гоголь, *Полное собрание сочинений Н. В. Гоголя, Том четвертый "Записки сумасшедшего"*, Москва, А. И. Мамонтов и К°, 1874, p. 252.

（5）ゴーゴリ作、二葉亭四迷訳『狂人日記』『二葉亭四迷全集　第三巻』筑摩書房、一九八五年、四三七頁。

（6）ゴーゴリ作、横田瑞穂訳『狂人日記』岩波書店、一九八三年、一七三—一七四頁。

（7）Леонид Андреев, *Повести и рассказы в двух томах, Том первый*, 1898-1906г.г., Издательство «Художественная Литература», Москва, 1971, p. 475.

（8）アンドレーエフ作、二葉亭四迷訳『血笑記』『二葉亭四迷全集　第三巻』筑摩書房、一九八五年、五一一頁。

（9）二葉亭四迷『平凡』『二葉亭四迷全集　第一巻』筑摩書房、一九八四年、四一七頁。

（10）Н. В. Гоголь, *Полное собрание сочинений, Том второй Миргород*, Издательство академии наук СССР, 1937, Nendeln/Liechtenstein: Kraus Reprint, pp. 701-703.

（11）安井良平「解題」『二葉亭四迷全集　第三巻』筑摩書房、一九八五年、六九四—六九五頁。

（12）『狂人日記』において二葉亭は、一般に日付を原文に忠実に、克明に訳し出しているのだが、最初の日付を原文で「十月三日」とあるのを「十月五日」と誤訳している。二葉亭の翻訳にはこうした時間や日付に関してのケアレスミスが時々見受けられる。

（13）И. С. Тургенев, *Сочинения*, Издание братьев Салаевых, Том второй, Карлсруэ, 1865, p. 273.

（14）ツルゲーネフ作、二葉亭四迷訳『あひゞき』『二葉亭四迷全集　第二巻』筑摩書房、一九八五年、五頁。

（15）ツルゲーネフ作、二葉亭四迷訳『あひゞき（改譯）』同前、一七五頁。

（16）新谷敬三郎「二葉亭訳『あひゞき』の問題」、早稲田大学『比較文学年誌』一九六七年、五三—五四頁。

（17）杉山康彦「長谷川二葉亭における言文一致」『文学』三六号、一九六八年、三六頁。

（18）ツルゲーネフ作、二葉亭四迷訳『あひゞき』同前、一五—一六頁。

（19）ツルゲーネフ作、二葉亭四迷訳『あひゞき』同前、一六頁。

（20）川端香男里編『ロシア文学史』東京大学出版会、一九八六年、一六八頁。

（21）吉田精一「解題」『明治文學全集六七　田山花袋集』筑摩書房、一九六八年、三八八—三九一頁。

（22）田山花袋『蒲團』『明治文學全集六七　田山花袋集』筑摩書房、一九六八年、七一頁。

(23) 大野晋「既知と未知」『日本語の文法を考える』岩波書店、一九七八年、二一—五〇頁。
(24) 田山花袋『一兵卒』『明治文學全集六七　田山花袋集』筑摩書房、一九六八年、一〇二頁。
(25) ツルゲーネフ作、二葉亭四迷訳『あひゞき〔改譯〕』『二葉亭四迷全集　第二巻』筑摩書房、一九八五年、一八四—一八五頁。
(26) 二葉亭四迷「『平凡』物語」『二葉亭四迷全集　第四巻』筑摩書房、一九八五年、二四六頁。
(27) 二葉亭四迷『平凡』同前、五三〇—五三一頁。
(28) 田山花袋『蒲團』同前、一〇一頁。
(29) 二葉亭四迷『平凡』同前、四四四頁。
(30) 二葉亭四迷『平凡』同前、四九八頁。
(31) 二葉亭四迷『平凡』同前、五三三頁。
(32) Н. В. Гоголь, *Полное собрание сочинений Н. В. Гоголя, Том четвертый, op. cit.*, 1874, p. 257.
(33) ゴーゴリ作、二葉亭四迷訳『狂人日記』同前、四四二頁。
(34) ゴーゴリ作、横田瑞穂訳『狂人日記』同前、一八三—一八四頁。
(35) Н. В. Гоголь, *Полное собрание сочинений Н. В. Гоголя, Том четвертый, op. cit.*, 1874, p. 253.
(36) ゴーゴリ作、二葉亭四迷訳『狂人日記』同前、四三八頁。
(37) ゴーゴリ作、横田瑞穂訳『狂人日記』同前、一七五頁。
(38) Н. В. Гоголь, *Полное собрание сочинений Н. В. Гоголя, Том четвертый, op. cit.*, 1874, p. 260.
(39) ゴーゴリ作、二葉亭四迷訳『狂人日記』同前、四四六頁。
(40) ゴーゴリ作、横田瑞穂訳『狂人日記』同前、一九一頁。
(41) Н. В. Гоголь, *Полное собрание сочинений Н. В. Гоголя, Том четвертый, op. cit.*, 1874, p. 258.
(42) ゴーゴリ作、二葉亭四迷訳『狂人日記』同前、四四四頁。
(43) ゴーゴリ作、横田瑞穂訳『狂人日記』同前、一八六頁。
(44) Lawrence Venuti,, "Strategies of Translation" in Mona Baker (ed) *Routledge Encyclopedia of Translation Studies*, London & New York: Routledge , 1977, p. 242.

(45) 木村彰一「二葉亭のツルゲーネフものの翻訳について」『文学』、一九五六年、四六―四七頁。
(46) И. С. Тургенев *Сочинения И. С. Тургенева "Дым"*, издание братьев салаевых, Москва, 1868, pp. 50-51.
(47) ツルゲーネフ作、二葉亭四迷訳『けふり』『二葉亭四迷全集　第三巻』筑摩書房、一九八五年、六二九―六三〇頁。
(48) 米川正夫「二葉亭の翻訳」『国文学解釈と鑑賞』一九六三年、九一頁。
(49) 新谷啓三郎「二葉亭訳『あひゞき』の問題」同前、六五頁。
(50) 木村彰一「二葉亭のツルゲーネフものの翻訳について」同前、四九頁。
(51) 守随憲治『国文学史』東京大学出版会、一九五六年、二〇一頁。
(52) Richard Peace, *The Enigma of Gogol, An Examination of the Writings of N. V. Gogol and their Place in the Russian Literary Tradition*, Cambridge University Place, Cambridge, 1981, p. 125.
(53) Н. В. Гоголь, *Полное собрание сочинений Н. В. Гоголя, Том четвертый*, *op. cit.*, p. 254.
(54) ゴーゴリ作、今野愚公訳『諷刺小説／狂人日記』『明治翻訳文学全集　新聞雑誌篇三七／ゴーゴリ集』大空社、二〇〇〇年、一七八頁。
(55) ゴーゴリ作、二葉亭四迷訳『狂人日記』同前、四三九頁。
(56) ゴーゴリ作、横田瑞穂訳『狂人日記』同前、一七八頁。
(57) ゴーゴリ作、二葉亭四迷訳『狂人日記』同前、四四五頁。
(58) 秦野一宏「ゴーゴリの二葉亭訳をめぐって」『ロシア語ロシア文学研究』第二六号、一九九四年、七六頁。
(59) ゴーゴリ作、二葉亭四迷訳『狂人日記』同前、四五五頁。
(60) Н. В. Гоголь, *Полное собрание сочинений Н. В. Гоголя, Том четвертый*, *op. cit.*, p. 272.
(61) ゴーゴリ作、二葉亭四迷訳『狂人日記』同前、四六〇頁。

第五章　翻訳者二葉亭の貢献

文学者二葉亭四迷は文学者であることを嫌い、創作を三作しか残さなかった。創作に苦しんだ二葉亭は、翻訳に創作以上の意味と喜びを見い出し、生涯翻訳という作業から離れることはなかった。そして、四十六年の生涯に二十五編のロシア文学の翻訳作品を世に送った。(1) 中でもツルゲーネフの翻訳は九編を数え、処女出版翻訳『あひゞき』と『めぐりあひ』は処女創作『浮雲』と並んで、日本文学に大きな影響を与えた。では二葉亭の翻訳の影響とは具体的に何であったのか、それをこの最終章では追うことにする。

二葉亭が創り上げた二つの翻訳文体

未曾有の逐語訳であった『あひゞき』の文体は、ロシア語の過去形動詞に逐一「た」形を充てることで、原作の過去回想の視点を見事に再現したものだった。だが、当時の文芸評論家たちには、その文体は新しすぎて不評だった。また、訳者二葉亭自身も『あひゞき』の文体には不満で、出版から八年後に改訳を出して初訳の文体に大きな改変を加えた。その文体的な改変の最も顕著なものが文末詞であり、過去表示詞の「た」形が圧倒的多数を占める処女翻訳の「清新な」文体は、「る」形（動詞の終止形）が多数を占める一見「従来通り」と見える文体に変わった。だが、この改訳『あひゞき』の文体をツルゲーネフの原文の動詞形とつき合わせてみると、二葉亭が初訳の「た」形を無差別に「る」形に置き換えていったのではなく、ある一定の原則に従っていたことが明らかになる。第一章で詳述したように、二葉亭はロシア語動詞の完了体と不完了体というアスペクトに従って「た」形の一部を「る」形に置き換えたのである。二葉亭の訳文をツルゲーネフの原文につき合わせてみると、まず第一に、初訳で原文の不完了体過去形動詞が「てゐた」と訳されている箇所の多くが、改訳では「てゐる」に置き換えられていることが明らかになる。さらに、改訳に残された「た」形の多くが、原文の完了体過去形動詞の訳語であることもわかってくる。つまり、二葉亭は改訳においても逐語訳の原則を貫き通し、ロシア語動詞に特有の完了相、不完了相をそれぞれ、日本語の動詞「た」形と「る」形、ことに「てゐる」形で再現しようとしたのであった。

これは、木村彰一が「二葉亭のツルゲーネフものの翻訳について」と題する小論のなかで、『あひゞき』と『めぐりあひ』の改訳（『奇遇』）『片戀』、そして『うき草』という二葉亭のツルゲーネフものの代表作の文体は「完成された独自のスタイル」を持っていると評した(2)ことを具体的に裏付けるものであるといえる。木村はさらに、この「完成された独自のスタイル」を二葉亭が再び変えることはなかったと付言している。ロシア文学の翻訳者二葉亭はこうして文末詞に関して二通りの文体を作りあげた。一つは過去表示詞の「た」形が文末詞のほとんどを占める文体であり、もう一つは「る」形の数が「た」形のそれを圧倒し、その中で使われる「た」形は主に完了相を示すという文体である。すなわち、前者の文末詞は原文の動詞の時制に忠実であろうとして、後者の文末詞は原文のアスペクト（相）に忠実であろうとして創り出されたものであった。

二葉亭の翻訳文体のもう一つの顕著な特徴は三人称代名詞「彼」を意識的に使わなかったことである。第三章で述べたとおり、「彼」という本来日本語にはなかった三人称代名詞は、ロシア語原文の愛の表現がそれを必要としたときに限り使われた。一方、一人称代名詞については、ツルゲーネフものとゴーゴリものとでその再現回数にはっきりとした違いこそあったが、基本的には原文の一人称代名詞を再現するという方針を二葉亭は採った。

二葉亭の二つの翻訳文体が後世の文学者たちに与えた影響

結論から先に述べれば、三人称代名詞をあえて使わないことと過去時制表示詞としての「た」もしくは完了相表示詞としての「た」をそれぞれ持つことに特徴を持つ二葉亭の二つの文体は、どちらもが日本文学に影響を与えた。しかし、そのどちらかが決定的な影響を与えたというわけではなかった。第四章で詳述したとおり、確かに田山花袋は自然主義文学の方向を定めた『蒲團』の中で、過去時制詞としての「た」が圧倒的優位を占める『あひゞき』の文体を模して主人公時雄の過去回想の視点を強調した。が、同時に花袋は三人称代名詞「彼」を多用した。しかも、主人公だけを指し示すという独自の使い方を花袋はした。そうすることで、三人称客観描写という形をとった独自の告白文学を創り上げた。これは二葉亭が一八八八年（明治二十一）年にツルゲーネフ作品を翻訳することで創り出した『あひゞき』の文体の巧妙な模倣であった。一九〇七（明治四十）年に出版された『蒲團』で花袋は、『あひゞき』を模して文末に「た」形を多用し、『あひゞき』の中の一人称詞「自分」を三人称詞「彼」に置き換えたのである。花袋の告白文学体がどこまで日本文学に影響したかは後に詳しく辿ることにするとして、ここではひとまず今日の日本文学の文体の多くが文末詞に「た」形を多用し、「た」形が「る」形を圧倒する文体であることを確認しておこう。ただし、それは『あひゞき』に見えるような「た」形が「る」形との割合で九五パーセントほどになるという「特異な」文体ではない。翻訳者も含めて現在の多くの作家は、文が単調になるのを避けるために「る」形を適度に「た」形にさしはさんでいる。[3] では、日本の作家はどこに「る」形をさしはさむのだろうか。この問いに対して、二葉亭の「る」形が「た」形を圧倒する第二の文体が回答を与えてくれている。

本章では二葉亭の同時代人で、言文一致文体に強く反対しながらも『多情多恨』という言文一致の長編小説を書き上げた尾崎紅葉の文体を二葉亭の翻訳文体と比較したあと、田山花袋、島崎藤村らの自然主義作家の文体、夏目漱石の文体を、三人称代名詞と文末詞「た」に焦点を当ててさらに比較しながらその影響を辿ることにする。だが、その前に二葉亭の翻訳文体が日本文学の文体に与えた影響を考える前提として、二葉亭の翻訳文体が後世の翻訳者たちに与えた影響を概観してみることにしよう。

第一節　二葉亭の翻訳文体の後世の翻訳者たちに与えた影響

三人称代名詞については、「彼」「彼女」が多用される今日の翻訳文体から見て、三人称代名詞を使わないという二葉亭の翻訳の基準は明らかに後世の翻訳者たちには受け継がれなかった。ロシア文学の翻訳に限って言えば、二葉亭の同時代人で二葉亭没後もロシア文学作品を日本の読書界に送り続けた瀬沼夏葉（一八七五―一九一五、本名は郁子）、昇曙夢《のぼりしょむ》（一八七八―一九五八、本名は直隆《なおたか》）の二人のロシア文学翻訳者は三人称代名詞「彼」と、そしてその女性形である「彼女」を多用した。

三人称代名詞を多用する瀬沼夏葉の翻訳文体

一九〇四（明治三十七）年にドストエフスキーの『貧しき人々』の部分訳『貧しき少女』で本格的にロシア文学翻訳者として出発した夏葉は、主にチェーホフの作品を日本に紹介した翻訳者として知られている。興味深いことに、夏葉はロシア文学の翻訳者二葉亭四迷ではなく、硯友社を主催して当時の文壇に最も影響力のあった尾崎紅葉（一八六七―一九〇三）を師として選んだ。ロシア語の師ではなく、文学の師を求めたのである。ちなみに、夏葉は紅葉から授けられた雅号である。夏葉が紅葉に師事したのは三年に満たなかったが、その翻訳文体は紅葉の影響を色濃く受けている。紅葉は言文一致体本格小説『多情多恨』（一八九六年）の中で三人称代名詞「彼」を男性、女性両方の主人公を指し示すために使った。夏葉もまた『貧しき少女』の中で三人称代名詞を多用し、男性の主人公を指し示すときは「彼《かれ》」、女性の主人公は「彼女《かれ》」と書き分けたものの、「彼女」には「かれ」というルビを振っている。夏葉は続くチェーホフの諸短編でも三人称代名詞の女性形「彼女」を一貫して「かれ」と読ませている。もっとも、三人称代名詞をほとんど使わなかった二葉亭も『多情多恨』と同年に出版された『片戀』の中で、女主人公アーシャへの愛を自覚する主人公の「私《わたくし》」に「彼を愛する」と語らせ、「彼」によって女性の主人公アーシャを指し示している。つまり、「彼」を三人称代名詞の女性形として使ったのは紅葉一人ではないので、夏葉が「彼女」を「かれ」と読ませたのは紅葉の文体の影響ばかりであるとはいえない。紅葉の夏葉への文体的影響は、「彼《かれ》」あるいは「彼女《かれ》」という三人称代名詞を多用したこと自体に見るべきだろう。

三人称代名詞の使用という新鮮味を見せた夏葉は、文末詞については見るべき一定の文体を作り出さなかった。師の紅葉没後、翻訳者として自立するべく書かれた『貧しき少女』はドストエフスキーの『貧しき人々』から女主人公ヴァルヴァーラの日記だけを取り出して、独立した短編として訳し上げたものだった。夏葉の選択は、ドストエフスキー好きを公言しながらドストエフスキーの作品を一編も訳さなかった男性ロシア文学翻訳者二葉亭への明らかな挑戦であった。夏葉はまた『貧しき人々』の男性主人公マカール・ジェーヴシキンを、『貧しき少女』でヴァルヴァーラ・ドブロショーロヴァという名の女性主人公に変えることによって、男性の原作者ドストエフスキーにも挑戦しようとしたのかもしれない。ところで、ジェーヴシキンとヴァルヴァーラの往復書簡からなる原作の『貧しき人々』ではヴァルヴァーラの日記だけが一貫して過去形で書かれている。だが、夏葉は『貧しき少女』で「た」形と「る」形をほぼ同数の割合で使った。この夏葉の「た」形と「る」形の選択と原作の動詞形とは、ほとんど相関関係が見られない。夏葉の選んだ『貧しき少女』は、「た」形を過去表示詞として使うには最適の作品であった。にもかかわらず、夏葉は『貧しき少女』の中の「た」形を、二葉亭が初訳『あひゞき』の中で過去時制表示詞として使ったようには使わなかった。また、二葉亭が改訳『あひゞき』でしたように「てゐる」形を一貫して不完了体過去形の訳語として使い、「た」を完了体過去形の訳語として使ったわけでもなかった。

『貧しき少女』に続く夏葉のチェーホフものでは、「る」形と「た」形を原作の動詞形とは関係なく恣意的に使う夏葉の文体が、チェーホフの歴史的現在形を多用した文体の特徴を見えにくくしている。ことに、『六号室』（一九〇六）ではチェーホフが前半部の人物や物語の背景の設定を歴史的現在形を駆使して書き、後半部の事件の展開を過去形で進めていったことをまったく無視して、夏葉は「る」形と「た」形を併用（割合は三対二）し続け、文末に関して前半後半ともにほぼ同一の文体で通してしまった。夏葉の『六号室』は当時としては希少なロシア語からの直接訳であったため文壇では概ね好意的に受け容れられた。が、翻訳者の間では不評で、訳文に省略が多いのを理由に、馬場孤蝶が英訳からの重訳で『六号室』を出して夏葉に挑戦するという事態を招いている。

原文の動詞形との相関関係を辿れない夏葉の「硯友社流の雅文体」

「瀬沼夏葉　その生涯と業績」で夏葉の翻訳文体を詳細に分析した中村喜和は、概して一文が長く、（日本的な）常套的表現が多く見られ、日本語としての音調にそぐわない語句を省略していく夏葉の訳文を「日本語としてのなめらかさを犠牲にしても、原文の調子をあくまで忠実に移そうとした二葉亭の方法とは対蹠的なものであった」(4)と評している。次に『貧しき少女』の中から恋人の死を見取る少女ヴァルヴァーラの日記を引いて夏葉の訳しぶりを見てみよう。三人称代名詞には網をかけた。

彼《かれ》はもう一度《ど》日《ひ》を見《み》たく、外《そと》の明《あかり》を見《み》たく、太陽《たいやう》を見《み》たかつたので、私《わたし》は早速《さつそく》窓帷《カアテン》を取退《とりの》けた、戸外《そと》の日《ひ》の色《いろ》は、今死《いまし》なんとし、消《き》えなんとしてゐる人《ひと》と同《おな》じく悲《かな》しく、愁《うれ》はしげに、面《おもて》を灰色《はひいろ》の雲《くも》に包《つゝ》んで、雨《あめ》は涙《なみだ》と降《ふ》り注《そゝ》ぐ、窓《まど》の硝子《ガラス》には細雨《さいう》頻《しきり》に砕《くだ》けて、散《ち》つて、冷《つめた》い水《みづ》の汚《よご》れた線《すぢ》にて、其《そ》れを洗《あら》つてゐる、室《へや》の中《うち》には、薄明《うすあかる》い光線《くわうせん》が懶《ものう》く、聖像《せいざう》の燈明《とうみやう》と光《ひかり》を**争《あらそ》うてゐる**。死《し》なんとしてゐる彼《かれ》は、又私《またわたし》を見《み》て微《かすか》に頭《つむり》を掉《ふ》つてゐたが、一分《いつぷん》の後《のち》、終《つひ》に**瞑目《めいもく》して了《しま》つたので**。(5)

引用箇所では三人称代名詞「彼」が二度原文に忠実に再現されている。しかし「てゐる」と「ので」の二つの文末しか持たない夏葉の訳文に対して、ドストエフスキーの原文ではコンマが七つ使われている。また、夏葉の訳文では「る」形と「た」形が混用されているが、原文の動詞形はすべて過去形である。中村の分析にもあるように、原文の句読点を無視した夏葉は原文のリズムとはまったく違ったリズムを訳文の中に生み出している。常套的表現を多く使い、同音の反復される夏葉の文は硯友社的な古さを感じさせる。と同時に、情緒的で読むものが感情移入させやすい訳文となっている。ドストエフスキーの中編小説『貧しき人々』から『貧しき少女』という少女を主人公とする短編を独立させたとき、夏葉は読者を女性に絞った可能性がある。そして、少女を対象にした訳文の文体としてならば夏葉の古い文体は成功している。夏葉は『六号室』でも同じように女性の読者を想定した「硯友社流の雅文体[6]」で書き続けた。その文末詞はチェーホフの原文の動詞形とはまったく相関関係の辿れないもので、チェーホフの文体を再現することによってできた「新しい」文体ではなかった。夏葉は翻訳をする以前にすでに自分の文体を身につけてしまっていた。夏葉は訳文を書く際、チェーホフの原文の文調に耳を傾ける前にすでに自分の文調を奏で始めていたのである。これとはまったく逆の姿勢で翻訳に臨んだのが、夏葉に少し遅れてロシア文学翻訳者として立った曙夢である。

二葉亭の後継者、昇曙夢

曙夢はロシア文学の翻訳を始める以前に、評伝『ゴーゴリ』を日露戦争の始まった一九〇四（明治三十七）年に出版している。二葉亭が『むかしの人』（一九〇六年）、『狂人日記』（一九〇七年）を書く以前のことである。そして、曙夢は二葉亭がロシアに旅立った一九〇八年に『露国名著　白夜集』を出版した。この中で曙夢は、二葉亭の『あひゞき』を意識して、その続編ともいえるツルゲーネフの『ベージンの野』を『草場』と題して巻頭に配した。『草場』には恋人に捨てられて身投げしたあげく狂ってしまった「可憐な農民の娘アクリーナ」が少年たちの噂話に登場する。曙夢はこのツルゲーネフの作品の他に、二葉亭の訳さなかった作家プーシキンの『吹雪』『黒人』『海少女』、チェーホフの『窒扶斯』『拳銃』、コロレンコの『奇火』を入れる一方、二葉亭がツルゲーネフに次いで多い五つの作品を訳したゴーリキーの『悪魔』で処女翻訳集を括っている。後年曙夢が著した『ロシア・ソヴェート文学史』に寄せた解説の中で、川崎浹《とおる》は「〔ニコライ神学校出の〕曙夢は〔東京外国語学校出の〕二葉亭に接して、ロシアの政治、文学、あるいは翻訳の何たるかについて薫陶を受け(7)」たと述べている。当時、ロシア語界では、外語系と神学校系は対立関係にあったとされ、曙夢が二葉亭に師事したのは異例のことであった。ちなみに、紅葉に師事した夏葉もニコライ神学校系で、夏葉を紅葉に紹介したのも夏葉にロシア語を教えたのも神学校の校長であった夫の瀬沼恪三郎だといわれていた(8)。

さて、二葉亭に師事した曙夢の『白夜集』はあまり評判にならず、英文からの重訳でチェーホフを多く訳した詩人、前田晁は「杜の人」という匿名で「氏〔曙夢〕は余りに原文に忠実ならんとした結果、ツルゲーネフの『草場』を訳した頃の初期の文章は、生硬蕪雑、無器用で幼稚で殆ど卒読に堪へなかつた。が、ザイツェフの『静かな曙』を訳した頃から、文章にある巧妙と生気とが生じて来た(9)」と、述べている。前田が文体を賞賛した『静かな曙』は一九一〇年刊行の『露西亞現代代表的作家六人集』の中に収められている。曙夢はこの第二の翻訳集の刊行によって本格的な翻訳活動に入った。『六人集』には『静かな曙』の他に、バリモントの『夜の叫』、クプリーンの『閑人』、ソログープの『かくれんぼ』、アルツィバーシェフの『妻』、アンドレーエフの『霧』が収められている。アンドレーエフ以外の作家は二葉亭が手をつけなかった新しい作家であった。『六人集』は評判になり、翻訳者の曙夢は雑誌『文章世界』が行った「文界十傑」というアンケートの中の翻訳家部門で森鷗外に次いで第二位になったと、曙夢の評伝を書いた和田芳英は伝えている。が、ここでそれ以上に重要なことは、曙夢が己の翻訳の師と仰いだ二葉亭と同じように理論家であったことである。

二葉亭の「翻訳の標準」を引き継いだ曙夢の翻訳理論

『六人集』の自序の中で曙夢は自分の翻訳の基準を述べていて、六人の現代作家のスタイルをそれぞれ忠実に再現するために「どこまでも我を殺して原作に生き」ようとしたと決意を述べた後、次のように結ぶのである。

原作の與ふると同一のイムプレッシヨンを與へる爲には原文の辭句に多少の手心を施こした場合すらある。今一ツには邦文の約束上止むを得ず原文のペリオードを無視した所もある。然しさう云ふ點は極めて僅少であつて、全體に於ては何處までも原作の形式と内容とに同等の重きを置いたつもりである。（中略）であるから譯者は書中の六人を譯するに當つて、言ひ表はされるだけは——そして其れが日本の讀者に了解出來るだけは——忠實に原文其儘に言ひ表はさうと努力したのである。[10]（傍線引用者）

原文の辞句に手を加えず、ピリオドを原文通りに再現し、可能な限りロシア語の文脈を日本語のそれに置き換えようとしたという曙夢の翻訳方法は、二葉亭の『余が翻譯の標準』で述べた「コンマ、ピリオドの一つをも濫りに棄てず、原文にコンマが三つ、ピリオドが一つあれば、譯文にも亦ピリオドが一つ、コンマが三つといふ風にして、原文の調子を移さうとした」という有名な「標準」を引き継いだものであったといっていい。曙夢は「原作の形式と内容とに同等の重きを置いた」と述べているが、実際には二葉亭が「原文の意味より調子に重きを置いた」のと同様、曙夢も「原作の内容より形式に重きを置いた」のである。曙夢は処女翻訳集『白夜集』の端書にも同じように「作者には作者固有の調と云ふものがあり、作物には作物特有の色と云ふものがある。又國の上から言つても、露西亞の作物には露西亞獨特の香ひと云ふものがなければならぬ[11]」と断った上で「何うかして是等の趣きをテックストの上から傳へて見たいと努力した」と、訳文の調子に重きを置いたことを語っている。

実際に『白夜集』と『六人集』を読んでみると、とりわけ『白夜集』は、前田の評したように訳文が生硬で、作者の文体が定まっていないという印象を受ける。もちろん、曙夢は何人ものロシア人作家の文体を書き分けようとしたわけで、ある一定の文体を作り出そうとはしなかったのだから、翻訳者曙夢には文体がないと読者に感じさせるのは当然といえば当然であるが、全体として、不適切な訳語がいくつかあるのを除けば、正確な訳文となっている。さらに、曙夢の翻訳文体における動詞形、つまり、「る」形と「た」形を原文の動詞形に照らし合わせてみると、大変興味深い事実が浮かび上がってくる。曙夢はツルゲーネフの『草場』の中で、原文の時制に忠実な訳をしようとし、原文の歴史的現在形動詞には「る」形を、過去形動詞の訳語には「た」形を充てているのだ。すなわち、「た」形を過去時制表示詞として使ったのである。ツルゲーネフの原作『ベージンの野』は二葉亭の訳した『あびゞき』同様『猟人日記』の中の一編で、『猟人日記』は「語り手」である猟人の「私」が過去を回想する確固とした視点を持つ一人称小説であった。曙夢が『草場』の中で「た」形を過去時制表示詞として使ったのは、二葉亭の『あひゞき』初訳を意識したものであったことは間違いない。

プーシキンもの『吹雪』と『黒人』における三人称客観描写の確立

曙夢は、続くプーシキンの『吹雪』と『黒人』でも「た」形を過去時制表示詞として使っていった。これはプーシキンの原作が三人称客観描写の語りの構造を持ち、小説のすべてを見渡すことのできる神の視点を持つ「語り手」によって描写される小説であったためである。プーシキンは二つの作品を過去形動詞が九五％以上を占めるという文体で書いている。一方、曙夢の訳文は「た」形が「る」形を圧倒する文体で書かれてはいるが、過去表示詞の「た」形の「る」形に対する割合は八五％前後にとどまっている。曙夢は二葉亭が『あひゞき』初訳でしたほど厳密に「た」形を原文の過去形動詞に対応させることができなかったのである。ちなみに『あひゞき』においては、「た」形の「る」形に対する割合は九五％程度になっている。次に『黒人』の中から一節を引いて、曙夢の訳文の一端をのぞいてみることにしよう。ピョートル大帝に黒人のイブラギムとの結婚を承諾させられそうになり、死を決意する女主人公ナターシャの描写である。

ナタシヤは最早《もはや》一言《ごん》も反抗《はんかう》しなかつた。我《わ》が心《こゝろ》の秘密《ひみつ》が父《ちゝ》に知《し》れたと云《い》ふ思《おも》ひは強《つよ》く彼女《かのぢよ》の想像《こゝろ》を刺激《しげき》したのである。今《いま》や彼女《かのぢよ》の爲《ため》に只《ただ》一つの望《のぞ》みが殘《のこ》つた。それは忌々《いまく》しい婚禮《こんれい》の杯《さかづき》を擧《あ》げる前《まへ》に死《し》すると云《い》ふ一事《じ》で、此考《このかんが》へは深《ふか》く彼女《かのぢよ》の心《こゝろ》を慰《なぐさ》めた。そして彼女《かのぢよ》は繊弱《かよは》い女《をんな》の可憐《かれん》な心《こゝろ》を以《もつ》て、自分《じぶん》の運命《うんめい》に服《ふく》したのである
……………。(12)

引用部分で曙夢は句点を五つ使っている。原文でもピリオドは五つ使われている。ただし、曙夢はセミコロンを句点として文を区切り、セミコロンに続く説明文と次の文をつないで一文としている。曙夢が「た」形を充てた原文の動詞形はすべて過去形である。「たのである」という「語り手」による解説を明示する「のである」が二度繰返されているので、過去表示詞「た」の繰り返しの効果と、そしてまた、単調さも同時に消されているが、曙夢は明らかに「た」を過去時制表示詞として使っている。つまり、句点にも動詞の時制にも忠実な訳であることがわかる。二葉亭の『あひゞき』とのはっきりとした違いは、曙夢が三人称代名詞、しかもその女性形「彼女」を四度、原文通り忠実に再現していることである。

プーシキン原作の『吹雪』と『黑人』で曙夢がしたことは、文をできる限り原文に忠実に区切ることと、原文の動詞の時制に忠実に訳すということであり、さらに三人称客観描写に必要な三人称代名詞「彼」「彼女」を訳し出していくことであった。だが、時制に関して曙夢は、原文の動詞形を忠実に再現しきることができなかった。『吹雪』でも『黑人』でも「る」形に対応する原文の動詞形の六五%前後が、不完了体過去形動詞となっている。ちなみに、不完了体過去形動詞に「る」あるいは「てゐる」形を充てるというのは、二葉亭が後期の翻訳文体で採った翻訳の基準であった。さらに興味深いのは、曙夢が不完了体過去形動詞を「る」形で訳していった箇所の多くが小説の山場や情景描写となっていることである。例えば、『吹雪』の中の次の描写を見てみよう。女主人公マリヤは恋人のウラジーミルと駆け落ちし、ひそかに結婚式を挙げようとするが、ウラジーミルは吹雪に行く手をさえぎられて、約束の時間

までに目指す教会に辿り着くことができない。
ウラディミルは野原《のはら》に出《で》て更《さら》に道《みち》を探《さが》さうとしたが駄目《だめ》であつた。僥幸《さひわ》ひ馬《うま》は進《すゝ》んだが屢々《しばゞ》雪塊《ゆきだまり》に乗上《のりあ》げる。穴《あな》に墜入《おちい》る。其度毎《そのたびごと》に橇《そり》は轉覆《てんぷく》するのであつた。ウラディミルは只現在取《たゞげんざいと》てゐる方向《ほうかう》を失《うしな》はないやうにと勉《つと》めた。けれども時《とき》は早《は》や三十分以上《ぶんいじやう》も經《た》つたやうだが、ギャドリノ村《むら》の森《もり》には未《ま》だ來《こ》なかつた。更《さら》に十分程《ぶんほど》經《た》つても矢張森影《やはりもりかげ》は見《み》えない。ウラディミルは只深《たゞふか》い窪地勝《くぼちがち》の廣野原《ひろのはら》に乗行《のりゆ》くばかりである。吹雪《ふゞき》は沈《しづ》まらず、天《てん》は晴《は》れず、馬《うま》は疲《つか》れて、屢々其半身《しばゞそのはんしん》を雪《ゆき》に埋《うづ》めるにも拘《かゝ》はらず汗《あせ》は霰《あられ》と下《くだ》つた。(13)

プーシキンは、ウラジーミルの橇が吹雪の中で雪だまりに乗り上げたり、穴に落ち込んだりして何度も転覆してしまう様子を、反復を表す不完了体動詞の過去形で描写している。「吹雪」が二人の結婚を邪魔立てする場面である。曙夢はこれら二つの動詞を含め四つの不完了体過去形動詞を「る」形で訳し出して、一編の山場ともいえるこの場面を読者の前に鮮明に描き出そうとしている。これは、『肖像畫』において主人公のチャルトコーフが肖像に描かれた老人が絵から飛び出して来て金を数えはじめるのをまざまざと見る小説の山場を、二葉亭が「る」形で生き生きと描き出したのと同じ手法である。この場面でもう一つ興味を惹かれるのは、曙夢が三人称代名詞「彼」を一度も使っていないことである。曙夢の三人称代名詞の使用と過去表示詞「た」の使用には強い相関関係があり、『吹雪』でも『黒人』でも「た」形が過去表示詞として連続使用される場面で、三人称代名詞の使用が頻繁になる傾向がある。逆に言えば、「た」が連続使用されない場面、つまり、「る」によって場面が今現在起っているように描かれる場面では三人称代名詞はあまり使われないのである。

曙夢はこうして三人称客観描写の手法で書かれた小説を翻訳する中で、三人称代名詞「彼」「彼女」と過去表示詞「た」によって神の視点から客観描写がなされる地の文をロシア文学の翻訳史上初めて創り上げた。そして、その中に「る」形によって表現の直接性と現実性とを強調した小説の山場も描き出した。これは、三人称客観小説の日本語への訳文の基礎ができたことを意味する。しかしながら、曙夢がプーシキンとともに訳したのがチェーホフ、ゴーリキーという「新しい」作家であったことが、曙夢の翻訳文体を曖昧にしてしまった。

「歴史的現在形」の訳語にとまどう曙夢

『白夜集』に収められたチェーホフの短編は『拳銃』と『窒扶斯』(原題はそれぞれ『ヴァロージャ』『チフス』)で、二編とも動詞の過去形が九五%を占める三人称客観描写の文体で書かれている。にもかかわらず、曙夢はこの二編をともに「る」形が「た」形を圧倒する文体で訳し出している。その「る」形と「た」形の採用の基準としては、曙夢が原文の不完了体過去形動詞に比較的多く「る」形を充てていったというおおよその傾向しか辿ることができない。二編とも後半部では「る」形を完了体過去形動詞の訳語としても相当数使っているのだ。夏葉の『六号室』が出て、孤蝶との間に翻訳論争があったのが一九〇六年のことで、曙夢が『白夜集』を出した一九〇八年までには歴史的現在形を多用するチェーホフの文体は新しいという既成概念が出来上がっていたのかもしれない。あるいは、ただ単にチェーホフという新しい作家には新しい文体が必要だと曙夢は考えたのかもしれない。いずれにしても、原文の辞句を大切にした翻訳家、曙夢の作品としては、原文の動詞形と訳文の動詞形の相関関係の辿りにくいものとなっている。ゴーリキーの『悪魔』(原題も『悪魔』)では、原文の冒頭の頁で歴史的現在形が多用され、曙夢はそれらに「る」形を充てた。ゴーリキーは二頁以降、歴史的現在形から過去形に時制を変えたが、曙夢は「る」形を多用し続けていった。曙夢が「る」形を充てたのは主に不完了体過去形動詞で、「る」や「てゐる」形を使って情景を生き生きと描き出した。これは、二葉亭がゴーリキーものの翻訳で一貫して採った翻訳方法である。そのせいか曙夢の『悪魔』の訳文もどこか滑稽味を帯びていて、二葉亭のゴーリキーものの文体を彷彿とさせる。『悪魔』の文体は『白夜集』のなかでは最も成功している。だが、こうしてツルゲーネフとプーシキンという古い作家と、チェーホフ、ゴーリキーと

「新しい」作家の文体を書き分けた『白夜集』は、あまり評判にはならなかった。

歴史的現在形の訳語がはっきりと曙夢の意識に上ったのは、おそらく一九一〇年刊行の『露西亜現代代表的作家六人集』を書いたときであったと思われる。この翻訳集に収められた作家の多くが歴史的現在形を駆使した作品を書いているからだ。前田晁が文体を誉めたザイツェフ原作の『静かな曙』は、作品のおよそ半分が歴史的現在形で書かれている。『白夜集』に収められたゴーリキーの『悪魔』とは違って、作品の後半で歴史的現在形が多用される。主人公と旧友との偶然の出会い、そして、死にゆく友との共同生活を描いた前半は基本的に過去形で書かれ、友の死とその後の主人公「私」の生活を淡々と描いた後半は、主に歴史的現在形で書かれているのだ。それに対して、曙夢は前半から「た」形の中に「る」形を積極的にはさんでいった。「る」形で訳されたのは主に不完了体過去形動詞で、友の死を恐れる主人公と、死を受け容れて動ずることのない友人の態度を、彼らを取り巻く情景を鮮明に描くことで強調しようとしたのである。だが、こうして前半から「る」形を「た」形の中に入れていった曙夢は、作品の山場で終に友人に死が訪れようとしたとき、ザイツェフが駆使した歴史的現在形を逐一「る」形で再現させることができなかった。前半とは逆に曙夢は「る」形の中に「た」形をさしはさんで、文末を中和させていったのである。『静かな曙』は、訳語の適切さもあって好評だった。だが、実際には動詞の時制に完全に忠実であったわけではない。

さらに『六人集』の中でとりわけ評判になったアンドレーエフ作の『霧』においてさえ、原作の歴史的現在形と曙夢の「る」形は一対一の対応をなしてはいない。歴史的現在形の役割が、過去時制で書かれた地の文の中で、現在形によってある行為や情景を突出させ強調することであるとすれば、アンドレーエフの強調したかった行為と、曙夢の訳で強調された行為にはずれがあるのだ。次に『霧』の中からアンドレーエフが歴史的現在形（不完了体現在形）で強調した箇所を、曙夢が主に「た」形で訳し出してしまっている例を挙げる。

最《も》う、その先《さき》をパウェルは考《かんが》へる**勇氣《ゆうき》がない**。**彼《かれ》**は宛然《まるで》、黄《きい》ろい、可厭《いや》な霧《きり》に壓着《おしつ》けられて居《ゐ》るやうに窓《まど》の傍《そば》に立《た》つた。霧《きり》は醜《みにく》い、腹《はら》の黄《きい》ろい爬蟲《はむし》のやうに、いやに勢《いきほ》ひ込んで部屋《へや》の中《うち》に押這入《おしはい》つた。パウェルは怒氣《どき》と絶望《ぜつばう》とに絞殺《しめころ》されるやうであつた。が、一人自分《ひとりじぶん》ばかりでなく世界中《せかいぢゆう》の人《ひと》が皆《み》な悪徒《あくと》だと考《かんが》へた時《とき》彼《か》れの心《こころ》は幾分《いくぶん》か樂《らく》になつた。して其《そ》の病氣《びやうき》もそんなに恐《おそ》ろしい、耻《は》づべきものでもないと思《おも》つた。《なアに、なんでもないさ》と、パウェルは心《こころ》の中《うち》で恁《か》う言《い》つて、《ペトロフは二度《ど》も此病《このやまひ》に罹《かゝ》つたし、サモイロフなどは三度《ど》も罹《かゝ》つた。それにシュミツトやポメランツエフは最《も》う癒《なほ》つて了《しま》つたもの、僕《ぼく》だつて屹度癒《きつとなほ》る。(14)》

主人公のパーヴェルが、娼婦と関係して性病に罹ってしまったことを何とか正当化しようとしてしきれない様子を、あたりに立ちこめる「黄色い霧」から逃れられない八方塞りの状態としてアンドレーエフは描いた。原文の歴史的現在形はパーヴェルの出口なしの状態を強調している。アンドレーエフの原文ではすべての動詞が歴史的現在形（不完了体現在形）になっている。だが、曙夢が歴史的現在形を忠実に「る」形で再現したのは一つ目の動詞だけで、あとは「た」形を使っている。しかも、三人称代名詞「彼」を忠実に訳し出して三人称客観描写の場面に書き変えてしまったのである。曙夢の訳文では、性病に罹った青年パーヴェルの悩みは、読者に直接伝わってはこない。曙夢は歴史的現在形の訳に失敗している。

二葉亭の初期と後期の二つの翻訳方法に気づいていた曙夢は、結局、時制かアスペクト（相）かどちらか一方に忠実な翻訳方法を採ることができなかった。プーシキンやツルゲーネフの作品では、基本的に過去時制に忠実であろうとした曙夢は、チェーホフ、ゴールキー、ザイツェフ、アンドレーエフといった新しい作家に新しい文体を与えようとして、不完了相というアスペクトを強調していった。が、その翻訳方法は歴史的現在形の訳において失敗している。不完了体過去形と、歴史的現在形である不完了体現在形の訳語が同じ「る」形になってしまったからである。その曙夢が、再び原文の動詞の過去時制に忠実であろうとしたのは、一九一四（大正三）年刊行のドストエフスキー原作『虐けられし人々』の翻訳においてであった。

一九一四年、中村白葉『罪と罰』、米川正夫『白痴』で翻訳家デビュー

曙夢がドストエフスキーの『虐げられし人々』を刊行した一九一四年にはまた、中村白葉（一八九〇―一九七四、本名は長三郎）と米川正夫（一八九一―一九六五）がドストエフスキーの『罪と罰』と『白痴』の翻訳をそれぞれ手がけている。二人とも新潮社からの依頼で翻訳に着手し、作品は「新潮文庫」という双書に収められた。しかし、「新潮文庫」の企画は挫折し、出版は中途で途切れてしまった。榊原貴教による「ドストエフスキー翻訳作品翻訳年表」によると、米川の『白痴』は一部（一～八章）が出たのみであった。中村の『罪と罰』は翌年に一応完結している。『罪と罰』は、それまで内田魯庵による英訳からの重訳で前編だけが出ていただけだったので、中村の訳によって原文からの直接訳、しかも全訳が日本の読者に提供されたわけである。二作とも三年後の一九一七年に新潮社からあらためて完訳が出ている。これを期に二人はロシア文学翻訳者として立ち、米川はその後ドストエフスキーの全作品を翻訳し、中村はプーシキン、トルストイ、チェーホフのすべての作品の翻訳をしていった。一方、曙夢は翻訳から評論へと進路を変更していった。

曙夢と中村、そして米川という三人の翻訳者の関わりについては、大変興味深い事実を挙げることができる。中村と米川は『罪と罰』『白痴』を手がけた当時、東京外国語大学を出てから間もない駆け出しの翻訳者であったのに対して、曙夢は翻訳者としてすでに名を成していた。そして、中村は自伝『ここまで生きてきて――私の八十年』の中で、曙夢からドストエフスキーの『虐げられし人々』の翻訳の下訳を頼まれて、二百枚あまりを訳したことを明らかにしている。この下訳の体験について中村は「昇さんはニコライ神学校出の方であった。私は外語の卒業生。神学校出の人に、外語出の実力はこんなものかと笑われるのがこわかった。私は、読者のことなどてんで考えずに、ただ一途に昇さんに読まれることだけを意識して、力の限り努力した[15]」と、回想している。ニコライ神学校と東京外国語大学の間の競争意識がはっきり窺えること以上に、曙夢が下訳を頼み、頼まれたのが中村で、その中村が「曙夢に読ま

れることだけを意識して、力の限り努力した」ことが、ロシア語から日本語への翻訳文体の変遷を考える上で重要になる。中村もまた曙夢や二葉亭と同様に理論家であり、自分の翻訳理論を徹底的に実践した翻訳者だったからである。

中村白葉の「原文至上主義」

自伝の中で中村は、自分の翻訳方法について次のように語っている。

私はこれまでずいぶん厳格に、あるいは堅苦しいまでに、逐字訳をたてまえとして貫き通してきた。その上で、それが日本文としてひと通りには読めるように、自分は自分なりの努力はしてきたつもりである。ただしそれは、なかなか容易なことではなかった。世評の風あたりもかえって強い場合があった。だから、人によっては翻訳は、まず達意を旨とすべきだといっている人もある。原文はともあれ、すらすらとしてわかりやすい日本文に直すのが、翻訳者の任務であり腕である。現に、こうはっきり割り切っている人もいる。

しかし、わたし自身は、これには、どうも満足できない。

トルストイもいっている——原作の文章には、一字一句に作者の心魂がこもっている、と。それをわれわれ翻訳者が、自分勝手に、訳文の都合で、文字を増減したり、長いセンテンスを短く切ったりすることは、絶対に許されないと私は思っている。[16]

（傍点・傍線引用者）

これは、八十歳の中村による自分の翻訳人生の回想である。この一字一句をおろそかにしない「逐字訳」の主張は、中村が早くから明確にしていたものであり、一九三五（昭和十）年に『日本現代文章講座』に収められた「飜譯文の表現と指導」の中でも同一趣旨の主張をしている。ただここで注目すべきは、原作者の例がトルストイからドストエフスキーへと変わっていることだ。

文藝作品の飜譯にあつては、作の内容――何を傳へるかの問題よりも、作の形式――如何に傳へるかの方が大切である。精神だけ、つまり意味だけを摑んで傳へるといふ方法は、この場合には絶對に許されない。この場合飜譯者は、原作者に對して、飽くまで謙虚忠實でなければならない。一個の鑑賞眼、批評眼に依つて原作の表現を恣に増減することは許されない。例えば、普通、ドストエーフスキイの作品には冗漫の幣があると言ふ。若し飜譯者が、この俗説に聽いて、彼に冗漫と思はれる個所を、勝手に削除して譯したらどうだらう？　自分の如きは、一見冗長かに見えるあの文體に、ドストエーフスキイの藝術の必須的特徴を認めるものである。若しあれがなかつたら、少なくとも今日あるやうなドストエーフスキイの藝術はなかつたであらう。（中略）

かうして自分は、原則として直譯――逐字譯を主張する。併しこの場合に斷つておきたいのは、これが直譯の爲めの直譯、逐字譯の爲めの逐字譯ではないことである。要は精神にある。その精神を可及的そのまゝ讀者に傳へる爲めに先づ形式を整える――これが自分の言はうとする主眼である。だから、自分は、飜譯にあたつては、長い文章は長く、短い文章は短く譯すように努めてゐる。つまりピリオドからピリオドまでを必ず一つの文章とするのである。譯筆上の勝手から、長いセンテンスを短くぼつぼつと切つたり、ぼつぼつ切つてあるセンテンスをだらだらと長く書いたりしないのである。(17)

（傍線引用者）

中村の翻訳理論は、二葉亭から曙夢に受け継がれた原文に忠実な逐語訳の系列をまっすぐに受け継ぐものである。冒頭の中村による「文藝作品の飜譯にあつては、作の内容よりも形式の方が大切だ」という主張は、曙夢の「原作の形式と内容とに同等の重きを置いた」という主張をより明確にしたものである。それはまた、二葉亭の「外國文を飜譯する場合に、意味ばかりを考へて、これに重きを置くと原文をこはす虞《おそれ》がある」（『余が飜譯の標準』）と、考えをまったく同じにする。そして、結びの「ピリオドからピリオドまでを必ず一つの文章とする」という方法論は曙夢の「今一ツには邦文の約束上止むを得ず原文のペリオードを無視した所もある。然しさう云ふ點は極めて僅少であつて」というやや、消極的な方法論を一歩すすめている。中村の原文のピリオドを絶対視するという方法論は、二葉亭四迷の「コンマ、ピリオドの一つをも濫りに棄てず、……」という翻訳の方法論と見事に一致している。最後に、中ほどで中村が翻訳者として作品に忠実であらねばならない原作者の例としてドストエフスキーを挙げているのは、中村と同時にドストエフスキーの翻訳を手がけた外語の同級生、米川正夫の翻訳を念頭に置いての発言のように思われるのだ。

米川正夫の「訳文至上主義」

米川も中村同様、自らの翻訳人生を回顧して『鈍・根・才　米川正夫自伝』を書いている。中村の自伝より九年早い一九六一年に出されたこの自伝の中で、米川は『白痴』の翻訳をめぐるいきさつを以下のように書き記した。ドストエフスキーの『白痴』をたまたま神歩町の古本屋で原書を手に入れて読んだところ、難解で、悪文家であると聞いていたドストエフスキーの作品にしては少しも難解とは思われず、息もつかず読み進んだ。そして、「難解な読みにくいドストエーフスキイという先入観を破りたい、という願望が強かった」ので出版が決まる前に矢も楯もたまらず訳し始めたのだと、翻訳の動機を述べている。そして、いよいよ新潮社から『白痴』の第一巻が出た当時を次のように回顧する。

拙訳『白痴』の第一巻が出たとき、幸いにして一般に評判がよかった。しかし、あまり訳文が流暢すぎるために、印象がうわすべりして、一歩一歩立ちどまって読者を考えさせる力が乏しい、といったような批評をする人もあった。しかし、私はそれにたいして、こう答えるより仕方がなかった。ロシヤの小説の邦訳は、文字の仲介という点からいえば、ロシヤ人が原文を読むのと同じ容易さをもって、日本人にも読まるべきであって、不自由な外国語を読んだ時の苦しさ、覚束なさがないといって責めるのは、いささか見当ちがいであろう。うわすべりするしないは、読者の心がけ一つである。(18)（傍線引用者）

中村と米川の翻訳態度には大きな違いがある。中村は原文至上主義で、自分はピリオドの一つもおろそかにしなかった、と述べる。米川は明らかに、訳文の読みやすさに重きを置く訳文至上主義であった。「ロシアの小説の邦訳は、ロシア人が原文を読むのと同じ容易さをもって、日本人にも読まるべきだ」と語る米川は、ドストエフスキイという特定の作者による作品の訳文を問題にせず、一般論としてロシア語からの訳文の日本語としての自然さ、流暢さを問題にしている。この米川の回想を一九三五年に書かれた中村の翻訳論の文脈に置いてみると、中村は流暢で読みやすいという評判を得た米川の訳文について、ドストエフスキーという特定の作家の文章が「冗漫」で難解であるとしたら、その冗漫で難解な文章を、読みやすい短い文章にしてもいいのだろうか、という疑問を投げかけているように読めるのだ。

中村、米川、亀山郁夫による『罪と罰』の冒頭文

実際に中村の『罪と罰』と米川の『白痴』をドストエフスキーの原文と比較してみると、中村の原文至上主義と、米川の訳文至上主義がはっきりする。まず、中村による訳文『罪と罰』の冒頭を見てみよう。『罪と罰』は一九三六（昭和十一）年に米川が新訳を出すまでは中村の訳で読まれていたが、米川訳が出たあとは中村の訳は次第に読者を失っていった。また『罪と罰』は日本で初めて紹介されたドストエフスキーの作品であるだけに、これまで多くの翻訳が出ているが、ここでは訳文の変遷をたどるために、中村、米川による訳文と最新訳である亀山郁夫の訳文を挙げることにする。中村の訳文は一九一八（大正七）年刊行の新潮社版、米川の訳文は一九五一（昭和二十六）年発行の新潮

文庫から採り、亀山訳は二〇〇八年に出版された光文社文庫によった。なお、中村の訳文がいかに原文に忠実であろうとしたかを示すために、ドストエフスキーの原文とその英訳を付した。英訳は原文の句読点、語順、三人称代名詞、動詞形をできる限り忠実に訳し出した拙訳を掲げた。訳にあたって、ペンギン・クラシックスから出ているデイヴィッド・マクダフの訳を参照した。主人公ラスコーリニコフを示す名詞と三人称代名詞には網をかけ、過去形動詞は太字にした。傍線を振ったのが不完了体過去形動詞で、二重線を付したのが完了体過去形動詞である。

Преступление и наказание

В начале июля, в чрезвычайно жаркое время, под вечер, один молодой человек вышел из своей каморки, которую **нанимал** от жильцов в С—м переулке, на улицу и медленно, как бы в нерешимости, **отправился** к К—ну мосту.

Он благополучно **избегнул** встречи с своею хозяйкой на лестнице. Каморка его **приходилась** под самою кровлей высокого пятиэтажного дома и **походила** более на шкаф, чем на квартиру. Квартирная же хозяйка его, у которой он **нанимал** эту каморку с обедом и прислугой, **помещалась** одною лестницей ниже, в отдельной квартире, и каждый раз, при выходе на улицу, ему непременно **надо было проходить** мимо хозяйкиной кухни, почти всегда настежь отворенной на лестницу. И каждый раз молодой человек, проходя мимо, **чувствовал** какое-то болезненное и трусливое ощущение, которого **стыдился** и от которого **морщился**. Он **был** должен кругом хозяйке и **боялся** с нею встретиться.[19]

[*Crime and Punishment*

At the beginning of July, during a heatwave, towards evening, a young man came out from his little room, which he **rented** from some tenants in S Lane, to the street and slowly, as if in indecision, **set off** towards K—n Bridge.

He safely **avoided** an encounter with his landlady on the stairs. His little room **was located** right under the roof of a tall five-story house and it **looked** more like a cupboard than an apartment. His apartment landlady, from whom he **rented** this little room with dinner and a maid, **lived** on the floor below, in a separate apartment, and every time he went out, he **had to walk** past his landlady's kitchen, which was nearly always wide open onto the stairs. And every time the young man, passing by, **experienced** a rather sickly and cowardly sensation, of which he **was ashamed** and from which he **knitted his brow**. He **was** heavily in debt to the landlady and **was afraid of** meeting her.]

『罪と罰』（中村白葉訳、一九一八年）

七月初旬の怖ろしく暑い時分の事、ある夕方近く、一人の若い男が、C―横丁の借家人から又借りしてゐた自分の小部屋を通りへ出て、心の極《きま》らないさまで、のろ〳〵とK―橋の方へ**歩いて行つた**。

彼は都合よく、階段で主婦と出會《でく》はすのを**免れた**。彼の部屋は高い五階家の屋根裏にあつて住居といふよりは、寧ろ戸棚の方に**似てゐた**。彼が女中と賄附きで此部屋を借りてゐた下宿の主婦は、彼の一階下の別室に住んでゐたので、通りへ出る時には、彼はきつと、階段に向つて大抵いつも一杯に明放されてゐる主婦の臺所の傍を**通り過ぎねばならなかつた**。そしてその度毎に、若い男は、そこを通り過ぎながら、一種の病的な、臆病な氣分を感じた、彼はその氣分を恥ぢた、そしてその爲めに顔を**顰めた**。彼は主婦に大分借があつたので彼女と顔をあはすのを**怖れたのであつた**[20]。

『罪と罰』（米川正夫訳、一九五一年）

七月の初め、度はずれに暑い時分の夕方ちかく、一人の青年が、借家人から又借りしているS横丁の小部屋から通りへ出て、何となく思い切り悪そうにのろのろと、K橋のほうへ足を**向けた**。

青年はうまく階段で主婦《おかみ》と出くわさないですんだ。彼の小部屋は高い五階家の屋根裏にあって、住まいというよりむしろ戸棚に近かった。女中と賄いつきで彼にこの部屋を貸していた下宿の主婦は、一階下の別なアパートに住んでいたので、通りへ出ようと思うと、大抵いつも階段に向って一杯あけっ放しになっている主婦の台所わきを、いやでも通らなければならなかった。そしてそのつど、青年はそばを通りすぎながら、一種病的な臆病な気もちを感じた。彼は自分でもその気もちを恥じて、顔をしかめるのであった。下宿の借金がかさんでいたので、主婦と顔を会わすのが怖かったのである。(21)

『罪と罰』(亀山郁夫訳、二〇〇八年)

七月の初め、異常に暑いさかりの夕方近く、ひとりの青年が、S横丁にまた借りしている小さな部屋から通りに出ると、なにか心に決めかねているという様子で、ゆっくりとK橋のほうに歩きだした。

階段口で彼は、下宿のおかみとぶじ顔を合わさずにすんだ。彼が借りている小部屋は、五階建ての高い建物の屋根の真下にあって、部屋というよりもどこか戸棚を思わせるところがあった。食事と女中つきで彼に部屋を貸している当のおかみは、一階下の独立した部屋に住んでいたので、外出のたびに彼は、階段に向かってほとんどいつも開け放たれている台所の脇を、いやでも通らなくてはならなかった。そしてそこを通るごとに、何か病的ともいえる気おくれにかられ、そのことを自分でも恥ずかしく感じて、そのためにまた顔をしかめるのだった。下宿代がたまりにたまっていたので、おかみと顔を合わせるのが怖かったのである。(22)

『罪と罰』冒頭文中における句読点の数と文末詞「た」

まず、三つの訳文の句読点の位置を原文のそれと比較してみよう。原文のピリオドは六つで、中村と亀山が原文に忠実に六つ句点を使っているのに対して、米川訳では句点は原文より一つ多い七つとなっている。中村訳と最新訳である亀山訳では、原文のピリオドの数と位置が正確に再現されている。ちなみに、原文のコンマの数は十八で、米川は十四、亀山は十六、中村は十七の読点を使っている。中村は、微妙にずれてはいるものの、読点の数と位置を原文のコンマの数と位置に一致させようという努力をしたふしがある。米川と亀山は、原文のコンマの位置からかなり自由な訳をしている。また、米川の訳文には、原文のコンマを句点として訳し出した箇所が一つあるので、相対的に一文が短くなっている。句読点に関して原文に忠実であった中村は、さらに文末詞をすべて「た」で統一している。原文の動詞の時制がすべて過去形であるからだ。一方、米川と亀山もまた、原文の過去形動詞の訳語に「た」形を充てているが、最後の動詞を「恐れていたのである」「怖かったのである」と「た」に「のである」を加えて訳している。これは、最後の文を語り手による解説文とすることによって、文末に「た」が続く単調さを避けようとしたものとみられる。いずれにしても、三つの訳文とも「た」を過去表示詞として使っているのは意味深い。実に一九一八年から二〇〇八年まで、翻訳者たちは一貫して「た」形を過去時制表示詞として使い続けてきたのである。参考までに、手元にある一九八七年発行の工藤精一郎訳『罪と罰』（新潮文庫。初版は一九六一年刊行の『新潮社世界文学全集』に収録）、二〇〇七年発行の江川卓訳『罪と罰』（ワイド版岩波文庫。初版は一九六六〜六七年に旺文社文庫として出版）でも句点の数と位置は、原文と同じ六つで、「た」形を過去時制表示詞として、すべての文末詞に充てている。最後の文末詞は両訳とも「こわかったのである」と「のである」体を使っている。ちなみに、原文の過去形動詞に忠実であろうとした中村の訳では、「怖れたのであった」と「のであった」が「のであった」と「た」形になっている。

さらに、第一章全体の動詞形を調べてみると、ドストエフスキーが動詞のすべてを過去形で用いているのに対して、中村と工藤、そして亀山が、その過去形動詞すべてに「た」形を充てている。とりわけ最新訳の亀山は意識して「た」形を使うように努めたようで、中村が二度、原文の現在形で書かれた名詞文に「る」形を充てているのに対して、亀山は一度しか「る」形を使っていない。もう一方の現在形の名詞文は「ちょうど百三十歩だった。」と文末に「た」形を用いている。残る米川と江川は、原文の過去形動詞に基本的には「た」形を充てているものの、「る」形をいくつか不完了体過去形動詞の訳語として使っている。その数は米川が十三、江川が十である。米川と江川によって使われた「る」形は人物や情景、そして反復運動を鮮明に描き出している。これは、二葉亭の後期の訳文に見られた「る」形の用法と同じである。これについては、米川の『白痴』の訳文の分析で詳述するが、米川と江川は意識して「た」形の続く文に「る」形を入れることで、文末が単調になるのを避けようとしている。以上の考察の結果、多少の異同はあるものの『罪と罰』の五つの日本語訳すべてが「た」形を過去表示詞として使うことでは一致しており、それを決定したのは、一九一八年刊行の中村白葉の訳文であったということができる。一九一四年の初版を確かめることはできなかったが、中村の原文至上主義の翻訳論からして、おそらく文末はすべて「た」形で統一されていたものと推測される。とすれば、『罪と罰』の訳文の中で「た」形が過去表示詞として使い出されたのは、新潮文庫の出版された一九一四年であると考えていい。

『罪と罰』冒頭文中の三人称代名詞「彼」「彼女」

では、三人称代名詞の使用は一九一八年から二〇〇八年の間にどのような変遷を辿ったのだろう。まず、引用文中の原文の三人称代名詞の使用を見ると、ドストエフスキーは三人称代名詞を男性形で六回、女性形で一回、全部で七回使っている。原文に忠実であろうとした中村は男性形「彼」を七回、女性形「彼女」を一回、全部で八回使っており、使用回数は原文より一回多い。それに対して、米川と亀山は三人称代名詞を男性形でそれぞれ三回と四回使っているに過ぎない。『罪と罰』の主人公は、小説の冒頭で《один молодой человек [a young man／一人の若い男]》として登場し、第一章中ほどで、主人公と主人公が後に惨殺することになる金貸しの老婆との会話まで、ラスコーリニコフという名前は明らかにされない。三人称代名詞《он [he]》は、原文で読者の探偵的な興味を惹く独特な使われ方をしているのだ。中村はそれを強調しようとして、三人称代名詞男性形「彼」を原文の使用回数より一回多く七回使ったのかもしれない。ドストエフスキーが『罪と罰』の語りを一人称から三人称へと変え、ラスコーリニコフを「一人の若い男」として登場させたことに中村は忠実であった。もちろん、引用文中で中村が二度目に使った「若い男」も原文を忠実に再現したものである。それにひきかえ、米川と亀山は三人称代名詞の使用を三回、あるいは四回まで減らし、語り手による主人公の仮の呼び名《один молодой человек［a young man］／一人の若い男》も「一人の青年」と現代風に書き改めた。米川はその後引用箇所で二度「青年」を使っている。一度目は原文の三人称代名詞を「青年」に置き換え、二度目は原文をそのまま忠実に再現したものである。一方の亀山は、原文で二度目に使われる《молодой человек［the young man］》は完全に省略し、それを三人称代名詞に置き換えることもしなかった。その結果、亀山訳においては最後の二文は主語を明確にしない伝統的な日本文となっている。米川の訳でも主語の明示されない文が、四番目と最後に二つはさまっている。それに比べて、中村の訳文では六つとも主語がはっきりと示される。最初は格助詞「が」で次の文からは「は」で主語が明示され、それを「た」という文末詞で括るロシア語という欧文を忠実に再現した文となっているのだ。

引用箇所の三人称代名詞の使用について、さらに工藤と江川の訳文を見ると、一九六一年に初版が、一九八七年に改版が出ている工藤訳では三人称代名詞「彼」が三度使われ、一九六六年に初版が、二〇〇七年には岩波ワイド版として改版が出ている江川の訳ではなんと二度しか使われていない。また、工藤は「一人の青年」として紹介された主人公を再び「青年」と原文に忠実に訳しているが、江川の訳では「ひとりの青年」として登場した主人公を、その後三度「青年」と呼ぶことで三人称代名詞の使用に替えた。ちなみに、江川の訳で主語のない文は最後の「主婦にたいそうな借りがあるので、顔をあわすのがこわかったのである」の一文だけである。工藤の訳では四つ目と最後の文が主語のない文となっている。

さらに第一章全体で、五つの翻訳文中の三人称代名詞の使用と、中村の「若い男」、米川、工藤、江川、亀山の「青年」の使用を原文と比べてみると、たいへん興味深い結果が出て来る。主人公を指し示す三人称代名詞の使用回数は、原文で八十六回であるのに対して、日本語訳では中村の八十四回を最多に、米川五十四回、工藤四十八回、江川四十五回と次第に減少し、最新訳をした亀山にいたっては実に二十八回まで使用回数が減っている。それに対して、中村の「若い男」と米川、工藤、江川、亀山の「青年」については、中村の十五回が最低で、米川十七回、工藤二十回、江川二十一回、亀山十八回と使用回数が増えている。ちなみに原文で《молодой человек [the young man]》が使われるのは十五回で、中村の訳は忠実に原文の使用回数とその位置を再現しているわけだ。一方、米川以後の翻訳者たちに「青年」の使用回数が多いのは、三人称代名詞の一部を「青年」に置き換えているからである。また、主人公の名前「ラスコーリニコフ」については五人の翻訳者が全員、原文に忠実に五回ずつ使っている。最後に、原文の三人称代名詞女性形の使用は、下宿の主婦を指し示すのに一回、老婆を指し示すのに七回と、全部で八回となっている。それに対して、五つの日本語訳の中では中村の使用が最多で、「彼女」を七回使っている。中村は下宿の主婦を指し示すのに一回、あとの六回を金貸しの老婆を指し示すために使った。これは米川が二回、江川が三回「彼女」を金貸しの老婆を指し示すためだけに使ったのに比べてかなり高い数字である。工藤と亀山は三人称代名詞「彼女」を一度も使っていない。つまり、『罪と罰』の翻訳に関して言えば、中村の三人称代名詞の使用回数が最も原文に忠実で回数も多く、その後三人称代名詞の使用は男性形、女性形ともに次第に減少し、最新訳の亀山訳にいたっては激減しているといえるだろう。

これまでの考察の結果、『罪と罰』の翻訳では、一九一八年の中村から二〇〇八年の亀山まで一貫して文末詞に「た」形を過去表示詞として用いてきたが、三人称代名詞については、原文の忠実な逐語訳であった中村以来、確実に使用回数が減少し続けてきたことがわかった。翻訳文には三人称代名詞の使用が多いという一般概念とは逆に、ドストエフスキーの原文にある三人称代名詞の再現率は減り続けているのだ。とりわけ亀山による最新訳を読むと、それが一見、二葉亭が初訳『あひゞき』で創りだした文体、つまり、三人称代名詞を使わず「た」形を文末詞として連続使用した文体の再現であるかのような錯覚に陥る。だが、三人称代名詞を多用する中村の訳文が原文に忠実な「逐字訳」であったのに対して、三人称代名詞の使用を控えた亀山の訳文は原文に忠実な訳ではないのだ。それを再度確認した上で、もう一度翻訳文体の歴史的な流れを辿ってみると、一九一八年に出された中村の『罪と罰』の訳文こそが、一八八九年に出された二葉亭の初訳『あひゞき』の訳文の再現であったことが明瞭になる。

二葉亭の『あひゞき』の再現、中村の『罪と罰』

次に二葉亭の『あひゞき』と中村の『罪と罰』の冒頭文を並記してみよう。

秋九月中旬といふころ、一日自分がさる樺の林の中に**座してゐたことが有ッた**。今朝から小雨が降りそゝぎ、その晴れ間にはをり／＼生ま煖かな日かげも射して、まことに氣まぐれな空ら合ひ。あわ／＼しい白ら雲が空ら一面に棚引くかと思ふと、フトまたあちこち瞬く間雲切れがして、無理に押し分けたやうな雲間から澄みて怜悧《さか》し氣に見える人の眼の如くに朗かに晴れた蒼空が**のぞかれた**。自分は座して、四顧して、そして**耳を傾けていた**。木の葉が頭上《づじやう》で幽かに戦いだが、その音を聞たばかりでも季節は**知られた**。(23)

『あひゞき』は一人称で語られる物語である。引用箇所で二葉亭は物語に登場する「語り手」の自称を「自分」として原文に忠実に二度訳し出した。まず初めは「自分が」と「語り手」が読者にとって未知の存在であることを示す格助詞「が」を使い、次に「自分」が繰返されるときには、「自分は」と、「語り手」がすでに読者にとって既知の存在であることを示す系助詞「は」を使った。そして、二葉亭はツルゲーネフの原文のロシア語動詞の過去時制を忠実に再現するために、助動詞「た」を過去を表す表示詞として連続して使った。

七月初旬の怖ろしく暑い時分の事、ある夕方近く、一人の若い男が、C—横丁の借家人から又借りしてゐた自分の小部屋を通りへ出て、心の極《きま》らないさまで、のろ／＼とK—橋の方へ**歩いて行つた**。

彼は都合よく、階段で主婦と出會《でく》はすのを免れた。彼の部屋は高い五階家の屋根裏にあつて住居といふよりは、寧ろ戸棚の方に似てゐた。彼が女中と賄附きで此部屋を借りてゐた下宿の主婦は、彼の一階下の別室に住んでゐたので、通りへ出る時には、彼はきつと、階段に向つて大抵いつも一杯に明放されてゐる主婦の臺所の傍を通り過ぎねばならなかつた。そしてその度毎に、若い男は、そこを通り過ぎながら、一種の病的な、臆病な氣分を感じた、彼はその氣分を恥ぢた、そしてその爲に顔を顰めた。彼は主婦に大分借があつたので彼女と顔をあはすのを怖れたのであつた。

『罪と罰』は三人称で語られる物語である。引用箇所で中村は物語に登場しない「語り手」による主人公の呼称を、「若い男」として二度原文に忠実に、「彼」として七度、原文より一度多く訳し出した。まず初めは「ひとりの若い男が」と、主人公が読者にとって未知の存在であることを示す格助詞「が」を使い、次からは「彼は」「若い男は」と、主人公がすでに読者にとって既知の存在であることを示す系助詞「は」を使った。そして、中村もドストエフスキーの原文のロシア語動詞の過去時制を忠実に再現するために、助動詞「た」を過去を表す表示詞として連続して使った。

一八八八年と一九一八年という三十年間の月日を挟んで訳された二つの物語の冒頭文の類似は、これだけに留まらない。二つの冒頭文をもう一度繰り返し読んでみると、二つともが、主語を明確にするロシア語という西洋文を原文に忠実に訳し出していることに気づくのだ。「自分が～座してゐたことが有ツた」「蒼空がのぞかれた」「自分は～耳を傾けていた」「季節は知られた」と、二葉亭は冒頭の五つの文のうち、名詞文一つを除く四つの文を主語を明確にした西洋文として訳した。中村も「一人の若い男が～歩いて行った」「彼は～免れた」「彼の部屋は～似てゐた」「彼は～通り過ぎねばならなかった」「若い男は～臆病な氣分を感じた、彼は～顔を顰めた」「彼は～恐れたのであった」と、六つの文すべてを主語を明確にした西洋文として訳し出した。五つ目の文では、文末までにいくつか動詞が出て来る長い文であるため、わざわざ原文にはない「彼は」を補って主語をはっきりさせようとしたのである。野口武彦はその著書『三人称の発見まで』の中で、『あひゞき』初訳の冒頭部を引用して、「『あひゞき』の初訳が基本的に文末詞「た」に収束する構文で組成されていることに注目」すべきだとし、その文体は『浮雲』第三篇が行きついた文体と同一」だと述べたあと、次のように結論する。

『あひびき』は一人称である。文中では、主語の「自分」が文末の「た」と呼応している。『浮雲』は三人称である。主人公の内海文三が文末の「た」と呼応している。双方にはいかなる区別もない。それにもかかわらず、「た」は人称詞なのである。それは近代日本が発見した新しい「三人称」を表示する文末詞なのである。(24)

野口は、文末詞「た」が主語を呼び出す機能を有していたことに着目し、そのような機能を持った「た」を人称詞と名付けた。二葉亭は、『あひゞき』では一人称代名詞「自分」を、『浮雲』では主人公「内海文三」という固有名詞を「た」に呼応させたが、三人称代名詞を「た」と呼応させることはなかった。野口のこの一文に、われわれはこう付け足すことができる。「二葉亭は翻訳でも創作でも、一貫して三人称代名詞の使用を避けた。二葉亭の後を継いだ翻訳者曙夢も三人称代名詞を使いはしたが、それらを「た」と完全に呼応させる文体を創り出すことはできなかった。野口のいう人称詞「た」が、はっきりと三人称の代名詞「彼」あるいは「彼女」と呼応するようになったのは、一九一八年(正確には、一九一四年)に中村が『罪と罰』を翻訳したときなのである」と。つまり、物語に登場しない「語り手」が主人公を客観的に指し示すときに使う用語である三人称代名詞《он [he]》と一対一に対応する用語として「彼」が中村によって使われたとき、ロシア語から日本語に訳された小説に初めて本格的な三人称客観小説が成立したといってよい。中村が『罪と罰』を翻訳したのは、二十四歳のときで、奇しくも、二葉亭が『あひびき』初訳をしたのと同年齢であった。二葉亭も中村も、原文にひたすら忠実に、句読点を、人称代名詞を、そして、過去時制を再現していったのである。

中村の「異化的翻訳法」に対抗する米川の「同化的翻訳法」

しかし、二葉亭が八年後に改訳を出して、原文の過去時制詞に忠実な自分の訳文をアスペクトに忠実な訳文へと書き換えねばならなかったように、原文に忠実な異化的翻訳は、常に批判から自由ではなかった。中村の翻訳は、過去時制を表示する「た」の使用については、多少の異同はあるものの基本的に後世の翻訳者たちに受け継がれていったが、三人称代名詞「彼」「彼女」の使用については次第に減少し、亀山による最新訳では「彼」の使用は中村の使用回数の四分の一まで下がっている。また、一九五一年刊行の米川正夫による『罪と罰』における三人称代名詞の使用回数が、中村のそれの六五%まで下がっていたのはすでに見た。米川が中村とはまったく違った翻訳理論を持っていたこともすでに述べた。中村は米川の翻訳が「読み易い」ことを暗に非難し、「譯筆上の勝手から、長いセンテンスを短くぼつぼつと切つたり、ぼつぼつ切つてあるセンテンスをだらだらと長く書いたりしないのである」と「外国語で書かれたテキストに内在する言語学的、文化的な差異を翻訳テキストの中に刻印し、読者を海外に送り出す[25]」異化的翻訳法を主張した。一方、米川は自分の翻訳が「読み易い」ことを弁護して、「ロシヤの小説の邦訳は、文字の仲介という点からいえば、ロシヤ人が原文を読むのと同じ容易さをもって、日本人にも読まるべきである」として、「外国語で書かれたテキストを自分たちの国の価値観の中に取り込んでしまい、原作者を本国に送り返してしまう」同化的翻訳理論を主張していたのだ。それでは次に一九一四年刊行の米川の翻訳『白痴』をドストエフスキーの原文と比較して、訳文中の句点と原文のピリオドとの対応の度合い、原文の三人称代名詞の再現頻度、原文の過去時制と訳文中の「た」形の対応の度合いを調べてみることにしよう。

米川訳『白痴』（一九一四）と木村浩訳『白痴』（一九七〇）の句読点の数

ドストエフスキーの『白痴』は、一九一四年に米川によって初めて訳されて以来、米川が何度か改訳を出しているのを除けば、中山省三郎による訳が一九三四年から一九五二年にかけて数回出ているだけであった。だが、一九七〇年に新潮社文庫から木村浩による新訳が出、それが版を重ねているので、今回は一九七〇年の木村の訳を一九一四年の米川の訳文と比較してみた。まず、句読点から始めよう。ドストエフスキーが第一章の地の文の中で使用したピリオドの数は七九。それに対して、米川は一一九、木村は一二〇の句点を使っている。米川、木村の使った句点の数はドストエフスキーのピリオドの数のおよそ一・五倍である。第二章で米川と木村の使った句点の数はそれぞれ一三〇、一一五で、ドストエフスキーのピリオドの使用数八四に対して米川は約一・五倍、木村は一・四倍の句点を使っていることになる。第三章での米川と木村の句点の使用回数はそれぞれ一一二、一〇六回で、ドストエフスキーのピリオドの使用回数六五回の約一・七倍になっている。つまり、米川も木村もドストエフスキーの長い地の文をかなり短く区切っているのだ。第四章では会話文がなくなって地の文のみとなり、物語はすべて「饒舌な語り手」の語りによって進行する。ドストエフスキーの語り口の冗漫さが覿面《てきめん》に現れる章である。この章でドストエフスキーが使ったピリオドの数は一八〇。それに対して、米川は三〇七、木村は二四〇の句点を使っている。原文のピリオドの使用数に対する句点の使用の割合は、米川の訳文では依然として高く一・七倍だが、木村の訳文では一・三倍にまで落ちている。確かに米川も木村もドストエフスキーの長い文を「ぼつぼつと切って」いる。が、それは特に米川の訳文に顕著な特徴であると言っていいわけだ。木村は明らかに「原文より文が短く切れている」米川の訳文を意識し、米川の訳文で多用された句点を少しでも減らそうとしている。特に第四章では、米川が「ぼつぼつと切ってしまった」ドストエフスキーの語り手の「冗漫な」語り口をもとに戻そうとする努力がはっきりとうかがえるのだ。

さて、米川の文の増やし方を詳細に見てみると、コンマを句点に置き換えている例がやはり一番多く、第一章を例にとると、二七例ある。またセミコロンやコロンを句点に置き換えている例もかなり多く、第一章では、そうした例が一一ある。セミコロンを句点に置き換えたのが六例、コロンを句点にしたのが五例である。文章の流れや構成の区分をコンマよりやや強く示すセミコロンや、以下に説明文が続くコロンで文を切るのは、原文にある程度忠実であることを示してはいる。が、総じてドストエフスキーの文から「冗長さ」が消されていることは否めない。つまり、原文のコンマの一部やセミコロンやコロンの多くを句点に置き換えることによって米川の訳文は、原文より随分「読みやすく」なっているのだ。米川は初訳において自分がドストエフスキーの冗漫な文章を短く区切ったことを反省したものか、一九四一年に初版が出た岩波文庫本では、句点をわずかではあるが減らしており、殊に第四章では三〇七回も使った句点を二七七回まで減少させて、多少なりとも原文の文の区切りに近づけようとしている。ドストエフスキーのピリオドの使用回数一八〇より依然として多いものの、改訳のほうが原文の文調に近くなっている。

米川と木村による『白痴』訳文中の三人称代名詞の再現率

次に三人称代名詞の再現率を調べてみると、第一章でドストエフスキーは三人称代名詞の男性形《он [he]》を三五回使っている。一方、米川は二一回、木村にいたっては一一回しか「彼」を使っていない。再現率はそれぞれ六〇%、三一%である。第二章では、三人称代名詞男性形をドストエフスキーが五九回、米川と木村は同数の二五回使っており、再現率は四二%となっている。第三章では、ドストエフスキーの五二回に対して、米川と木村は同数の二〇回と、再現率は三八%まで落ちている。第四章ではドストエフスキーの一四二回に対し、米川は六五回、木村は五九回である。三人称代名詞男性形の再現率はそれぞれ四五%、四一%ということになる。つまり、一九一四年の米川の訳文では、第一章から第四章までの三人称代名詞男性形の再現率は平均で四六%、一九七〇年の木村の訳文でも、平均三八%に留まっている。しかも、米川も木村も原文の三人称代名詞を再現したり削除するだけではなく、原文にはないところで三人称代名詞を使っている。つまり、付加してもいるのだ。とすれば、厳密な意味での再現率はこれらの数字よりも多少落ちることになる。それは、原文に忠実であった中村の訳文における三人称代名詞の再現率がほぼ百パーセントに近かったのと鮮やかな対照をなしている。また、三人称代名詞の女性形についても、女性主人公の登場する第四章で、ドストエフスキーが《она [she]》を九四回使っているのに対して、米川は「彼女」を五二回、木村は五

○回使用しており、それぞれ五五％、五三％の再現率となっている。ちなみに、米川が一九四一年に出した改訳では、三人称代名詞の使用回数は男性形、女性形ともにさらに減っており、木村の使用回数に近い数字が出ている。こうしてみると米川や木村の訳文は、三人称代名詞「彼」「彼女」の使用が多いとされている翻訳文の一般的概念を見事に裏切っていることがわかる。『罪と罰』の訳文を検討したときにすでに述べたことであるが、中村が原文の三人称代名詞を完璧に再現しきったことで生じた「彼」「彼女」の頻用という翻訳文の特徴は、近年の翻訳では次第に薄れていく傾向にあり、現今の翻訳文では「彼」「彼女」の使用回数の激減という事態が生じているのだ。つまり、原文の三人称代名詞を忠実に「彼」「彼女」によって再現した中村の翻訳『罪と罰』は、一九一四年の時点ですでに米川の「彼」「彼女」の使用を半数にまで減らすという翻訳『白痴』によって、批判、挑戦され、その挑戦は今なお続いているのである。米川は三人称代名詞「彼」「彼女」が翻訳語であることを早くから意識し、翻訳文を従来の日本語の文に近づけるために、その使用を控えたものと考えられる。日本の読者に「読み易い」日本文を提供しようとした米川の翻訳の基準の一つが、三人称代名詞の再現率を低くとどめることだったのである。

米川の訳文中の「た」形と「る」形

それでは、「た」形について米川の翻訳は何を語っているのだろう。米川の訳文の中でも「た」形は、基本的にドストエフスキーの原文の過去形動詞の訳語として使われている。つまり、中村同様、米川が過去時制表示詞として「た」形を使ったことは間違いない。だが、米川の訳文の中で「た」形は中村の訳文ほど高い率で使われてはいない。ドストエフスキーは『白痴』の中で、作中人物として登場することのない「劇化《ドラマ》されない語り手」によって多くのことを語らせている。そして、ドストエフスキーの「饒舌な語り手」の言葉を、米川は原文に忠実に「る」形で再現した。米川は、さらに、その「語り手」の言葉以外にもいくつか「る」形で終わる文を「た」形の中に適度に混ぜ合わせた。米川は「る」形をさしはさむことで「た」形が連続して使われる文の単調さを破ろうとしたのである。第一章で米川によってさしはさまれた「る」形は、ほとんどが不完了体過去形の動詞の訳語であり、まず、ムィシュキンとロゴージンという二人の男性主人公の容貌を写すために使われた。第一章の中で、主人公たちの容貌を写す「る」形の使用例は十例にのぼる。第二章以下でも、こうした「る」形の使用は多く、主人公たちの容貌を描写するだけでなく、継続動作や習慣的動作を表すために使われた不完了体過去形動詞の訳語としても使われ始める。ちなみに文末詞「た」の数が文末詞の総数に占める割合をみてみると、第一章では、八四％、第二章では七三％、第三章では九二％まで上昇するが、第四章では再び減少し、六四％まで落ちこんでいる。つまり、第四章では、文末詞として「る」形、つまり動詞の終止形や、形容詞、形容動詞の終止形が三六％という高率で使われているのだ。これは、登場人物の語ったことや考えたことを語り手が読者に取り次ぐ形でドストエフスキーが書いた長文を、米川がいくつかの文に区切り、それらの文を「た」形以外の文末詞で結んでいるためである。

次にその例として、自分を囲っていたトーツキイが結婚を企てていると聞いて、女性主人公ナスターシャ・フィリッポヴナが田舎からペテルブルクへと一人敢然とやって来て、トーツキイを驚愕させる場面を引用してみよう。代名詞には網をかけ、動詞は太字で示した。ロシア語の不完了体過去形動詞には傍線を、完了体過去形動詞には二重線を付し、ロシア語の不完了体過去形の訳語として使われた「た」形には傍線を、完了体過去形の訳語として使われた「た」形には二重線を付した。また、「る」形には点線を付した。

Идиот

Долго не думая, она бросила свой деревенский домик и вдруг **явилась** в Петербург, прямо к Тоцкому, одна-одинехонько. Тот **изумился**, начал было говорить; но вдруг **оказалось**, почти с первого слова, что надобно совершенно изменить слог, диапазон голоса, прежние темы приятных и изящных разговоров, употреблявшиеся доселе с такими успехом, логику — всё, всё, всё! Пред ним **сидела** совершенно другая женщина, нисколько не похожая на ту, которую он знал доселе и оставил всего только в июле месяце, в сельце Отрадном.(26)

[*Idiot*

Not thinking long, she abandoned her village house and suddenly **appeared** in Petersburg, heading straight to Totskii, all on her own. He **was astounded**, and started speaking; but suddenly **realised**, from the very first word, that he had to completely change his style and tone of voice, the former themes of his pleasant and elegant conversations, which he had employed till now with such success, his logic — everything, everything! Before him **sat** a totally different woman, not the slightest bit like the one, whom he had known till now and had left only in July, in the little village of Otradnoe.]

『白痴』（米川正夫訳、一九一四年）

長く考へようともせずに、彼女は自分の田舎《ゐなか》の家を捨てゝ、只の一人《ひとり》ぼつちでペテルブルグなるトーツキイの所へ直接に**押しかけて行つた**。此方《こなた》は驚いて何やら言ひかけたが、忽ち氣が付いて**ぎよつとした**。今迄極《きは》めて有功に使用する事の出來た言葉の組合方、聲の調子、愉快にして優美な會話の話題、以前のやうな論理——もう一切《さい》の物を**變改《へんがへ》しなければならぬ**。彼の前にはまるつきり別な女が**立つてゐる**。彼が今迄熟知して居り、そして彼がたつた六月に慰樂村へ置いて來たものには、少しも似た所のない女が**立つてゐる**。(27)

『白痴』（木村浩訳、一九七〇年）

彼女はあれこれと思いまどうこともなく、さっさと自分の田舎の家を捨てると、突然ペテルブルグのトーツキイのもとへ、いきなりたったひとりで**あらわれたのである**。相手はびっくり仰天して、何かものを言いかけたが、突然ほとんどその最初の言葉から、その声音や言葉づかいや、いままであんなに巧みに成功をおさめてきた気持ちのいい優雅なおしゃべりの話題や論理を、何もかも、みんな、みんな、まったく変えてしまわなければならないことが**判明したのである**！　眼の前には、彼がいままで知っていた、いや、ついこの七月に「慰めの村《オトラードノエ》」に残してきたばかりの、あの女性とは似ても似つかぬ、まったく別の女性が**すわっていたのであった**。(28)

米川の誤訳「立ってゐる」の意味

引用箇所でドストエフスキーはピリオドを二つ、感嘆符を一つ使って全体を三つの文に区切っている。木村が句点を二つ、感嘆符を一つ使って原文に忠実に訳しているのに対して、米川は句点だけを五つ使って原文より二つ文の多い五つの短文で引用箇所を訳し出した。原文のセミコロンとコンマ、そして感嘆符を句点に置き換えたのである。米川はさらに五つに切った文の文末詞として、まず「た」形を二つ続けて使い、そのあとの三つには「る」形を充てた。特に最後の二つは「立ってゐる」と同じ動詞を「てゐる」形で二度繰返して使った。女主人公ナスターシャ・フィリッポヴナが驚愕するトーツキイの前に「立っている」ことを強調するためである。しかし、意外なことに「立ってゐる」と米川が訳した動詞をドストエフスキーの原文で確かめると、不完了体の過去形動詞《сидела [(she) sat]／(彼女は) 座っていた」》となっている。不完了体過去形動詞を「てゐる」形で訳し出し、描写を鮮明にするのは二葉亭や曙夢が一貫して採っていた翻訳方法であり、米川も『白痴』第一章からこの翻訳方法を採用していたことはすでに触れた。「座っていた」という意味の不完了体過去形動詞《сидела [(she) sat]》を「立ってゐる」と二度にわたって訳し出してしまった米川の誤訳には、誤訳以上の意味があるように思われる。つまり、復讐のために敢然とトーツキイのもとに立ち現れたナスターシャ・フィリッポヴナのイメージが、翻訳者米川の頭の中に鮮烈に焼きついて、まず不完了体動詞を「てゐた」形ではなく「てゐる」形で訳させ、さらにトーツキイの前に「座っていた」と書かれていたはずのナスターシャを「立ってゐる」と訳し誤らせたのである。もっとも米川は後年、自分の間違いに気づいて、最後の二文を次のように改めている。「彼の前にはまるっきり別な女が**すわっている**。彼が今まで熟知しており、そしてついこの七月に慰楽村《オトラードノエ》で別れたものとは、まるで似ても似つかぬ女がすわっていたのである。」[29] この改訳は一九四一年の岩波文庫版でも一九六九年の河出書房新社から出たドストエフスキー全集版でもまったく同じで、最初の「立つてゐる」は「すわっている」に、次の「立つてゐる」は「すわっていたのである」と修正されている。つまり、米川はドストエフスキーの長い一文を二つに切るという作業を改めることも、原文の《сидела［(she) sat］》を二度訳し出すことを改めることもなかった。が、二度目に《сидела［(she) sat］》を訳したとき、「すわっていたのである」と、原文の過去時制をそのまま残したのである。これは米川が「る」形の多用を後年の訳文でかなり修正したことを物語っている。

実際に一九四一年の岩波文庫本版の米川の改訳で「た」形の数が文末詞の総数に占める割合を調べてみると、第一章では初訳で八四％であったのが八五％に、第二章では七三％から七五％に、第三章でも九二％から九三％へとわずかではあるが増えており、第四章にいたっては六四％から七〇％へと「た」形の割合が飛躍的に増えている。すなわち、改訳では誤訳を訂正するだけではなく、「る」形の絶対数を減らすことで、過去形動詞が九五％を占めるドストエフスキーの原文に少しでも近づけようという努力をしたのである。ついでながら、米川は引用箇所でもう一つ自分のケアレスミスを訂正している。原文に《июль［July／七月］》とあるところを《июнь［June／六月］》と取り違えてしまっていたのである。ちなみに、木村は米川が二重の誤訳をした箇所を「眼の前には、彼がいままで知っていた、いや、ついこの七月に「慰めの村《オトラードノエ》」に残してきたばかりの、あの女性とは似ても似つかぬ、まったく別の女性がすわっていたのであった。」と原文の句読点と動詞の時制に忠実で正確な訳をしている。総じて木村の訳文は正確で原文から逸脱することがない。が、米川のような強烈な個性をもたない。三人称代名詞の使用に関しても、米川が初訳で、驚きあわてるトーツキイを強調するために「彼」を原文より一回多く三度使ったのに対し、木村は一度使っているだけである。米川は三人称代名詞の再現率を五〇％前後に抑えてはいたが、山場と目される場面では原文以上に使ったのである。ただし、この場面で三度使われた三人称代名詞「彼」も改訳版では原文と同数の二つに減っている。改訳は、初訳から米川的な翻訳という個性を排除していく方向でなされたようでもある。

三人称客観小説『罪と罰』と『白痴』の近年の翻訳文体

以上、米川の初訳『白痴』第一章から第四章における句読点の使用数、三人称代名詞の再現率、「た」形の文末詞全体に占める割合を見てきたが、初訳『白痴』の「読み易さ」は、句点の数を原文よりも一・六倍ほど増やしたこと、三人称代名詞の再現率を五〇％以下におさえたこと、「た」形に適度に「る」形をさしはさむことで「ロシヤの小説の邦訳は、文字の仲介という点からいえば、ロシヤ人が原文を読むのと同じ容易さをもって、日本人にも読まるべきである」という米川の同化的翻訳の目的が達せられたことが分かった。ドストエフスキーの冗長といわれる文を短くし、もともと日本文にはなかった三人称代名詞の使用を控え、「た」形に適度に「る」形をはさんで翻訳文臭を消したのである。しかしながら、米川は一九四一年に改訳を出して、句点の数を減らし、「る」形の使用も減らした。つまり、一文を長くしたり「た」形の文末詞の総数に対する割合を高めたりして、ドストエフスキーの原文に近づけようとしたのである。だが、三人称代名詞については、改訳は初訳以上に再現率が低くなっている。米川の改訳のこうした傾向は一九七〇年に出た木村の新訳『白痴』でも続いており、句点の使用は原文におけるピリオドの使用の一・四倍まで下がり、三人称代名詞の再現率も四〇％まで落ちている。一方、「た」形が文末詞に占める割合は増えており、およそ九〇％にまで達している。すなわち、句点の使用が米川の翻訳文に見られるより少なく、「た」形が文末詞の九〇％ほどを占める木村の翻訳文体は、彼がドストエフスキーの原文に極力忠実であろうとして異化的な翻訳方法を採ったことを示している。だが、三人称代名詞の再現率については米川の改訳に見られるよりも減少しており、同化的な翻訳方法を採ったものと見なされる。つまり、木村は、句点と文末詞に関しては米川の同化的な翻訳方法を異化的な翻訳方法に改めたが、三人称代名詞の使用については米川の同化的な翻訳方法を踏襲しているのだ。

こうして『白痴』と『罪と罰』の翻訳文体の変遷を辿ってみると、米川の同化的翻訳方法を採った『白痴』の訳文も、中村の異化的翻訳方法を採った『罪と罰』の訳文も、近年の翻訳では同じ文体に辿り着いていることがわかる。米川の『白痴』からは文末の「る」形が次第に淘汰され、中村の『罪と罰』からは三人称代名詞が淘汰されていった。そうしてできたのが、過去時制表示詞としての「た」形が九〇％以上を占め、三人称代名詞の使用を極力控えた文体であり、これが三人称客観描写の視点で書かれたドストエフスキーの小説の近年の翻訳文体の特徴なのである。さらに興味深いことは、この翻訳文体が、二葉亭が一八八八年に『あひゞき』を訳す中で創り出した翻訳文体と酷似していることである。『あひゞき』の訳文は、一人称代名詞の忠実な再現と過去表示詞「た」が文末詞の九〇％以上を占める当時としては「異様」な文体であった。そして、その一人称小説『あひゞき』には三人称代名詞「彼」「彼女」はただの一つも使われていない。ここで興味を惹かれるのは中村の『罪と罰』、米川の『白痴』と並行して昇曙夢が翻訳出版したのがドストエフスキーの一人称小説『虐けられし人々』であったことだ。今日では三人称客観描写の視点で書かれた『罪と罰』や『白痴』の訳文からですら、三人称代名詞の使用が減少する傾向にある。では曙夢の一人称小説の翻訳『虐けられし人々』では三人称代名詞「彼」「彼女」は使われたのだろうか？　そして、近年の翻訳では「彼」「彼女」は使われるのだろうか？　使われるとしたら、どのような使われ方をしているのだろう？　今回は一九一四年刊行の曙夢の『虐けられし人々』を、一九六九年に河出書房新社から刊行された『ドストエーフスキイ全集』に収められた米川正夫の『虐げられし人々』と、一九七三年刊行の小笠原豊樹訳『虐げられた人びと』と比較することにする。

小笠原豊樹訳『虐げられた人びと』（一九七三）の翻訳文体の新しさ

これら三つの翻訳を読んで、まず驚くのは一九六九年と一九七三年という、わずか四年の年月を隔てて出版された米川正夫の『虐げられし人々』の訳文と小笠原豊樹の『虐げられた人びと』のそれとの間にあるはっきりとした文体の相違である。もっとも、米川が『虐げられし人々』を初めて翻訳出版したのは一九四二年のことで、河出書房新社から出た『ドストエーフスキイ全集』に収められた『虐げられし人々』はその改訂版であるので、米川と小笠原の訳文に文体的差異が感じられるのは当然のことかもしれない。実際、小笠原の訳文は新しい。『虐げられた人びと』という現代語の表題からも窺えるように、語彙の新しさも文体的な相異の重要な要因ではあるが、主に三人称代名詞の数とその使い方に小笠原の訳文の新しさがある。

小笠原の『虐げられた人びと』では第一章から第二章にかけて三人称代名詞が一切使われない。そして、第三章で初めて使われる「彼」は、専らニコライ・セルゲーイッチ・イフメーネフという「虐げられ、辱められた」小地主を指し示すときに使われる。また、小笠原の『虐げられた人びと』の訳文全体を通じて、地の文の中で「彼」が集中して使われているのは、この第三章におけるイフメーネフの紹介に限られるのだ。実はこの第三章にはイフメーネフを「虐げ、辱める」張本人であるピョートル・アレクサンドロヴィチ・ワルコフスキー公爵という「後年の（ドストエフスキー）作品における悪魔的な人物──『罪と罰』のスヴィドリガイロフや『悪霊』のスタヴローギン──の先駆をなす」[30]人物が登場するのだが、ドストエフスキーはこの人物を紹介するに際して、三人称男性代名詞《он [he]》を二十三度使っている。それに対して、小笠原はこのワルコフスキーを指し示す「彼」をたった一つしか使っていない。先に述べたように、第三章で小笠原の使った「彼」の十二例の用例中、十一例までがイフメーネフの略歴を述べる中で使われているのである。ちなみに、ドストエフスキーの原文では第三章中、四十四例の三人称男性代名詞の用例が見られ、そのうちイフメーネフを指し示すのが二十例、ワルコフスキーを指すのが二十三例となっている。さかのぼって、曙夢の『虐けられし人々』と米川の『虐げられし人々』を調べてみると、第三章での「彼」の使用例は、それぞれ三十八例、二十九例となっており、小笠原の十二例より三人称男性代名詞の再現率はよほど高くなっている。とりわけ曙夢は、三人称男性代名詞をかなり忠実に再現しており、三十八例中、イフメーネフ（「イフメニエフ」と表記）を指すのが十八例、ワルコフスキー（「ワルコフスキイ」と表記）を指し示すのが十九例と、ほぼ正確に原文の三人称代名詞の男性形《он [he]》を再現していることがわかる。米川は、イフメーネフとワルコフスキー（「ヴァルコーフスキイ」と表記）を示すために等分に十四例ずつ使っている。米川が三人称代名詞の再現率を意識的に減らしていったのは、すでに『罪と罰』と『白痴』の訳文について詳察したとおりである。三人称代名詞男性形の再現率については、第一章でも同様な傾向が観察される。ドストエフスキーの原文に九十一例の用例が見られるのに対して、曙夢は七十七例、米川は二十九例と再現率が激減し、小笠原の訳文に至っては皆無である。

三人称代名詞女性形については、第二章で三人称女性代名詞《она [she]》をドストエフスキーが五度使っているのに対して、曙夢と米川が「彼女」を七度ずつと、原文より二度多く使っているのが注目される。小笠原は「彼女」をまったく使わず、「ナターシャ」という女性主人公の固有名詞で三人称代名詞を補完している。なお、ナターシャはイフメーネフの一人娘で、両親を捨て恋人のもとに走ったため父親に勘当される娘という設定である。このように、小笠原が『虐げられた人びと』の地の文で、三人称代名詞の使用を意識して排除したことは明らかである。

原文に忠実な曙夢の『虐けられし人々』

一方、曙夢が『虐けられし人々』で、三人称代名詞を正確に再現させようと努力していることもまた明らかである。ところで、曙夢は『虐けられし人々』を「此譯本を恩師故ニコライ大主教の靈前に獻げまつる」と巻頭に記して、並々ならぬ決意と情熱を注いで訳しあげた。ドストエフスキーのこの作品はまた、『罪と罰』を英語から重訳した内田魯庵が一八九四（明治二十七）年に『損辱』と題して梗概を雑誌『国民之友』に発表した作品でもある。『罪と罰』の英訳を二昼夜で読み終えた魯庵は、『損辱』を『罪と罰』以上に昂揚した気分で書いたようで、女主人公をワルコフスキーによって恋を妨害されるナターシャではなく、ワルコフスキーの私生児十二歳の少女ネリーであるとし、その悲惨な生涯と死こそが『損辱』のテーマであると述べている。つまり、金の亡者ワルコフスキーの保護を最後まで否定し、極貧の中で死ぬことを選んだネリーに一編の意義を見い出したのである。曙夢は凡例の中で「〔魯庵〕氏は『罪と罰』の譯了次第本書の譯に取掛る筈であつたのだが、折角の計畫を擲って其優先権を快く私に譲つて下さつた厚意に對して、特に感謝の意を表する次第である」[31]と、『虐けられし人々』の翻訳出版のいきさつを述べている。また、題名の訳についても、直訳すれば『虐げられし人々と踏付けられし人々』と長くなるが、魯庵のように『屈辱』(『損辱』の間違い)と短くするのも面白くないので、思い切って『虐けられし人々』とした、とその苦労の程を披瀝している。いずれにしてもその題名に窺えるように、主人公はネリーだけなのでもナターシャだけなのでもなく、ネリーやナターシャを含む複数の「虐げられた人々」を描くことに一編の主意はあった。

さて、こうして訳された曙夢の『虐けられし人々』は、三人称代名詞の再現率も高く、文末詞についても、原文の動詞形をかなり忠実に辿っていることが窺える。第一章でドストエフスキーは動詞の過去形をおよそ九四%の割合で使用している。それに対して曙夢は「た」形を八八%という高率で使っており、米川の七九%や小笠原の八二%という数値からしても、曙夢による原文の過去形動詞の再現率は高いといえる。第二章ではドストエフスキーが動詞の過去形を五七%の割合でしか使っていないのに対し、曙夢も米川も小笠原も、それぞれ六五%、六〇%、六三%という原文より高い割合で「た」形を使用している。第三章からはドストエフスキーの原文は過去形の使用が九五%以上を占める文体に落ち着くのだが、その第三章で曙夢は九四%という高い割合で「た」形を使っている。ちなみに、米川、小笠原もそれぞれ九一%、九四%と、やはり高率で「た」形を使用している。つまり、曙夢が「た」形を原文の過去形動詞の再現のために使って以来、米川も小笠原も、過去時制表示詞としての「た」形の用法を踏襲しているわけで、文末詞に関しては、三つの翻訳に大きな文体的な差異はないことが知れるのである。

曙夢訳『虐けられし人々』にみる句点多用の謎

ただ一つ、曙夢の『虐けられし人々』の中で奇異に思われるのは、句読点の用法である。一九一〇年刊行の『露西亜現代代表的作家六人集』の自序に「今一ツには邦文の約束上止むを得ず原文のペリオードを無視した所もある。然しさう云ふ點は極めて僅少であつて」と宣言し、翻訳に際して特に原文のピリオドに忠実であろうと努めた曙夢が、

第一章から第三章にかけて、なんと原文の一・六倍ほどの句点を使っているのだ。曙夢の訳文は「ドストエフスキーの原文をぼつぼつ切った」米川の訳文よりも、はるかに短く切れている。ちなみに、一章から三章までの米川と小笠原の句点の使用数は、原文のピリオドの数のおよそ一・二倍ほどにとどまっている。この曙夢の翻訳態度の変化には、曙夢自身も凡例の中で認め、中村白葉がその自叙伝で述べていたように、当時の曙夢が多忙を極めていたため中村も含めて複数の友人に下訳を頼んだという事情も手伝っているのかもしれない。いずれにしても、原文至上主義の中村の訳した『罪と罰』と同様、曙夢の『虐げられし人々』は、三人称代名詞の正確な再現と「た」形による原文の過去形動詞の忠実な再現を最大の特色としている。が、句読点の使用に関しては原文に忠実な翻訳とはいえないのである。

曙夢、米川、そして小笠原による「彼」「彼女」の使い方

さて、その三人称代名詞の再現率を落としたのが米川の『虐げられし人々』であり、小笠原の『虐げられた人びと』であった。そして、一九六九年と一九七三年との四年という短時日をはさんで翻訳されたこの二つの翻訳には決定的な文体的相異があり、小笠原が意識的に三人称代名詞を地の文から排除していったことは先に述べた。地の文の中でイフメーネフ以外の登場人物に三人称代名詞を使うことを極力制限した小笠原は、会話文の中で「彼」「彼女」を特別な意味合いで使っていくことになる。第八章の中で恋人のアリョーシャのもとへと家を出てしまったナターシャを「語り手」であるワーニャが詰問する次の会話の小笠原の訳文を、原文と曙夢、米川の訳文と読み比べてもらいたい。なお、ナターシャの恋人アリョーシャはワルコフスキー公爵の一人息子で「自分の意志というものを持たない世にも稀な純粋な青年」という設定である。『白痴』におけるムィシュキン公爵の性格の一部を先取りしている。また、「語り手」のワーニャは作家で、ドストエフスキーの作家デビューの頃が、そのまま映し出されている。が、ワーニャは紛れもないドストエフスキーの創作で、早くに両親を亡くした彼はイフメーネフ家で養育され、ナターシャ

との結婚を夢見ていた好青年という設定なのである。今回もまた原文、三つの訳文の中で使われる三人称代名詞に網をかけ、動詞を太字で示した。なお、一箇所、三人称代名詞がイタリックで示されているのは、ドストエフスキーの原文をそのまま写したものである。

Униженные и оскорбленные

— Ты винишь меня, Ваня? — **сказала** она наконец.
— Нет, но... но я не верю; этого быть не может!... — **отвечал** я, не помня, что говорю.
— Нет, Ваня, это уж есть! Я ушла от них и не знаю, что с ними будет... не знаю, что будет и со мною!
— Ты к *нему*, Наташа? Да?
— Да! — **отвечала** она.
— Но это невозможно! — **вскричал** я в исступлении, — знаешь ли, что это невозможно, Наташа, бедная ты моя! Ведь это безумие. Ведь ты их убьешь и себя погубишь! Знаешь ли ты это, Наташа?
— Знаю; но что же мне делать, не моя воля, — **сказала** она, и в словах ее **слышалось** столько отчаяния, как будто она **шла** на смертную казнь.[32]

〔*Oppressed and Insulted*
— Do you blame me, Vanya? — she **said** at last.
— No, but... but I don't believe it; it cannot be! — I **answered**, not knowing what I was saying.
— No, Vanya, it is true. I have left them and don't know what will become of them... I don't know what will become of me!

— You're going to *him*, Natasha? Are you?

— Yes! — **she answered**.

— No, that is impossible! — I **shouted** in a frenzy, — Do you know, that is impossible, Natasha, my poor friend. That is pure madness. You will kill them and you will ruin yourself! Do you realise that, Natasha?

— I know; but what can I do, I cannot help it, — **she said**, and in her words **could be heard** such desperation, as if she **was walking** to the scaffold.]

『虐けられし人々』(昇曙夢訳、一九一四年)

『ワーニヤさん、あなたは私《わたし》が悪《わる》いとお思《おも》ひなの?』と遂々《とう〳〵》**彼女**《かのぢよ》は**口**《くち》**を開**《ひら》**いた**。

『否《いえ》、然《しか》し……然《しか》し私《わたし》には信《しん》じられません。こんなことは有《あ》り得《う》べからざることです!……』と、私《わたし》は自分《じぶん》が何《なに》を言《い》ふかさへ夢中《むちう》で斯《か》う**答**《こた》**へた**。

『否《いえ》、ワーニヤさん、これは實際《じつさい》なのよ! 私《わたし》はもう兩親《りやうしん》から離《はな》れて了《しま》つたのです。そしてあの人達《ひとたち》が何《ど》うなるか私《わたし》には解《わか》りません……いや、私自身《わたしじしん》が何《ど》うなるかさへ私《わたし》には解《わか》りませんの!』

『あなたは**彼**《かれ》の所《ところ》へお出《い》でなのですか、ナターシヤさん? え?』

『え、然《そ》うなの』と、**彼女**《かのぢよ》は**答**《こた》**へた**。

『だが、それは出來《でき》ません!』と、私《わたし》はどき〴〵しながら**叫**《さけ》**んだ**。『それは出來《でき》ないことだといふことはお解《わか》りですか、ナターシヤさん、不仕合《ふしあはせ》なナターシヤさん! それは愚《おろか》なことではありませんか。あなたは御兩親《ごりやうしん》を殺《ころ》すばかりでなく、自分《じぶん》をも亡《ほろ》ぼして了《しま》ふではありませんか! それを御存知《ごぞんぢ》ですか、ナターシヤさん?』

『存《ぞん》じてゐます。ですけど私《わたし》には何《ど》う仕様《しやう》もないの。私《わたし》の意志《こゝろ》ぢやないんですもの』と、**彼女**《かのぢよ》は**言**《い》**つた**。そして**彼女**《かのぢよ》の言葉《ことば》には恰《あた》かも死刑《しけい》にでも引《ひ》かれて行《い》くやうな絶望《ぜつばう》が**響**《ひゞ》**いてゐた**。(33)

『虐げられし人々』（米川正夫訳、一九六九年）

「あなた、あたしをいけない女だとお思いになるでしょう、ヴァーニャ？」と彼女はついに**口を切った**。「いや、でも……でも、ぼくは本当にできない、そんなことはあり得ない話です！……」と、わたしは何をいっているのか無我夢中で**答えた**。

「いいえ、ヴァーニャ、これはもうできてしまったことなの！　あたし家出したのよ。お父さんお母さんがこのさきどうなることやら……あたし自身がどうなることやら、なんにもわからない！」

「あの男のところへ行くんでしょう、ナターシャ？　そうでしょう？」

「ええ！」と彼女は**答えた**。

「しかし、そんなことは駄目です！」とわたしは興奮して**叫んだ**。「わかりますか、そんなことは駄目ですよ、ナターシャ、本当に困った人だなあ！　それは正気の沙汰じゃありませんよ。だって、それじゃご両親を殺すことになるし、あなた自身の破滅じゃありませんか！　いったいそれを覚悟なんですか、ナターシャ？」

「そりゃわかってはいるけれど、だってしようがないわ、あたしの意志でどうにもならないことなんですもの！」と彼女は**いった**が、その言葉の中には、まるで死の刑場へでもひかれていくような無量の絶望が**こもっていた**。[34]

『虐げられた人びと』（小笠原豊樹、一九七三年）

「ワーニャ、あなた私を非難する？」と、やがてナターシャが**言った**。

「いや、しかし……しかし信じられない。そんなことがあるはずはない！……」と、何を言っているのやら自分でも分らずに、私は**答えた**。

「ところが、ワーニャ、そうなのよ！　私は出て来てしまったのよ。父と母がこれからどうなるのか、分らないわ……自分がどうなるのかも分らない！」

「彼のところへ行くんだね、ナターシャ？　そうなんだね？」

「ええ」とナターシャは答えた。

「しかし、そりゃいけない！」と私は無我夢中で叫んだ。「分るだろう、そりゃいけないんだよ、ナターシャ！　気違い沙汰《ざた》じゃないか。お父さんたちを殺し、自分の身も滅ぼすことじゃないか！　それが分っているの、ナターシャ？」

「分ってるわ、でもどうしたらいいの、私にはどうしようもないのよ」とナターシャは言ったが、その言葉にはまるで刑場へ引かれて行くような絶望感がこめられていた[35]。

会話文中で強調された三人称男性代名詞の訳語

引用部に関して、ドストエフスキーの原文では三人称代名詞が女性形《она [she]》で五度、男性形《он [he]》で一度、合計六度度使われている。女性形はすべて地の文の中で使われ、男性形は会話文の中で、しかもイタリック体で強調した形で用いられている。一方、曙夢の訳文では「彼女」が四度、「彼」が一度と、原文にほとんど忠実に三人称代名詞が再現されている。だが、曙夢は会話文の中でイタリック体で強調されて用いられたはずの「彼」に傍点をつけることはなかった。三人称代名詞の使用を制限した米川は、地の文の中で「彼女」を三度使っているだけで会話文の中では「彼」を使わなかった。興味深いことに、米川はドストエフスキーがイタリック体で強調した与格の三人称男性代名詞《*к нему* [to *him*]》を「あの男のところへ（行くんでしょう）」と、「彼」に傍点を付すのではなく、「あの男」に傍点を付して訳した。それに対して、小笠原は地の文の中では「彼女」を一切使わず、会話文の中でだけ「彼」を使った。しかも、ドストエフスキーが意図した通り「彼のところへ（行くんだね）」と傍点を振って「彼」

を強調した。この小笠原の傍点を付された「彼」と、曙夢の傍点を付されることのなかった「彼」は等価なのだろうか？

広辞苑は「彼」の意味を、①あれ、あのもの。古くは人をも人以外のものをもさした。②（「かのじょ」に対し特に）あの男、その男。③転じて、愛人である男性。彼氏。の三通りの意味を載せている。日本国語大辞典は代名詞としての「彼」の意味をまず他称と対称とに分けたあと、他称の意味として、①話し手、相手両者から離れた事物をさし示す（遠称）、②話し手、相手以外の人をさし示す。明治期まで男にも女にも用いた。③男性をさす。「彼女」とともに、西欧語の三人称男性代名詞の訳語として一般化したもの、と、やはり三通りの意味を載せている。そして、③から転じた名詞として④「恋人である相手の男性。彼氏」という意味を加えている。

こうした「彼」の辞書的意味を念頭において、曙夢が「彼」を使った箇所をもう一度読み直してみよう。《Ты к *нему*, Наташа? Да? [You're going to *him*, Natasha? Are you?]》という幼なじみで将来を誓い合ったこともあった「語り手」のワーニャがナターシャに発するこの問いを曙夢は『あなたは彼《かれ》の所《ところ》へお出《い》でなのですか、ナターシヤさん？え？』と訳している。つまり、曙夢は人称代名詞を三人称も、そして、二人称もともに「彼」「あなた」と原文に忠実に訳し出しているのだ。ただ、原文でドストエフスキーが使った二人称は《Ты [You]》であって、研究社露和辞典はその用法を「ふつう夫婦・親子・兄弟・その他気のおけない間柄で用いる、また時には粗野な呼びかけに用いる」と解説しており、「君、お前、あんた、きさま」等の訳語を挙げている。とすれば、曙夢の訳語「あなた」は丁寧すぎる。ちなみに米川や小笠原は二人称をあえて訳さないことで、二人の親密な関係を表した。さらに、原文に忠実な逐語訳をこころがけた曙夢は、ワーニャに「ナターシヤさん」と呼びかけさせている。親しい間柄のワーニャとナターシャが「ワーニヤさん」「ナターシヤさん」と「さん」をつけて呼び合うというのも今日の感覚では丁寧すぎるように感じられる。もともと曙夢は人名の訳については相当苦労したようで、『白夜集』収録のプーシキンの『吹雪』では、女主人公のマリアの愛称「マーシャ」を「マアちゃん」、『六人集』に収められたアンドレーエフの『霧』では、主人公パーヴェルを「パアちゃん」と彼らの親族に呼ばせている。殊に、『霧』の中で使われた「パアちゃん」は、拳銃で自殺するに至る主人公のイメージから遠く、また、そのイメージを損なうものですらある。『虐げられし人々』における「ナターシヤさん」「ワーニヤさん」という相手に丁寧に呼びかける表現も、曙夢が主人公たちの親密な関係を表現しようとして採用したものであろうが、現在のわれわれには逆に二人の間の距離感を感じさせる表現となっている。このように結果は逆効果となることもあったが、曙夢は原文にともかく忠実であろうとした。とすれば、曙夢の訳文に見える「彼」は、日本国語大辞典にみえる③番目の意味「西欧語の三人称男性代名詞の訳語」で使われていることは間違いない。

一方、米川はワーニャのナターシャに対するこの問いかけを「あの男のところへ行くんでしょう、ナターシャ？そうでしょう？」と、三人称男性代名詞の訳語である「彼」を使わずに「あの男」と、広辞苑が載せている「彼」の②番目の意味でそのまま訳の中に入れた。つまり、米川は三人称代名詞《*к нему* [to *him*]》を「彼のところへ」と直訳するのではなく「あの男のところへ」とその意味を訳し出したのである。「あの男」とはワーニャとナターシャの共通の知人で、ナターシャの恋人アリョーシャであることが、この後すぐ明らかになる。ただ、原文の三人称男性代名詞を「あの男」と訳した米川の訳文は詰問調で、そこには日本的な男女関係における道徳観が強く投影されているように思われる。米川はナターシャを「男のもとに走る悪い女」として描き出すのだ。引用部の冒頭で米川は「あなた、あたしをいけない女だとお思いになるでしょう、ヴァーニャ？」と、ナターシャに「あたし」という自称を使わせ、ワーニャに対して「あなた～お思いになる」と敬語を使わせ、挙句に自分は「いけない女」かと問わせている。こうして出来るナターシャのイメージは、あまりに日本的な卑屈な女性であり、対等な男女が会話をしているとはとても思えない。そのうえ、米川は家出して恋人のもとに走るナターシャに向かって、ワーニャが「わかりますか、そんなことは駄目ですよ、ナターシャ、本当に困った人だなあ！」と「興奮して」叫んだと書いている。が、原文は《вскричал я в исступлении, — знаешь ли, что это невозможно, Наташа, бедная ты моя!［I shouted in a frenzy, — Do you know, that is impossible, Natasha, my poor friend.／私は無我夢中で叫んだ。「そんなことは不可能なんだ、ナターシャ、かわいそうだけど。」》であり、ワーニャはナターシャの行動を禁じているのではなく、不可能だと言っているだけなのだ。米川の訳文中のワーニャは徹頭徹尾ナターシャの上に立って発言している。つまり、米川の描くワーニャは、ナターシャが卑屈な日本女性のイメージをまとっているのと同様、居丈高な日本的な男性のイメージに色濃く塗られているのだ。また、米川はナターシャの自称「あたし」と対比させるためワーニャの自称を一貫して「わたし」と平仮名で書いてもいる。女性と男性の自称を区別させるためだと思われるが、「あたし」とすることでナターシャの女性性をことさら強調する必要は果たしてあったのだろうか？

「恋人である相手の男性」の意味で使われた「彼」

さて、曙夢が三人称男性代名詞の翻訳語としての「彼」を使って訳し、米川が「あの男」と傍点を振って訳した箇所を、小笠原は「彼のところへ行くんだね、ナターシャ？　そうなんだね？」と「彼」に傍点を振って訳した。しかも、引用部の小笠原の訳文の中で三人称代名詞が使われるのはこのワーニャの問いの中、一箇所だけなのである。小笠原の訳文の中で、傍点を付されてナターシャとワーニャという幼なじみの間で語られた「彼」は原文の三人称代名詞を翻訳しただけの言葉ではない。そもそも、小笠原にとって原文の三人称代名詞はすべて、翻訳しても翻訳しなくてもどちらでもいい言葉であった。そして、多くの場合、小笠原は三人称代名詞を翻訳しないことを選んだ。引用部の六つの三人称代名詞のうちただ一つ翻訳することを選ばれ、傍点を付されて強調された「彼」は、ナターシャとワーニャの共通の知人でありナターシャの恋人であるアリョーシャを指し示す、道徳的な規範を持たない新しい言葉として、三人称代名詞の翻訳語としての「彼」とは違う特別な意味を担った言葉として誕生した。つまり、日本国語大辞典の④番目の意味、「恋人である相手の男性」を指す言葉として使われているのだ。小笠原はまた、米川が「あなた、あたしをいけない女だとお思いになるでしょう、ヴァーニャ？」と訳した引用部の冒頭文を、「ワーニャ、あなた私を非難する？」と、敬語を交えず直訳することで、ナターシャとワーリャが対等の関係にあることを示した。ちなみに原文は、《Ты винишь меня, Ваня? [Do you blame me, Vanya?]》である。ナターシャの自称を「あたし」から「私」に変えることで、ナターシャを意志を持たない日本的な女性のイメージから意志を持つ西洋の女性に見事に変貌させている。先に小笠原の訳文と米川のそれには、大きな懸隔があるといった。それは「あの男」という日本的な道徳観に塗られた言葉を使うか、それとも翻訳から生まれた新しい「彼」という言葉を使うかという選択に象徴的に表れているといえよう。

曙夢が一九一四年に原文の三人称代名詞を忠実に「あなたは彼《かれ》の所《ところ》へ（お出《い》でなのですか）」と訳して以来、およそ六十年かかって次第に「彼」は日本語の中に浸透し、日本語として特別の意味を付されて小笠原の訳文で「彼のところへ（行くんだね）」と、「恋人である相手の男性」を指す言葉として浮上したのである。同じ第八章の中の会話文で《Неужели ж ты так его полюбила? [Did you really fall in love with him so deeply?]》と、ワーニャは再びナターシャに問いかけるのだが、曙夢はそれを「あなたはそんなに彼《あれ》を愛していたのですか？」と「彼」に「あれ」というルビを振って訳している。「彼」を三人称代名詞の翻訳語ではなく、「あれ」という日本語本来の用法（広辞苑の①「あれ、あのもの。古くは人をも人以外のものをもさした。」）に後退させているのである。一方、小笠原は「そんなに彼を愛しているの？」と一貫して三人称代名詞の翻訳語から派生した恋人の意味で「彼」を使っていった。

小笠原訳『虐げられた人々』と二葉亭訳『あひゞき』の文体の相似

柳父章が『翻訳語成立事情』の中で指摘しているように、「「彼」という翻訳語は、「（日本語の）空白」をうめるように日本文に入ってきたのではなく、よけいなことばとして侵入してきた」[36]のであり、畢竟訳しても訳さなくてもよい「よけいなことば」であった。曙夢や原文至上主義の中村は、そうした「よけいなことば」である「彼」と「彼女」を原文通り再現しようとして、翻訳文調を強く出すことになった。日本文の伝統を大切にした米川は、できるかぎり「よけいなことば」である「彼」「彼女」の使用を制限しようとした。が、米川の訳文では同時に日本文の伝統が主人公たちを、日本的なイメージの中に取り込むことにもなった。そして、小笠原という現代の翻訳家は『虐げられた人びと』という一人称小説の中で「よけいなことば」である「彼」または「彼女」を地の文から、できるかぎり払拭しようとし、会話文の中に日本語として特殊な意味、すなわち「恋人である相手の男性や女性、彼氏《ボーイフレンド》や彼女《ガールフレンド》」という意味を付された言葉として用いたのである。小笠原の『虐げられた人々』の中で「彼女」が地の文の中で使われるときは、たいていワーニャが恋に苦しむナターシャを回想する場面でナターシャを指す言葉として用いられ、会話の中ではナターシャとカーチャという二人の恋人の間で揺れ動くアリョーシャの言葉として、ナターシャかカーチャを指し示すときに使われている。

小笠原豊樹が三人称代名詞「彼」「彼女」に「恋人」という新しい意味を付して使った翻訳小説が『虐げられた人びと』という一人称小説であったことは意味深い。それは小笠原の『虐げられた人びと』の文体が二葉亭の『あひゞき』の文体に酷似しているからだ。一八八八年に『あひゞき』という一人称の掌編を翻訳したとき、二葉亭は「た」形を日本の文学史上初めて過去表示詞として使い、人称代名詞については一人称代名詞こそ原文に忠実に再現していったが、三人称代名詞「彼」「彼女」は一切使わなかった。そして、一九七三年に小笠原がドストエフスキーの一人称小説『虐げられた人びと』を訳したとき、小笠原は「た」形を過去表示詞として使い、「私」という一人称代名詞を非常に高い割合で再現する一方で、「彼」「彼女」という三人称代名詞の再現率を最小限に抑えていった。そして、最小限に減らされた「彼」「彼女」という三人称代名詞の一部を「恋人」の意味で使ったのである。

一九一四年に出版された三つのドストエフスキー作品の翻訳史上の意義

以上、一九一四（大正三）年に翻訳出版された中村白葉の『罪と罰』、米川正夫の『白痴』、昇曙夢の『虐けられし人々』の文体を文末詞と三人称代名詞を中心に分析し、これら三つの翻訳作品のその後の文体の変遷を概観した。原文至上主義の中村は、『罪と罰』の中で「た」形を原文の動詞の過去形を忠実に再現するために使い、文末詞に関して今日の翻訳文体を決定した。一方、米川は『白痴』を訳すにあたって、「た」形の中に適度に「る」形を用いたり、「彼」「彼女」の使用を制限したりして日本文の伝統を守ろうとした。句読点についても、原文より多くの終止符を使うなどして、日本人に読みやすい訳文を書くことを目標とした。三人称代名詞に関する限り、その数を制限した米川の訳文が今日の翻訳文体の基礎となった。最後に曙夢の『虐けられし人々』は、中村の『罪と罰』と同じように、「た」形によって原文の動詞の過去形を忠実に再現し、「彼」「彼女」によって原文の三人称代名詞を忠実に再現した訳文であった。が、奇妙なことに終止符の使用が原文の数を大きく上回る「ぼつぼつと切れた」訳文で、ドストエフスキーの原文を正しく再現したものとはいえない。ここには、句点を原文のピリオドと同じようにして原文の調子を再現しようとした清新な翻訳者としての曙夢の俤《おもかげ》はすでにない。『虐けられし人々』を訳した頃には、曙夢の翻訳者としてのピークは過ぎていた。曙夢の『虐けられし人々』については後世への文体的な影響よりもむしろ、それが中村をはじめとして何人かの下訳者の手を経てなったものであることに注目すべきだろう。曙夢の何人かの下訳者たちは「た」形を原文の過去形の訳語として忠実に訳し出し、「彼」「彼女」もまた原文通り忠実に再現していったのである。当時の若手の翻訳者たちの翻訳の基準がそこにあった。『虐けられし人々』という作品の翻訳史上の意義としては、一九七三年の新訳『虐げられた人びと』の中で小笠原が、一八八八年に二葉亭が『あひゞき』でしたように、三人称代名詞の使用を極度に制限し、「彼」「彼女」の一部を会話文の中で「恋人」の意味で使ったことに見い出せるのではないか。

「た」形と「る」形の文法概念の変遷

こうして一九一四（大正三）年に出版された三つのドストエフスキー作品の文末詞に過去表示詞の「た」形が使われて以来、現在にいたるまでドストエフスキーの翻訳作品では過去時制表示詞「た」の数が圧倒的多数を占める文体が連綿として書き継がれてきている。そして、現在では「た」形の数が文末詞の九五％以上を占めるまでになり、ドストエフスキーの原文の過去形の割合に限りなく近付いている。それと並行して「た」形を過去時制表示詞としてではなく、日本語における動詞の過去形としてとらえる認識を多くの翻訳者が持つようになったものと思われる。その認識が実際に示されている例として、翻訳にも創作にも多作な作家村上春樹とアメリカ文学の研究者であり翻訳者でもある柴田元幸の対談集『翻訳夜話』から、翻訳文体における「た」形についての次の一節を引くことにする。

質問者C　いまのお話ともだいぶ関係があるんですけれども、以前、柴田先生の講演会にうかがいましたときに、訳のテンス（時制）について先生は極力原文のままがいいとおっしゃって、現在形の小説……全部現在形で書かれている小説がもしあったら、自分は全部**現在形**で訳すけれども、いっぽう村上さんは全部**現在形**では小説の文章にならないという考えだと確かおっしゃったと思うんですけれども。

柴田　たとえば、カーヴァーなんかは全部現在形で語ったりしてますよね。

村上　してますね。

柴田　で、それを村上さんはどういうふうに処理されてますか。

村上　どうだったっけ、よく覚えていないけど、あれはたしかきっちりと**現在形**で訳したと思いますよ。ただ過去形で全部やっている作品を訳すときには、基本的には**現在形**をいくらか混ぜます。そうしないと、「何とかした」「何とかだった」で終わっちゃって、全部「――た」になっちゃうから、どうしても文章がこちこちしてしまうんですね。会話である程度カバーできますが、それでもある程度は**現在形**を混ぜないと、日本語の文章として読みづらくなってしまいます。でも**現在形**の場合は、そういう響きの制約はないから、**現在形**で全部訳しちゃうんじゃないかな。

柴田　と、ご本人はおっしゃってますが、実はけっこう混じってますよ、**過去形**（笑）。まあそれだけ、いちいち計算しない、生理的な選択なんですね。

で、どう言ったらいいのかな、僕は、これはもう全く好みの問題なんだけど、**現在形**が並ぶ文章ってわりと好きなんですよ。逆に**過去形**で「何々した」って並ぶ文章もすごく好きなんですね。というか、そういう訳文もね。で、その中に**現在形**を適度に入れて日本語らしくするっていうのはわかるんだけれども、それ、村上さんがなさるとすごく自然なんだけど、でも、それって翻訳学校でみんな教わるでしょう。[37]

（傍線引用者）

右の引用箇所で「**過去形**」とあるのが「た」形のことで、「**現在形**」とあるのが「る」形、すなわち動詞の終止形のことである。日本語の動詞には「「た」形という過去形」と「「る」形という現在形」があるという前提のもとでこの対談は成り立っている。そして、読者であるわれわれもそれを当然として受け容れている。また、本来の日本語の文は翻訳の日本語の文とは異なるという認識も村上、柴田の両者に共通するものである。さらに柴田は、翻訳文中の不自然な日本語を本来の自然な日本語に近づけるためには、翻訳文中で過去形として使われた「た」形の一部を現在形である「る」形（＝終止形）に変えなくてはならないと述べている。これは、二葉亭四迷が処女出版翻訳『あひゞき』を出版から八年後に改訳したときに、初訳で頻用された「た」形のいくつかを「る」形に置き換えて行ったことを強く想起させる。ただ違うのは村上も柴田も「た」形の中に「る」形を「ある程度」もしくは「適度に」入れて日本語らしい文章にするのを、翻訳の技術だとしていることである。一方、二葉亭には「た」形を「る」形に置き換える時に、主にロシア語動詞の不完了体過去形動詞を「る」形にするというはっきりとした標準があった。「「た」形の中にある程度「る」形の混ざる日本語らしい文章」という概念はいつごろ成立したのだろうか？　二葉亭の翻訳文体はその「日本語らしい文章」の成立にどれほど貢献したのか、それを次に辿ってゆくことにしよう。

第二節　二葉亭の翻訳文体が日本文学の文体に与えた影響

翻訳をする作家として知られる村上春樹が、翻訳者として「た」形を日本語の過去形と認識していることはすでに述べた。その村上は自作『ねじまき鳥クロニクル』（一九九二〜九五年）を一人称代名詞「僕」を使って、確かな過去回想の視点で書き始めている。また、村上が文末詞として採ったのは主に「た」形で、第一章の中で「た」形が文末詞全体の中に占める割合はおよそ七六％である。「る」形は、主に「語り手」の心理を述べた部分と、情景描写や人物描写で使われる。村上はさらに、「彼女」という三人称女性代名詞を第一章の地の文の中で合計二十七回使っている。村上の「彼女」は、「語り手」岡田トオルの妻の岡田クミコと笠原メイという名の近所に住む少女、さらに「語り手」に奇妙な電話をかけてくる匿名の女を示すために使われる。そして、村上はそうした「彼女」のほとんどを「た」形とともに使っている。次に引用するのは、妻に頼まれて猫を探し出すため「路地の奥の空き家」に出かけた岡田トオルが笠原メイに出会う場面である。

『ねじまき鳥クロニクル』

振りむくと、向かいの家の裏庭に女の子が**立っていた**。小柄《こがら》で、髪は**ポニーテイルにしている**。飴色《あめいろ》の緑の濃いサングラスをかけ、袖《そで》のないライトブルーのTシャツを**着ている**。そこからつきだした細い両腕は、まだ梅雨もあけていないというのに、むらなく綺麗《きれい》に**日焼けしていた**。彼女は片手をショートパンツのポケットにつっこみ、もう一方の手を腰までの高さの竹の開き戸の上に置いて不安定に体を**支えていた**。彼女と僕のあいだには一メートルくらいの距離しか**なかった**。

「暑いわね」と娘が僕に**言った**。

「暑いね」と僕も言った。
それだけの言葉を交わすと、彼女はそのままの格好でしばらく僕を見ていた。[38]

引用部で「た」形が文末詞に占める割合は七八％で、「る」形は空き家の向かいに住む少女笠原メイの容姿を描写するために二度使われているだけである。また、「彼女」が地の文の中で三度使われているが、そのすべてが「た」形に呼応している。この引用部分に関する限り三人称女性代名詞「彼女」は「る」形による直接的で鮮明な描写から、「た」形による過去回想の客観描写へ移行させる役割を果たしている。ところで、村上の「る」形の用法は、村上同様「翻訳者でもあった作家」の二葉亭の改訳『あひゞき』における「る」形の用法と一部重なるところがある。二葉亭は改訳『あひゞき』の中で「る」形を情景描写と人物描写、さらに、登場人物たちの継続動作を表現するために使った。それは原文にあるロシア語の不完了体動詞の不完了相を忠実に再現するためであった。一方、村上の「る」は、情景描写や人物描写には使われるが、登場人物の継続動作には使われない。引用部分で村上は、主要登場人物笠原メイの継続動作を「見ていた」「（体を）支えていた」「立っていた」と「た」形を使って表現しているのだ。さらに、三つの継続動作を表す動詞のうち「（体を）支えていた」「立っていた」の二つについては、「彼女」という三人称女性代名詞を主語に立てている。村上はこうして「彼女」に過去回想表示詞とでもいうべき客観性を持たせた。

過去回想表示詞としての三人称代名詞「彼」「彼女」

『ねじまき鳥クロニクル』全編を通して村上は、地の文の中で三人称女性代名詞「彼女」を女性主人公の岡田クミコばかりではなく、笠原メイや加納マルタ、加納クレタ姉妹、そして、赤坂ナツメグなどの主要登場人物に等分に使っていった。そして、村上の使った「彼女」の多くが「た」形と呼応している。三人称男性代名詞「彼」についても、村上は綿谷ノボル、本田老人、間宮中尉、赤坂シナモン、そして、シナモンの父親の獣医などの主要登場人物らに等分に使っている。「彼」が「た」形に呼応するのも「彼女」と同様である。村上の一人称の創作作品『ねじまき鳥クロニクル』における地の文の中での「彼」「彼女」の使用の割合は、小笠原豊樹による一人称小説の翻訳作品『虐げられた人びと』のそれよりも高い。そしてまた、村上が「彼」「彼女」を登場人物たちに均一に使っているのに対し、小笠原は「彼」を「虐げられた」イフメーネフ老人の紹介に費やし、「彼女」を女主人公ナターシャを指し示すのにもっぱら使った。また、「た」形が文末詞の七五%前後を占める文体の中で、村上の「彼」「彼女」には、それらのほとんどが「た」形と呼応しているという特徴が見出せる。だが、小笠原の「彼」「彼女」はそれらだけが「た」形と呼応しているという特徴を見い出すことはできない。小笠原の訳文の文末詞は「た」形が九〇%以上を占めており、「彼」「彼女」を含めた主語のほとんどが「た」形と呼応しているからだ。つまり、作家である村上は「彼」「彼女」を翻訳家である小笠原よりも多用し、「彼」「彼女」の多くを「た」形と呼応させることによって過去回想の視点を強調する過去回想表示詞として使っていったのだ。村上はそれほどまでに「彼」「彼女」を自作の中に取り込んでいるといえよう。さらに、村上は創作の中で「彼」「彼女」を、小笠原の翻訳の中でと同様「恋人という特定の人物」を指すためにも使った。そうした例の多くは会話文の中に見い出される。村上作品中の三人称代名詞「彼」「彼女」は翻訳語としての「あってもなくてもどちらでもいい言葉」であることをやめ、過去回想表示詞としての意義と「恋人」を指し示す日本語としての独自の意味を獲得し、「なくてはならない言葉」となっている。

尾崎紅葉の三人称小説『多情多恨』（一八九六年）

現代の作家村上は、地の文の中で「彼」「彼女」を「た」形と呼応させて過去回想表示詞として使ったが、「彼」や「彼女」という三人称代名詞を意識的に「た」形と呼応させて使った日本の最初の作家は、前章で述べたように尾崎紅葉（一八六七―一九〇三）ではないかと思われる。二葉亭四迷の同時代人で硯友社を率いた紅葉は言文一致の動きには冷淡で、頑なに雅俗折衷体で作品を書き続け、生涯に言文一致小説を数編しか残さなかった。その中の代表的な作品が一人称で語られる短編小説『青葡萄《あをぶだう》』（一八九五年）と三人称で語られる長編小説『多情多恨』（一八九六年）である。とりわけ『多情多恨』は紅葉の言文一致小説の傑作といわれるもので、前編と後篇に分かれており、前編は一八九六年の二月から六月、後篇は同年の九月から十二月にかけて『読売新聞』に連載された。ちなみに、一八九六年は二葉亭がツルゲーネフの中編小説『アーシャ』を『片戀』と題して、改訳『あひゞき』と『奇遇』とともに出版し文壇に復帰した年である。二葉亭は翌一八九七年にはまた、ゴーゴリものの翻訳『肖像畫』を出している。

『多情多恨』は全編最愛の妻に死なれた夫の嘆きの物語である。作家の丸谷才一は『多情多恨』執筆の動機について、執筆前年の二月から四月にかけて『源氏物語』を読みつづけた紅葉が、桐壺の更衣を失った桐壺帝の傷心に触発されて書いたものであると断言している。丸谷はさらに『多情多恨』が海外の小説に触発されて書かれたものではないこと、紅葉が明治の男性作家としては珍しく『源氏物語』を読んでいたことに重要性を見ている。つまり、『多情多恨』の作の内容は、西洋文学には見られない「男の涙」を描くという日本の文学的伝統を踏まえていることに意義を見い出すのだ。その一方で丸谷は『多情多恨』を支える文学的な新しさはその喜劇性にあり、それは紅葉が西洋文学の技法に学んだものではないかとの指摘もしている。そして、最後に『多情多恨』の喜劇性を支えたのが紅葉の優れた口語文であったと結論する。[39] 試みに『多情多恨』後篇第八章の一部を次に引用して紅葉の言文一致の口語文を見てみよう。

『多情多恨』（八）

多くの人を好《す》かぬ代《かはり》に好く人をば甚しく好くと云《い》ふ彼の気質《きしつ》は、燃《も》ゆる如くお類を愛《あい》して、葉山を信《しん》ずることは一図《いちづ》に**凝固《こりかたま》つてゐるのである**。彼は此二人《このふたり》よりは無い友の別《わ》けて難換《かへがた》き一人《ひとり》を亡《うしな》つた為には、他《ひと》が両親妻子《りやうしんさいし》兄《きやう》弟《だい》と一度《いちど》に一家《いつか》を挙《あ》げて亡つたほど力を落して、一時は殆《ほとむ》ど此世に望《のぞみ》をも**絶《た》つたのである**。而して其人の亡《な》い後《のち》も、一旦《ひとたび》燃《もや》された彼の念《おもひ》は、なか〳〵急《きふ》に**消《き》えては了《しま》はなかつた**。猶《なお》其火は他《た》に向つて費《つひ》やさるゝ所《さう》が無かつたので、竟《つひ》には自己《おのれ》の心を焼《やか》れて、**彼**は如何《いか》ばかり**苦《くるし》まされたであらう**？　日毎夜毎《ひごとよごと》の**彼**の涙《なみだ》も此胸苦《このむねぐるし》き焔《ほのほ》をば**得鎮《えしづ》めぬのであつた**。（中略）
薬《くすり》を美味《びみ》として服《ふく》する病人《びやうにん》は無いけれども、病《やまひ》は其《それ》が為《ため》に**痊《いゆ》るのでなければならぬ**。**彼**の葉山に同居《どうきよ》したのは、而《さう》して自《おのづ》とお種に親《ちかし》くなつたのは、好《このま》しからぬ薬を飲《のま》されたも同しで、姑《しばら》くは**苦《にが》い思をしてゐたのである**。漸《やうや》く其《それ》にも慣《な》れて見れば、図《はか》らざりき、お種の優《やさ》しい声と、柔《やはら》かい手と、温《あたたか》い心とは**彼**の不愉快の苦痛《くつう》を**劬《いたは》るのであつた**。柳之助がお種を可懐《なつかし》く思初《おもひそ》めたのは**之が為である**。例《れい》の**彼**の気質《きしつ》であるから、一旦《いつたん》心を傾《かたむ》けた以上は、飽《あ》くまで其人に心を傾けるので、お種に対《たい》する感情《かんじやう》も今は日一日に**好《よ》くなるばかり**。葡萄酒《ぶだうしゆ》に酔《よ》つた夜の言《ことば》が又憶出《おもひだ》される、
「失敬《しつけい》ですけれど、貴方《あなた》が妻《さい》のやうに思はれるです。」
然《しか》し**彼**は他《ひと》の妻《つま》をば我妻《わがつま》と思はうとは**思はぬ**。姉《あね》と言つたが、姉に**思ふのでもなかつた**。葉山が男子《をとこ》としての友《フレンド》である如く、女子《をんな》の友《フレンド》として**彼**はお種を**愛《あい》するのであつた**。(40)

三人称代名詞「彼」と文末詞「たのである」「のであった」による客観描写

『多情多恨』もいよいよ終盤に近づいたこの第八章は、章全体が「語り手」による主人公鷲見柳之助の心理描写となっている。（後篇は全十一章のあと、「をはり」と記されたごく短い章で閉じられる。）『多情多恨』後篇で紅葉は、母桐壷の更衣に似た継母藤壷を思慕する源氏にみたてて、友人葉山の妻お種を思慕する柳之助を描き出した。だが、お種への思慕を、紅葉は禁断の恋として描こうとはしなかった。あくまで柳之助の自然な感情の移ろいを描くことに焦点をさだめ、劇的な要素を排除したのである。友人の妻お種への柳之助の思慕は、姦通という家族制度を破壊するような事件には発展しない。紅葉は弟子に『多情多恨』に劇的な展開を取り入れることを進言され、それではロシア文学になってしまうからと、頑としてききいれなかったと言われる。柳之助は藤壺と契る源氏でもなければ、西洋文

学に見られる禁断の恋に迷う主人公でもないのだ。三人称小説『多情多恨』の「語り手」は先に引用した第八章を、柳之助のお種への感情について「葉山が男子《をとこ》としての友《フレンド》である如く、女子《をんな》の友《フレンド》として彼はお種を愛《あい》するのであつた」と客観的に描写することで締めくくる。「語り手」はまた、主人公を鷲見柳之助という固有名詞ではなく「彼」という三人称代名詞で呼ぶことでこの章を始めてもいる。三人称代名詞「彼」は「語り手」の描写の客観性を高めるのに貢献している。さらに、対句や対比的表現を駆使したこの第八章には三人称代名詞「彼」が実に十八例も使われ、そのうちの十二例までが「た」形とともに使われているのだ。引用文中でも「彼」は十例使用されており、そのうちの七例までが「た」形と呼応している。

宗像和重は『スタイルの文学史』の中で、『多情多恨』の「語り手」を評して「世間智に長じたユーモア好きの良識人としての立場を逸脱することはないので、その意味では『浮雲』の深刻も、『胡蝶』の奇矯もここにはない。あるのは平凡さとみまちがうような「中庸」である」(41)と述べている。宗像の言う『多情多恨』の「語り手」の中庸とは、主人公たちと等距離に自分を置き、叙述に客観性を持たせたことで生じたものであろう。そして、叙述に客観性をもたらしたのが三人称代名詞「彼」の多用であり、「彼」の多くに呼応する文末詞「た」の使用であった。しかも紅葉は「た」形を「**た**のである」あるいは「のであっ**た**」という「である」体と組み合わせることで、叙述が語り手による主人公の心理の解説であることを明示した。紅葉は「語り手」による客観描写表示詞とでもいうべき文末詞「**た**のである」「のであつ**た**」を駆使し、三人称客観小説の文体を創りだした。引用部でも「絶《た》つ**た**のである」「得鎮《えしづ》めぬのであつ**た**」「苦《にが》い思をしてゐ**た**のである」「劬《いたは》るのであつ**た**」「愛《あい》するのであつ**た**」と、七つの「た」形のうちの五つまでが「語り手」による客観描写であることを示す文末詞「たのである」か「のであつた」となっている。そして、第八章では、「たのである」も含めた「た」形と「た」形以外の文末詞の数は十五対八と、「た」形が圧倒的多数を占める文体となっているのだ。

しかしながら、『多情多恨』全編を通して地の文における「た」形と「た」形以外の文末詞との割合を調べてみると、それはおよそ一対三であり、第八章に見られる「た」形が文末詞の圧倒的多数を占める文体は『多情多恨』の中では例外であることがわかる。確かに紅葉は「た」形を前編よりは後編に多く使い、後編の（六）の二、（八）の二、（八）の三、（九）の二、（十）の二などでは「た」形と「た」形以外の文末詞との割合は、二対三ぐらいまでに接近してきている。そしてまた、「た」形の使用が増えるに従って「彼」の使用回数も増えている。だが、全体として見れば、『多情多恨』は「る」形をはじめとした「た」形以外の文末詞が圧倒的多数を占める文体で書かれていた。『多情多恨』の翌年に翻訳発表された二葉亭の『肖像畫』でも、「た」形と「た」形以外の文末詞の数の割合は一対三で、『多情多恨』のそれとまったく変わらないのである。そして、その『肖像畫』は饒舌な「語り手」が小説の中に視点を定めて、主人公を諧謔を交えて描写する小説であったことを考え合わせれば、丸谷才一の言う『多情多恨』の喜劇性も「語り手」の視点の多くが小説の中に位置していたことに起因していたと言えよう。つまり、紅葉は『多情多恨』の地の文の多くを「る」形をはじめとした「た」形以外の文末詞の圧倒する文体で書いたのであり、『多情多恨』で紅葉が創り出した三人称客観描写の場面は、小説の中ではほんの一部分に過ぎなかったのだ。

紅葉は『多情多恨』を書いたのち、雅俗折衷体で未完の大作『金色夜叉』の執筆に取りかかり、二度と再び言文一致作品を著すことはなかった。紅葉の言文一致の口語文の一部で使われた三人称代名詞「彼」の使用は、紅葉の弟子であった瀬沼夏葉のロシア文学の翻訳にかろうじてその跡を留めた。が、紅葉は二葉亭の翻訳文体に関心を払わず、二葉亭もまた紅葉の言文一致の試みに無関心であったように見える。一八九六年に紅葉が『多情多恨』を書いた時点で、二葉亭が出版していたロシア文学作品はツルゲーネフの掌編『あひゞき』と『めぐりあひ』の二編のみで、それらの改訳『あひゞき』と『奇遇』がツルゲーネフの中篇小説『アーシャ』の翻訳『片戀』とともに出版されたのは、『多情多恨』の連載も終盤にさしかかった一八九六年十一月のことであった。文末詞に関する限り『多情多恨』の文体は、「た」形が文末詞の九〇％を占める初訳『あひゞき』の文体よりは「た」形以外の文末詞が圧倒的多数を占める改訳『あひゞき』のそれに近い。また、三人称代名詞「彼」を使わなかった二葉亭と「彼」を「た」形とともに多用した紅葉の文体には歴然とした違いがある。二葉亭の初訳『あひゞき』の過去表示詞としての「た」形は二葉亭自身の創作『浮雲』の文末詞に影響を与えたが、紅葉の『多情多恨』における「た」形の使用が二葉亭の初訳『あひゞき』の「た」形に影響されたものとは思われない。二葉亭も紅葉も互いの作品について何も語ってはいないのだ。

国木田独歩のエッセイ『武蔵野』（一八九八年）

二葉亭の翻訳の影響を最初に明言したのは、詩人、小説家で翻訳もした国木田独歩（一八七一―一九〇八）である。独歩は第一短編集『武蔵野』（一九〇一年）に収められたエッセイ『武蔵野』（一八九八年一月から二月にかけて雑誌『国民之友』に掲載）の中で二葉亭の『あひゞき』の冒頭を引いたあと、次のように書いた。

> 楢の類だから**黄葉する**。黄葉するから**落葉する**。時雨が**私語く**。凩《こがらし》が**叫ぶ**。一陣の風小高い丘を襲へば、幾千萬の木の葉高く大空に舞ふて、小鳥の群かの如く遠く**飛び去る**。木の葉落ち盡せば、數十里の方域に亙《わた》る林が一時に裸體《はだか》になつて、蒼《あを》ずんだ冬の空が高く此上に垂れ、武蔵野一面が一種の沈靜に**入る**。空氣が一段**澄みわたる**。遠い物音が鮮やかに**聞へる**。自分は十月二十六日の記に、林の奥に座して四顧し、傾聴し、睇視し、默想すと**書た**。『あいびき』にも、自分は座して、四顧して、そして耳を傾けたと**ある**。此耳を傾けて聞くといふことがどんなに秋の末から冬へかけての、今の武蔵野の心に**適《かな》つてゐるだらう**。秋ならば林のうちより起る音、冬ならば林の彼方《かなた》遠く響く**音**。(42)

黄葉し、落葉する武蔵野の楢林の中で蒼く高く晴れ上がった初冬の空を仰ぎながら、じっと時雨の「私語《ささやき》」に耳を傾ける独歩の姿は、二葉亭の訳した『あひゞき』の「語り手」の猟人の姿そのままである。ロシアの樺の林は、独歩の目の中で、武蔵野の楢林に見事に重なった。独歩は松でも杉でもない、落葉する楢の林の中に、変化する自然の美を見い出し、刻々と移り変わる楢林の物音に耳を傾ける。そして、「自分は座して、四顧して、そして耳を傾けてゐた」という二葉亭の『あひゞき』からの一文をそのまま借りて、「林の奥に座して四顧し、傾聴し、睇視し、黙想す」と書いた。独歩という若き浪漫詩人は「睇視し、黙想す」（ぬすみ見て、黙って考える）と自らの内面性を書き加えずにはいられない。独歩は楢林の中に静止した伝統的な日本の風景ではなく、刻々と変化する新しい日本の風景を発見したのである。興味深いのは、一九〇一年に発表された『武蔵野』の中で独歩が引用した『あひゞき』が、一八九六年に出版された改訳ではなく、一八八八年に出た初訳だったことである。初訳『あひゞき』で二葉亭は、樺の林の美を写すに際して、「た」形を過去表示詞として連続して使った。ツルゲーネフの原文の動詞の過去形を忠実に再現するためである。一方、独歩はそのエッセイ『武蔵野』の中で、楢の林を「る」形の圧倒する文体で描いた。引用部でも「た」形が用いられるのは一度に過ぎない。武蔵野の楢の林という「落葉林」の美を、独歩は「る」形を多用して目前に迫る風景としてまざまざと描き出した。それは『あひゞき』の猟人が「ある日」猟の途中で偶然見い出した白樺林の美の描写とは性格を異にしている。初訳『あひゞき』では、白樺林の美の一回性が過去表示詞「た」によって強調されていた。

「秋九月中旬といふころ、一日自分がさる樺の林の中に座してゐたことが有ツた」と、「一日」というツルゲーネフの原文にはない言葉を挿入してまで二葉亭が『あひゞき』初訳で強調した過去の一回性を、独歩は見逃している。『あひゞき』初訳の中に独歩は新しい風景を発見したのであって、新しい文体を発見したのではなかった。

『あひゞき』初訳に風景を発見した独歩

新しい風景を発見した独歩はさらに、新しい風景の中に存在する「忘れえぬ人々」を描いた。『忘れえぬ人々』も独歩の第一短編集『武蔵野』に収録されており、一八九八年四月に雑誌『国民之友』に発表された。その「忘れえぬ人々」の二番目にあげられたのが阿蘇山のふもとの宮路という宿駅で荷車を引いていく二十四、五の屈強な若者である。この若者が引く荷車の音を独歩は「すると二人《ふたり》が今來《いまき》た道《みち》の方から空車《からぐるま》らしい荷車《にぐるま》の音が林《はやし》などに反響《はんきやう》して虚《こ》空《くう》に響き渡《わた》つて次第に近《ちかづ》いて來るのが手《て》に取るやうに聞《き》こえだした(43)」と書いた。これは明らかに『あひゞき』初訳の末尾に付された風景描写「鳩が幾羽ともなく群をなして勢込んで穀倉の方から飛んで來たが、フト柱を建てたやうに舞ひ昇ツて、さてパツと一齊に野面に散ツた——ア、秋だ！　誰だか禿山の向ふを通ると見えて、から車の音が虚空に響きわたツた……(44)」を踏まえている。独歩が『武蔵野』で『あひゞき』初訳から引用したのは、冒頭部の樺の林の風景だけではなく、末尾に付されたロシアの野の風景もであった。ロシアの野の風景の引用のあと「武蔵野には決して禿山はない」と独歩は書いたが、「禿山の向ふを通るから車の音」を独歩は「阿蘇山のふもとの宮路なる宿駅」で確かに聞いた。そして、音たてて空車を引く屈強な若者を「忘れえぬ人々」の一人として描き出した。独歩の『忘れえぬ人々』とは、「忘れえぬ人々」を発見したときの発見者の心の状態を映し出すためだけに「風景の中に点綴された無名の人々」だった。そして、独歩はそうした『忘れえぬ人々』を「た」形と「る」形の混用される文体で書いた。地の文における「た」形と「た」形以外の文末詞の数の割合はおよそ二対一、「た」形が六五%を占める文体であった。意外にも独歩が作中で無名の作家大津に語らせた「忘れえぬ人々」の回想部分では文末詞の中に占める「た」形の割合は五六%と、さらに減っている。つまり、独歩は『忘れえぬ人々』という短編小説の過去回想の視点を「た」形で強調することはなかったのである。独歩は、初訳『あひゞき』に風景を発見したのであって、過去時制表示詞「た」を発見したのではなかった。

独歩の三人称代名詞「彼」（または「渠」とも表記される）の使用もまた、独歩が『あひゞき』初訳から文体的影響を受けていないことをはっきりと示している。第一短編集『武蔵野』に収録された『糸くず』と題された一編の中で、独歩は三人称代名詞「彼」を初めて使った。『糸くず』はモオパッサンの作品の英訳からの重訳で、一八九八年三月に『武蔵野』と『忘れえぬ人々』の間を縫って『国民之友』に発表された。物語は街道でたまたま糸くずを拾った「経済家《しまつや》」のアウシュコルン老人が、五百フランの金と商用の書類を入れた手帳を拾ったと疑われることに端を発する。手帳を返した者が他にあったにもかかわらず、老人は手帳を返した者と共謀していたとのさらなる疑いをかけられ、その疑いを晴らすことができないまま死んでいく。この短編で独歩は『武蔵野』でも『忘れえぬ人々』でも使わなかった「彼」または「渠」を多用し、しかも、その「彼」や「渠」のほとんどが主人公のアウシュコルン老人を指し示し、「た」形とともに使われている。もっとも、状況描写以外の物語の進行には「た」形が連続して使われているので、「彼」や「渠」という三人称代名詞だけが「た」形に呼応しているのではない。が、独歩が翻訳で使った三人称代名詞は、『糸くず』と同じ年に発表された創作短編『まぼろし』や『河霧』でも頻繁に使われており、三人称代名詞を翻訳でも創作でも使わなかった二葉亭の文体とは異なっている。独歩の文体への二葉亭の『あひゞき』初訳の影響はなかったといってよい。

『あひゞき』初訳に文体を発見した田山花袋

二葉亭の翻訳の影響を最も熱狂的に語ったのは田山花袋（一八七一―一九三〇）だった。花袋は独歩と同じく二葉亭の『あひゞき』初訳を何度も引用して、その印象の鮮烈さを語った。独歩が主に『あひゞき』の内容が与えた影響を語ったのに対して、花袋はその文体的な影響を次のように書いた。

その翻訳が、その翻訳の言文一致が、いかに不思議な感じを当時の文学青年に与へたか？　いかに珍奇と驚異との感じをその当時の知識階級に与へたか。現に、私などもそれを見て驚愕の目を睜つたものの一人であつた。『ふむ……かういふ文章も書けば書けるんだ。かういふ風に細かに、綿密に！　正確に！』かう私は思はずにはゐられなかつた。想像してもわかることである。あの当時の漢文崩しの文章の中に、または近松張、篁村張と言つた、句読も何もないやうな、べらべらとのつぺらぽうに長く長くばかりつゞいてゐるやうな文章の中に、あの？や！や、――の多い文章が出たのであるから。また句読の短かい、曲折の多い、天然を描いた文章が出たの

（田山花袋『近代の小説』近代文明社、大十二・二）

であるから。(45)

花袋はまた、二葉亭の早すぎた死のあと坪内逍遥と内田魯庵が編集した『二葉亭四迷』（明治四十二年八月一日発行）に「二葉亭四迷君」と題して寄せた一文の中で、初訳『あひゞき』末尾から「あゝ秋だ！　誰だか（禿山の）向ふを通ると見えて、空車《からぐるま》の音が虚空にひびき渡つた……」の一節を引いて、「明治文壇に於ける天然の新しい見方は、實にこの『あひびき』の翻譯に負うところが多いと思ふ」と述べた。この記述が独歩の『武蔵野』を念頭においてなされたのは間違いない。その花袋が日本自然主義の流れを決定する『蒲團』を発表したのが一九〇七（明治四十）年の九月で、二葉亭の最後の創作『平凡』の出版より一ヶ月前のことだった。すでに前章で述べたように、初訳『あひゞき』の文体的な革新的ともいえる新しさに気づいていた花袋が、「た」形が文末詞の総数の九〇％以上を占める『あひゞき』の文体を『蒲團』の中で使おうとしたという可能性は高い。実際に『蒲團』は「た」形で終わる文で始まっている。「小石川の切支丹坂《きりしたんざか》から極楽水《ごくらくすゐ》に出る道のだらだら坂を下《お》りやうとして渠《かれ》は考へた。」という三人称代名詞「渠《かれ》」と「た」形の呼応する『蒲團』の冒頭の一文が、『あひゞき』初訳の冒頭文に似ていることは指摘した。二つの冒頭文の違いは、『あひゞき』の「語り手」が「自分」が読者にとって未知であることを示す格助詞「が」を使って「自分が」と語り始めるのに対して、『蒲團』の「語り手」は主人公の時雄を「渠《かれ》は」と、「語り手」にとって「渠《かれ》」が既知であることを示す係助詞「は」を使って三人称の物語に登場させることだった。

田山花袋の『蒲團』（一九〇七年）

冒頭文で主人公をいきなり「渠《かれ》」として登場させた花袋は、文末詞の「た」形を三人称男性代名詞「渠《かれ》」（のちに「かれ」と表記が変化する。また、「彼」という表記も一例ある）との関係で独自の使い方をしていった。『蒲團』全編を通して見ると、「た」形が文末詞全体に占める割合は七五％ほどで、独歩の諸短編に比べれば高いが『あひゞき』

の九〇%には及ばない。しかし、『蒲團』全十一章のうち、第八章と十一章については、「た」形の割合がそれぞれ九一%、九五%と『あひゞき』の九〇%を超えている。『蒲團』では前半よりも後半にかけて「た」形の割合が高くなる傾向にある。それとは逆に、三人称男性代名詞「渠《かれ》」の使用は前半から後半にかけて減少している。「渠《かれ》」は特に第一章に集中して使われており、その数は十例。第二章冒頭で「渠《かれ》は名を竹中時雄《たけなかときを》と謂つた」と紹介されるまで、『蒲團』の主人公は「渠《かれ》」あるいは「男」としか呼ばれないのである。だが、第二章冒頭で主人公の名前が明かされるやいなや「渠《かれ》」の使用は激減し、二章以降は「かれ」や「彼」という表記も含めて全部で二十八の用例しか見い出せない。しかも、「渠《かれ》」という表記が「かれ」に変わると、三人称男性代名詞は主人公の時雄だけではなく芳子の恋人の田中をも指し示すという一般性を持つようになる。そして、第八章から第十一章では三人称男性代名詞は「かれ」という表記で四度使われているに過ぎず、そのうちの二つは田中を指すために使われている。ちなみに、第八章から第十一章における「た」形の文末詞全体に占める割合は八五%である。つまり、『蒲團』の終盤において花袋は、三人称代名詞を使わない「た」形が九〇%を占める二葉亭の『あひゞき』初訳の文体を積極的に模していったように思われるのだ。名高い『蒲團』の結末を見ると、花袋は三人称男性代名詞を一切使わず、主人公を「時雄」とだけ表記した。そして、過去時制表示詞「た」が「時雄」と緊密に呼応している。それは、過去時制表示詞「た」が主人公の「文三」と緊密に呼応する『浮雲』第三篇（一八八九年）の結末で二葉亭が到達した文体とまったく同じだったのである。まず『蒲團』の結末を、次に『浮雲』の結末を挙げることにする。

『蒲團』（一九〇七年）

時雄は雪の深い十五里の山道と雪に埋れた山中《やまなか》の田舎町とを**思ひ遣《や》つた**。別れた後其儘《そのまゝ》にして置いた二階に**上《のぼ》つた**。懐かしさ、戀しさの餘、微《かす》かに殘つた其人の面影を偲《しの》ばうと**思つたのである**。武蔵野の寒い風の盛に吹く日で、裏の古樹には潮《うしほ》の鳴るやうな音が凄《すさま》じく**聞えた**。別れた日のやうに東の窓の雨戸を一枚明《あけ》ると、光線は流るゝやうに射し込んだ。机、書箱《ほんばこ》、壜、紅皿、依然として元の儘《まゝ》で、戀しい人は何時《いつ》もの様に學校に行つて居《を》るのではないかと思はれる。時雄は机の抽手《ひきだし》を明けて見た。古い油の染《し》みたリボンが其中に捨てゝあつた。時雄はそれを取つて匂を嗅《か》いだ。暫くして立上つて襖《ふすま》を明けて見た。大きな柳行李《やなぎがうり》が三箇細引《ほそびき》で送るばかりに絡《から》げてあつて、其向ふに、芳子が常に用ゐて居た蒲團——萌黄唐草《もえぎからくさ》の敷蒲團と、綿の厚く入《はい》つた同し模様の夜着《よぎ》とが重ねられてあつた。時雄はそれを引出した。女のなつかしい油の匂ひと汗のにほひとが言ひも知らず時雄の胸をときめかした。夜着《よぎ》の襟の天鵞絨《びろうど》の際立《きはだ》つて汚れて居るのに顔を押付けて、心のゆくばかりなつかしい女の匂ひを嗅《か》いだ。

性慾と悲哀と絶望とが忽《たちま》ち時雄の胸を襲つた。時雄は其蒲團を敷き、夜着《よぎ》をかけ、冷めたい汚れた天鵞絨《びろうど》の襟に顔を埋めて泣いた。

薄暗い一室、戸外《おもて》には風が吹暴《ふきあ》れて居た。(46)

『浮雲』(一八八九年)

出て行くお勢の後姿を見送《みおく》つて、文三ハ莞爾《につこり》した。如何《どう》してかう様子が渝《かは》つたのか、其《それ》を疑つて居るに遑《いとま》なく、たゞ何《なに》となく心嬉しくなつて、莞爾《につこり》した。それからハ例の妄想《ばうさう》が勃然と首を擡《もた》げて抑《おさ》へても抑《おさ》へ切れぬやうになり、種々《さまぐ》の取留《とりとめ》も無い事が續々《ぞくぐ》胸に浮んで、遂にハ總て此頃の事ハ皆文三の疑心から出た暗鬼で、實際ハさして心配する程の事でも無かつたかとまで思ひ込んだ。が、また心を取直して考へてみれば、故無くして文三を辱《はづかし》めたといひ、母親に忤《さから》ひながら、何時《いつ》しか其《その》いふなりに成つたといひ、それほどまで親《したし》かつた昇と俄《にわか》に疎々《うとく》敷《しく》なつたといひ、——どうも常事《たゞごと》でなくも思ハれる。と思へば、喜んで宜いものか、悲んで宜いものか、殆ど我にも胡亂《うろん》になつて來たので、宛《あたか》も遠方から撩《こそぐ》る眞似をされたやうに、思ひ切つてハ笑ふ事も出來ず、泣く事も出來ず、快と不快との間に心を迷《まよは》せながら、暫く縁側を往きつ戻りつしてゐた。が、兎に角物を云つたら、聞いてゐさうゆゑ、今にも歸ツて來たら、今一度運を試して聽かれたら其通り、若し聽かれん時にハ其時こそ斷然叔父の家を辭し去らうと、遂にかう決心して、そして一《ひ》と先《まづ》二階へ**戻つた**。[47]

『蒲團』も『浮雲』も、結末部分では文末詞のほとんどに「た」形が使われている。『浮雲』でただ一つ使われる「る」形は、「どうも常事《たゞごと》でなくも**思ハれる**。**と思へば**、喜んで宜いものか、悲んで宜いものか、殆ど我にも胡亂《うろん》になつて來たので」と、主人公文三の心の中を表現するために使われることが明記され、その一文は「暫く縁側を**往きつ戻りつしてゐた**。」と「た」形で閉じられている。野口武彦が指摘したように、この結末部分で『浮雲』の「語り手」は過去時制表示詞の「た」によって、現在のある時点から過去を回想する叙述法で、主人公の文三の行動を客観的に描写することに成功している。『浮雲』が近代小説として、三人称客観描写の手法で書かれるために欠けていたのは、「語り手」が「文三」を「彼」と三人称で呼ぶことだけであった。

ひきかえ、花袋の『蒲團』では「語り手」が主人公を三人称で「渠《かれ》」と呼ぶことによって物語が始まった。しかし、花袋はその三人称男性代名詞の使用を物語の進行に従って減少させ、最後にはその使用をまったく放棄した。主人公の名前「時雄」だけが過去時制表示詞「た」と呼応する『蒲団』の結末部分の描写は、三人称代名詞を消去することで成ったのである。つまり、花袋は『蒲団』の結末で、三人称客観描写の手法を放棄した、と言ってもいい。花袋の「語り手」は主人公を「彼」と呼ぶ客観性を放棄し、主人公を「時雄」としか表記しないことで、主人公との距離を縮めている。「語り手」と『蒲團』の主人公「時雄」、さらにまた、「語り手」と『蒲團』を書く作者「花袋」の距離はほとんど無くなっているのだ。試みに結末部分の「時雄」を一人称代名詞「私」と置き換えてみよう。

私は雪の深い十五里の山道と雪に埋れた山中《やまなか》の田舎町とを**思ひ遣《や》つた**。別れた後其儘《そのまゝ》にして置いた二階に**上《のぼ》つた**。懐かしさ、戀しさの餘、微《かす》かに殘つた其人の面影を偲《しの》ばうと**思つたのである**。武蔵野の寒い風の盛に吹く日で、裏の古樹には潮《うしほ》の鳴るやうな音が凄《すさま》じく**聞えた**。別れた日のやうに東の窓の雨戸を一枚明《あけ》ると、光線は流る、やうに**射し込んだ**。机、書箱《ほんばこ》、壜、紅皿、依然として元の儘《まゝ》で、戀しい人は何時《いつ》もの様に學校に行つて居《を》るのではないかと**思はれる**。**私**は机の抽手《ひきだし》を明けて見た。古い油の染《し》みたリボンが其中に**捨てゝあつた**。**私**はそれを取つて匂を**嗅《か》いだ**。暫くして立上つて襖《ふすま》を**明けて見た**。大きな柳行李《やなぎがうり》が三箇細引《ほそびき》で送るばかりに絡《から》げてあつて、其向ふに、芳子が常に用ゐて居た蒲團――萌黄唐草《もえぎからくさ》の敷蒲團と、綿の厚く入《はい》つた同じ模様の夜着《よぎ》とが**重ねられてあつた**。**私**はそれを**引出した**。女のなつかしい油の匂ひと汗のにほひとが言ひも知らず**私**の胸を**ときめかした**。夜着《よぎ》の襟の天鵞絨《びろうど》の際立《きはだ》つて汚れて居るのに顔を押付けて、心のゆくばかりなつかしい女の匂ひを**嗅《か》いだ**。

性慾と悲哀と絶望とが忽《たちま》ち**私**の胸を**襲つた**。**私**は其蒲團を敷き、夜着《よぎ》をかけ、冷めたい汚れた天鵞絨《びろうど》の襟に顔を埋めて**泣いた**。

薄暗い一室、戸外《おもて》には風が**吹暴《ふきあ》れて居た**(48)。

一人称代名詞「自分」を多用して文末詞に過去時制詞の「た」を連続して使った『あひゞき』の文体と『蒲團』の結末部分の文体の類似はあきらかである。花袋は最終章で三人称客観小説という小説の構成そのものを放棄した。主人公を「時雄」としか呼ばない「語り手」は、三人称代名詞「かれ」によって主人公を客観視する視点を失くしている。主人公「時雄」と「語り手」、そして作者の間には距離がほとんどないのだ。「時雄」が「私」と置き換えられても何の不思議もない右の引用文がそれを雄弁に物語っている。

花袋の「特定の人物をさし示す」三人称代名詞の用法

そもそも花袋は『蒲團』の三人称代名詞「渠《かれ》」に客観性を持たせようとしたのだろうか？　『蒲團』の冒頭に花袋が「小石川の切支丹坂《きりしたんざか》から極楽水《ごくらくすゐ》に出る道のだらだら坂を下《お》りやうとして**渠《かれ》は考へた**」と書いたとき、花袋の「語り手」は「渠《かれ》」が誰であるかをすでに知っていた。既知の人物として主人公を「渠《かれ》」と呼ぶ「語り手」は「渠《かれ》」に「ある特定の人物をさし示す」という主観的な意味合いを含ませている。それは現代日本語の「彼」が「恋人というある特定の人物をさし示す」ために用いられるのに似ている。『蒲團』の第一章では主人公時雄が「渠《かれ》」あるいは「男」としか呼ばれないのと同様、時雄が思いを寄せる女弟子芳子も「彼女」、「かの女」あるいは「女」としか呼ばれない。『これで自分と彼女との關係は一段落を告げた』のように、「彼女」は時雄の考えを直接述べるときに使われるのに対し、「かの女」は地の文の中で時雄の思考を表現するときに使われる。例えば、「一歩を譲つて女は自分を愛して戀して居たとしても、自分は師、かの女は門弟、自分は妻あり子ある身、かの女は妙齢《めうれい》の美しい花、そこに互に意識の加はるのを如何《いかん》ともすることは出來まい」のように。注目すべきは時雄の思考の中で使われる「彼女」や「かの女」が「ある特定の人物をさし示す」ために、ほとんど「恋人」の意味で使われていることだ。つまり、花袋が『蒲團』第一章の中で使った三人称代名詞は男性形、女性形ともに「ある特定の人物をさし示す」主観的な言葉であったのだ。普遍性を持った三人称女性代名詞は『蒲團』第二章以降では影を潜め、「かの女」が二度、時雄の妻と芳子をさし示すために一度ずつ用いられるに過ぎない。それは、普遍性を持った「かれ」（「彼」も一例）が第六章以降、時雄と芳子の恋人田中をさし示すためにそれぞれ九回、三回ずつしか使われていないのと同じである。

島崎藤村の『破戒』（一九〇六年）

花袋が『蒲團』の中で三人称代名詞を主観的に使い、「た」形が文末詞の中で七五％ほどを占める『あひゞき』初訳を模した文体で独自の告白文学を創り出したのに対して、島崎藤村（一八七二―一九四三）は『破戒』という社会性のある「告白」小説を書いた。『蒲團』発表の前年、一九〇六年のことである。藤村は『破戒』を書く前年にドストエフスキーの『罪と罰』を読み、金貸しの老婆惨殺を告白する青年ラスコーリニコフの物語にヒントを得て、被差別部落民の出身であることを「告白」する小学校の青年教員、瀬川丑松の物語を書いた。藤村が『破戒』で瀬川丑松という人物を創り出し、部落民の出自からの「告白による救済」の物語を書いたのに対抗して「何か書かなくちゃならない」(49)と焦った花袋は、『蒲團』に竹中時雄という名前をもつ自己を登場させ、小説の中で己の暗い性を「告白」した。花袋の『蒲團』は藤村の『破戒』以上のセンセーションを巻き起こし、日本自然主義の方向を決定してしまった。それは柄谷行人が「告白という制度」の中で述べているように「それまでの日本文学における性とはまったく異質な性、抑圧によってはじめて存在させられた性が書かれたから」(50)であった。つまり、花袋は「告白」という形式を『破戒』から学び取り、「まったくとるにたらないこと」(51)ではあるが、それまでの日本文学にはなかった女弟子への性愛という告白の内容を発見したのであった。

花袋は抑圧された己の暗い性を告白するために書いた『蒲團』を「た」形が「る」形を圧倒する文体で書いた。「た」形の文末詞全体に占める割合は七五％ほどであった。藤村の書いた社会性のある告白小説『破戒』も「た」形が「る」形を上回る文体ではあるが、「た」形が文末詞全体に占める割合は六五％ほどで、名詞止めの多いやや古い文体であった。『破戒』の「告白」には、過去時制表示詞「た」を使って過去を閉じ込める必要が『蒲團』ほどなかったのかもしれない。「た」形の文末詞全体に占める割合以上に重要なのは、『破戒』では三人称代名詞がほとんど使われないことである。『破戒』の「語り手」は常に主人公を「丑松」と呼び、三人称男性代名詞「彼」が使われるのは登場人物による「語り」の中だけである。次に主人公丑松が敬愛する部落出身の作家、猪子蓮太郎《いのこれんたろう》が「山の風景に無感覚な」昔の自分を述懐する場面を引用し、『破戒』における三人称代名詞の使い方を見ることにする。

蓮太郎《れんたらう》に言はせると、彼《かれ》も一度《いちど》は斯《か》ういふ山《やま》の風景《ふうけい》に無感覺《むかんかく》な時代《じだい》が**あつた**。信州《しんしう》の景色《けしき》は『パノラマ』として見《み》るべきで、大自然《だいしぜん》が描《か》いた多《おほ》くの繪畫《くわいぐわ》の中《なか》では恐《おそ》らく平凡《へいぼん》といふ側に貶《おと》される程《ほど》のものであらう――成程《なるほど》、**大《おほ》きくはある**。然《しか》し深い風趣《おもむき》に乏しい――起《お》きたり伏《ね》たりして居《ゐ》る波濤《なみ》のやうな山々《やまく》は、不安《ふあん》と混雑《こんざつ》とより外《ほか》に何《なん》の感想《かんじ》をも與《あた》へない――それに對《むか》へば唯心《たゞこゝろ》が**搔亂《かきみだ》されるばかりである**。斯《か》う蓮太郎《れんたらう》は考《かんが》へた時代《じだい》もあつた。不思議《ふしぎ》にも斯《こ》の思想《かんがへ》は今度《こんど》の旅行《りよかう》で破壊《ぶちこわ》されて了《しま》つて、始《はじ》めて山《やま》といふものを見《み》る目《め》が開《あ》いた。新《あたら》しい自《し》然《ぜん》は別《べつ》に彼《かれ》の眼前《めのまへ》に展《ひら》けて來《き》た。蒸《む》し煙《けぶ》る傾斜《けいしや》の氣息《いき》、遠《とほ》く深《ふか》く潜《ひそ》む谷《たに》の聲《こゑ》、活《い》きも枯《か》れもする杜《もり》の呼吸《こきふ》、其《その》間《あひだ》にはまた暗影《あんえい》と光《ひかり》と熱《ねつ》とを帯《お》びた雲《くも》の群《むれ》の出没《しゆつぼつ》するのも目《め》に注《つ》いて、『平野《へいや》は自然《しぜん》の靜息《せいそく》、山獄《さんがく》は自然《しぜん》の活動《くわつどう》』といふ言葉《ことば》の意味《いみ》も今更《いまさら》のやうに思《おも》ひあたる。一概《いちがい》に平凡《へいぼん》と擯斥《しりぞ》けた信州《しんしう》の風景《ふうけい》は、『山氣《さんき》』を通《とほ》して反《かへ》つて深《ふか》く面白《おもしろ》く眺《なが》められるやうになつた。
斯《か》ういう蓮太郎《れんたらう》の觀察《くわんさつ》は、山《やま》を愛《あい》する丑松《うしまつ》の心《こゝろ》を悦《よろこ》ばせた。(52)

「た」形が文末詞のおよそ六三%を占める右の引用文中で使われた三人称男性代名詞「彼」の数は二つで、どちらも文中の「語り手」である猪子蓮太郎その人を指し示すために使われている。蓮太郎の話は「聞き手」である丑松によって取り次がれ、「彼」という三人称代名詞で「語り手」の蓮太郎が指し示される。そして『破戒』という物語を叙述する「語り手」は過去を語る者と、それを聞く者を「蓮太郎」「丑松」と固有名詞で呼んでいる。実際、全編を通して『破戒』の「語り手」が丑松を「彼」と呼んだのはおよそ一回だけで、あとは一貫して主人公を「丑松」と呼んだ。(53) その藤村が三人称代名詞を多用し、「た」形が完全に「る」形を圧倒する文体を用いるようになったのは『蒲團』の出た翌年に書かれた自伝的小説『春』以降のことである。

藤村の『春』（一九〇八年）における三人称客観小説の試み

藤村の『春』は次のように終わっている。

汽車が白河を通り越した頃には、岸本は最早《もう》遠く都を離れたやうな氣がした。寂しい降雨の音を聞きながら、何時《いつ》來るとも知れないやうな空想の世界を夢みつゝ、彼は頭を窓のところに押付けて考へた。

『あゝ、自分のやうなものでも、どうかして生きたい。』
斯う思つて、深い〳〵**溜息を吐《つ》いた**。玻璃窓《がらすまど》の外には、灰色の空、濡れて光る草木《くさき》、水煙《みづけぶり》、それからシヨンボリと農家の軒下に立つ鶏《にはとり》の群なぞが**映つたり消へたりした**。人々は雨中の旅に倦《う》んで、多く汽車の中で**寐た**。
復《ま》たザアと**降つて來た**。(54)

仙台へと教員として旅立つ車中の岸本は、藤村その人という設定である。『春』は『文学界』に集まった青年作家群を描いたもので、岸本捨吉が島崎藤村、青木駿一が北村透谷、市川仙太が平田禿木《とくぼく》、菅《すげ》時三郎が戸川秋骨《しゅうこつ》と、すべてが実在の人物に基づいて描かれている。北村透谷をモデルにした青木の文学上の苦悶とその縊死が前半から後半にかけての主題であるとすれば、後半では『自分のやうなものでも、どうかして生きたい。』と告白するに至る、藤村自身である岸本の青春の煩悶が主に描かれる。最終章である百三十二章の文末詞全体に占める「た」形の割合は八五％で、先に引いた『蒲團』の最終章の九五％に迫っている。最終章では『蒲團』も『春』もともに、恋に破れ生活に疲れた主人公たちの見る風景がすべて「た」形で描写され、過去回想の視点が強調される。それが二つの小説を「告白小説」に仕立て上げるための文体上の工夫となっている。先に引用した小説の結末部分における『蒲團』と『春』の唯一の違いは、『春』に一つだけ岸本をさし示す三人称男性代名詞「彼」が使われていることである。

花袋は『蒲團』の「渠《かれ》」と表記される三人称男性代名詞を主人公時雄だけを指し示す主観的な言葉として小説の冒頭文に配した。が、物語の進むに従って、三人称男性代名詞の使用回数は減少し、小説の後半部で「かれ」と表記され普遍性を持つようになった三人称男性代名詞は、最終章では一切使われなかった。それに対して、藤村は『春』の中で、一貫して「彼」と表記される三人称男性代名詞を、すべての登場人物を指し示す一般性を持った言葉として最後まで使い通した。もっとも、ある特定の登場人物に「彼」の使用が集中するという傾向はあった。例えば、九十八章から最終の百三十二章まで「彼」はほとんど岸本を専一に指し示す三人称詞として使われている。前半ではまた、透谷である青木に「彼」が多用され、また秋骨《しゅうこつ》である菅《すげ》の心理描写に「彼」が集中して使われている箇所もある。こうして藤村も花袋同様、三人称男性代名詞をある特定の人物に使いがちではあったが、登場人物すべてに「彼」を使ったことは強調されていい。三人称女性代名詞「彼女」についても、用例はあまり多くはないが、岸本の恋人である勝子、青木の妻である操、岸本が姉とも慕う峰子、岸本の母らの主要登場人物すべてに一様に使われている。つまり、藤村は三人称ですべての登場人物を客観的に描くという試みを『春』の中でおこなったと考えられる。その客観描写の例として、岸本と岸本が恋情を懐く勝子との出会いの場面を引いてみよう。岸本が東北の旅に上る前に、友人の菅《すげ》が二人の出会いの場を作る。勝子が岸本の教え子であるという人物設定は、『蒲團』の時雄と芳子が師弟関係にあるのとほとんど同じであり、『破戒』で社会的な告白小説を書くことのできた藤村が、『春』では花袋の『蒲團』の影響を受けて私的な告白小説を書いてしまったことを示唆している。

勝子は今岸本の前に居る。もし來たら彼様《あゝ》言はうかしらん、斯様《かう》言はうかしらん、と種々《いろく》聞いてみたいことや話したいことなぞを考へて置いたが、さて逢つて見ると、岸本は思ふやうに話すことも出來なかつた。斯うして長く居ることは事情が許さないといふ風《ふう》で、何となく勝子は沈着《おちつ》かないやうに見える。それに、一度師弟の關係があつたといふことは、自由な談話《はなし》を妨げた。斯のあわたゞしい邂逅《めぐりあひ》の間にも二人は禮儀《れいぎ》を失ふまいとした。よく自墮落な教師の話なぞが出ると、眉を顰《ひそ》める方の岸本であるから、餘計に勝子の前では嚴格に成る。第一師弟の關係が岸本には深い苦痛の種である。彼は八戸《はちのへ》の酒屋の名を認《した》めたものを勝子に渡したりなぞして、復《また》機會《をり》があつたら、と再會を約したが、心には許婚《いひなづけ》のある人に逢つて話をするといふことの是が最初でも有り又最終でも有るかのやうな氣がした。勝子は別離《わかれ》を告げて出た。入口のところには車夫が待つて居た。格子戸《かうしど》を出て、勝子は名殘惜しさうに岸本の方を見た。二人は無言の思《おもひ》を交換《とりかは》した。其時ばかりは、師弟の禮儀を守つたとも言へなかつたのである。

午後《ひるすぎ》になつて菅《すげ》が歸つて來た。岸本は談話《はなし》の出來なかつたことを友達に語り聞かせて笑つた。全く、其日の會合は岸本の豫期した程でもなかつた。しかし後に殘つた印象は忘れることが出來なかつた。あり〳〵と岸本は心に描くことが出來る。まだ勝子は眼前《めのまへ》に居るやうな氣がする。もつと姉さんらしい人のやうに彼は考へて居たが、逢つて見ると存外《ぞんぐわい》娘らしいところがあつた。何となく彼は別の人に逢ふやうな心地《こゝろもち》もした。（中略）それから又、八戸《はちのへ》の酒屋の名を書いてやらうとした時に、丁度勝子の坐つて居る直ぐ側《わき》が菅の本箱で、その上に巻紙がある、勝子は取つて呉れやうとする、岸本は起上《たちあが》る、思はず二人の手が觸《さわ》つた。心やすだてからとは言ひ乍ら、斯ういふ鳥渡《ちよつと》したことが忘れられなかつた。

其日から彼の胸は餘計に苦しくなつて來た。彼は反《かへ》つて勝子に逢はない方が可《よ》かつたと思つた。旅に出た頃は唯其人の面影にあこがれるといふ風《ふう》で、僅かに岡見の妹を通して意中を傳へたに過ぎなかつたが、それだけで彼は滿足して居た。さあ、斯うして逢つて話をして見ると、猶々《なおく》聲が聞きたくなる。彼は最早《もう》面影ばかりに滿足することが出來なくなつた。有體《ありてい》に言へば、勝子といふ人が欲しくなつて來た。(55)

引用部分の最初の段落では、「語り手」は主人公を主に「岸本」と呼び、文末詞には「る」形と「た」形とがほぼ同数使われている。そのようにして描かれた二人の出会いの場面は「語り手」が主人公たちの出会いの場に立ち会ってでもいるかのように生き生きと写し出されている。だが、段落を追うごとに三人称代名詞「彼」の使用が増え、それと共に、「る」形の数が減少し始める。注目すべきは、第三段落までに三度使われている「彼」がすべて「た」形に呼応していることだ。そして、最終段落になると三人称代名詞「彼」だけが主人公を指し示す言葉として選ばれる。しかも、そこで四つ使われている三人称男性代名詞「彼」はここでもすべて文末詞「た」に呼応しているのだ。「語り手」は状況を写すのを止めて、主人公である岸本の心理を解説し始めている。「さあ、斯うして逢つて話をして見ると、猶ゞ《なほ》聲が聞きたくなる。」と、最終段落で唯一の「る」形で岸本の欲望を述べたあと、「語り手」は岸本の欲望が性的なものであることを「勝子といふ人が**欲しくなつて來た。**」と、解説を加えるのだ。これは、尾崎紅葉が『多情多恨』の一部で「彼」と過去時制表示詞「た」とを呼応させて、「語り手」に主人公の鷲見柳之助の心理を詳しく解説させたのと同じ手法である。つまり、藤村はここで「語り手」による三人称客観描写の手法を使おうとしているのだ。ただ一つ、紅葉の三人称客描写の文体との違いは、「たのである」や「たのであった」という紅葉が始めたといわれる「のである」形を徹底的に排したことである。藤村の「語り手」は岸本の心理の説明に際しても「彼は最早《もう》面影ばかりに**満足することが出來なくなつた。**有體《ありてい》に言へば、勝子といふ人が**欲しくなつて來た。**」と、まるで事実を淡々と語るかのように直截に述べ、岸本の心理の客観的説明であることを明確にしない。三人称代名詞こそ使っているが、『春』の「語り手」はその存在を声高に述べない。換言すれば、『春』の「語り手」は作者の藤村とも、主人公の「岸本」とも距離が近いのである。

しかしながら、社会性のある告白小説『破戒』で三人称代名詞を必要としなかった藤村は、『蒲團』に影響されて書いた「かつての女弟子への性愛」を主題とする『春』の中で自分自身である主人公「岸本」の心理の分析に、三人称客観描写の手法を用いる必要があった。花袋のように主人公の時雄を「渠《かれ》は」と物語の初めから「語り手」に呼ばせることこそなかったが、藤村は「岸本」に三人称男性代名詞「彼」を集中して使い、描写に客観性を持たせようとした。『春』が私的な告白小説であることを隠す必要があったのである。だが、藤村が客観描写に成功している場面は、『多情多恨』がそうであったように一部にすぎず、『春』の中の三人称代名詞「彼」が常に「た」形と呼応して用いられたわけではない。次に引く三人称代名詞「彼」の用法が、客観描写に徹し切れなかった詩人藤村の資質を雄弁に語っている。

前途は非常に**暗かつた。**勝子は死ぬかもしれない、といふやうな悲哀《かなしみ》に震え乍ら、其日の午後、彼は東京へ向けて**發《た》つた。**身體《からだ》と言はず、精神《こゝろ》と言はず、彼は今萌《も》えて出る木《こ》の芽のやうな自分の生氣に壓《お》されて、胸の塞《ふさ》がるほど苦しい**人である**。彼は最早《もう》自分で自分を制《おさ》へることの出來ない**人である**。たゞ〳〵怖しい勢で押出されて行く**人である**。[56]

岸本の上京を描く引用部に「岸本」という固有名詞は使われない。「人である」という文末詞の三度の繰り返しと、その中の二つが「彼」という主語を持つことが、藤村の文体にリズムを与え、情緒的な文を創り上げている。創り上げてはいるが、「彼」という三人称代名詞が「人である」と「る」形に呼応する引用部の描写は、客観描写からは遠い。『春』を書いている作者の藤村と、『春』という物語の「語り手」が一体となり、主人公の「岸本」に全幅の同情を寄せるのである。同情を寄せられて描写されたのは、岸本の客観的な心理でも、客観的な状況でもない。引用部はもはや小説ではなく、散文詩の領域に入ってしまっている。三人称客観小説『春』の試みは完成されないまま終わっている。

藤村の『春』と二葉亭のツルゲーネフもの『うき草』（一八九七年）

もう一つ先の引用部分で気づくのは、文末詞全体における「る」形の割合が六〇％にまでなっていることである。実際『春』全編を通して見ると、「る」形が人物や風景の描写に、また、登場人物の心中表現にと、多面的に用いられていることがわかる。そのために、『春』における「た」形の文末詞全体における割合は七〇％前後にとどまっている。藤村はなぜこれだけ多くの「る」形を「た」形に混ぜ合わせたのだろうか？　次に「る」形が多用される場面の例として、物語の冒頭部分から『春』前半の主人公である青木の容貌の描写と、後半の主人公である岸本の登場する場面を引いてみよう。北村透谷をモデルにした青木と平田禿木をモデルに採った市川、そして戸川秋骨の菅の三人は、藤村自身である岸本が「西の方の旅」から帰るのを迎えるために吉原の宿に泊まっているという設定である。

青木は瘦《やせ》ぎすな方で、新しい紺飛白《こんがすり》の單衣《ひとへ》を着て、兵児帯《へこおび》を無造作《むざうさ》に巻付けて居る。寬《くつろ》げた懷《ふところ》からは白い夏シヤツがあらはれて居て、その紐釦《ボタン》の外れたところに、すこし胸の肌が見える。この男の物を視《み》る眼付《めつき》、迫つた眉、蒼ざめた頰、それから雄々しい傲慢《がうまん》な額《ひたひ》なぞの表情は、傷つけ破らざれば休《や》まずとでも言つたやうな、非常に過敏な神經質を示して居た。懺悔するやうな口元には何となく人の心を牽引《ひきつ》けるところが有つた。それを見ると、世の中の惑溺《わくでき》や汚穢《けがれ》を嘗《な》め知つた人の口唇《くちびる》を思ひ出《いだ》させる。そこから力の籠つた聲が出る。（中略）三十分許り經つて、斯の宿へ來て草鞋《わらぢ》を脱《ぬ》いだ一人の青年がある。久留米飛白《くるめがすり》の單衣《ひとへ》に角帯を巻付け、夏帽子、脚絆《きやはん》、尻端折《しりはしをり》といふ風體《しかう》で、肩へ掛けるやうにした風呂敷包二つ、他には大和《やまと》の檜木笠《ひのきがさ》も携《たづさ》へて來た――斯の男が岸本だ。彼は二階に案内され、そこで脚絆《きやはん》の紐を解いた。さあ、友達は容易に歸つて來ない。青木や市川やそれから菅の置いて行つたもの、洋傘《かうもり》だの、手拭だの、其他《そのほか》手荷物の類《たぐひ》が室内に散亂《ちらか》つて居る。急に熱い涙が岸本の頰を傳つて流れて來た。彼は自分の汗臭い風呂敷包に顏を押宛《おしあ》てゝ、激しく泣いた。[57]

まず引用部における文末詞の使い方を見ると、「る」形が八つ、「た」形が五つと、「る」形がおよそ六〇％強を占めており、この文体は二葉亭の後期の翻訳文体に近い。とりわけ状態を表すために使われた「巻付けて居る」「散亂《ちらか》つて居る」という二つの「て居る」形が、二葉亭の後期の翻訳文体を彷彿とさせる。だが、青木の容貌の描写に用いられた「て居た」形が破格となっていて、「て居た」で結ばれる一文が、かえって読む者に強い印象を与える結果となっている。その「この男の物を視《み》る眼付《めつき》、迫つた眉、蒼ざめた頰、それから雄々しい傲慢《がうまん》な額《ひたひ》なぞの表情は、傷つけ破らざれば休《や》まずとでも言つたやうな、非常に過敏な神經質を示して居た。」という一文について、『スタイルの文学史』の中で小仲信孝は「たいへん思わせぶりな表現」で「読者に具体的な情報を少しも与えない」と「語り手」の不親切を指摘している。そして、「語り手」が作者に直結する藤村の『春』にあっては、「語り手」の不親切は作者藤村の意図的な方法であって、「実在のモデルへの配慮」ではなかったかと小仲は論じる。小仲はさらに、藤村が目付きをめぐる描写を多用していることを指摘し、「これらの目付きの比喩は、登場人物の内面や心理の説明の代わりと見做していいだろう」と述べ、「目付きの比喩をどれだけ読み解くかは読者の力量にかかっている」と結んでいる。(58)

実際、『春』の冒頭部分では目付きをめぐる比喩的表現が多く、市川の目は「彼の細い柔輭《やはらか》な眼は、大人《おとな》のやうな思慮を表して居て、若輩ながらに世上の人を睨《にら》むと言つたやうな風《ふう》があつた」と、菅の目は「心の好《い》いこと無類といふ斯《こ》の青年の眼には哲學者のやうな沈靜《おちつき》がある」と描写される。そして、岸本を待つ三人の会話の間には「友達が出奔《しゆつぽん》の當時を想ひ浮べるやうな眼付」をする市川と、「考へ深い眼付」をしながら話す青木とが描かれる。小仲は、先の論考で「……したやうな眼付」「……の眼が云つた」などを藤村独特の常套的表現として挙げているのだが、藤村はこれら一連の「目付きをめぐる描写」を二葉亭のツルゲーネフもの『うき草』(原題は『ルージン』)から採ったのではないかと思われる。次に二葉亭の訳した『うき草』の中で主人公のルージンが登場する場面を引いてみよう。

> 入つて來たのを見れば、年頃三十五六の、背《せい》の高い、少し猫脊で、縮毛《ちゞれけ》の、色の淺黒い**男である**。男前《おとこまへ》が好いのではないが、締つて活々《いき〳〵》とした面相《かほだち》で、鋭い青黒い眼にしつとりと光りを持つて、徹《とほ》つた大きな鼻で、唇はクツキリ**際立《きわだ》つてゐる**。着てゐる衣服《きもの》も左まで新しくもなく、而も窮屈さうで、着た儘成長したとでも**云ひさうである**。(59)

ルージンは弁舌は立つが定職を持たず、地方の地主の食客となって各地を転々としている所謂「余計者」である。引用部の原文は全文が過去形動詞で書かれているが、二葉亭はすべての文末詞を「る」形とした。とりわけ、「際立《きわだ》**つてゐる**」と「てゐる」形で目付きなどを描写した箇所は、人物や風景を描写するために「てゐる」形を多用した後期の翻訳文体の特徴をはっきりと示しているといえよう。ただし、原文には該当する動詞はなく、英語で言えば付帯状況を表す《c [with]》によってルージンの容貌の細部が描写されている。そして、二葉亭が「逐字訳」したツルゲーネフによる主人公の目付きの描写は、藤村の『春』における登場人物たちの目付きの描写ほど「思わせぶりなところ」がなく、直截にルージンの肯定的な性格を語っている。

ツルゲーネフは『ルージン』に登場するすべての人物たちの性格を目付きによって描き分けた。ルージンの旧友レジネフは「蒼味がゝつた鼠色の小さな眼」を持ち、後にレジネフの妻になるアレクサンドラは「活々《いきいき》とした鳶色《とびいろ》の眼」を持っている。アレクサンドラの弟で女主人公のナターリヤに思いをかけるワルィンツォーフは「美しい愛嬌のある眼差《めざし》であるが、何處《どこ》となく憂《うれひ》を含《も》つてゐる」と、姉が明、弟は暗と彼らの性格をツルゲーネフは対照的に描き出した。ルージンとナターリヤとの恋愛をナターリヤの母に密告するパンダレーフスキイは「飛出した儘で固まつたやうな大きな眼」で「話をする時には相手の面《かほ》を凝然《じつ》と視詰める癖がある」と、その目付きに否定的な比喩が用いられている。ナターリヤの弟たちの家庭教師で、ルージンに最大の敬意を払うバシストフは「豚の眼のやうな眼付で、醜くてのつそりした男であるが、人が善くて正直である」と、目付きの鈍さが肯定的に描かれる。そして、ルージンに恋する女主人公ナターリヤについては「往々《よく》両手を垂れて凝然《ぢつ》と身動《みうごき》もせず考へてゐることがあるが、其時の面《かほ》には内心で種々《いろく》に物を思つてゐる影が**映《うつ》る**……覺束《おぼつか》ない微笑《うすわらひ》がふと口元に浮んで消えると、**黒眼勝《くろめがち》の大きな眼が空を向上《みあげ》る**。」と、ナターリヤこそが最も肯定的な人物であると、目付きだけでなく、上向きの目の動作によって示されるのだ。

さらに注目すべきは、女主人公ナターリヤの目からしばしば涙が流れることだろう。樫の木が古い葉を落したとき初めて芽を出すのと同じように、古い恋が枯れたあと新しい恋が芽を出すのだという、雄弁ではあるが空疎なルージンの恋愛論を聞いて、ナターリヤは「自分ながら何故《なぜ》かうふいと泪《なみだ》が出て來たのか**解らん**。拭いても〳〵後から出て來る、沸々と湧上る泉の水の溢れて流れるやうに止度《どめど》なく**出て來る**。」と、訳もなく溢れる涙を二葉亭は「逐字訳」する。なお、ここで使われている動詞はすべて不完了体過去形で、二葉亭はそれらに「る」形を充てた。さて、ここに描かれているナターリヤの滂沱の涙は、先に藤村が『春』の冒頭に登場させた岸本が、これといった理由もなく

「激しく泣く」のに似ていないだろうか。藤村は「青木や市川やそれから菅の置いて行つたもの、洋傘《かうもり》だの、手拭だの、其他《そのほか》手荷物の類《たぐひ》が室内に散亂《ちらか》つて居る。急に熱い涙が岸本の頰を傳つて流れて來た。」と状況を述べるだけで、涙の理由を挙げることはないのだ。

ツルゲーネフはまたナターリヤのみならず、登場人物たちの多くを泣かせている。最後には、主人公のルージンさえも泣くのだ。ナターリヤとの恋が母親である女地主ダーリヤの知るところとなり、ルージンはその屋敷を追われるのだが、次はその別れの場面である。

> 匆々《そこ〳〵》に旅支度をして、むづ〳〵しながら出立《しゆつたつ》の時刻の來るを待つて居ると、出立《しゆつたつ》と聞いて家内の者は皆な驚いて、婢僕《めしつかひ》までが不審の眼を注ぐ。バシストフは頭《てん》から別を惜むでかゝり、ナターリヤは人目をも憚《はゞか》らず公然《あからさま》に逃《に》げ廻つて、成るべく眼を視合さぬやうに搆へてゐたが、それでもルージンは辛《から》うじて手紙だけは渡した。(中略)M-lle《マドモアゼール、》 Boncourt《ボンクール》は何か擽《くすぐつ》たいやうな可異《をかし》な眼付きでルージンの面《かほ》をじろ〳〵視てゐた。年功を積んだ怜悧《りこう》な探犬《さぐりいぬ》はどうかすると此《こ》様な眼付をすることがある。眼が物を云つたら、「そら見たことか!」とでもいひそうである。(中略)見納《みおさめ》と思つてナターリヤの面《かほ》を視ると、恨めしいと云ふ中《うち》にも何處か名殘惜《なごりを》しさうな所も有る悲しい眼付で凝《ぢつ》然と視てゐたので、ルージンも流石《さすが》に胸は一杯になつた……
> (中略)卒分袂《いざわかれ》といふとき、バシストフは耐《たま》りかねて、ルージンの首にしがみ付いて泣出したので、ルージンも泣きは泣いたが、併しバシストフに分れるのが辛くて泣いたのではない。彼の泪《なみだ》は利己の涙であつた。(60)
>
> (傍点引用者)

ルージンの出立の場面では視線だけが問題になっているのかと思われるほど目付きの描写が頻出する。この場面で声を立てるのは、ナターリヤとルージンの逢引の場を目撃し、それをダーリヤに密告したパンダレフスキーだけなのだ。さまざまな人物の目付きが描かれるが、その中で最もめざましいのはナターリヤの家庭教師であるボンクール老嬢の目付きである。「探犬《さぐりいぬ》のする擽《くすぐつ》たい**やうな可異《をかし》な眼付**」でルージンを見続けるボンクール老嬢の視線は「**眼が物を云つたら**、「そら見たことか！」とでもいひそうである」と、藤村が好んで使ったとされる「……したやうな眼付」「……の眼が云つた」という表現で活写されているのだ。藤村は二葉亭の訳した『うき草』の中に、自分の小説の登場人物たちの目付きの描写を発見したといっていいのではないか。

　最後に主人公ルージンの涙について見てみよう。ナターリヤに「悲しい眼付」で凝視されても涙を見せなかったルージンも、駅まで送ってくれたバシストフの涙につられて終に涙を見せる。そして、『うき草』の「語り手」はそのルージンの涙に「彼の泪《なみだ》は利己の涙**であつた**。」と、客観的な解説を加えるのだ。三人称代名詞をほとんど訳さなかった二葉亭としては異例のことで、ツルゲーネフの原文《, и слезы его **были** самолюбые слезы. [, and his tears **were** tears of self-love.]》の中の三人称男性代名詞と過去形動詞をそのまま忠実に訳し出しているのである。この「語り手」によるルージンの涙の客観描写が藤村の文体に直接影響したとは言わない。もとより二葉亭の「彼」の使用は非常に限られているのだ。だが、この「語り手」の言葉を原文に忠実に訳したとき、「語り手」は作者ツルゲーネフであると二葉亭は理解していた。(61) そして、二葉亭の訳した『うき草』を読んでいた藤村が『春』という告白文学を書こうとしたとき、藤村は『うき草』の中の「語り手」と作者の距離の近さを利用したのではないかと思われるのだ。ちなみに、藤村も主人公の岸本が号泣する様子を「彼は自分の汗臭い風呂敷包に顔を押宛て、、激しく**泣いた**。」と三人称代名詞「彼」が「た」形と呼応する文で書いた。作者が「語り手」に親しく寄り添い、作者自身である主人公の岸本の涙を描く時、この「客観描写」からは本来の客観性が抜け落ちてくれることに、藤村は気づいていた。

　藤村は『春』を書き始めたとき、三人称代名詞「彼」を「た」形と呼応させた。それは藤村が、冒頭で三人称代名詞「渠《かれ》」を「た」形と呼応させた花袋の『蒲團』の文体を踏襲したからである。その花袋の『蒲團』の文体は、「た」形が文末詞の九五％を占める二葉亭の『あひゞき』初訳の文体を摸したものだった。だが、藤村は三人称客観描写を徹底させることはしなかった。「た」形に関して言えば、『春』での「た」形の文末詞全体に占める割合は七〇％前後にとどまっており、三人称代名詞「彼」や「彼女」が「た」形に必ずしも呼応するわけではなかった。また、藤村は「のであった」や「たのである」を使わないことで、「語り手」の存在を薄め、語りの客観性を消している。一方、「る」形は人物や風景の描写に、そして登場人物たちの心の中を描くために広範に使われた。それは藤村が「る」形が「た」形を圧倒し、「る」形で人物描写や風景描写がされる二葉亭の『うき草』の文体にも影響を受けていたからだ。藤村が初訳『あひゞき』の文体と『うき草』の文体の違いにどれほど意識的であったのかはわからない。だが、二葉亭の二つの翻訳文体がどちらも藤村の『春』の文体に影響を与えていることは確かである。

なお、『春』を書いた藤村には『うき草』についての直接の言及はないが、『蒲團』を書いた花袋は、彼が二葉亭の『うき草』をいかに愛読したかについて、坪内逍遥と内田魯庵が編集した追悼録『二葉亭四迷』に収められた「二葉亭四迷君」の中で次のように書いている。花袋は「二葉亭の名のついた作品は何でも読んだ」と言った後、

中でも一番感化を受けたのは、太陽に連載した『うき草』であつた。其頃、私は喜久井町に居た。前の丘を越して、柳田君や国木田君がよく遊びに来た。ある時国木田君が、太陽から一冊にまとめた私の『うき草』を持つて行つたが、それを返して来た時、二人で夢中になつて、それから受けた感化を語り合つたことを覚えてゐる。『頭が冷かで心の暖かい人』という言葉が其中にあつたが、それが非常に気に入つて、何ぞと言つては、よくそれを持出した。（中略）

『何うだ、一つ杯を合はせやうぢやないか。もう我々青年の残つて居るものも少い。』

レシネフとルウヂンとの会合の言葉を真似て、ビールの盃を合はしたことなども一度や二度ではない。(62)

花袋が右の文中で書いているのは「余計者」であるルージンという作中人物の印象であって、『あひゞき』から受

けた印象が多く文体についてであったのとは異なっている。また、花袋が『うき草』の印象を熱心に語り合ったのは藤村ではなく、国木田独歩だった。が、『うき草』を確実に読んでいた花袋と、おそらく読んでいただろう藤村が『うき草』の文体から影響を受けていた可能性は高い。『蒲團』でも風景の描写や心中の表現に「る」形が広範に用いられた結果、文末詞全体に占める「た」形の割合は七五％に留まり、『あひびき』初訳の九五％には及ばないのである。

藤村の『春』は一九〇八年四月から八月にかけて『東京朝日新聞』に連載された。『春』奥書の中で藤村は、東京朝日新聞の社会部長渋川玄耳《しぶかわげんじ》の訪問を受け小説連載を打診されたこと、しかもそれが「故長谷川二葉亭《はせがわふたばてい》氏の勧め」であったことを述懐している。連載を承諾したのは「かねて『浮雲《うきぐも》』や『あいびき』や『めぐりあい』などで、その人の風采《ふうさい》を想像していた先輩」の好意に動かされたからだとも述べ、「『春』を書いた当時のことで、まず胸に浮んでくるのは、長谷川二葉亭氏のことである」(63)と、結んでいる。藤村と二葉亭は一度も会うことがなく、藤村が『春』を連載していた一九〇八年の六月に、二葉亭はロシアへと旅立っている。

夏目漱石と二葉亭四迷

さて、『春』は当初『東京朝日新聞』に二葉亭の『平凡』のあと連載される予定であったが、原稿が間に合わず、当時二葉亭と交替で小説を『東京朝日新聞』に連載していた夏目漱石（一八六七―一九一六）が『坑夫』を書くことで藤村のあけた穴を埋めたという興味深い経緯がある。漱石は一九〇五年一月に『吾輩は猫である』を雑誌『ホトトギス』に発表し、文壇に名をなした。漱石の『吾輩は猫である』の連載は翌年の八月まで続き、連載の傍ら『倫敦塔』『カーライル博物館』『幻影の盾』『琴のそら音』『一夜』『薤露行』『趣味の遺伝』等の短編と『坊っちゃん』を書いた。そして、一九〇七年五月に東京帝国大学英文科講師の職を辞し、『東京朝日新聞』に入社した。主筆の池辺三山の意気に感じたものと言われている。三山はまた二葉亭四迷に『其面影』『平凡』の二作を書かせた人でもある。

三山の努力によって、二十三歳で『浮雲』を書いて作家として名をなしていた二葉亭と三十八歳で『吾輩は猫である』で作家として出発した夏目漱石が『東京朝日新聞』で競作することになった。一九〇六年の二葉亭の『其面影』に続いて、一九〇七年には漱石が朝日入社第一作『虞美人草』を載せ、その後二葉亭が『平凡』を書いた。二葉亭のロシアへの出発とその死によって二人の競作には終止符が打たれたが、漱石は『坑夫』を書くことで競作を続けたとも言える。

漱石は一九〇八年の六月に二葉亭がロシアに発ったあと、「露國に赴かれたる長谷川二葉亭氏」という短い談話を『趣味』に発表している。漱石はそこで「二葉亭君とは同じ社にいても、親しく會つたのは此間大阪の鳥海君が來た折に一緒に飯を食つたのが始めてですから、餘りよく知りません。併し兎に角會つて心持のよい方だと思ひました。それだけです。(64)」と簡単に二葉亭という人物の印象を語ったに過ぎない。一九〇九年五月十日の二葉亭の訃報に対しても漱石は、同じ東京朝日新聞社に所属していたというだけでほとんど親交がなかったから語るべきことは何もないと繰り返した。が、その後、本郷西片町という同じ町に住み、銭湯での出会いを含めて三度出会ったことのある二葉亭に対して、漱石は「一寸《ちよい》とした話をしたばかりでも、感じのいゝ、立派な紳士で、誠に上品な人と思はれた」と、その人物を好意的に回顧している。また、文学についても「長谷川君はまだ何か考へがありはしなかつたかと思ふ。文学ばかりでなく何かの考へがあつた事と思ふ。それもなさずに死なれたといふのは、当人には気の毒でならない(65)」と同情を込めて語っている。

漱石はその後、一九〇九年に坪内逍遥と内田魯庵が編集出版した追悼録『二葉亭四迷』に「長谷川君と余」と題した長文を寄せている。その中で漱石は、朝日新聞入社後、顔合わせのために主筆の池辺三山の催した食事会で二葉亭に初めて会ったときの印象を次のように書いた。

〜、長谷川君といふ名を聞くや否やおやと思つた。尤も其驚き方を解剖して見るとみんな消極的である。第一

あんなに脊《せ》の高い人とは**思はなかつた。あんなに**無粋《ぶいき》な肩《かた》幅《はゞ》のある人とは**思はなかつた。あんなに**頑丈《ぐわんぢやう》な骨骼《こつかく》を持つた人とは**思はなかつた。**君の風丯《ふうぼう》はどこからどこ迄四角である。頭迄四角に感じられたから今考へると可笑《おか》しい。其當時「その面影《おもかげ》」は讀んでゐなかつたけれども、**あんな**艶《つや》つぽい小説を書く人として自然が製作した人間とは、とても**受取れなかつた。**魁偉《くわいゐ》といふと少し大袈裟で悪いが、いづれかといふと、それに近い方で、到底細い筆抔《など》を握つて、机の前で呻吟《しんぎん》してゐさうもないから實は驚いたのである。(66)

（傍点引用者）

漱石は、二葉亭の容貌がかねて想像していたのとはまったく違っていたと、その驚きを「あんなに〜とは思はなかつた」という表現を繰り返すことで強調している。そして、二葉亭の容貌が予想外だったから驚いたと、漱石がいくつか挙げた驚きの最後が、二葉亭の第二の創作『其面影』にまつわるものだった。漱石は『其面影』をまず「艶つぽい小説」と評し、二葉亭のことを「あんな艶《つや》つぽい小説を書く人として自然が製作した人間とは、とても受取れなかつた」と、小説から受けた印象と小説を書いた二葉亭という作家の印象の違いを述べている。この中の「自然が製作した人間」という表現が、この文を書いた一九〇九年に漱石が執筆中だった小説『それから』の中で好んで使われたものであったことを思えば、漱石の印象がいかに深かったかが窺えよう。もっとも、漱石は二葉亭と初めて会った時点では『其面影』を読んでいなかったのだから、この印象だけが初対面の印象ではなく、後に加えられたものということになる。漱石が実際に『其面影』を読んだのは、朝日に入社した年（一九〇七年）の秋である。その間、漱石は朝日新聞社の編集局で、近所の銭湯でと二度二葉亭に偶然出会い、二度二葉亭に訪問を拒否されるという経緯があった。また『其面影』を読んだころ、漱石は入社第一作の『虞美人草』を連載し終えており、今度は二葉亭が『平凡』を朝日に連載し始めていた。さてその『其面影』について漱石は次のように書いた。

其秋余は西片町を引き上げて早稲田へ移つた。長谷川君と余とは此引越のため益々《ます〳〵》縁が遠くなつて仕舞つた。其代り君の著作にかゝる「其面影《そのおもかげ》」を買つて來て讀んだ。さうして大いに感服した。（ある意味から云へば、今でも感服してゐる。こゝに余の所謂《いはゆる》ある意味を説明する事の出來ないのは遺憾であるが、作物《さくぶつ》の批評を重《おも》にして書いたものでないから已《や》むを得《え》ない。）そこで、手紙を認《した》めて、聊《いさゝ》かながら早稲田から西片町へ向けて賛辭を郵送した。實は腦病が氣の毒でならなかつたから、こんな餘計な事をしたのである。其當時君は文學者を以て自《みづか》ら任じてゐないなどとは夢にも知らなかつたので、同業者同社員たる余の言葉が、少し君に慰藉を與へはしまいかといふ己惚《うぬぼれ》があつたんだが、文士たる事を耻づといふ君の立場を考へて見ると、これは實際入らざる差し出た所《しよ》爲《ゐ》であつたかも知れない。返事には端書が一枚來た。其文句は、難有《ありがた》う、いづれ拜顔の上とか何とかとある丈《だけ》で、頗る簡單且《かつ》あつさりしてゐた。ちつとも「其面影《そのおもかげ》」流でないのには驚いた。長谷川君の書に一種の風韻《ふうゐん》のある事も其時始めて知つた。然し其書體も決して「其面影」流ではなかつた。(67)（傍点引用者）

ここでも漱石は驚き続けている。『其面影』とはまったく違ってあっさりした二葉亭の葉書の文面と書体に驚き、漱石はちっとも「「其面影」流ではない」と二度にわたって書く。その葉書とは、漱石が『其面影』を読んで「大いに感服し」て送った漱石の手紙への二葉亭の返礼である。漱石は先に朝日新聞社の編集局と銭湯での二度の出会いで二葉亭が「頭を病んで來客謝絶」であることを知り、『其面影』の賛辞を送って二葉亭を慰めようとしたのだ。実際『其面影』の賛辞が書かれた漱石の手紙を受け取った頃、二葉亭は『平凡』を書くために細い筆を握って「呻吟《しんぎん》」していた。その『平凡』をなんとか書き終えたあと、二葉亭は朝日のロシア特派員として旅立つことになった。その送別会の席上、二葉亭は「これ〔文學〕は自分の死場處でないと言ふ様な氣がする。自分のミッションでないと思ふ。何しろ何うしても筆を執つてゐる時には妙に隙があつて不可《いけない》」と自分の文学嫌いの立場を明らかにした。さらに、西園寺首相の招待を断ったのは「私は文士ではない」からだと述べた。漱石が『其面影』の賛辞を二葉亭に送ったことを「入らざる差し出た所爲《しょゐ》」と後悔したのは、後年二葉亭の文学嫌いの立場、自分が文士であることを否定する立場を知ったからである。

しかし、漱石は二葉亭に『其面影』の賛辞を送ったことは後悔したが、『其面影』に対する評価そのものを変えたわけではなかった。漱石は「（『其面影』に）ある意味から云へば、今でも感服してゐる」と、「ある意味」が説明できないのは遺憾だとしながらも肯定的に評価している。「長谷川君と余」と題するかなりの長さの追悼文の中で、漱石が言及し、評価したのが『浮雲』でも『平凡』でもなく、『其面影』であったことの意味は深い。漱石は二葉亭より三歳年下で、二葉亭が二十三歳で『浮雲』を書き始めたのに対し、漱石が『吾輩は猫である』で文壇にデビューしたときには三十八歳になっていた。二葉亭が『平凡』で文学者としての自分を懺悔したあと文学を捨てたのに対し、漱石は『虞美人草』を書くことで文学者として本格的に立とうとしていた。漱石はまた、二葉亭が一九〇八年六月にロシアに発ったあと、『新潮社』の同年十一月号の「文藝は男子一生の事業とするに足らざる乎」という設問に答える形で一文を書いており、その中で「結論だけを言ふならば、それは極く簡單で、只、吾々が生涯從事し得る立派な職業であると私は考へて居るのだ」と、文士であることを否定した二葉亭とはまったく逆の立場を明言した。その漱石が『其面影』という二葉亭の第二の創作を評価し続けていたのはなぜなのか？　漱石が「ある意味」で『其面影』に感服し続けていると述べた「ある意味」とは何なのだろうか？

二葉亭は「私は懷疑派だ」と題した『平凡』連載終了後の談話の中で「『其面影』の時には生人形を拵へるといふのが自分で付けた註文で、もと〳〵人間を活かさうといふのだから、自然、性格に重きを置いた」と述べた。これは『平凡』が「ある一種の人（＝文學者）が人生に對する態度」を書こうとしたのであり「人間そのもの、性格なんざ眼中に無い」と、二つの作品がまったく逆の行き方をしていたことを対照的に、また、自嘲的に述べたものだった。なぜなら、『平凡』では「（自分が）筆を持つちやどうしても眞劍になれんから、なれるといふ人の心持が想像されない。眞の文學者の心持が解らん。だから眞劍になれると言ふ人があれば私は疑ふ」と、結局その試みが失敗であったことを述べるのに終始したからだ。「私は懐疑派だ」と題するこの談話の中で『其面影』について述べたくだりだけが肯定的なのである。とりわけ「生人形を拵へる」という二葉亭が『其面影』のために立てた目標とその実践は、漱石の「作中の人物」と題した談話の次の一条に合致していたのではないかと思われる。

作家は神と等しく、新たに實際以外の人間或は人間以上の人間をクリエートする力を有つて居る。（中略）如何に創造の翼を伸してもそれにアートが伴へば、讀者をして之を信ぜしめ且泣かせたり笑わせたりすることが出來る。そして作家の頭腦《あたま》が精《くは》しければいよ〳〵細やかに其人を現すことが出來、作家の人格が大きければます〳〵大人物を描くことが出來、なほ博ければ幾らでも澤山な人間を作ることが出來る。けれども作家に頭腦《あたま》がなく其人格が低いならば到底立派な高い人物をクリエートすることは出來ないのである。

（一九〇六年、十月『讀賣新聞』(68)）

漱石は、先に挙げた二葉亭について書いた三つの文章の中で、二葉亭という人物を「心持のよい方」「感じのい、立派な紳士で、誠に上品な人」「品位のある紳士らしい男——文學者でもない、新聞社員でもない、又政客《せいきやく》でも軍人でもない、あらゆる職業以外に嚴然として存在する一種品位のある紳士」と評した。漱石は二葉亭を高い人格を持った人として小説の中に人間以上の人間をクリエートできる数少ない作家として見ていたのではないか。そして、『其面影』はそうした人間以上の人間をクリエートしようとした作品として、漱石は「感服し」続けていたのではないかと思われる。そうした「實際以外の人間或は人間以上の人間をクリエート」しようとした二葉亭の文学的事業を継いだのが漱石であった。二葉亭への弔辞で「長谷川君はまだ何か考へがありはしなかつたかと思ふ」と語った漱石は、『平凡』のあとを受けて書いた『坑夫』で二葉亭の遺り残した仕事をし続けた。

漱石の『坑夫』（一九〇八年）

「文学も含めて、何か考えがあってそれをなさずに死んだ」二葉亭の作家としての方向性に漱石ほど共鳴した作家はなかった。漱石の『坑夫』を読むと、「二葉亭の考えていてなし得なかった」文体的な冒険を漱石が行ったように思われるのだ。漱石は『吾輩は猫である』も『坊っちゃん』も『倫敦塔』を始めとする初期の諸短編もすべて「る」形の圧倒する文体で書いた。過去時制表示詞としての「た」形を意識的に排除するような文体で書いたと言ってもいい。これは、花袋や藤村ら自然主義作家たちがこぞって過去時制表示詞の「た」形が文末詞の総数の圧倒的多数を占める文体で書いていったこととまったく逆方向を辿ったことを示している。柄谷行人は『坑夫』の冒頭を引用して「漱石の文では、「た」のような過去時制が少ない」ことを次のように説明している。

> さつきから松原を通つてるんだが、松原と云ふものは絵で見たよりも余つ程**長いもんだ**。何時《いつ》迄行つても松ばかり生えて居て一向《いつかう》**要領を得ない**。此方《こつち》がいくら歩行《あるい》たつて松の方で発展して呉れなければ**駄目な事だ**。いつそ始めから突つ立つた儘松と睨《にら》めつ子をしてゐる方が増**しだ**。
>
> 「た」が或る一点からの回想としてあるとするならば、漱石は「た」の拒否によって、全体を集約するような視点を拒んでいる。それはまた、確実にあるように見える「自己」を拒むことである（右の文では「私」が抜けている）。むろん、こうした「現在形」の多用は、「写生文」一般の特徴であるといってもよいし、また漢文脈の名残りであるといってもよい。しかし、写生文として『吾輩は猫である』や『倫敦塔』を書きはじめた漱石が、近代小説の話法にはっきり対抗する意識を持っていたことは疑いがない[69]。

柄谷は「漱石が、近代小説の話法にはっきり対抗する意識を持っていた」と書いたが、正確に言えば、漱石が対抗しようとしたのは、過去時制表示詞「た」と三人称代名詞を多用する三人称客観小説という話法である。思えば、漱石の文壇デビュー作『吾輩は猫である』は「る」形が「た」形を圧倒する文末詞で書かれた小説であった。さらに言えば、漱石の『吾輩は猫である』は二葉亭の『浮雲』第一篇同様、饒舌な「語り手」を持つ、「前近代的な」小説であった。二葉亭は『あひゞき』の翻訳によって学んだ過去時制表示詞「た」を『浮雲』第二篇、第三篇で多用して「語り手」とその視点を物語の外に置くことによって、第一篇に登場する「語り手」の存在を物語の中から消していこうとした。三人称客観小説を目指したのである。一方、漱石は『吾輩は猫である』を、猫という「語り手」を物語の中に配置して、その視点から人間世界を描くという特殊な一人称小説に仕立て上げた。その中では、写生文の文体が生きた。『吾輩は猫である』の「語り手」である猫は「る」、ことに「てゐる」形を活用して人間世界を活写していったのだ。それは、二葉亭の『あひゞき』改訳以降の翻訳文体において「る」、ことに「てゐる」形が物語の内容を今現在行われていることのように生き生きと描写していったのと同じであった。なかでも、「る」形と「てゐる」形による描写が「語り手」を持つ物語として成功しているのが二葉亭のゴーゴリもの第一作『肖像畫』であった。不完了体動詞の訳語である「る」形や「てゐる」形を駆使した文体で書かれた『肖像畫』における饒舌な「語り手」を物語の中に登場させたのが、『吾輩は猫である』の猫であったともいえよう。そして、『坑夫』は猫ならぬ人間の「語り手」を持つ純然たる一人称小説である。その「語り手」の用いた一人称詞は『あひゞき』と同じ「自分」であった。

二葉亭の『肖像畫』、漱石の『吾輩は猫である』と『坑夫』

次に『肖像畫』と『吾輩は猫である』、さらに『坑夫』の中から「る」と「てゐる」形を駆使した描写を挙げてみよう。

『肖像畫』（ゴーゴリ作、二葉亭四迷訳、一八九七年）

かうした繪ではあるが、買手は少ない、其代り見物は常《いつ》も山を成してゐる。道草を喰ふことの甚《えら》い好きさうな誰家《どこか》の僕が店頭《みせさき》で欠《あく》びをしてゐるが、辧當の入つた仕出屋の岡持《をかもち》を提げてゐるからは、旦那殿は餘り熱くない肉羹《そつぷ》を吸はれるに違ひない。其前に立つてゐるのは外套を着た兵士、常《いつ》も古着市へ小刀《こがたな》二挺を賣りに行くといふ先生で、其次は半靴《はんぐつ》を一杯詰めた箱を抱へた女商人《をんなあきうど》お泣《なき》といひさうな女である。さて覽方《みかた》だが、これが人に由つて違ふ。百姓は兎角《とかく》指を差したがる。兵士は眞面目な面《かほ》をして觀る。丁稚《でつち》小僧は鳥羽繪《とばゑ》を覽《み》て、高笑をして調戯《からか》ひ合ふ。フリーズ織物の名の外套を着た年老《としと》つた僕は何處かで閑《ひま》を潰《つぶ》したいばかりで視てゐる。若い嗅衆《かゝしゅ》は人が饒舌《しやべつ》てゐる事なら、何でも聽きたい、視てゐるものなら、何でも視たい、といふ一心で、嗅付《かぎつ》けて急いで來る。

此時チャルトコフといふ通りすがりの若い畫家が何心なく店頭《みせさき》に立止つた。[70]

『吾輩は猫である』(夏目漱石作、一九〇五年)

元朝早々主人の許《もと》へ一枚の繪端書《ゑはがき》が來た。是は彼の交友某畫家からの年始狀であるが、上部を赤、下部を深綠《ふかみどり》りで塗つて、其の眞中に一の動物が蹲踞《うづくま》つて居る所をパステルで書いてある。主人は例の書齋で此繪を、横から見たり、竪《たて》から眺めたりして、うまい色だなといふ。既に一應感服したものだから、もうやめにするかと思ふと矢張り横から見たり、竪《たて》から見たりして居る。からだを拗《ね》ぢ向けたり、手を延ばして年寄が三世相《さんぜさう》を見る様にしたり、又は窓の方へむいて鼻の先迄持つて來たりして見て居る。早くやめて呉れないと膝が揺れて險呑でたまらない。漸くの事で動搖が餘り劇しくなくなつたと思つたら、小さな聲で一體何をかいたのだらうと云ふ。主人は繪端書の色には感服したが、かいてある動物の正體が分らぬので、先《さ》つきから苦心をしたものと見える。そんな分らぬ繪端書かと思ひながら、寐て居た眼を上品に半《なか》ば開《ひら》いて、落着き拂つて見ると紛《まぎ》れもない、自分の肖像だ。主人の様にアンドレア、デル、サルトを極め込んだものでもあるまいが、畫家丈《だけ》に形體も色彩もちやんと整つて

出來て居る。(71)

『坑夫』（夏目漱石作、一九〇八年）

足は大分《だいぶ》**重くなつて居る**。膨《ふく》ら脛《はぎ》に小さい鐵の才槌《さいづち》を縛り附けた様に足掻《あがき》に**骨が折れる**。袷の尻は無論**端折《はしを》つてある**。其の上洋袴下《ズボンした》さへ穿《は》いて居ないのだから不斷なら競走でも**出來る**。が、かう松ばかりぢや所詮**敵《かな》はない**。

掛茶屋がある。葭簀《よしず》の影から見ると粘土《ねばつち》のへつゝいに、錆《さび》た茶釜が**掛かつて居る**。床几《しやうぎ》が二尺許《ばか》り往來へ食《は》み出した上から、二三足草鞋《わらぢ》がぶら下がつて、袢天《はんてん》だか、どてらだか分らない着物を着た男が脊中を此方《こちら》へ向けて**腰を掛けてゐる**。

休まうかな、廢《よ》さうかなと、通り掛りに横目で覗き込んで見たら、例の袢天《はんてん》とどてらの中《ちゆう》を行く男が突然**此方《こつち》を向いた**。煙草の脂《やに》で黒くなつた齒を、厚い唇の間から出して**笑つてゐる**。是はと少し氣味が悪くなり掛ける途端に、向ふの顔は急に**眞面目になつた**。今迄茶屋の婆さんと去る面白い話をして居て、何の氣もつかずに、つい其の儘の顔を往來へ向けた時に、不圖自分の面相に出つ喰《くは》したものと**見える**。(72)

『肖像畫』の身体こそ持たないが饒舌な「語り手」と、『吾輩は猫である』の猫という身体を持つ「語り手」は、「絵を見て、絵を解さない」人々の姿をおもしろ可笑しく描き出す。滑稽さは観察者が余裕のある傍観者である時に生まれるのであって、『坑夫』の「語り手」のような余裕のない傍観者の描写からは生まれない。『坑夫』の「語り手」は十九歳の青年で、二人の少女をめぐる恋に悩んだあげく家を出て「暗い所」へ行こうとして北の方へとむやみやたらと歩いて来て、たまたま茶屋で出会ったポン引きの長蔵によって銅山へと向かうことになる。右に挙げた『坑夫』からの引用は、「語り手」が初めて長蔵を眼にする瞬間を描いている。それはまた、「語り手」である青年を長蔵が「坑夫」として射止める瞬間でもある。「袢天《はんてん》とどてらの中《ちゅう》を行く男」として描き出された長蔵は、松林を歩いて来た十九歳の若者である「語り手」を認めると、途端に笑いをひっこめる。漱石は、その長蔵の動作を「突然此方《こっち》を向い**た**」「急に眞面目になつ**た**」と「た」形を二つ使って表現する。引用箇所で「た」形が使われるのはこの二箇所だけである。この二つの「た」は、『肖像畫』と『吾輩は猫である』の引用文中で一箇所だけ使われる「た」と同じように、過去時制ではなく、完了相を示している。ちなみに『肖像畫』の引用部における最後の一文「此時チャルトコフといふ通りすがりの若い畫家が何心なく店頭《みせさき》に**立止つた**」の中の「た」形は完了体過去形動詞《**остановился** [**stopped**／立ち止まった]》の訳語として使われている。『坑夫』では「**突然**此方《こっち》を向い**た**」「**急に**眞面目になつ**た**」のように「突然」や「急に」といった副詞が「此方《こっち》を向いた」「眞面目になつた」という長蔵の動作が瞬間的に行われたものであること、したがって、そうした動作が過去という時制を問題にしているのではなく、ある特定の時間内に動作が完了したことを示唆している。それは『肖像畫』においてチャルトコーフという若い画家の「立止まる」という動作が「何心なく（＝ふと）」瞬時に完了したのであると、「何心なく店頭《みせさき》に立止つ**た**」のように記されているのと同じである。『吾輩は猫である』の「た」で終わる冒頭文も「**元朝早々**主人の許《もと》へ一枚の繪端書《ゑはがき》が來**た**」と「元朝早々」という特定の時間内に「繪端書《ゑはがき》が來た」ことが示されている。

三つの作品の中で「た」が完了相をさし示す表示詞として使われているとすれば、「る」と「てゐる」形は不完了相を示しているといえよう。「た」形が完了体過去形動詞の訳語として使われたように、二葉亭の『肖像畫』の中の「る」と「てゐる」形は不完了体現在形動詞の訳語として使われている。ことに「視**てゐる**」、そして、文中の用例ではあるが「其前に立つ**てゐる**のは」「若い嗅衆《かゝしゅ》は人が饒舌《しゃべっ》**てゐる**事なら、何でも聽きたい、視**てゐる**ものなら、何でも視たい、といふ一心で、嗅付《かぎつ》けて急いで來る」といった「てゐる」形は、継続した動作を表すために使われたロシア語原文の不完了体現在形動詞の訳語として十二分に成功している。一方、漱石の『吾輩は猫である』の中の「て居る」形もまた、「横から見たり、竪《たて》から見たりし**て居る**」「又は窓の方へむいて鼻の先迄持つて來たりして見**て居る**」

と猫の主人の英語教師、苦沙弥の絵端書に書かれた絵を「見る」動作がある時間継続して行われていることを、滑稽に描き出している。最後の一文「畫家丈《だけ》に形體も色彩もちやんと整つて出來**て居る**」の「て居る」形は苦沙弥が理解に苦しんだ端書の絵が「猫の肖像」であり、しかも、それが完璧な状態であることを表すために使われている。『肖像畫』の「見てゐる」も『吾輩は猫である』の「見て居る」も、「絵を理解しない」愚かな鑑賞者たちの継続動作を、笑いをこめて鮮やかに描き出しているのだ。『肖像畫』の「語り手」も『吾輩は猫である』の猫も、余裕のある傍観者なのである。

それに引き換え、『坑夫』では、「足は大分《だいぶ》重くなつ**て居る**」「銹《さび》た茶釜が掛かつ**て居る**」「袢天《はんてん》だか、どてらだか分らない着物を着た男が脊中を此方《こちら》へ向けて腰を掛け**てゐる**」「煙草の脂《やに》で黒くなつた齒を、厚い唇の間から出して笑**つてゐる**」と、「て居る」（または「てゐる」）形は、主に状態を表すために使われる。松林を歩き続けてきた「語り手」は、まず自分の足が「重くなつ**て居る**」のに気づき、次に「掛茶屋がある」のに気づく。さらに、その茶屋の中には「銹《さび》た茶釜が掛かつて居」て、「男が脊中を此方《こちら》へ向けて腰を掛け**てゐる**」ことに気づく。「て居る」形はすべて「語り手」の眼の中に飛び込んできた状況として描かれ、男が「齒を、厚い唇の間から出して笑つ**てゐる**」のも、歩き疲れた「語り手」の眼に飛び込んできた状況として受身に描かれる。『坑夫』の「語り手」には、『肖像畫』の「語り手」や『吾輩は猫である』の猫のように、男がなぜ笑っているのか、何を笑っているのか、と考える余裕はない。「掛茶屋」「銹《さび》た茶釜」「黒い齒を出して笑っている男」すべてが、「語り手」の意識の中に選択の余地のなく飛び込んできた状況として描かれているのだ。と同時に、歩き疲れた「語り手」の意識下で「休みたい」「誰かと話したい」という欲望が生まれていたために飛び込んできた状況でもある。『坑夫』の「語り手」には、眼に映る人や物を笑う余裕はない。

身体を持たない『肖像畫』の「語り手」は自称を用いないが、『吾輩は猫である』の猫という「語り手」と『坑夫』の「語り手」は、引用部分で一人称代名詞「自分」を一度ずつ使っている。「落着き拂つて見ると紛《まぎ》れもない、自分の肖像だ」と、猫は絵端書に描かれた絵を瞬く間に理解し、「今迄茶屋の婆さんと去る面白い話をして居て、何の氣もつかずに、つい其の儘の顔を往來へ向けた時に、不圖自分の面相に出つ喰《くは》したものと見える」と、『坑夫』の「語り手」はポン引きの長蔵の目の動きをゆっくりと理解する。これはまた「語り手」が見られる「自分」を意識する瞬間でもある。そのあと、『坑夫』の「語り手」は、長蔵の視線に晒される「自分」が「三十二錢這入つてゐる蟇口《がまくち》」を持っていることに気づき、「脛《すね》が不斷より少々重たくなつてゐる」ことに気づく。漱石は「てゐる」形を使って、「語り手」の眼に映る外部の状態や人物たちの継続動作を次々に描き出していく。漱石はまた、「語り手」が外部の人間の視線に晒されることによって、「自分」の身体の状態、さらに、「自分」の心理状態を認識する過程も「てゐる」形を使って辿っていく。

『坑夫』における実験――「てゐる」と「てゐた」形の使い分け

次に引くのは「語り手」が長蔵とともに鉱山に近い駅に降り立ったときの描写である。

自分は大きな往來の眞中に**立つてゐる**。其往來は飽迄も長くつて、飽迄《あくまで》も一本筋に**通つて居る**。歩いて行けば其外《そのはづれ》迄行かれる。慥《たしか》に此宿《しゆく》を通り抜ける事は**出來る**。左右の家は觸れば觸る事が出來る。二階へ上《のぼ》れば上《のぼ》る事が**出來る**。出來ると云ふ事はちやんと心得てゐながらも、出來ると云ふ觀念を全く遺失して、單に切實なる感能の印象丈《だけ》を眸《ひとみ》の中に受けながら**立つてゐた**。(73)

「語り手」は駅の改札口から一筋に伸びる一本の大通りに立ったときの状態を「事實に等しい明らかな夢」であると語り、「てゐる」形を使って、大通りに立つ「自分」と、大通りを描写し、その大通りも、左右に立ち並ぶ家々も、「語り手」にとって、実際の通りや家としての機能を持たず、そこにある物としてだけ存在していると語る。注目すべきは、「語り手」が過去回想表示詞である「てゐた」形を使ってこの「事實に等しい明らかな夢」の状態を締めくくっていることだ。実際『坑夫』では、一人称詞「自分」はそのほとんどが「た」、ことに「てゐた」形と呼応して使われている。この引用箇所でも、「自分は〜立って**ゐる**」に始まった夢の状態がすべて、「（自分は）立って**ゐた**」と、過去回想表示詞を使って締めくくられるのだ。

ここで『坑夫』の中で使われる「てゐる」形と「てゐた」形の割合を調べてみると、およそ二対一で「てゐる」形が「てゐた」形を圧倒していることがわかる。だが、「る」形の「た」形に対する割合は三対四で、「た」形が「る」形の数をやや上回っている。とはいうものの、「た」形の文末詞全体に対する割合は四四％であり、花袋や藤村の作品に見られるような「た」形が七〇％以上を占める文体とは明らかに異なっている。これらの数字を『坑夫』の直前に書かれた二葉亭の『平凡』と比べてみると、さらに興味深い数字が出てくる。『平凡』における「る」形の「た」形に対する割合はおよそ六対五で、「る」形の方がやや多く用いられている。さらに、「た」形の文末詞全体に占める割合はおよそ三〇％と、漱石の『坑夫』よりも一段と低くなっているのである。ところが、「てゐる」形と「てゐた」形との使用の割合だけを見ると、二対三で「てゐた」という過去回想表示詞の方が多いという意外な結果が出る。これらの数字は、二葉亭が自然主義者たちの作品を模して「作者の經驗した愚にも附かぬ事を、聊《いささ》かも技巧を加へず、有《あり》の儘に、だらだらと、牛の涎《よだれ》のやうに書く」と公言しながら、文体的にはまったく異なった作品を書いたことを意味している。自然主義作家の花袋や藤村が、文学上の告白を過去表示詞「た」形が文末詞の七〇％前後を占める文体で書いたのに対して、二葉亭は「た」形が文末詞の三〇％前後でしかない文体で「平凡」な人生を歩もうとして歩めなかった作家の告白を書いた。『平凡』で描かれる経験の多くは動詞の終止形である「る」形、形容詞の終止形である「い」、あるいは、形容動詞の終止形である「だ」等の文末詞で、過去時制表示詞としての「た」を回避して書かれている。しかし、その文学上の告白だけは「（私は）〜てゐた」という過去回想表示詞を使ってなされた。『平凡』という「る」形が「た」形を圧倒する文体の中で、「てゐた」形の数が「てゐる」形の数を上回っているのは、『平凡』が主題らしい主題を持たず、愛犬ポチをめぐる明るい過去の経験の鮮明な描写のあとに、文学者の暗い過去の告白が続くという構成らしい構成を持たない物語であるせいなのだ。「てゐる」形を多用してなされた過去を現在に蘇らせるような前半の愛犬ポチの描写と、後半の過去を閉じ込めるために「てゐた」形を多用してなされた文学者である「私」の性愛の告白は、『平凡』という物語の中で一貫した主題を持たずに並置されている。

それに対して漱石は二葉亭が『平凡』の中でしようとしてできなかった文体上の実験を、『坑夫』の中で行った。漱石は、一人の若者がたまたま「坑夫」として発見され、銅山へ辿りつくまでを、「てゐる」形と「てゐた」形を併用して、しかもそれらを明確に使い分けて描いていった。漱石は「てゐる」形をまず第一に、「語り手」の眼に映る他者の継続動作を描くために使った。例えば、「(長藏さんは) 笑つてゐる、呼んでゐる、返事を待つてゐる。首を竪に振つて**ゐる**」「(かみさんは) 立つて**ゐる**」「(小僧は) 芋を食つて**ゐる**」等である。次いで多いのは情景の描写で、「(松が) 行列して**ゐる**」「(日は) もう傾きかけて**ゐる**」「(水が) 流れて**ゐる**」「(雨が) 降つて**ゐる**」等、用例は多い。一方、「てゐた」形で示されるのは主に「語り手」自身の継続動作で、「(自分は) 眺めて**ゐた**、見下して**ゐた**、聞いて**ゐた**、立つて**ゐた**、黙つて**ゐた**」などのように使われている。「語り手」の眼に映る他者の動作は「てゐる」形で、作品を流れる時間の中で起こる動作として鮮明に描写し、「語り手」自身の動作については「てゐた」と、過去回想表示詞を用いて、「語り手」の書いている現在をはっきりと示した。漱石の『坑夫』と二葉亭の『平凡』との違いは、『坑夫』で漱石は「語り手」である「自分」が「坑夫になった」という自分の事件を、後年検証し、跡付けるために事件の細部を辿るという一貫した主題のもとに、他者の継続動作や状態を表す「てゐる」形と「語り手」自身の継続動作を表す「てゐた」形を同時に使っていったという点である。「語り手」は「てゐる」を使って外界を描写し、「てゐた」を使って自分の置かれた状況を確認するのだ。『坑夫』は、漱石のもとを訪れた若い男の体験談を基にして書かれた小説である。告白小説ではなく、実験小説であり、純然たる創作である。自然主義文学全盛の中で書かれた、反自然主義の小説である。『坑夫』で試みられたその文体はまた、二葉亭が改訳『あひゞき』の中で創り出した文体に酷似している。

改訳『あひびき』と『坑夫』の文体

改訳『あひゞき』における文末詞全体に対する「た」形の割合は、およそ三〇％で、『平凡』に見られる数字とほぼ同じである。だが、『平凡』と違って、改訳『あひゞき』の文末には「てゐた」形は一つも使われていない。「てゐた」形こそ使われないが、はっきりと過去時制表示詞として使われていることがわかる「た」形が五例ある。その中の四例までが「自分」という主語を明示した文となっている。例えば「秋は九月中旬《なかば》の事で、一日《あるひ》自分がさる樺林《かばばやし》の中《うち》に坐つてゐたことが**有つた**。」「自分は尚物陰に潜《ひそ》むでゐながら、如何《どん》な奴かと思つて、其男を視ると、何だか厭な**心地《こころもち》がした**。」等である。それに対して、文末に使われる「てゐる」形は十一例で、その多くが不完了体過去形動詞の訳語として使われている。そうした「てゐる」形の描くのは「語り手」である猟人が観察する「純真な農民の娘アクリーナ」の容姿や継続動作であり、「地主の召使いの男」の傲慢な様子とその継続動作である。娘の様子は「彼方《むかふ》に悄然《しよんぼり》と坐つてゐる者がある。（中略）～、片々《かた〱》の手を半分啓《ひろ》げて大きな草花の束を輕《そつ》と持つてゐたが、花束は呼吸《いき》をする毎《たび》に段々滑つて縞の袴《ペチーコート》の上へ**落ちかゝつてゐる**。」と表現され、「かうして久《しば》しく時を移してゐたが、少女《むすめ》はをり〱手で面《かほ》を撫廻《なでまわ》すばかりで、身動《みうご》きをもせずに**聞耳《きゝみゝ》を立てゝゐる**、**唯聞耳《きゝみゝ》ばかり立てゝゐる**……」と、恋人を待つ娘の継続動作が鮮明に写されている。つまり、『坑夫』の「語り手」が他者を「てゐる」形を用いて観察し描写したように、『あひゞき』の「語り手」も農民の娘と召使いの男という他者を「てゐる」形で観察描写し、『坑夫』の「語り手」が過去回想表示詞の「てゐた」形で観察する「自分」を客観視したように、『あひゞき』の「語り手」も過去時制表示詞の「た」形を用いて観察する「自分」を客観視するのである。

しかし、二葉亭の改訳『あひゞき』は「語り手」によって観察される可憐な農民の少女と傲慢な召使いが主人公であったのに対し、漱石は『坑夫』で観察する「語り手」を主人公とする物語を書いた。改訳『あひゞき』の中で「た」

形でしか表現されなかった「語り手」の過去回想の視点を「てゐた」形を使うことによって強調したのだともいえる。その意味で『坑夫』は改訳『あひゞき』の文体、つまり、二葉亭の後期の翻訳文体を「てゐる」形と「てゐた」形に着目して発展させたものと見なすことができる。「てゐる」形では「観察される」他者を、「てゐた」形では「観察する」自己を描き出すことによって、『あひゞき』の中で視点人物にとどまっていた「語り手」は、自身が主人公である『坑夫』という物語をつむいでいった。これは、田山花袋ら自然主義文学者たちが初訳『あひゞき』の中に発見した「語り手」の過去回想の視点をさらに発展させたものと見ることもできる。

『坑夫』と『こゝろ』（一九一五年）における三人称代名詞「彼」

『坑夫』も含めて漱石は、初期の作品を「る」形が「た」形を圧倒する文体で書いた。その文体の中では三人称代名詞の使用は限られていた。『吾輩は猫である』でも『坑夫』の中でも三人称代名詞は、限られた人物にのみ使われた。『吾輩は猫である』では、猫が主人の苦沙弥先生を皮肉を込めて「彼」と呼び、車屋の黒を尊敬と皮肉を交えて「彼」と呼ぶ。一方『坑夫』では、坑内で偶然出会った教育のある坑夫、安さんを最大級の敬意を込めて「彼」と呼んだ。『坑夫』の中で堰を切ったように突然使われ始める「彼」は、まず教育のある安さんに驚きの声をあげる「語り手」を描き、次いで「語り手」によって安さんの言動が描かれる。その安さんの言動は「彼」と過去表示詞「た」が呼応する形で描き出されるのだ。

　自分が其の時この坑夫の言葉を聞いて、第一に驚いたのは、彼の教育である。教育から生ずる、上品な感情である。見識である。熱誠である。最後に彼の使つた漢語である。——彼《か》れは坑夫抔《など》の夢にも知り様《やう》筈がない漢語を安々と、恰も家庭の間で昨日《きのふ》迄常住坐臥《じやうぢゆうざぐわ》使つてゐたかの如く、**使つた**。自分は其の時の有様をいまだに眼の前に浮べる事がある。彼れは大きな眼を見張つたなり、自分の顔を熟視した儘、心持頸を前の方に出して、胡坐《あぐら》の膝へ片手を逆《ぎやく》に突いて、左の肩を少し聳《そびやか》して、右の指で煙管《きせる》を握つて、薄い唇の間から綺麗な歯を時々あらはして、――こんな事を**云つた**。(74)

「語り手」が安さんと遭遇する場面で都合七度使われる「彼」のうち、五例までが「た」形と呼応して使われている。『坑夫』の中で一度だけポン引きの長蔵を指して使われた「彼」を別にすれば、三人称男性代名詞「彼」が安さんという特別な人物を敬意を込めて描くために使われているのは明らかだ。しかも、安さんの言動を写すために用いられた「彼」と「た」形の呼応する文体は、「た」形が四四%しか使われない『坑夫』の文体の中で、明らかに異質であった。が、漱石の後期の文体が過去時制表示詞「た」形を多用するようになり、それに従って三人称代名詞の使用が増えていくことを、安さんの言動を描写する文体は予測するものであった。

意識的に過去時制表示詞の「た」形を排した小説を書いてきた漱石が、三人称代名詞「彼」と過去時制表示詞「た」形とを緊密に呼応させ、しかも「た」形が九〇%以上を占める三人称客観描写の文体で書き始めたのは『道草』（一九一五年刊行）以降のことである。漱石はまた、『道草』の前年に書かれた『こゝろ』の「下　先生と遺書」の中でも、三人称男性代名詞「彼」を多用している。「語り手」である先生による自殺した友人Kの客観描写を目的として「彼」は用いられたのだ。

Kが理想と現實の間《あひだ》に彷徨《はうくわう》してふら〳〵してゐるのを發見した私《わたくし》は、たゞ一打《ひとうち》で彼を倒す事が出來るだらうといふ點にばかり**眼を着けました**。さうしてすぐ彼の虚《きよ》に**付け込んだのです**。私は彼に向つて急に嚴粛な改《あら》たまつた態度を**示し出しました**。無論策略《さくりやく》からですが、其態度に相應する位な緊張した氣分もあつたのですから、自分に滑稽《こつけい》だの羞恥《しうち》だのを感ずる餘裕は**ありませんでした**。私は先づ『精神的に向上心《こうじやうしん》のないものは馬鹿だ』と**云ひ放《はな》ちました**。是は二人で房州を旅行してゐる際、Kが私に向つて使つた**言葉です**。私は彼の使つた通りを、彼と同じやうな口調で、再び彼に**投げ返したのです**。然し決して**復讐《ふくしゅう》ではありません**。私は復讐《ふくしゅう》以上に残酷な意味を有《も》つてゐたといふ事を**自白します**。私は其一言《いちごん》でKの前に横たはる戀の行手《ゆくて》を**塞《ふさ》がうとしたのです**。(75)

「先生の遺書」は告白の書である。一人称代名詞「私」が罪を告白する者を明確に指し示し、その「私」が友人のKを自殺に追いやる過程を客観視するために、三人称代名詞「彼」が多用される。そして、文末はほとんどが「た」で終わっている。三人称客観小説の形で書かれた田山花袋の『蒲團』の告白とは異なり、過去を閉じ込めようとするのではなく、積極的に過去を明らかにさらけ出そうとする目的で「先生の遺書」は書かれた。

三人称客観小説『道草』（一九一五年）

『道草』は漱石の自伝であるといわれている。「自伝ふう、私小説ふうに書かれたこの『道草』では、だいたい、英国から帰朝後の漱石が、帰朝したその明治三十六年の四月に東大と一高の教師になったころからはじまって、三十八年『吾輩は猫である』を書き始めたころのことまで、三年間ばかりのことが、帰朝したその年、一年間の出来事のかたちで描かれている」(76)と、川副国基は述べている。この記述は、漱石の弟子の小宮豊隆が漱石の伝記を詳しく検証したことに基づくものであろう。小宮は、一九五七年の『漱石全集』に収録された『道草』の解説の中で、『道草』の表面的な主題が漱石の養父塩原昌之助との金銭問題であること、内面的な主題が懺悔、つまり、告白であると述べている。さらに、漱石が『道草』で書いた懺悔録は通常の懺悔録にありがちなセンチメンタルなところがなく、「自分に理のあるところ、自分に理のないところを、極めて公平に、極めて見事に分析して見せてゐる」と小宮は師である漱石の懺悔、告白を絶賛している。

漱石の懺悔録である『道草』が、「自分に理のあるところ、自分に理のないところを、極めて公平に、極めて見事に分析」できたのは、漱石が三人称客観描写という文体を告白文の中で採用したことにある。アメリカ合衆国出身の日本文学研究者ドナルド・キーンはその著書 *Dawn to the West* の中で『道草』を評して、「漱石は自分自身とまた自分を取り巻く人々に対する仮借ない観察によって、日本文学を新しい芸術的レヴェルまで引き上げた。それにしても、漱石はひどく陰鬱な小説を書いたものである」と述べている。『道草』が日本文学に「新しい芸術的レヴェル」を切り開くことのできたのは、漱石が『道草』で三人称客観描写を徹底させたことによるのだ。漱石は『道草』の主人公、健三が養父島田に手切れ金の百円を捻出するために、原稿用紙に向かう姿を次のように描き出した。

彼は普通の服装《なり》をしてぶらりと表へ出た。成るべく新年の空氣の通はない方へ足を向けた。冬木立と荒れた畠、藁葺屋根と細い流れ、そんなものが盆槍《ぼんやり》した彼の眼に入《い》つた。然し彼は此の可憐な自然に對してももう感興を失つてゐた。

幸ひ天氣は穩かであつた。空風《からかぜ》の吹《ふ》き捲《まく》らない野面《のづら》には春に似た靄が遠く懸つてゐた。其間から落ちる薄い日影もおつとりと彼の身體を包んだ。彼は人もなく路もない所へわざ〳〵迷ひ込んだ。さうして融《と》けかゝつた霜で泥だらけになつた靴の重いのに氣が付いて、しばらく足を動かさずにゐた。彼は一つ所に佇立《たゝず》んでゐる間に、氣分を紛らさうとして繪を描《か》いた。然し其の繪があまり不味《まづ》いので、寫生は却《かへ》つて彼を自棄《やけ》にする丈《だけ》であつた。彼は重たい足を引摺つて又宅《うち》へ歸つて來た。途中で島田に遣るべき金の事を考へて、不圖何か書いて見やうといふ氣を起した。

赤い印氣《いんき》で汚《きたな》い半紙をなすくる業《わざ》は漸く濟んだ。新しい仕事の始まる迄にはまだ十日の間があつた。彼は其十日を利用しようとした。彼は又洋筆《ぺん》を執つて原稿紙に向つた。

健康の次第に衰へつゝある不快な事實を認めながら、それに注意を拂はなかつた彼は、猛烈に働いた。恰《あたか》も自分で自分の身體に反抗でもするやうに、恰《あたか》もわが衛生を虐待するやうに、又己《おの》れの病氣に敵討《かたきうち》でもしたいやうに。彼は血に餓ゑた。しかも他《ひと》を屠《ほふ》る事が出來ないので已《や》むを得《え》ず自分の血を啜《すゝ》つて滿足した。

豫定の枚數を書き了へた時、**彼**は筆を投げて畳の上に**倒れた**。

「あ、、あ、」

彼は獣《けだもの》と同じやうな**聲を揚《あ》げた**。(77)


引用箇所で「た」形が使われないのは一文だけである。しかも、その文は倒置法で書かれていて、文末の動詞は明らかに「働いた」と「た」形で終わるべき文なのである。しかも、引用部では、主人公の名前、健三ではなく、健三を指し示す三人称男性代名詞「彼」のみが使われ、その「彼」が過去時制表示詞「た」と共に使われる文は二十三ある文のうちの十四にのぼる。三人称代名詞「彼」がはっきりと過去時制表示詞「た」に呼応している。一方、「彼」の使われない文は九つのみで、そのうちのいくつかは初春の穏やかさを写す風景描写となっている。だが、『道草』の主人公健三はおだやかな風景に溶け込むことはできないのだ。養父の島原に渡す金をいかに作り出すか、という世事が健三の頭を占めている。『あひゞき』の「語り手」が、白樺林で自然と融和し、白樺林の美をあますことなく写すことのできた幸福な状態から健三はいかにも遠い。漱石は『道草』という三人称客観描写の文体をとった『道草』という告白小説で、花袋や藤村といった若き自然主義者たちが賞賛した『あひゞき』における「語り手」と自然との調和を逆手にとるかのように、主人公、健三の自然との完全な不調和を描き出した。健三は「自分の血を啜る」ように小説を書くことで、養父に渡す金を作り出すのである。『道草』を漱石の自伝として読むならば、この場面で健三の書いている小説は、漱石が自らを笑うべく書いた『吾輩は猫である』となる。漱石の自伝として『道草』を読む者は、ここで驚きの声を上げる。だが漱石は、一人称小説であってもまったく不自然ではなかった花袋の『蒲團』の反措定として、三人称客観小説『道草』を書いた。花袋の『蒲團』では、もっぱら主人公時雄だけを指し示した三人称代名詞「彼」は、小説の終盤では意味を持たない不要の言葉となり、最終章では、まったく使われなくなった。それに対して、『道草』では、主人公の健三は最後まで「健三」という小説の中に創り出された人物であり続け、終始

「彼」と呼ばれる。つまり、漱石は三人称代名詞を最後まで用いて『道草』の主人公健三を徹底的に客観視したのである。三人称客観小説『道草』の健三は漱石ではない。漱石は『道草』を漱石の自伝としてではなく、創作として読むべきだと、われわれに告げている。

日本における三人称客観小説の成立とその後

漱石は自伝的小説『道草』のあと、やはり三人称客観小説の文体で絶筆となった『明暗』(一九一六年)を書いた。三人称代名詞「彼」「彼女」を使い、過去表示詞「た」形が九〇%以上を占める文体で書いたのである。熊倉千之はその著書『漱石のたくらみ』の中で、「漱石が『明暗』のテクストの地の文(括弧で括られている会話文以外の、出来事について叙述する文)の文末を「タ」で統一しようとした」こと、「漱石が『明暗』の地の文のおよそ九十六パーセントの文末を「タ」で閉じた」ことを報告している。[78] 熊倉の調査によると、漱石が文末に「た」形を文末詞全体の八〇%以上の割合で使い始めたのは、実際には『それから』以降のことである。だが、三人称代名詞については、岡山恵美子がシドニー大学に提出した博士論文の中で、漱石が主人公をはじめとした登場人物たちすべてに「彼」を多用し始めるのは『道草』以降のことであるとの報告をしている。[79] つまり、三人称客観小説の文体を漱石が採り始めたのは一九一五年以降ということになる。この一九一五年というのは、昇曙夢や中村白葉、そして米川正夫らがドストエフスキーの『虐げられし人々』『罪と罰』、『白痴』をロシア語の原文から訳し、出版した年の翌年に当る。漱石はまた一九一五年の十一月の日記に三人称客観小説『白痴』からの引用を英語で書き付けてもいる。漱石が三人称客観小説という話法に気づいていたことは間違いない。昇や中村が原文にきわめて忠実な訳文を創り出し、その中で二葉亭の初訳『あひゞき』で使われた過去表示詞としての「た」形が再び使われるようになったことは、先に述べた通りである。二葉亭が一八八八年に初めて過去表示詞として使った「た」形が、曙夢の『虐げられし人々』や中村の『罪と罰』、そして、原文にそれほど忠実ではなかった米川の『白痴』の中ですら蘇ったのが一九一四年のことで、これらのドストエフスキー作品の訳文の中では三人称代名詞も頻用された。そして、漱石が『道草』の中で三人称客観小説の文体として「た」形と三人称代名詞を本格的に使い始めたのが一九一五年のことであった。

漱石は一人称小説『坑夫』の中で、改訳『あひゞき』の文体を一歩進めて、「てゐる」と「てゐた」形を使い分けることにより、「語り手」である主人公の意識の流れを確認するという実験を行った。また、三人称小説『道草』では、過去表示詞「た」が文末詞の九〇％以上を占める初訳『あひゞき』の文体を一歩進めて、三人称代名詞を多用し、三人称客観小説の文体を確立した。『道草』や『明暗』のあと、日本の作家の中で三人称代名詞を漱石ほど多用し、過去表示詞の「た」形を文末詞全体の九〇％以上の割合で使って三人称客観小説を書こうとした作家は、おそらくだれもいない。漱石の伝統は受け継がれず、三人称代名詞をもっぱら主人公たちを指すために用い、過去表示詞「た」が文末詞の七〇％ほどでしかない花袋や藤村ら自然主義者たちの文体が受け継がれていった。花袋や藤村は、自然や人物の描写には主として「る」形を用いたのである。彼ら自然主義文学者たちは、二葉亭の初訳『あひゞき』に見える「た」形が九〇％以上を占める文体だけではなく、改訳『あひゞき』をはじめとした二葉亭の後期の翻訳文体にも通暁していた。後期の翻訳文体では「る」形が「た」形を圧倒し、人物や自然などの背景描写は「る」形で活写されたのである。現代最も広範な読者を持つ村上春樹の作品の文体も、どちらかといえば花袋や、藤村の文体に近い。村上も、そして現代の作家の多くが「た」形を過去形として認識し、文末詞として「多用」しているものと思われる。三人称代名詞については、使っても使わなくてもいい「よけいな言葉」として翻訳文学の中ですら次第に淘汰されてきている状況をみれば、現代日本の創作作品の中でも、日本語独自の意味を付されて、作家によって恣意的に使われているというのが現状なのではないだろうか。現代の多くの小説のなかで、過去時制表示詞の「た」形は完全に市民権を得たが、三人称代名詞「彼」「彼女」は依然としてあってもなくてもいい「よけいな言葉」に留まっている。二葉亭が一八八八年に翻訳出版した『あひゞき』の文体、つまり、「た」形が過去表示詞として使われる一方で三人称代名詞はまったく使われないという文体は、こうした現代日本文学の文体の行方を先取りしていたと言えよう。

日本文学に残された文体的可能性

小森陽一は、『二葉亭四迷全集　第三巻』の月報に収められた「翻譯文體における「た」と「る」」と題する小論で、二葉亭の文体意識はロラン・バルトが指摘する近代小説散文の特徴である単純過去と三人称代名詞の技法とは逆方向をとったとして、改訳『あひゞき』以降、文末を「た」形だけで統一する方法を否定するように動いていったと述べている。さらに、小森は「語り手」の表現位置を顕在化するための「る」形の多用は、ツルゲーネフものよりもむしろゴーゴリもので成功しているとし、『其面影』や『平凡』において試みられた「る」形の多用される文体に「西歐的な近代小説散文とは異質な、わが國獨自の小説文體の可能性をみてとることもできる」[80]と結んでいる。本論で詳述したとおり、改訳『あひゞき』以降の翻訳文体で二葉亭が否定したのは、過去時制を表す「た」形だけではなかった。初訳『あひゞき』も含めて、二葉亭は一貫して三人称代名詞の使用を避けた。三人称代名詞を使わず、「る」形、わけても「てゐる」形によって読者をまるで小説の現場に立ち合ってでもいるかのように思わせる鮮明な描写はまた、「語り手」の小説内の位置をも明確にし、その批判的、諧謔的言辞を可能にする文体であった。

しかしながら、日本文学に決定的な文体的影響を及ぼしたのは、文末をほぼ「た」形だけで統一した初訳『あひゞき』の文体であり、小森のいう「西歐的な近代小説散文とは異質な、わが國獨自の小説文體」は未だ可能性にとどまっている。すなわち、日本文学は二葉亭が改訳『あひゞき』で創り出し、ゴーゴリの『肖像畫』で完成させた「る」形が圧倒的多数を占め、三人称代名詞を排除した第二の翻訳文体による文学の創造の可能性を完全には探求できないままでいるのである。

注

（1）実際には二葉亭の翻訳作品総数は二十八だが、中にはポーランドの作家の作品が二つ、ドイツもしくはオーストリアの作家の作品と思われるものが一つ含まれている。
（2）木村彰一「二葉亭のツルゲーネフものの翻訳について」『文学』、一九五六年、四九頁。
（3）翻訳文体における「る」形と「た」形については、『翻訳夜話』（文春新書、二〇〇〇年）の中で、村上春樹と対談している柴田元幸が次のように語っている。「（逆に）過去形で「何々した」って並ぶ文章もすごく好きなんですね。というか、そういう訳文もね。で、その中に現在形を適度に入れて日本語らしくするって言うのはわかるんだけれども、それ、村上さんがなさるとすごく自然なんだけど、……」。柴田が日本語本来の文体と翻訳文体とを分けていて、「た」形の中に「る」形が「適度に」混じるのが日本語本来の文体であるという認識をもっていることがわかる。
（4）中村喜和「瀬沼夏葉　その生涯と業績」、一橋大学一橋学会『人文科学研究』一四巻、一九七三年、五八頁。
（5）ドストエフスキー作、瀬沼夏葉訳『貧しき少女』『明治の女流文学　翻訳篇第二巻　瀬沼夏葉集』五月書房、二〇〇〇年、一一〇頁。
（6）中村喜和「瀬沼夏葉　その生涯と業績」同前、五八頁。
（7）川崎浹「ロシア・ソヴェト文学史——解説・注釈」、昇曙夢『ロシア・ソヴェート文学史』恒文社、一九七六年、六三六頁。
（8）夏葉にロシア語を教えたのは夫の瀬沼恪三郎ではなく、夏葉が恪三郎と結婚するために婚約を破棄したグリゴリイ高橋門三九ではないかと、『ニコライ堂の女性たち』（教文館、二〇〇三年）の中で、著者の一人中村健之介は書いている。
（9）和田芳英『ロシア文学者昇曙夢&芥川龍之介論考』和泉書院、二〇〇一年、九三頁。
（10）昇曙夢訳『露西亜現代代表的作家六人集』「自序」、易風社、一九一〇年、三—四頁。
（11）昇曙夢『露國名著白夜集』「はしがき」章光閣、一九〇八年
（12）プーシキン作、昇曙夢訳『黒人』『露國名著　白夜集』同前、一八九—一九〇頁。
（13）昇曙夢『吹雪』『露國名著白夜集』同前、一〇一頁。
（14）アンドレーエフ作、昇曙夢訳『霧』『露西亜現代代表的作家六人集』同前、二六六—二六七頁。
（15）中村白葉『ここまで生きてきて——私の八十年』河出書房新社、一九七一年、一七五頁。

(16) 中村白葉『ここまで生きてきて——私の八十年』同前、一八三—一八四頁。
(17) 中村白葉「飜譯文の表現と指導」『日本現代文章講座　指導篇』、厚生閣、一九三四年、三〇二—三〇四頁。
(18) 米川正夫『鈍・根・才　米川正夫自伝』河出書房新社、一九六二年、四六頁。
(19) Ф. М. Достоевский, *Преступление и наказание, Полное собрание сочинений в тридцати томах, Том шестой*, Издательство «Наука», 1973, p. 5.
(20) ドストエーフスキイ作、中村白葉訳『罪と罰』新潮社、一九一八年、三頁。
(21) ドストエフスキー作、米川正夫訳『罪と罰』新潮社、一九五一年、五頁。
(22) ドストエフスキー作、亀山郁夫訳『罪と罰』光文社、二〇〇八年、九—一〇頁。
(23) ツルゲーネフ作、二葉亭四迷訳『あひゞき』『二葉亭四迷全集　第二巻』筑摩書房、一九八五年、五頁。
(24) 野口武彦『三人称の発見まで』筑摩書房、一九九四年、二六四頁。
(25) Lawrence Venuti, "Strategies of Translation" in Mona Baker (ed.), *Routledge Encyclopaedia of Translation Studies*, London & New York: Routledge, 1998, p. 242.
(26) Ф. М. Достоевский, *Идиот, Полное собрание сочинений в тридцати томах, Том восьмой*, Издательство «Наука», 1973, p. 36.
(27) ドスタエーフスキイ作、米川正夫訳『白痴』新潮社、一九一四年、一〇七頁。
(28) ドストエフスキー作、木村浩訳『白痴』新潮文庫、一九七〇年、九〇頁。
(29) ドストエーフスキイ作、米川正夫訳『白痴』岩波文庫、一九四一年、八二頁。
(30) 小笠原豊樹「解説」、ドストエフスキー作、小笠原豊樹訳『虐げられた人びと』新潮文庫、一九七三年、六八四頁。
(31) 昇曙夢「凡例」、ドストエーフスキイ作、昇曙夢訳『虐けられし人々』新潮社、一九一四年、一頁。
(32) Ф.М. Достоевский, *Униженные и оскорбленные, Полное собрание сочинений в тридцати томах, Том третий*, Издательство «Наука», 1972, p. 196.
(33) ドストエーフスキイ作、昇曙夢訳『虐けられし人々』新潮社、一九一四年、八八—八九頁。
(34) ドストエーフスキイ作、米川正夫訳『虐げられし人々』『ドストエーフスキイ全集三』河出書房新社、一九六九年、三八—三九頁。

(35) ドストエフスキー作、小笠原豊樹訳『虐げられた人びと』新潮文庫、一九七三年、六七―六八頁。
(36) 柳父章『翻訳語成立事情』岩波新書、一九八二年、二〇二頁。
(37) 村上春樹・柴田元幸『翻訳夜話』文春新書、二〇〇〇年、六四―六五頁。
(38) 村上春樹『ねじまき鳥クロニクル　第一部泥棒かささぎ編』新潮文庫、一九九七年、二八頁。
(39) 丸谷才一「解説」『紅葉全集　第六巻』岩波書店、一九九三年、四七三―四八二頁。
(40) 尾崎紅葉『多情多恨』『紅葉全集　第六巻』同前、三〇〇―三〇二頁。
(41) 宗像和重「言文一致運動　二葉亭四迷、山田美妙、尾崎紅葉」、大屋幸世・神田由美子・松村友視編『スタイルの文学史』東京堂出版、一九九五年、四一頁。
(42) 國木田獨歩『武蔵野』『明治文學全集六六　國木田獨歩集』筑摩書房、一九七四年、五頁。
(43) 國木田獨歩『忘れえぬ人々』『明治文學全集六六　國木田獨歩集』同前、二四頁。
(44) ツルゲーネフ作、二葉亭四迷訳『あひゞき』『二葉亭四迷全集　第二巻』同前、一六頁。
(45) 長谷川泉・紅野敏郎・磯貝英夫編『資料による近代日本文学』明治書院、一九七九年、一八頁。
(46) 田山花袋『蒲團』『明治文學全集六七　田山花袋集』筑摩書房、一九六八年、一〇一頁。
(47) 二葉亭四迷『浮雲　第三篇』『二葉亭四迷全集　第一巻』筑摩書房、一九八四年、一七五―一七六頁。
(48) 田山花袋『蒲團』『明治文學全集六七　田山花袋集』同前、一〇一頁。
(49) 田山花袋『東京の三十年』、田中保隆『二葉亭・漱石と自然主義』翰林書房、二〇〇三年、三六六頁。「私は一人取残されたやうな気がした。戦争には行つて来たが、作としてはまだ何もしてゐない。小諸から出て来て、大久保の郊外で、トタン屋根の熱い下で、袷で島崎君が努力した形などを見て知つてゐるので、殊に堪らない。何か書かなくちやならない。かう思つて絶えず道を歩いてゐても、何も書けない。私は半ば失望し、半ば焦慮した。処へ『新小説』から頼みに来た。『書いて見ませう。』私は息込んで言つた」とある。
(50) 柄谷行人『日本近代文学の起源』講談社文芸文庫、一九八八年、一〇二頁。
(51) 柄谷行人『日本近代文学の起源』同前、九九頁。
(52) 島崎藤村『破戒』『日本近代文学大系　第十三巻　島崎藤村集Ⅰ』角川書店、一九七一年、一四七―一四八頁。
(53) 『破戒』第拾六章（四）に「「斯《か》うして置きさへすれば大丈夫《だいじやうぶ》」――丑松《うしまつ》の積《つも》りは斯《か》うであった。彼《かれ》の心《こゝろ》は暗《くら》かつたのである。」と尊敬する猪子蓮太郎の著書から自分の認印《みとめ》を消す丑松の心情が三人称代名詞を使って描写されている。
(54) 島崎藤村『春』『明治文學全集六九　島崎藤村集』筑摩書房、一九七二年、一六〇頁。
(55) 島崎藤村『春』同前、六九―七〇頁。
(56) 島崎藤村『春』同前、八二頁。
(57) 島崎藤村『春』同前、五三―五五頁。
(58) 小仲信孝「自然主義の文体　島崎藤村」、大屋幸世・神田由美子・松村友視編『スタイルの文学史』同前、四三―五四頁。
(59) ツルゲーネフ作、二葉亭四迷訳『うき草』『二葉亭四迷全集　第二巻』筑摩書房、一九八五年、三〇〇頁。
(60) ツルゲーネフ作、二葉亭四迷『うき草』同前、三九二―三九四頁。
(61) この点については、第三章でも触れたことだが、『うき草』も大団円に近づいたあたりで、二葉亭は「語り手」の使う一人称代名詞を「私の一知己に」ではなく「作者の一知己に」と訳している。
(62) 安田保雄「ツルゲーネフ」、福田光治・剣持武彦・小玉晃一編『欧米作家と日本近代文学　ロシア・北欧・南欧篇』教育出版センター、一九七六年、六三頁。
(63) 島崎藤村『春』岩波文庫、一九七〇年、三〇七頁。
(64) 夏目漱石『露国に赴かれたる長谷川二葉亭氏』『漱石全集　第三十四巻』岩波書店、一九五七年、一五三頁。
(65) 夏目漱石「感じのい、人」『二葉亭四迷全集　別巻』筑摩書房、一九九三年、二九五頁。
(66) 夏目漱石「長谷川君と余」『漱石全集　第十六巻』岩波書店、一九五六年、一二二頁。
(67) 夏目漱石「長谷川君と余」同前、一二五頁。
(68) 夏目漱石「作中の人物」『漱石全集　第三十四巻』岩波書店、一九五七年、九六―九七頁。
(69) 柄谷行人『漱石論集成』第三文明社、一九九二年、二四三―二四四頁。
(70) ゴーゴリ作、二葉亭四迷訳『肖像畫』『二葉亭四迷全集　第二巻』筑摩書房、一九八五年、一八九―一九〇頁。
(71) 夏目漱石『吾輩は猫である』『漱石全集　第一巻』岩波書店、一九五六年、二〇頁。
(72) 夏目漱石『坑夫』『漱石全集　第六巻』岩波書店、一九五六年、五―六頁。
(73) 夏目漱石『坑夫』同前、四五頁。

(74) 夏目漱石『坑夫』同前、一七三頁。

(75) 夏目漱石『こゝろ』『漱石全集　第十二巻』岩波書店、一九五六年、二〇一―二〇二頁。

(76) 川副国基「解説」、夏目漱石著『道草』旺文社文庫、一九六七年、三二五頁。

(77) 夏目漱石『道草』『漱石全集　第十三巻』岩波書店、一九五七年、二二六頁。

(78) 熊倉千之『漱石のたくらみ』筑摩書房、二〇〇六年、二七六頁。

(79) Emiko Okazaki, *Third Person Pronouns in Japanese Narrative Writings: Sōseki at the Crossroads of Change* (Unpublished doctoral dissertation), 2007, The University of Sydney, Australia, p. 140.

(80) 小森陽一「翻譯文體における「た」と「る」」『二葉亭四迷全集　第三巻付録　月報三』筑摩書房、一九八五年、三―四頁。

あとがき

この本のまえがきを書いてからもう三年八ヶ月が過ぎてしまった。この間に二葉亭四迷の実践を真似て、ロシアの現代小説『私（ヤー）』を訳したり、ロシアの現代詩を訳したりしていた時期があって、なかなか原稿を仕上げることができなかった。遅々として進まない原稿を辛抱強く待っていただいた法政大学出版局の郷間雅俊氏にこの場を借りてまずお礼申し上げたい。

本書はもともと筆者が二〇〇六年にイギリスのセント・ジェローム社から出版した *Style and Narrative in Translations: The Contribution of Futabatei Shimei*（翻訳における文体と語り――二葉亭四迷の貢献）と題する本を基に、日本語で二葉亭四迷のロシア文学の翻訳の意義を書いてみようと考え企画したものである。英語版と日本語版の違いは、まず第一に英語版では二葉亭のほとんどすべての翻訳作品を網羅したのに対して、日本語版では二葉亭のゴーゴリもの三作品に研究対象の焦点を絞ったことである。まえがきにも書いたとおり、二葉亭のゴーゴリ作品は、近年でこそロシア文学研究者によって高く評価されるようになっているが、出版当時はほとんど評判にならなかった。だが、二葉亭が翻訳活動の後期にはツルゲーネフの作品をまったく訳さなくなっていたのに対して、ゴーゴリの作品を訳し続けたこと、しかもその翻訳の時期が二葉亭の第二、第三の創作作品の直前であったことを考えると、二葉亭のゴーゴリものには大きな意味があったと考えられる。また、実際に二葉亭のゴーゴリ翻訳作品は今読んでも面白い。まえがきに私はゴーゴリこそが二葉亭自身の文体にぴたりと合った作家なのではないかと書いたが、本書を書き上げた現在、それを強く確信するものである。ところで本書では私のコンピュータで打ち出せる限りの旧漢字を使って二葉亭の翻訳原文を再現しようとしたが、現在の日本の読者に二葉亭のゴーゴリものを読んでもらおうとする当初の意図に反するものであったのかもしれない。

さて、英語版と日本語版の違いの二つ目は、英語版では『あひゞき』と『めぐりあひ』の初訳と改訳との文体を比較するために、『めぐりあひ』とその改訳である『奇遇』を使ったが、本書では『あひゞき』の初訳と改訳とを取りあげることにして、あらためて比較研究して新しく稿を起こした。英語版で『めぐりあひ』と『奇遇』とを比較したのは、『あひゞき』よりも『めぐりあひ』のほうが二葉亭の原文に対する忠実さが明瞭に現れているからであった。しかし、若き自然主義作家たちが感動したのは『あひゞき』であって『めぐりあひ』ではなかった。その事実を尊んで、本書では『あひゞき』の初訳と改訳とをその文体について比較した。その結果は、『めぐりあひ』と『奇遇』との文体比較とまったく同じ結論となった。

日英両書の第三の相違点は、ロシア翻訳文学の文体史を、簡単ではあるが書き加えたことである。本書では主に中村白葉と米川正夫という二人の優れたロシア語翻訳者によるドストエフスキーの二つの翻訳作品『罪と罰』と『白痴』とを取りあげ、近年の何人かの翻訳者たちの翻訳作品と比較し、その文体の変遷を考察した。もちろん、翻訳文学における文体の変遷がこれだけでわかるとは考えていない。だが、文体の変遷の一端は窺えたかと思う。また、翻訳文体史の変遷を考える上で三人称代名詞についての考察もさらに書き加えることになった。

私の二葉亭四迷の翻訳研究は、オーストラリアのクイーンズランド大学で博士論文の研究題目として二葉亭四迷のロシア文学の翻訳を取りあげたときに始まった。それは一九九八年のことで、オーストラリアに渡ってから十年の歳月が経っていた。私が二葉亭の文学を研究するのではなく、二葉亭のロシア文学の翻訳を研究しようと考えたのは、オーストラリアに渡る以前に、当時はソヴィエト連邦と呼ばれる国であったロシアに二年間留学し、ロシア文学を生んだロシアという国で暮らし、ロシアの人々の生活に直接触れたからである。二葉亭四迷のロシア文学の翻訳を研究することで、ロシア語を、またロシア文学を取り戻そうというささか感傷的な思いで翻訳研究を始めた。が、研究を始めてから、『あひゞき』や『めぐりあひ』とその改訳『あひゞき』と『奇遇』を何度も読むうちに、「た」形と「る」形の使い方がロシア語動詞の時制だけではなくアスペクト（相）にも関連しているのではないかと考えるようになった。純粋に言語学的な興味につられて読むようになったのである。あるいは、二葉亭は不完了体、完了体というロシア語独特のアスペクト対立を日本語でどのように再現しようとしたのだろうか、と考えるようになったと言い換えてもいいかもしれない。

私はこれまでオーストラリアで、二十年ほど日本語を教えてきたが、「た」形をただ「過去形」だけではなく、「完了」や「確認」の意味もあると示唆してくださったのは、私の博士論文の指導教官であった青山友子先生であった。「ている」形や「てしまった」形などを、継続や完了のアスペクトとして教えることもまた、日本語教師として働いた中で学んだことである。オーストラリアに来て、日本語教師となっていなかったら、「た」は「過去形」であると単純に考えていたにちがいない。その意味で、私は本書を博士論文の指導者であったクィーンズランド大学日本語科の青山友子先生とロシア語科のジョン・マクネイア先生に捧げたい。また、博士論文を書いている間も、本書を書いている間も、常に私を支え励ましてくれた夫アラン・コックリルと息子のクリストファーに感謝の意を表し、本書を捧げるものである。なお、本書の中の英訳にはすべてアランによるネイティブチェックが入っている。

ブリスベンにて

二〇一五年四月七日

コックリル浩子

索　引

原則として，作品名はその著者名の下位に置いた。
翻訳書の場合，作品名の後に訳者名を置いたが，訳者が複数にわたる場合は並記した。

さ 行

た 行

な 行

は 行

ま 行

や 行

著 者

コックリル浩子（Hiroko Cockerill）

1955年岐阜県生。愛知県立大学文学部国文科卒業。モスクワのプーシキン名称ロシア語研究所にて語学研修。オーストラリアのクィーンズランド大学にて博士号取得。クィーンズランド大学，タスマニア大学，シドニー大学で20年間にわたって日本語を教え，現在はクィーンズランド大学の名誉研究員として翻訳研究とその実践に携わっている。著書に *Style and Narrative in Translations: The Contribution of Futabatei Shimei*（St. Jerome），論文に "The *–ta* Form as *die reine Sprache* [Pure Language] in Futabatei's Translations"（Japanese Language and Literature），"Laughter and Tears: The Complex Narratives of Shōwa *Gesaku* Writer: Nosaka Akiyuki"（Japanese Studies）等があり，共著に『日本の翻訳論――アンソロジーと解題』（法政大学出版局），訳書にアレクサンドル・ポチョムキン著『私』（群像社）がある。

二葉亭四迷のロシア語翻訳
逐語訳の内実と文末詞の創出

2015年5月25日　初版第1刷発行

著　者　コックリル浩子
発行所　一般財団法人 法政大学出版局
〒102-0071 東京都千代田区富士見 2-17-1
電話 03（5214）5540　振替 00160-6-95814
組版：HUP　印刷：三和印刷　製本：誠製本

ISBN978-4-588-47005-9